내 몸은 너무 오래
  서 있거나 걸어왔다

내 몸은 너무 오래 서 있거나 걸어왔다

이문구 소설집

문학동네

차례

장평리 찔레나무　9

35　장석리 화살나무

장천리 소태나무　57

85　장이리 개암나무

장동리 싸리나무　155

197　장척리 으름나무

장곡리 고욤나무　233

269　더더대를 찾아서

309　**해설** | 충청도의 힘 · 서영채

내 몸은
너무 오래 서 있거나 걸어왔다.
　―김명인의 시 「의자」에서

장평리 찔레나무

회장은 잊기로 했다. 그리하여 잊어가는 중이었고,
어느 곁에 가뭇없이 잊고 있던 판인데 그날 아침에 불쑥 전화가 와서
월미의 수능 점수를 묻는 통에 실랑이를 벌인 거였고,
오늘 식전에는 난데없는 까치 타령을 하여 속에서 불이 일게 한 것이었다.
"반갑잖은 사람 또 전화했슈. 형수, 요새 거기 까치고기 흔해터졌지요?"

그래라. 누가 말려. 너는 상행선 나는 하행선, 좋다 이거여.

동네에서도 벌써 언젠가부터 이금돈(李金敦)이의 안식구라거나 월미엄니보다 진퍼리(長坪里) 부녀회 김회장이나, 기본바로세우기운동 장평분회 김회장이라고 해야 얼른 알아듣는 김학자 회장은, 오늘도 식전부터 전화를 받자마자 얼굴이 뺑덕어멈 화상이 됐다가 장쇠어멈 화상이 됐다가 해쌓더니 전화통이 상대방의 상판이라도 되는 것처럼 전화기를 냅다 내던지며 그러고 앙분하였다. 첫마디가 벌써 서울에서 온 전화라 수긋하면 그게 더 이상해 이금돈씨로서는 아내가 퍼부을 때까지 퍼붓도록 나는 어디 갔나 하고 가만두는 것이 상책이었다.

회장은 회장대로 핑계 김에 씨더러 들으라고 할 소리 안 할 소리 없이 나오는 대로 마구 씩둑거리기 시작했다.

"이늠의 집구석은 웃겨두 꼭 섣달 그믐께까장 가면서 웃기는 집구석이여. 쥔네는 뒤꼍에 쟁끼가 와서 울게 사는디 으레 한 치 근너 두 치가 일이구 시 치 근너 니 치가 돈이더랑께. 봐봐. 사람이 암만 무던허다 해두 한 몸에 두 지게 지는 벱이 없는디, 아우라구 하나 있다는 게 젊어서는 저헌티 걱정거리가 생길 적마다 기여내려와 제 성헌티 웡겨주구 가는 게 우앤 중 알더니 나잇살이나 줏어먹구버텀은 성네 일마다 챙견 안 헐 적이 없구, 성네 것이면 욕심 안 낼 적이 없다가, 인저는 뭣이 워쩌구저쩌? 몸뗑이 보허게 까치를 싸게 사서 냉동시켰다가 그믐날 갈 테니 저를 줘? 씨를 말릴 늠의 종자!"

회장은 그 말에 묻어서 시동생네의 알찬이 힘찬이 기찬이 삼형제가 나란히 떠오르자 그제서야 자기 입에서 말 김에 무슨 말이 나왔는지를 깨닫고 이내 둘러방을 쳤다.

"허기사 싸가지가 제 새끼덜만 같애두 누가 뭐래간. 그것덜은 윗짝 밑짝이 타겨두 워쩌면 주뎅이 버르장머리 없이 놀리는 것까장 빼다박었는지 물러. 한 배에 난 강아지두 쌀강아지 보리강아지가 있는 벱인디, 그 연늠이 아래윗짝이라는 걸 으레껀 냄이 먼저 알어보더라니께는."

회장은 그러면서 시동생이 그렇게 눈 밖에 나는 소리를 내뱉기 시작한 것이 장조카 알찬이를 낳고부터라는 사실에 생각이 미치자 다시금 얼굴이 싸늘하게 식는 것을 느끼고, 그래서 접때 전화에는 그 동안 내동 아무런 관심도 없었던 월미의 수능시험 점수를 물고늘어져 오장이 뒤집히게 했던가 싶자 자기도 모르게 부르르 하고 진저리를 쳤다.

회장은 전화로 실랑이를 벌이며 겪은 그 몸서리나는 기분이 그대로 되살아나서 이가 부드득 갈렸다.

"형수, 대관절 걔 점수가 얼마나 나왔간디 그러셔? 하여간 두 자리 수는 넘었을 거 아뉴? 아 걔 형편에 그만했으면 됐지 뭘 더 바래셨댜. 그 점수면 전문대두 아무 전문대는 아니 되더래두, 그래두 그 근방 워디서 새루 문 열은 디는 아마 그냥저냥 들어갈 걸. 그깨잇늠의 꽈야 아무 꽈면 워떻간디. 어채피 슨볼 적이나 써먹을 간판. 그러구저러구 간에 몇 점이나 받었냐니께요? 형수, 나 좀 봐요, 아 월미 수능이 몇 점이냐구요?"

"삼춘, 왜 대이구 이러셔유. 아 아깨 했잖유. 지 실력대루 나왔다구유."

회장은 작은아버지가 자꾸 점수를 대라며 닦달하는 데에 속이 상해 방문을 메어붙이고 나가 제 방에서 훌쩍거리는 월미를 봐서라도 끝까지 지고 싶지가 않았다. 대학 수능시험 점수가 나올 때나, 가군부터 다군까지 본고사 합격자 발표를 전후해서는, 아무리 허물없이 지내는 사이라고 하더라도 당사자 쪽에서 먼저 알려오기 전에는 전화도 삼가는 것이 예의일 것이었다.

"형수, 나 봐요, 형수, 나 좀 봐요, 꼭 이러시기요? 형수, 내가 누구요? 이 인간 이은된(李銀敦)이가 누구냐구요. 이 인간 이은된이가 냄이요? 나 봐요, 형수, 우리가 냄이냐 이거요, 형수, 나 월미 작은아버지요, 명색이 작은아버진디 그래 작은아버지가 조카딸 수능 점수 좀 알자는 게 그게 그리 잘못이요? 형수, 이러지 마쇼, 이러지 마시랑께요."

"글쎄 삼춘이 걱정해주시는 건 고맙지만 자꾸 이러시면 나두 부담스러유. 허니께 구만 들어가세유. 월미 핵교는 지가 알어서 허게끔 내번져두시구, 구만 들어가시라구유."

"형수, 내가, 이 인간 이은된이가 암만 반갑잖은 사람이라구 해두 그렇지, 하여간 우리가 냄은 아니잖요. 안 그료?"

냄이사 아니지, 냄은 아녀. 그럼 냄인감, 냄이는 네미니께 냄두 아녀. 그러믄 뭐여. 냄만두 못헌 늠이지. 냄두 아니메 냄만두 못헌 늠이 뭐간. 뭐는 뭐여, 웬수지, 그게 바루 웬순겨. 뭣이 워쩌구저쪄? 뭐? 반갑잖은 사람? 니가 시방 내헌티 반갑잖은 사람 정돈 중 아냐? 이 개 잡어먹은 자리에 가서 곡을 허구 재배헐 늠아. 회장은 한바탕 퍼대며 들었다 놓고 싶은 말이 벅차다 못해 목이 멜 지경이었으나 가까스로 숨을 고른 다음에 일매지어서 말했다.

"이거 봐요 삼춘, 반갑잖은 사람, 그거 맞는 말여유. 그 말은 또 원래 삼춘 십팔번이잖여유. 좌우간 말은 잘허셨슈. 누가 뭐래두 삼춘이 월미 작은아버지인 건 틀림없는 사실이닝께. 그럼유. 그렁께 우리 월미가 대학에 들어가면 삼춘이 작은아버지 노릇 하느라구 학비를 대겄다, 그건 아니잖여유? 또 우리 월미가 서울에 있는 대학을 가면 하숙비 안 들게 삼춘네 집서 먹구 자구 해라, 그것두 아니잖여유? 그러구 자취를 허자면 방두 구허기 애렵구 심은 심대루 드니께 삼춘이 방 하나를 내주겄다, 그런 것두 아니잖여유. 맞지유? 아닌 건 아닌 거라구유. 그러구유, 삼춘두 노다지 반갑잖은 사람으로 자처했듯이, 삼춘이 이러는 거 나 증말 반갑잖어유."

그러자 은돈이는 얼른 말을 바꾸었다.

"이봐요, 형수, 이 인간 이은된이가 조카딸래미 수능 점수에다 신경을 쓰는 건 딴 게 아니라구요. 한국놈덜은 지겟다리 자손두 동네 이장만 되면 금방내 관청 편이 된다는 거 형수두 잘 아시잖여. 그게 다 뭣이간, 넘덜버덤은 쬐끔 더 안다, 그거 아니요. 페일언허구 요새는 대학 안 나오면 숫제 인간 취급을 않구, 인간 대접을 못 받으니께 월미래두 아무 디나 일단 들어는 가야 헐 게 아니냐, 이 인간 이은퇸이의 얘긴즉슨 바루 그거라 이거요."

"그건 삼춘네 사정이구유. 애덜 아버지는 고등과만 나오구 말었어두 대접만 잘 받구 사니께 걱정 말어유."

"얼라, 형수, 아니 그럼 이 인간 이은퇸이는 인간 대접을 못 받구 산다, 그런 얘기쇼, 시방?"

"거기까장은 잘 모르겄구유, 애덜 아버지는 서울 가락동 농수산물 장터에서 이름 슥 자가 등록상표 난 이는 아니지만, 이 동네구 저 동네구 쇠주 받을 사람 쇠주 받구, 맥주 받을 사람 맥주 받구, 워디를 가두 으른 대접 받다가 볼일을 못 보는 이닝께 걱정 말어유."

회장은 그만하면 누를 대로 눌렀다는 기분에 서둘러서 전화를 끊어버렸다. 전화는 번번이 서울에서 먼저 걸었으니까 전화요금이 무서워서 할말을 못 한 적은 없었다. 그날도 월미가 집에만 없었더라면 한 나절도 좋고 두 나절도 좋게 입씨름을 아끼지 않았을 거였다.

"돈복을 못 탔으면 인복이래두 있으야지. 넘덜은 행복두 있구 만복두 있다더면서두, 무슨 년의 팔짜가 있다는 게 박복 하나뿐이니, 이거 하루 이틀두 아니구, 이늠의 신세 폭폭해서 워치기 사는겨."

장평리 찔레나무 15

밥 먹고 늙을 일밖에 없는 사람이라 아침나절부터 시내에서 흥뚱거리다가 다 저녁때에야 깃들이한 남편을 보자, 회장은 장마다 꼴뚜기라고 다짜고짜로 부아풀이를 하고 나섰다.

"누구헌티 뭔 소리를 들었간디 그려. 테레비구 라지오구 단추만 눌렀다 하면 새 천년 소리가 노래더니, 누가 또 흔 천년 같은 소리를 허구 갔담?"

이금돈씨는 웬 승용차 한 대가 야광 도료로 대문짝만하게 '성인용품전문'이라고 쓴 간판을 내걸고 한길 가에 서 있는 것이 이상타 싶어서 다가갔다가 재미로 한다발이나 얻어온 선전지를 방구석의 헌 신문지 틈에 숨겨놓으면서 그냥 지나가는 말로 받았다.

"씹는 소리마다 껍질 씹는 소리루 먹으려 드는 것이 서울 것말구서 또 있남. 월미 수능 점수가 암만이면 지가 워쩔껴. 고삼짜리가 있는 집은 내남적없이 서루가 안부 전화두 망설이기 마련인디, 그 작것은 되레 않던 지랄까장 허구 자빠졌으니 내가 속이 안 터져?"

씨는 욱하는 것을 참으려고 얼른 담배를 붙여물었다. 천지가 개벽하여 혹 갯물이 민물이 되는 수는 있을지 몰라도 아내가 은돈이 내외에게 한번 먹은 마음은 그게 아니었다. 그래서 은돈이에 대한 아내의 푸념에는 그저 모르쇠를 대는 것이 수였다. 이르집는 족족 다독거리고 나서지 않으면 의가 나도 보통으로 나지가 않겠지 때문이었다. 그런데 이번에는 다른 것 다 놔두고 월미의 수능 점수를 걱정해주는 척했다는 것이 아닌가. 씨는 성질을 덧들이더라도 꼭 약이 올라 갈기가 곤두서도록 던적스럽게 덧들이는 것이 전에 없이 아니꼽고 괘씸하였다. 그러나 그렇다고 하여 아내를 부추길 수는 더욱 없는 일이었다. 씨는 담배를 거푸 두 대째 붙여물며 아내를 다독거렸다.

"그늠이 그전버텀 지 새끼 자랑은 골러서 삼 년, 넘의 새끼 흉은 싸잡어서 육 년으로 정해놓구 허는 늠 아니던가벼. 참어. 그늠은 늘 손모가지 씻은 물이 발모가지 씻은 물이닝께 이제 오너서 새꼽빠지게 탄헐 것 없다구."

"허기사 인정 많은 년 속곳 마를 날 없기지. 다 내가 못나터져서 그런디 누구 닷을 혀. 내가 미친년이지. 처먹으면 뱉을 중 모르는 위인을 시동생이라구 받자받자 했던 내가 미친년이여."

회장이 은돈이를 미쁘게 보지 않기 시작한 것은 월미하고 다섯 살 터울로 성미를 낳은 지 서너 달 만에 은돈이가 알찬이를 낳았는데, 아들 낳은 유세만 떤 것이 아니라 '오 년씩이나 지둘러두 아들을 못 보면 나가서 밑구녕 동냥을 해서래두 봐봤으면 허는 게 남자덜 맴이 아니요' 운운하면서 남편더러 난봉을 피우라고 충동질까지 했던 것이다. 되잖은 말로 회장의 비위를 뒤집은 적도 한두 번이 아니었다.

"형수는 워째 그리 구식이슈. 아무리 지집애들이지만 그래두 그렇지 이름이 월미 성미가 다 뭐요. 알찬이, 얼마나 멋져. 이름을 지어두 현대적으루다 쓰게 지으라구요. 월미? 얼굴이 둥글넓적허니께 아마 달뎅이마냥 이쁘라구 그런개빈디 요샛시상에 원시적으루 둥글넓적헌 상판을 달뎅이 같은 미인이라구 추어주는 디가 어디 있어요. 있기야 딱 한 군데 있지. 북한. 테레비를 보니께 기쁨조루 뽑혀가 노는 지집애는 죄다 그 모양디리더먼. 허지만 현대는 우리 알찬이마냥 짱구머리에다 손바닥만허게 조브장헌 얼굴을 젤루 친다구요. 탈렌트덜을 보셔. 달뎅이가 워디 있나. 나는 앞으루 형제만 더 낳기루 허구 이름두 현대적으루 힘찬이, 기찬이, 이렇게 미리미리 다 맞춰놨시다요."

"잘했네유. 그런디 알찬이 힘찬이는 그렇구, 그럼 기찬이의 기 짜는 뭔 기짜래유?"

"그거야 기똥찰 기짜지요."

실소나 냉소라고 하는 것도 아무 때나 나오는 것이 아니었다. 회장은 기가 막혀 그 자리에서 얼굴을 닫아걸었다. 그리고 그로부터 꼴도 보기가 싫었다.

싫기는 물론 그전부터도 싫었다. 회장은 은돈이가 장가갈 때 하나밖에 없는 시동생이라 하여 쪼들리는 살림에도 남에게 째지 않게 갖추어주며 손윗사람 노릇을 톡톡히 한 셈이었다. 그러나 은돈이는 신혼여행에서 돌아오기가 무섭게 역전 옆에 난 목 좋은 당구장이 놓치기가 아까워 무슨 돈을 써서라도 일단 잡아놓고 보겠다며 조석으로 늘어붙어 회장을 들볶았다. 주변머리 없는 남편을 얻어 내주장(內主張)을 해온 탓에 하릴없이 당한 셈이었다. 그런가 하면 그게 아닐 수도 있었다. 그 '반갑잖은 사람'이란 말이 은돈이의 입에서 자연스럽게 나오던 것을 보면 그런 기미가 한결 더한 것도 같았다.

은돈이는 처음 얼마 동안은 당구장에 매달리는가 싶었으나 반년도 다 못 가서 말 한마디 없이 남에게 얼렁뚱땅 넘기고 떠났는데, 그 다음부터 올 때마다 한다는 인사가 바로 그 눈 밖에 난 소리였다.

"반갑잖은 사람 왔슈."

회장도 처음에는 그냥 들어넘겼다. 남의 돈을 쓰느라고 잡힌 큰집의 텃밭이 결국 남의 밭이 되고 말아서 하는 소리려니 했던 것이다. 그런데 두고 보니 그것이 아니었다. 오면서 한다는 인사가 번번이 그 모양이었던 것이다.

반갑잖은 사람 또 왔슈. 반갑잖은 사람 또 와서 미안허유. 반갑잖은 사람이 자꾸 와서 워칙헌댜. 반갑잖은 사람 또 보시게 됐네유. 반갑잖은 사람이 와서 괜찮은지 모르겄네유. 반갑잖은 사람이 자주 와서 큰일났네유. 반갑잖은 사람이 이냥 들락그려싸두 될라나 모르겄네유.

전화를 걸 때도 마찬가지였다. 반갑잖은 사람유. 반갑잖은 사람 또 걸었슈. 반갑잖은 사람이 또 거네유. 반갑잖은 사람이 자꾸 전화 걸어서 미안스러유.

작것아, 반갑잖기는 나두 매일반이여. 회장은 그때마다 그렇게 속으로 대꾸를 하면서 들어주곤 했다. 그쪽이 그렇게 말해서 그런지 이쪽이 그렇게 들어서 그런지는 몰라도 회장에게는 정말 반갑지 않은 사람이 은돈이였다. 사람만 반갑지 않은 것이 아니라 반갑지 않다는 말부터가 못 들을 소리를 들은 것처럼 언짢았던 것이다. 그러면서도 회장이 벌써 몇 해째나 그럭저럭 참고 견딘 것은 생각하는 것이 우물처럼 풍덩풍덩하게 깊거나 두멍처럼 흥덩흥덩하게 넓어서가 아니었다. 은돈이가 해왔던 그 순금 한 냥짜리 행운의 열쇠 때문이었다. 행운의 열쇠는 은돈이가 서울로 뜨고 처음 내려와서 반갑잖은 사람 왔슈 하며 얼굴을 내밀 때 생각지도 않게 곁들인 물건이었다. 그는 쭈뼛쭈뼛하는 기색도 없이 은방의 요란스런 포장에 못지 않은 너스레까지 떨어가며 그것을 회장에게 건네었다.

"형수, 이 인간 이은된이, 그런 사람 아닙니다요. 형수, 이거 행운의 열쇤디, 순금 열 돈짜리 행운의 열쇤디, 과거지사는 잘잘못간에 다 형수가 운이 없어 그리 됐나 보다 허시구, 인저버텀은 형수두 이 열쇠루다가 행운을 여십사 허구 이 인간 이은된이가 종로까장 가서 특별히 맞춰온 겁니다요."

회장은 고맙게 여기고 받았다. 그리고 잘 간수해왔다. 현금이나 마찬가지여서 간수한 것이 아니라 월미와 성미가 커서 시집갈 때 가락지나 하나씩 해주면 되겠다 싶어 벽장 한구석에 깊이 두어두었던 것이다. 행운의 열쇠는 말하기가 좋아서 갖다붙인 이름일 터이니 행운하고는 그야말로 무관한 물건이란 생각 역시 한 번도 깜박해본 적이 없었다. 그런데 정말 앞을 내다볼 수 없는 것이 바로 자기의 일이고 자기의 마음이며 또 세상의 일이고 세상의 인심이었다. 생전 처음 구경하는 아이엠에프라는 것도 그렇지만 돈장수가 돈 떼이는 구경이며, 은행이 문 닫는 구경이며, 재벌이 거덜나는 구경이며, 금붙이가 이집 저집에서 헌 쇠붙이처럼 쏟아져나오는 구경이며, 원금의 고손 현손뻘쯤이나 되는가 했던 변돈의 이자가 며칠 사이에 손자뻘 아들뻘로 자라는 구경이며, 그 어느 것 한 가지도 회장은 공상조차 해본 적이 없는 일들이었다.

"우리두 이런 때는 뭔 좋은 일 났다구 팔짱 찌구 앉아서 구경이나 허구 있으면 못쓰는 거 아녀?"

하루는 남편이 텔레비전 뉴스 시간에 아무 집에서나 금붙이가 나오는 것이 마음에 들었는지 자기도 무엇이나 되는 사람처럼 심란스런 어조로 중얼거리는 것이었다.

"구경이나 허구 있잖으면?"

회장은 하도 가당찮은 소리라서 허텅지거리로 듣고 허텅지거리로 갚았다.

"우리두 보탤 게 있으면 보태야 쓰잖겠느냐 해서 허는 애기여."

"웬 개 풀 뜯어먹는 소리랴. 아 저녁 먹은 지가 얼마나 됐다구 그새 또 헛소리여."

회장은 그리고 지청구를 하다가 얼른 입을 닫았다. 화면이 돈 다발 헤아리는 장면으로 바뀌면서 금리가 올라도 너무 오른다는 말에 귀가 번쩍한 거였다. 회장은 얼핏 눈으로 벽장을 한 번 여닫고 나서 가만히 의논성 있게 말했다.

"가만있어라. 그럼 우리두 이런 때 다먼 얼마래두 보태보까나?"

"있기는 있구?"

"있기야 있지. 그 반갑잖은 사람이 해온 것두 있구, 월미 승미 백일 때랑 돌 때랑 화요회에서 해준 반 돈짜리두 있구, 금요회에서 해준 한 돈짜리두 있구, 우리 종고(綜高) 희나리회 회원찌리 반짓계를 해서 탄 것두 있구……."

회장은 자기가 먹고 입고 노는 일도 망설망설하면 으레 어중간하게 마음이 변해 흐지부지되고 말기가 십상이었던지라 바로 이튿날 아침나절에 은행으로 뛰어갔다. 금모으기 접수 창구는 텔레비전 화면과 달리 퍽 한가한 편이었다. 또 접수 창구에 있는 사람이 구면인 것도 반가웠다. 역전으로 에둘러 오자면 충청은행

못 미처에서 금은방을 하는 만보당 주인이 자원봉사자로 나와 있었던 것이다. 그는 희나리회 회원들과 금반지계를 하면서 아는 사이가 된 처지인데 신통하게도 여태껏 얼굴을 기억하고 있다가 먼저 인사를 했다. 회장은 접수대 앞에 의자를 바짝 당겨 앉은 다음 둘둘 말아서 핸드백에 넣어온 비닐봉지를 풀어놓았다. 만보당 주인은 반 돈짜리 백일반지부터 차례로 집어들고 줄로 두어 번씩 쓸어 자세히 살펴보면서 말했다.

"우리 가게서 반짓계 해가신 닷 돈짜리는 태극 마크가 찍혀 있는 겁니다. 구십구점구 프로 보증 마크지요. 그게 팔팔년버텀 생긴 제돈디, 그렁께 그전에 맨든 건 워디서 맨들었건 믿을 수가 없다…… 그전 건 엉터리두 많거던요. 그래서 태극 마크가 없는 건 무조건 사 프로씩 뺍니다. 그렁께 죄다 구십육 프로씩만 친다 이거지요."

회장은 그럴지도 모른다는 생각에 연방 고개를 끄덕거렸다.

"그래두 오 프로씩 빼는 것버덤은 낫구먼 그류. 넘덜 허는 대루 허야지유."

"그건 시방 전국적으루다 그러는 거니께요."

만보당 주인은 흥정이 됐다는 듯이 자기네 가게에서 시계줄 고칠 때 쓰던 니퍼를 집더니 반 돈짜리부터 반지마다 두 토막을 내가면서 끊긴 자리를 다시 자세히 들여다보곤 하였다. 회장은 반지를 끊는 순간 문득 아이들의 손가락이 끊기는 듯한 환영으로 가슴께가 아릿했으나, 곧 피아노 학원에서 건반을 힘차게 두들기던 월미의 손가락이 얼비치다가, 이윽고 미술 학원에서 그림붓을 야무지게 쥐고 휘두르던 성미의 손이 떠오르자 비로소 정신을 차려 눈을 똑바로 뜨고 지켜볼 수가 있었다.

만보당 주인은 이어서 도화지만한 흰 종이를 깔더니 그 위에 동강낸 행운의 열쇠를 거꾸로 들고 흔들었다. 그러자 뜻밖에도 서캐만씩한 까만 가루가 쓸어모으면 구식 라이터돌 하나는 되고도 남게 쏟아지는 것이 아닌가.

"얼랄라…… 아니 금두 곰팡난대유?"

"쇳가루겠지요. 금비녀 금팔찌 금돼지 금거북이 헐 거 없이 예전에 맨들은 건 죄다 이런다구요."

"이건 몇 해 안 되는 건디유."

"무게 늘리느라구 장난헌 거지요 뭐."

나야마(과연), 그 개 잡은 디에 가서 조상이나 헐 늠이 워쩐 일루 보리밥 먹구 쌀방구를 꾸나 했더라. 그런 줄은 전전 모른 채 웬 열쇠냐 자물쇠냐 허구서 잘해줄 때는 어프러지게 잘해주구 지랄했으니, 아서라, 내년이 미친년이다. 그 인간 알어본 지가 워디 한두 해였어야 말이지. 시집와서 신랑허구 꽃삼 자는 새벽에 두 툭허면 문짝 흔들어가며 밥 늦어 핵교 지각허겄다구 심술부리던 인간이 이제라구 워디 가겄냐. 다 내년이 미친년인겨.

회장이 그렇게 속으로 논고를 하고 선고를 하기에 바쁜 동안 만보당 주인은 이리 잘리고 저리 잘린 회장의 금붙이를 누런 봉투에 그러담아서 호치키스로 총총히 박은 다음 겉봉에 일련번호를 매겼다. 그리고 그 아래칸에 무게를 적고, 회장의 계좌번호, 주민등록번호, 전화번호, 주소 등을 적어 보관함에 넣었다.

회장은 만보당 주인이 접수증을 내주면서 하던 말 그대로 약 한 달 뒤에 시가대로 쳐서 계좌에 넣어준 돈을 톡톡 털어서 당초에 계획했던 돈놀이를 하였다. 은행 이자가 뛰는 대로 동네 이자도 덩달아서 춤을 추어 굴린 돈은 고작 돈 백이었지만, 차려입고 가야 할 자리에 차려입고 가도 남들이 봐서 뭐라고 안 할 만한 옷을 한꺼번에 두 벌씩이나 장만한데다, 쓰는 김에 쓰자고 아예 화장품까지 옷에 맞게 바꾸고 말았으니, 생각하면 이 진퍼리 이 서방네로 시집와서 생전 처음 해보는 호강이기도 하였다.

그렇지만 그 일로 하여 기분이 마냥 넌출지고 덩굴지고 했던 것만은 아니었다.

지난 칠월 그믐께의 일이었다. 하루는 희나리회 회원 가운데 서방이 시의원 보궐선거에서 열두 표 차이로 떨어진 친구가 있어 위로연 비슷하게 점심이나 같이 먹자 해서 나갔다가 들어오니 은돈이는

"반갑잖은 사람이 먼저 와 있었슈."

소남풍에 개밥그릇 굴러다니는 소리를 하며 대청에서 일어나 앉고 동서는 "이제 오세요" 하고 안방에서 나오다가 무엇이 바쁜지 한짝 다리를 문지방 너머에 둔 채 옷부터 위아래로 훑어보더니

"줌마팻션치곤 미스포사급이네요."

입비뚤이 혓바늘 돋은 소리로 무슨 말인지 모르게 종알거리고 있었다.

"무슨 팻션은 무슨 소리구, 무슨 포사는 다 무슨 소리랴?"

회장은 자기도 모르게 퉁명을 부리며 안방에서 옷을 갈아입었다.

"아줌마 팻션치구는 허리높이급이란 얘기예요. 도레미파부터

치면 라스포사는 눈높이급이구 미스포사는 허리높이급이잖아요."

지가 입었으면 잠자리 날갠디 내가 입어서 풍뎅이 날개란 애기구먼.

회장은 우습지도 않았다. 그러나 자주 오가는 동서도 아닌데 대번에 닦아세우기도 그렇고 하여 듣기 좋은 말로 피하였다.

"논배미의 허수애비두 해마다 옷이 닳어지는 세상에, 나라구 맨날 혼인집에 댕기는 옷으루 초상집에 댕기란 뱁이 있다남. 요새는 오라는 디두 많구 가볼 디두 많구, 나두 노다지 벗구 입기가 바쁜 사램여."

"그럼 일은 언제 허세요?"

"일은 손으루 허구 나들이는 발루 허구, 맨날 정신 하나 없지 뭐. 그래서 이냥 오방난전(五方亂廛) 늘어놓구 안 사남."

"그래서 화장품도 많이 늘었나 봐요."

"그게 늘은 건감. 나두 한번 나가면 면장두 만나봐야 허구 지부장두 만나봐야 허구 해서, 화장품두 밑거름용 따루 웃거름용 따루, 늘어두 열두 가지는 더 늘어야 구색이 맞을 판이구먼."

회장은 수다를 떨 만큼 떨었는데도 속이 개운치가 않았다. 자기가 생각해도 그 아줌마 패션이라는 말이 체증에 걸린 모양이었다. 말꼬리를 잡아서 사뭇 퍼부어대면 체증도 쑥 내려가고 후련하련만 그래도 결론은 참고 견디는 것이 옳다는 것이었다. 참고 견디려면 어서 일손으로 돌아가는 것이 수였다. 회장이 밀짚모자를 쓰고 나서니 동서가 따라 일어서면서 말머리를 돌렸다.

"콩 농사 올해도 괜찮죠? 잘돼야 우리두 갖다 먹을 텐데."

"무슨 콩을 얼마나 먹길래 갖다 먹는다는겨. 여기 왔다 가는 시발류 값이면 콩으루 뒤집어쓰구두 남을 텐디."

"요즘은 두부고 콩나물이고 암껏두 안 사먹잖아요. 우리나라는 콩 자급률이 삼십 프로밖에 안 된다는 거예요. 사료용을 합하면 영쩜구 프로구요. 그러니 콩자반이고 콩고물까지도 전부 미국산 유전자 변형 콩으로 만든다는 얘긴데 뭘 사먹겠어요. 올해는 메주 띄울 때 청국장두 좀 많이 띄우세요. 갖다 먹게."

"콩만 왜 유전자 변형 콩이간디. 나두 이 생각 저 생각 허면 스트레스 받는 사램여. 나 스트레스 좀 작작 받게 해줘."

회장은 더이상 동서와 수작하기가 싫어서 호미를 들고 파밭으로 내뺐다. 파밭은 사방에 그늘 한 점이 없어서 동서가 따라올 곳이 아니었던 것이다.

그런데 그날 스트레스를 받아도 알짜로 받은 쪽은 회장보다 금돈씨였다. 금돈씨는 아내가 시내로 점심을 먹으러 나가는 바람에 무슨 반찬을 어디에 두었는지 몰라 밥 한 덩이를 맹물에 말아서 맨밥 먹다시피 하고 고추밭에서 고랑에 깃은 바랭이 방동사니 쇠비름 따위를 낫으로 줄이고 있었다. 마당에서 차 소리가 나기에 돌아다보니 은돈이가 온 모양이었으나 하던 일을 그냥 하고 있는 편이 더 나을 것 같았다. 어려서는 뒷간도 함께 다니면서 우애를 나눈 옴살이었으나, 각자가 짝을 만나고부터 서로 뜻이 다르고 생각이 다르고 말이 달라졌을뿐더러, 씨가 오사바사한 사내라면 누구보다도 질색하는 성미고 보니 언제 보아도 마뜩찮은 것이 은돈이였던 것이다. 씨가 아까부터 냉장고에 넣어둔 찬물 한 모금을 '마셔보셔호프' 집의 생맥주 한 잔보다 더 그리워하면서도 참아내고, 아내가 들어왔다가 파밭으로 일 나가는 데도 물심부름을 시키지 않고 참은 것도, 다 은돈이가 찾아 나와서 마주하는 시간을 뒤로 미루자는 속이었던 것이다.

하지만 은돈이도 가는 길에 들러가는 길이니 집에서 진드근히 씨를 기다릴 성질이 아니었다. 씨가 무슨 소리에 고개를 드니 은돈이가 제 그림자를 발로 차며 다가오고 있고 제수는 네댓 발짝 뒤에 처져서 뒤룩거리고 있었다.

"풀을 낫으루 비면 풀이 잽히나, 심들어두 뽑어야 잽히지."

씨는 은돈이가 와서 말을 건넨 뒤에야 허리를 폈다. 제수가 그 전처럼 하는 둥 마는 둥 한 고갯짓으로 인사를 때웠다.

"알찬이랑 힘찬이 기찬이 다들 잘 놀지유?"

씨는 안부를 제수에게 하고 눈길을 은돈이에게 돌렸다.

"허는 일은 잘되는겨?"

"되는 폭이여. 원채 가짓수가 많어노니께 제각금 덩칫값은 허데. 캔 음료만 해두 가짓수가 여간 안 많어."

은돈이는 제 처남 하나하고 크게 벌어진 아파트 공사장에 음료수 자판기를 늘어놓고 관리하는 것이 생업이었다.

씨가 은돈이와 마주 보는 것이 따분하여 담배를 붙여무는 사이에 은돈이가 말했다.

"그런디 올해는 콩 농사 좀 신경쓰슈. 된장 간장은 처가에서 갖다 먹는 게 아직 남었지만, 이렇게 더울 때 선헌 콩국수 한 번을 못 사먹겄구, 날 궂은 날 뜨끈헌 되비지찌개가 생각나두 사먹을 맘이 안 나니 말여. 사먹는 것은 죄다 유전자 변형 콩으루다 맨든 것이라니 껄쩍지근해서 먹어두 살루 가겄어? 콩 농사 좀 신경쓰셔. 갖다 먹게. 두부구 비지구 콩너물이구 몽조리 여기 걸루 믹서에 갈어서 먹구 화분에다 길러서 먹구 허게 말여."

"그렇게 따지면 쇠고기 돼지고기 닭고기는 워치게 먹구, 달걀은 또 워치게 먹으며, 우유는 워치게 먹을겨. 사료라구 생긴 건 죄다 수입콩으루 맨드는디. 유전자 변형이야 콩뿐이간. 옥수수두 그 모양이구 밀두 그 모양이구, 하나두 그냥 둔 게 없을 거라구."

"가만히 보니께 고기두 맘놓구 먹을 건 장차 개고기뿐이겄더먼"

하더니 건성으로 스쳐보는 것 같던 고추밭으로 눈을 돌리며 뒷동을 달았다.

"꼬추가 풀밭에서 자라는디두 화초마냥 이쁘네 그려. 벌써 약 올라서 매웁게 생긴 늠두 있구, 벌써버텀 붉으까 마까 허는 늠두 있구. 헌디 풀을 왜 낫으루 빈댜. 호미루 매줘야 하나래두 더 먹을 테구먼."

씨는 내처 못 들은 척하고 딴전을 보지 못한 것이 두고두고 후회스러웠다.

"넘덜이 논이구 밭이구 순전히 제초제루 농사를 짓길래 나두 그렇게 해서 그 동안 재미 좀 본 심인디, 나만 해두 제초제가 바로 고엽제라는 생각을 미처 못 했던겨. 약 안 주구 비료 안 주구 허면 상품 가치가 있어야 말이지. 때깔이 안 나니께 거들떠를 안 보니 나버텀두 유기농이니 환경친화농이니 허는 말이 귀에 들어오간디. 그래서 집이서 먹을 것만 예다가 따루 심어놓구 시험 삼어서 이냥 놔둬보구 있는겨. 되면 내년버텀은 방향을 바꿔보까 허구."

그 말이 떨어지기가 무섭게 제수가 나섰다.
"그러니까 무공해 고추네요. 우리도 조금만 따갈게요."
"그럭 허유."

씨는 제수가 쪼르르 달려가 차에 있던 비닐봉투를 가져올 때만 해도 설마 날로 먹을 풋고추나 몇 개 축내려니 했지. 부부가 덤벼들어 내일 모레면 붉을 약오른 고추부터 꽈리고추 끝물보다 잔 애고추까지 보이는 대로 손을 대어 고추밭 자체를 그 지경으로 결딴낼 줄은 생각지도 못한 일이었다.

제 성을 으레껀 먹던 떡으로 여기는 늠인 중 뻔히 알면서두 눈 뜨구 당했으니 인저 뉘더러 하소헐겨. 뭣이 워쩌구저쩌? 허리높이끕? 그럼 내 꼬추밭을 무단히 밭떼기루 털어간 지년은? 지년은 도둑년이니께 발모가지끕이구? 금붙이나 패물 도둑은 사치랑 허영을 훔친 도둑이구, 농산물 도둑은 농사꾼이 삼백예순 날 쏟아모은 땀방울 도둑이라는 걸 알아야 혀, 작것덜아. 그러구 늬덜허구는 이게 끝이여. 앞으루는 상종두 않을겨. 내가 늬덜을 상종허면 내가 아니라구. 유유상종이라구 했어. 우리가 왜 늬덜허구 유유(類類)냐. 허리허구 발모가지는 유유가 될 수 없다는 걸 알라구.

회장은 결딴난 고추밭을 보는 순간 사지가 풀려서 밭둑에 두 다리를 뻗고 퍼질러앉아 그렇게 속으로 선언했다.

회장은 그러나 남편에게는 아무 말도 하지 않았다. 풋고추를 따간들 몇 개나 따가랴 싶어서 에멜무지로 한 말에, 여편네가 얼씨구나 하고 달려들자 사내도 절씨구나 하고 덤벼들어 그렇게 됐으리라는 것은 보지 않고도 알 만하기 때문이었다. 회장도 생전 처음 시험해본 유기농법이었다. 고추가 마디마다 달리고 탐스럽게 자랐다. 보기가 좋고 먹기가 아까워서 한 개도 다치지 않고 붉기를 기다렸다. 첫물부터 끝물까지 볕에 말려 빻을 작정이었다. 잘만 말리면 가루로 열댓 근은 너끈히 될 것 같았다. 아무도 나눠주지 않을 참이었다. 고춧가루만 깨끗하게 먹어도 온 식구의 건강에 큰 부조를 할 것 같았다. 그런데 고추모 하나에 백 원씩이나 주면서 사다가 가꾼 그 고추밭이 천신(薦新)도 못 해보고 거덜이 난 것이었다. 회장이 다릿심이 없어서 일어나지 못하자 남편이 부축을 해주면서 다독거려 말했다.

"잊어버려. 헛농사 한두 번 져봤다구 그려. 올해가 일구구구년이여. 아홉수가 싯이나 들어서 그 액땜으루 그러나 보다 허구 잊어버리자구."

회장은 잊기로 했다. 그리하여 잊어가는 중이었고, 어느 곁에 가뭇없이 잊고 있던 판인데 그날 아침에 불쑥 전화가 와서 월미의 수능 점수를 묻는 통에 실랑이를 벌인 거였고, 오늘 식전에는 난데없는 까치 타령을 하여 속에서 불이 일게 한 것이었다.

"반갑잖은 사람 또 전화했슈. 형수, 요새 거기 까치고기 흔해터졌지요?"

회장은 어린아이 전화도 아니고 어른 전화도 아닌 전화를 받은 것 같아서 냉큼 끊어버릴까 하다가 내가 어디가 굽죄어서 비키랴 하는 투지로 전화기에 바짝 다가앉았던 것이다. 회장이 대꾸를 않는데도 은돈이는 계속 너덜대었다.

"까치 등쌀에 과수원 못 헌더구 길조를 해조루 바꾼 뒤루 얼마든지 잡어두 안 걸려요. 아무나 잡어 파니께 값두 팍 내려서 요새는 마리당 천 원 안팎일 텐디, 한 여나믄 마리 사서 냉장고에 냉동시켜두쇼. 정동진이나 거기께 워디서 새 천년 해맞이 허구 올 적에 가져가게. 이 인간 이은된이두 나이가 들어서 그런지 몸이 전만 못해요. 그래서 까치나 한 여나믄 마리 과먹어보까 허니께 이왕이면 살이 통통헌 늠으루다 골러서 사셔. 약 놔서 잡은 늠 말구 총으로 잡은 늠으루 사시구. 새 천년에 천년을 다 살 건 아니지만, 이 인간 이은된이두 사는 디까장 살려면, 넘들이 몸에 좋다구 먹는 건 나두 한번 고루고루 먹어봐야 헐 게 아니요."

"까치는 까치밥 먹구 까치 둥지서 사는디 누구 맘대루 길조다 해조다 허구 잡어먹어. 별 미친것들두 다 있네."

"까그매 대신 먹는 거요. 그 동안 기러기두 먹어보구 청둥오리두 먹어봤지만 말짱 헛겁디다. 왜냐, 철새는 신토불이가 아니거든."

"사람 몸에 좋은 건 그게 아녀유. 일러디류? 사람유. 사람 몸에 사람버덤 좋은 게 워딧대유?"

"좌우간 부탁했슈."

"농사꾼은 허구 싶은 것 다르구, 헐 수 없는 것 다르다는 걸 알구 사는 게 농사꾼유. 왜 알면서두 이러슈? 나는 그러구 싶두 않구 그럭 헐 수도 없구 허니께 여기서 전화 끊을튜."

남편이 들어온 것은 밤도 열한시가 넘어서였다. 버스를 타고 와도 막차를 타고 오는 버릇은 영 못 고칠 모양이었다. 회장은 남편이 발을 씻는 동안에 호주머니를 뒤졌다. 그 성인용품 전문차에서 뿌리는 광고지를 한 번만 더 얻어오면 가만 안 두기로 작정했으니, 호주머니 검사는 일과 중에서도 가장 중요한 일과가 아닐 수 없었다. 회장은 은돈이가 월미의 수능 점수를 물어 실랑이를 벌였던 날 저녁에 읽고 난 신문지 갈피에서 그것이 우연히 눈에 띄어 얼마나 놀랐는지 몰랐다. 그런 광고지를 처음 구경한 것은 물론 아니었다. 희나리회에 모임이 있어서 나가보면 숫제 그런 음란물 광고지만 모아가지고 시종 좌중을 웃기는 재미로 나오는 회원만도 셋이나 되었던 것이다. 회장이 그런 광고지에 놀라는 것은 첫째로 자칫 잘못하여 딸래미들의 눈에 띌까 싶어서였다. 둘째는 그 차에 있는 물건을 써보고 싶어서 사더라도 된통 바가지를 쓰지는 않아야 할 것이었다. 바가지를 쓰면 소문이 빠른데다가 멀쩡한 사람도 한물간 사람으로 여길 것이 뻔하기 때문이었다.

회장은 먼젓번과 같은 상품 광고지는 발견하지 못한 대신 뜻밖에도 명함을 가장한 천연색 인신공매 쪽지를 얻었다. 윗몸이 알몸인 여자 사진과 휴대용 전화기의 전화번호가 상호인 셈이었다. 회장은 품목을 들여다보았다.

'행운과 활력을 당신에게 드립니다. 각 지방 초호화 미녀 마케팅. 20대 초반의 여성과 함께 신선한 만남을 원하는 분께 피부관리—접대—데이트—스파트 맛사지—만성피로—어깨결림—스트레스 등 화끈한 해결! 자택 사무실 어디라도 24시간 출장 가능!!'

회장은 먼젓번의 물품 광고지에 있던, '가끔은 하룻밤에도 열두 번씩 홍콩을 가고 싶다, 신혼의 황홀경 365일, 강도 높은 성생활용 인생 윤활유, 인간적인 보조기구' 따위의 광고문보다 한결 하질의 매춘광고문이라는 결론을 내렸다.

회장은 금돈씨가 아랫목에 눕자마자 매춘광고 쪽지를 들이대며 딸래미들이 아직 안 자고 있는 건넌방으로 새어나가지 않도록 나직하게 따졌다.

"이건 뭐여?"

"마셔보셔호프집에서 한잔 허구 있는디 워떤 늠 하나가 들어오더니 한 바퀴 돌면서 테불마다 하나씩 늘어놓구 나가더면 그려."

"워떤 늠이? 워치게 생긴 늠이?"

"똑 알찬이 애비같이 생긴 늠이데."

회장은 양아치를 은돈이에 대는 바람에 옹친 마음이 단박에 풀친 마음으로 변해 조용한 말씨로 캐었다.

"그런디 여기에 무슨 해당 사항이 있다구 이걸 집까장 가져와?"

"왜 없어, 어깨결림. 그 어깨결림이 왈 농부병이라는 거 아녀?"

"그래서? 그래서 이 지집애가 시방 의사시구면?"

"의사는 아녀두 그 방면은 박살 테지 뭐."

"맨날 기본바로세우기운동인가 뭔가를 헌다구 하는 그놈의 집중단속 중점단속 일제단속 합동단속 추적단속 무기한단속은 다 워디 가서 무슨 지랄을 허구 자빠졌간 이런 것들이 활개를 치는 겨. 자자, 이 박사 사진, 어여 갖다가 앨범에 꽂든지 표구를 허든지 해서 두구두구 모셔."

회장은 씨의 얼굴에 매춘광고 쪽지를 힘껏 팽개쳤다. 씨는 피시시 웃으며 일어나 쪽지를 네 조각 내어 재떨이에 버리고는

"다 그런 거지 뭐. 안 그려? 요릿집 옆골목에 콩너물 장수두 있구, 제과점 뒷골목에 붕어빵 장수두 있구, 아 그래야 사람 사는

세상 안 같겄남"
하며 벽을 향해 모로 누웠다. 잠도 오고 술도 오르고 하지만 이 제는 만사가 다 귀찮다는 눈치 같기도 했다.
 회장은 별수없이 일어나 불을 끈 다음 등을 지고 모로 누워서 혼잣말처럼 중얼거렸다.
 그래라. 누가 말려. 너는 상행선 나는 하행선, 가는 데까지 가보자 이거여.

장석리 화살나무

홍은 억지로 일어나서 발걸음을 떼었다. 그러고 있다가 날이라도 새면 자기 인생 역시 바로 그렇게 새고 말 터이기 때문이었다. 홍은 숨이 턱에 닿도록 죽어라 하고 걸었다. 춥고 떨려서도 그러지 않을 수가 없었다. 그렇게 춥지만 않았어도 가마니에 담겨 수장되어 밀물에 들고 썰물에 나고 하다가 개흙밭에 걸린 송장은 또 얼마나 되는지 한 번쯤 둘러보고 싶었을지도 몰랐다. 그렇지만 그럴 겨를이 없었다. 그것도 우선 나부터 살고 본 다음의 일이었다.

잡히면 죽었다. 들켜도 죽었다. 수는 그 수뿐이었다. 죽으면 어떻게 죽는지 볼 듯이 숨을 죽이고 있었다. 어쩐지 기분이 이상타 싶어 지레 뛰어들었는데도 미처 숨도 고르기 전에 들이닥친 거였다. 한 발짝 다르고 두 발짝이 다르게 발짝 소리가 커지더니 울타리가 자빠지는 소린지 사립짝이 떨어지는 소린지에 이어 발짝 소리가 멎으면서, 어이 이용출, 이용출이 있어? 하고 우락부락하게 주인을 찾는 소리가 났다. 그러자 아까부터 미리 방에 들여보냈던 댓 살짜리 계집애가 문을 열고, 뜰방에서 안절부절못하던 끝에 인기척에 질겁을 하고 부엌으로 피했다가 해도 안 될 것 같아서 뜨락으로 나오는 애어머니의 신발 끄는 소리가 천근같이 무겁게 들렸다.

"누구시래유?"

애어머니는 그새 각오를 했는지 여느 때처럼 늘어지는 소리로 대꾸를 하고 있었다.

"이용출이네 집이오?"

"뱃장사 댕기다가 기별두 없는 지가 원제간유. 그는 벌써 돌어갔어유. 그런디 워디서덜 오셨대유?"

경황중에도 자못 너스레를 떨어대는 것이 이왕지사 제대로 숨을 틈을 벌어주려는 속내가 분명했다.

"좌우간 홍쾌식(洪快植)이 여기 있지? 바른대루 대여, 워딨어?"

"누구유? 여기 그런 이 없는디유."

"이것두 물든 년이네. 증 이냥 명 재축헐텨? 달랠 때 들어, 워딨어?"

"애덜은 전준닛씨네구 우리 친정은 경줏집간디, 긔가 누구간 긔를 왜 여기 오너서 찾으신대유? 전전 물르는 이구먼유."

"이런 좆뜨물루 뒷물헐 년 봐. 싹바가지 없이 누구 앞에서 딴 수작 허러 들어. 주둥패기를 으스려놔야 불 텨?"

"암두 안 왔당께유. 애덜 아버지 죽구버텀은 누구 하나 비쏙두 않는 집이 이 집인디, 더군다나 이런 시국에 오기는 누가 왔다구 이러시냐구유."

"안 되겠구먼. 뻘겡이는 씨를 싹 말리라는디, 워칙헐래, 새끼덜버텀 밟어버려야 불겨, 너버텀 뼉다구두 못 추리게 제겨버려야 불겨, 워칙헐겨? 니가 해달라는 대루 해줄 텡께 대답혀, 아 싸게 대답허라먼."

"글쎄 긔가 죽은 뒤루 문전에 으덩박시 하나두 얼씬헌 적이 없다면유."

"이게 때가 원젠 중 알구 대이구 숭물떨구 자빠졌어. 이용출이 육촌동생이 홍쾌식이 지집인 중 물를깨미? 홍쾌식이 지집이 생똥을 시 번썩이나 싸구 나서 불었기 땜이 온겨. 이냥 콱 쑤셔줘일 년아."

아이구메 하는 외마디소리와 함께 아이들이 자지러지는 속에서
"어서들 뒤어, 짯짯이 뒤어봐, 제늠이 튀어봤자 울안에서 늘뛰기일 텡께"

하자 우악스런 발짝 소리가 사방으로 흩어지는 것이 머릿속으로 보였다. 이제 저승길인가 싶자 피도 멎는 것 같았다. 문짝이 와살스럽게 젖혀지면서 살기가 쭉 뻗쳤다. 다시 숨을 죽였다. 아니 방에 뛰어든 거친 숨결에 눌려서 저절로 숨이 죽은 거였다. 방에 들어온 자는 거친 숨을 몰아쉬며 총검으로 천장부터 이 구석 저 구석을 찔러보더니 곧 윗목의 바람벽 쪽에 쌓아놓은 볏가마니로 옮겨붙어 이 가마니고 저 가마니고 닥치는 대로 쑤석거리기 시작했다.

이렇게 죽는구나.

홍은 하고 있던 대로 그냥 있었다. 그러고 있는 수뿐이라 차라리 기다린 셈인지도 몰랐다. 어차피 한 번 죽는데 어디를 찔린들 무슨 상관이랴 싶었다. 볏가마니들도 칼에 찔리는 '슥' 소리 한 번으로 단박에 숨이 끊기면서 그대로 굳어가고 있었다. 홍도 굳어가고 있었다. 그리고 그렇게 끝을 볼 즈음이었다. 홍은 어느새 숨통이 트여 있음을 느꼈다. 숨만 쉬고 있는 것이 아니라 귀도 들리고 있었다.

쿵 하는 소리가 났다. 방에 넘쳐나던 거친 숨결이 한꺼번에 밖

으로 나가는 소리였다. 홍은 그러나 아직도 산 목숨이라고 할 수가 없었다. 달개방을 맡아 총신 끝에 꽂은 대검(帶劍)으로 천장과 볏가마니들을 쑤석거리고 나간 자가 집이 오죽잖아서 더이상 뒤져볼 데가 없는 탓에 언제 다시 뛰어들어 재차 칼날을 들이댈는지 알 수가 없기 때문이었다. 아이가 어느새 울음을 그쳤는지 집 안은 그들이 장광에서 장독과 항아리를 열어보고, 헛간에 땔감으로 들여놓은 참깻대 들깻대 고춧대 수숫대 더미를 들춰보고, 집에 사내가 없어서 퇴비장에 그대로 쌓인 퇴비와 잿간의 잿더미를 헤쳐보고, 처마 밑에 세워놓은 콩동까지도 샅샅이 찔러보고 쑤셔보는 서슬에 한동안 뒤스럭거리는 소리뿐이더니 마침내
"진짜루 안 온겨, 왔다가 튄겨? 당신 말여, 새끼덜허구 살구 싶걸랑 고이 말헐 때 바른대루 대여, 워치게 된겨, 홍쾌식이는?"
하고 애어머니를 새채비로 닦달하는 소리가 지척으로 들리기도 하고 아득하게 들리기도 했다. 홍은 들리는 대로 듣고만 있었다. 그녀의 입이 가볍지 않다는 것을 이용출이 생전에 자주 드나들면서 번번이 느낀 터였기에 그만큼 마음이 느긋해졌던 셈인지도 몰랐다.
"글쎄 몇 번이나 말해야 아실라나 물르겄네유. 나는 그 홍 무엇이라나 허는 이가 워치게 생겼는지두 물른다닝께유. 우리허구 긔네허구 뭐가 되는 사인지두 물르구유. 나는 그런 이가 있다는 것도 츰 듣는 소리유. 아께두 말했구면서두 장 오던 사람두 애덜 아배가 돌아간 뒤루는 죄다 꿩 구어먹은 소식이라 워떤 때는 집 앞으루 엿장수만 지나가두 반갈 때가 다 있더라닝께유."
생긴 것은 꼭 이런 데서나 살면서 바가지에 밥 푸고 호박잎에

건건이를 담아 먹게 생겼어도, 두룸성 있는 구변 하나는 예배당이 큰집인지 작은집인지 모르게 사는 권사며 집사며가 되로 주고 말로 받기 십상으로 미끈덩하였다.

"쥔이 원제 죽었는디?"

"올 봄이 대상이었지유."

"하여간 홍쾌식이가 이따래두 찾어올지 물르는디, 그러면 그때는 워칙헐류? 넘넘두 아니구 허니 얼른 숭겨줄튜?"

"긔가 돌아간 이랑 무슨 푸네기가 된다구 하더래두 그렇지유. 서루가 낯두 물를뿐더러 혼자 된 여자가 사는 집에 오너서 워치게 있자구 허겄슈. 아마 그런 일은 없을 게네유."

"글쎄 이따나 니열이나 또 모리구 글피구 간에 야중이래두 오면 워칙허겄나 이게여."

"오면 대번에 알릴튜. 향토방위대 사무소루 지딱 연락허면 되잖유. 시당숙이 거기 책임자루 지셔유."

"안 그러면 워치게 되는디? 대답혀봐."

"그땔랑은 츠분대루 허시야지유."

"요오씨."

홍은 밖으로 우르르 몰려나가는 발짝 소리와 함께 비로소 깊은 들숨에 긴 날숨을 가만가만히 쉬어볼 수가 있었다.

홍은 그들이 되돌아가는 기미가 보이자 무엇보다도 몇 시나 됐는지가 궁금했다. 막상 죽느냐 사느냐 하며 쫓기다 보니 늘 남의 것으로만 여겼던 시계가 있지도 않았다던 축지법보다도 아쉬웠다. 홍은 부스럭거리는 소리가 나지 않을 만큼 고개를 좌우로 틀어보다가 차츰 허리와 오금을 펴고 뻗어보면서 이제는 됐으니

나오란 말이 있기를 기다렸다. 여차하면 울 밖으로 튀려는 것이 아니라 숨어지낼 곳을 옮겨야 할 것 같아서였다. 밤을 타서 옮기려면 걸음을 걸어도 반달음질을 해야 할 판이니 몸뚱이가 따라가자면 오금팽이부터 부드럽게 하고 볼 일이었다. 그러나 그러기 전에 먼저 물때를 봐야 하고 물때를 보려면 오늘이 며칠이며 지금이 몇 시인지를 알아야 했다. 홍은 그 죽살이 속에서도 꼭 여기보다 나을 듯한 데가 한 군데 생각나자 당장 시간부터 궁금해진 것이었다.

홍의 생각에는 여기보다 안전한 데가 없었다. 함께 일했던 이용출이 그러께 봄에 섬으로 뱃장사를 다니다가 풍랑으로 죽은 사실이 생각났던 것이다. 그가 바다에서 죽은 것은 38선이 터지던 날 벌인 보도연맹 관계자들에 대한 예비 검속중에 이미 확인이 됐을 거였다. 죽일 사람이 미리 제풀에 죽어준 집이니 누가 무슨 분풀이를 하려 들 거리도 없으려니와 동네에서 주목을 할 까닭도 없으리라고 여겼던 것이다. 이용출은 천성이 용한데다 타고난 겁쟁이라는 점이 서로 닮은 성싶어서 홍이 호형을 하며 따랐던 사내였다. 그는 나이가 아까울 정도로 숫기도 없었다. 때문에 그 일에서 손을 씻고 싶어하는 내색이 역연한 터에도 그 뜻을 비쳐볼 엄두가 나지 않는지 언젠가 아내가 했다던 그 말만 겨우 되풀이하곤 했을 뿐이었다.

"자긔는 미쳐두 여간만 미친 게 아녀. 미쳐두 도립병원으루 가보게 미치들 않구 국립병원에다 처넣게 미친겨."

그의 아내는 걱실걱실하여 홍이 때 아니게 찾아가도 싫어하는 기미가 없었고 며칠씩 묵색이며 양식을 축내고 있어도 그만 가줬으면 하는 내색을 얼비치지 않았다. 또 몸이 다부져서 남편이 집에 있거나 없거나 먼저 들일을 휘어잡아 상머슴에 짝하게 추어내었다. 물꼬를 보러 가다가 호주기라나 제트기라나 하는 미군기의 기총소사와 잘못 던진 폭탄으로 시체조차 못 찾은 사람이 적지 않은 판이라 내남적없이 일손을 놓고 지내어, 벼농사를 짓는 것인지 피농사를 짓는 것인지 모르게 여름부터 다 알아본 흉년인데도, 그녀는 일할 사람이 없다는 핑계로 여맹에도 들지 않고 여름내 일에만 파묻혀 지낸 탓에 수복이 되고도 오너라 가너라 하는 데가 없었고, 일도 근방에서는 드물게 피사리까지 한데다 바심도 제대로 하여 여남은 섬이 넘는 볏가마니를 달개방이 그들먹하게 쟁여놓은 덕분에 홍도 이렇게 볏가마니 덕으로 목숨이 붙어나게 된 거였다.

 애어머니가 집터서리를 둘러보고 들어와 안방에 등잔불을 쓰고 아이를 뉘는 기척에 이어 짐짓 들으라고 하는 소리에 귀가 번쩍 뜨였다.

 "똑 팔대장승같이 생긴 사내가 시 늠인지 니 늠이 총끝에 칼까장 꼽구 쳐들어오너 물두멍할래 들여다보구 지랄이더니, 죄 뉘 집이루 몰려갔는지 가이 한 마리 안 짖구 죄용허네 그려."

 홍은 서슴없이 가마니 속에서 나왔다. 그리고 자기를 살려준 그 빈 가마니를 아까 그자가 보고 간 그대로 속이 찬 여느 볏가마니처럼 매만져놓았다. 발짝 소리가 달개방께로 다가왔다.

 "간 것 같남유?"

 홍은 애어머니만 듣게 물었다.

 "그런개비네유."

"시방 몇 시나 됐을라나유?"

"우리두 지나가는 찻소리가 시계였는디 요새는 군수 물자 실어올리는 화차가 하 자주 오르내려싸닝께 당최 가늠을 못 허겄대유."

"요새 물때가 워치게 되던가유?"

"니열이 무쉬구 모리가 한매닝께 오늘이 아마 한조금인개비네유."

애어머니는 홍이 가마니에서 묻은 검부러기를 떼는 소리에 말을 보탰다.

"보리씨 담었던 가마니라 탑세기랑 까락이랑 여간 많지 않었을 텐디 갑갑해서 워치게 견디셨대유."

"들켰으면 거적두 황감헌 신센디 가마니가 상관이겄슈. 좌우루 위아래루 막 찔러대길래 죽었다 했지유. 가이 눈깔에는 구신두 뵌다는디, 헌디 무엇이 씌어댔는지 내가 들어가 있는 가마니는 용케두 근너뛰더먼유."

홍은 밖으로 나오면서 말했다.

"졸지에 놀래드려서 미안스럽네유. 나두 이날 입때껏 내 앞에다 큰떡 놓게 헌 사람은 아닌디, 박부득이해서 무단히 왔다가 폐만 잔뜩 끼치구 말었슈."

"얼라, 워칙허실라구 나오신댜."

"가봐야겄슈. 도둑은 한번 왔다 가면 와두 됐다나나 오지만 개덜은 않유. 한번 찍힌 집은 두구두구 입맛 다시는 게 버릇이라 더 있으면 안 되겄슈."

"그건 그류. 긔가 살어 있었을 때 보닝께 열 번이면 열 번 허탕을 쳐두 그예 끝장을 볼라구 들더면 그류. 게다가 긔이랑 육촌 남매지간이라구 엉뚱헌 소리루 넘겨짚기까장 허던 걸 보면 앞으루두 한참은 더 폐롭게 생겼시유."

홍은 나서기 전에 찬물을 청해 한바가지나 마셨다. 한숨 돌리고 나니 목이 탔던 것이다. 물바가지를 물리자 애어머니는 약수건에 싼 듯한 주먹만한 것을 건네면서 시름없이 말했다.

"누룽개유. 한 볼텡이 것밖에 안 되지만 밤공기가 찰수록 속이 든든해야니께 허기지지 않게 자셔야 해유. 그런디 이냥 칠흑이니 어둬서 워치게 가신댜."

"칠흑이닝께 나서보는 거지유."

홍은 갯벌 쪽을 겨냥하고 길을 나섰다. 애어머니가 울 너머로 내다보며 하는 소리가 한참이나 뒤따라왔다.

"왜덜 이러는겨. 이 나이 먹도록 참새랑 제비가 한 처마 밑에 살어두 생전 다투는 것을 못 봤는디, 허구헌 사람을 애매헌 멍덕 씌워 희생시키구두 연태껏 두름을 못다 채워서 이러는겨, 접을 못다 채워서 이러는겨, 왜덜 이러는겨."

본디 몇 집 안 사는 갯마을이기도 하지만 시국이 이러니 집집이 초저녁부터 대문에 빗장을 지르고 인기척이라면 덮어놓고 꺼리는 판국이라 그런지 동네를 다 벗어나도록 귓결에 스치는 것은 들녘을 건너는 바람결뿐이었다. 바람결도 서릿바람은 아니었다. 무서리가 내린 지도 한참 되었으니 이제는 된내기가 내릴 참인데도 그 대신 구름이 잔뜩 내려왔는지 아직은 몸의 훈기가 밖의 찬기를 마다하고 있었다. 논에서 타작하면서 짚뭇을 가려놓은 짚가리 두엇을 지나치자 논두렁이 두툼해지면서 저희끼리 부대

끼며 서걱대던 억새가 옷깃을 집적거리기 시작했다. 얼마 안 가면 억새가 길닿게 우거진 갯둑이 가로누워 있고 갯둑을 넘어서면 억새밭이 갈대밭으로 바뀌면서 갯벌이 벌어지고, 갈대밭이 다 된 데서부터 나문재밭을 더듬어가다 보면 발이 빠지는 개흙탕과 모래밭이 뒤섞이면서 따개비와 굴과 나사고둥이 더뎅이져서 있거나, 지금쯤은 파래와 돌김이 풀포기처럼 돋아났을 돌덩이에 발부리가 자주 걸릴 터이므로 엎드러지고 고꾸라지지 않도록 조심을 있는 대로 해야 할 것이었다.

홍은 이 근방의 갯벌이라면 일 년 열두 달 갯벌을 뒤적거려서 사는 갯것장수들 못지 않게 뜨르르하였다. 갯벌만 그런 것도 아니었다. 물길과 뱃길에 대해서도 뱃사람이나 섬 사람들과 같을 수는 없을망정 그 나름의 눈대중과 어림짐작으로 반사공은 된다는 것이 여러 해 전부터 해온 장담이었다. 자기에게 들락거리는 끄나풀을 수단껏 되잡아 받은 느낌으로 예비 검속이 오늘 내일에 있다 싶으면 이 섬 저 섬으로 물건을 떼러 가거나 팔러 다니는 이용출의 장삿배로 이내 뛰어와 곁꾼 노릇을 해주며 바다에서 떠돌았고, 붙들려 갔던 사람들이 시나브로 풀려난 뒤에서야 슬며시 귀가하기를 한두 번에 그친 것이 아니었던 것이다.

"그래 이번 행차엔 낯선 둔을 몇 푼이나 만져봤수?"

홍이 배에 있다가 돌아올 적마다 아내가 빙긋이 웃으면서 하는 말인즉 그 말이었다. 돈이 아쉬워서 하는 말이라기보다 뒤에라도 불려들어가 조사를 받게 되면, 그녀가 그 동안 홍을 찾아다닌 이들에게 매양 어디로 일 갔는지 모른다고 둘러댔던 말과 앞뒤를 맞추기 위해 하는 예행 연습이 본뜻이었던 것이다. 홍은 꿀리는 데가 있어서 피신을 했던 것이 아니라, 쟁기밭 따비밭 다해서 밭뙈기 댓 마지기가 고작인 농사만 쳐다보고는 살 수가 없기에 섬으로 뭍으로 다니면서 품팔이를 했다는 것이 늘 정해놓고 읊조려온 대답이었던 것이다.

"중선두 아니구 당도리선두 아니구, 제우 외대박이 장삿배에서 곁노질꾼으로 있다 왔는디 둔은 무슨 둔을 만진댜. 밥 얻어먹구 잠 얻어자구 말 얻어듣구 했으면 됐지. 벌은 거야 잽혀들어가서 골병 안 들어 나왔으면 그게 바루 벌은 것이구. 안 그런감."

"그건 그려. 맨날 도망댕기는 것이 직업인 이가 밥 얻어먹구 잠 얻어자구 병 얻어 안 앓었으면 됐지 뭔 진말이 필요허겄어. 허지만 말 얻어들은 것은 아무 쇠용 없어. 오며가며 줏어들은 말이 무슨 쇠용 있을겨."

"무슨 쇠용 있다니? 배운 것 읎는 늠은 뜬소리루 서울 가던 것을 여적 안 봤간디."

"말이 번드르허면 남로댕이랴. 얻어들은 말루 콩칠팥칠 허는 게 얻어 앓는 병에 양약이 낫네 한약이 낫네 허구 약장사찌리 찧구 까부는 것이랑 무엇이 달르간."

"그건 그럴겨. 남로댕이구 북로댕이구 간에 말 탄 짐에 종 부리구 싶더라구 나두 실은 배 탄 짐에 워디루 멀리 좀 나가봤으면 싶데나."

"멀리 나가다니, 멀리 워디루?"

"워디루냐, 가령 쓰따링이가 쥐구 있는 쐬련 사람덜은 다덜 워치게덜 허구 살구 있는지, 투루만이가 쥐구 있는 미국 사람덜은 다덜 워치게덜 허구 살구 있는지, 또 모택뒹이가 쥐구 있는 중국 사람덜은 다덜 워치게덜 허구서 살구 있는지, 이런 나라 저런 나라루 돌어댕기면서 사는 꼴들이나 좀 보구 왔으면 여간 안 좋을레. 그걸 공부루 치면 그런 큰 공부가 또 워디 있다나. 그런디 지도책을 펴놓구서 가만히 들여다봉께 육지루는 38선이 맥혀서 안 되겄구, 천상 바다루 해서 나가는 수밖에는 없게 생겼데. 이 손바닥만헌 나라에서 맨날 내 앞으루 있는 밭뙈기나 쳐다보구 앉어 있으면, 생전 웅뎅이 밖을 모르구 사는 깨구락지나 맹꽁이허구 뭐가 닮을 텐가. 그렇게 바다 밖으루 나가서 바깥세상을 알은 댐에야 도망을 댕겨두 댕기구, 구만 좀 댕겨두 댕길 게 아닌가베."

홍은 정말이었다. 그래서 견문도 넓히고 안목도 높이고 싶었다. 홍은 그것이 한갓 꿈이라고 하더라도 한때의 허무한 백일몽이 아니며, 세월이 흐르고 때가 되면 생각처럼 실현되지 말라는 법도 없는 꿈이라고 주장하고 싶었다. 그래서 홍은 밤낮으로 귀동냥을 하기에 게으르지가 않았다. 홍은 바다를 익히는 데에 관계된 말이라면, 배를 부리는 데에 관계된 말이라면, 그 말의 쓰임새야 높고 낮고 간에 영락없이 어디서 돈이나 받고 그러는 사람처럼, 귓결에 닿는 족족 귀담아서 듣기를 일삼듯이 하였다.

홍은 이용출이 이를테면 돌고래가 물 밖으로 등지느러미를 내놓고 떼를 지어 놀면 으레 짙은 안개가 낀다는 말을 흘릴 경우 바로 그 자리에서 뇌기를 되풀이하여 구구처럼 외워버렸다. 해파리가 뭍에서 멀지 않은 든바다로 몰려오면 그로부터 열 시간에서 열다섯 시간 안에 폭풍우가 닥친다거나, 달무리나 햇무리에 바람기가 있어도 폭풍우가 일어나지만, 갈매기나 바다가마우지나 바다오리 같은 든바다의 텃새들이 난바다를 넘볼 정도로 멀리

나가면 날씨가 썩 좋을 조짐이며, 기계 배의 뱃고동 소리가 멀리서까지 똑똑하게 들리면 비가 퍽 많이 내릴 징조란 말도 그렇게 외워서 잊지 않게 된 것이었다. 하늘의 별이 일렁거리는 물너울에 떠 있는 것처럼 가물거리고 흔들려 보이면 하늘에서 큰 바람이 일고 있으며, 그 바람이 차츰 낮아져서 나중에는 바다에서도 바닷물이 뒤집힌다는 것을 알았고, 아침 하늘이 붉은색을 띠면 풍우를 피할 수가 없지만 누런색을 띤 아침 하늘은 날씨가 꽤나 맑다는 표정이라는 것도 아울러서 알게 되었다. 또 뱃사람들이 바람을 일러서 동풍은 샛바람이고 남풍은 마파람이며, 서풍은 하늬바람이오 북풍은 된바람이며, 북동풍은 높새바람으로, 남동풍은 샛마로 부른다는 것도 덤으로 얻어듣게 되었다.

홍이 바다에 희망을 걸고 법이 새로 서서 개죽음을 면할 수 있을 때까지 당분간 대섬에 가서 숨어 있기로 쉬 작정한 것도 그로 말미암은 것이었다. 대섬으로 가되 갯벌을 가로질러 가기로 마음먹은 것도 그만큼 바다가 미덥기 때문이었다. 처외조모의 넛손자인 김충렬이 나이 쉰줄이 넘도록 손수 주낙배를 부리고 사는 대섬은, 물이 들면 저만치에 뚝 떨어져 있는 한다하는 섬이지만 물을 쓰면 발이 빠져도 신발만 빠지고 다닐 수 있을 만큼 갯바닥 가운데에 솟은 한 덩이의 야산일 뿐이었다. 그러나 그리로 가려면 길이 디근자 형으로 난 까닭에 일단 목숨을 걸고 읍내로 들어가 장터부터 거치지 않으면 안 되는 판이었다. 아니 읍내나 장터는 둘째요 신작로부터가 홍에게는 있어도 소용없는 길이었다. 짐작건대 밤도와 갯벌을 가로질러 간다면 좋이 삼사십 리는 다리품을 팔아야 될 참이었다. 하지만 물렁거려서 발이 장딴지나 무룊까지 빠지는 데도 있고, 빠진 발을 물고늘어지는 차진 진구렁도 있고, 지럭지럭하고 미끈거려서 다릿심을 있는 대로 잡을 갯고랑 또한 수도 없이 널려 있을 것이니, 걸리는 시간만도 개흙길 삼사십 리가 황톳길 칠팔십 리에 진배없을 터이었다.

 그렇지만 신작로가 곧 황톳길이며 황톳길이 바로 황천길이라고 보면 갯벌을 가로지르는 개흙길이야말로 숨는 길이었고 숨는 길인즉슨 사는 길이었다. 홍은 애어머니가 건네준 누룽지 꾸러미가 주체스러울 것 같아서 고를 풀어 허리띠에 매달았다. 입은 채로 나와서 위아래가 흰 광목에다 겹것만 걸친 것이 걸리기는 했으나 겹바지 가랑이를 잠방이 폭으로 무릎까지 걷은 다음 겹저고리 소매도 팔꿈치로 걷어붙이면서 억새가 앞을 가리는 갯둑으로 올라 한동안 귀를 기울였다. 아무도 없는 성싶었다. 치안질서가 서 있다면 해안선에 경비병력이 없을 수가 없으련만 아직은 아닌 모양이었다. 홍은 해안선을 무인지경으로 버려두고 있는 것이 한편으로는 다행이면서도 불안스러웠다. 이렇게 한창 어지러울 적에 우왕좌왕하다가 붙잡히면 붙잡은 자의 마음먹기에 따라 목숨이 왔다갔다하는 통에 죽어도 개죽음을 못 면하기가 십상이었던 것이다. 홍은 어부림으로 심어 가꾼 곰솔밭이 억새밭보다 앞을 덜 가릴 것 같아서 그쪽으로 내달렸다. 홍은 곰솔밭이 파도에 끊어지면서 돌너덜겅으로 바뀌어 갯벌로 이어져 있음도 진작부터 알고 있었다. 돌너덜겅에는 그루마다 마디게 자란데다 다다분한 잔가지가 갯바람에 모지라져서 나무도 나무 같지 않은 화살나무들이 떼를 이루고 있다는 사실까지도 알고 있었다. 그 화살나무의 잔가지에는 늙은 곰솔 껍질의 보굿처럼 부드러운 것이 화살대의 깃 모양새로 붙어 있게 마련이었다. 홍은 그 보굿질의 주름살이 참빗살과 비스름한 것 같아서 한때는 챔빗살나무라고 제멋대로 부른 적도 있었다. 홍은 화살나무 잔가지의 보굿질을 골라 잡아가며 미끄러지지 않고 돌너덜경을 타내렸다. 이어서 갈대밭을 헤쳐가기 시작했다. 갈잎은 언제나 칼날처럼 날카로웠다. 홍은 허리도 펴고 고개도 세웠다. 갈잎에 눈을 찔리지 않으려면 그렇게 뻗정다리 노릇을 하지 않을 수가 없었다. 갈대밭 역시 홍에게는 서투른 데가 아니었다. 홍은 어려서부터 동네 어른들을 따라 갯바닥으로 게와 고둥을 잡으러 다니는 데에 이골이 난 터였다. 단오 무렵에는 동네 사람들이 밤저녁에 떼지어 몰려가 화래질을 해서 반찬을 장만하는 것이 큰 행사였는데 홍은 그런 데 마저도 한 번 빠져본 적이 없었다. 화래질은 싸리빗자루나 석유를 먹인 솜방망이 횃불로 갈대밭과 갯벌을 밝히고 다니며 불빛에 기어나온 게를 구럭이나 양동이에 주워담는 것이었다. 갈대와 나문재가 자라는 갯둑 가까이엔 민물이 흘러드는 수멍이 여러 군데여서 꼴은 도둑게 비슷해도 깊은 구멍에서 사는 깔때기와 깔때기 비슷한 갈게가 실패고둥과 함께 널려 있었고, 조간대(潮間帶)를 이루는 갯벌에는 집게발이 크고 붉다는 데서 이름이 나온 황발이(농게)를 비롯하여, 집게발은 커도 힘을 못 쓰는 능쟁이(칠게)며 밤게들이 새까맣게 깔려 있곤 했다. 조간대 중에서도 저조선(低潮線)에 가까워지면 진흙탕에서는 껍질이 있으나마나 하게 얇아서 속이 들여다보이는 민칭이가 기어다니고, 민칭이를 먹고 사는 갯지렁이가 기어다니고, 바지락과 따개비와 토굴을 먹고 사는 갯우렁이와 피뿔고둥이 기어다니고, 갯우렁이와 피뿔고

둥을 먹고 사는 집게와 민꽃게가 기어다니고, 등딱지에 구름 무늬가 있는 금게와 박하지게가 기어다니고, 갯물이 늘 지적지적한 갯고랑의 모래바탕과 진흙바탕에는 맛조개와 피조개와 동죽조개와 백합조개에 소라며 골뱅이며 명주고둥이며가 손가락 끝으로 뒤적거리기만 해도 한 옴큼씩 튀어나올 정도로 숱하게 묻혀 있었던 것이다.

홍은 그런 갯것들을 호미로 캐거나 조새로 따고, 어떤 것은 손으로도 잡고 발로도 잡아 초근목피로 연명해가던 식구들로 하여금 지져 먹거나 삶아 먹게 함으로써 보릿고개를 맞아서도 부황을 면할 수 있게 해주었고, 꽁보리밥에 푸성귀가 고작인 여름에는 갯것을 삶아낸 물에 손국수나 수제비를 끓여 먹게 하여 소증(素症)이 무엇인지도 모르고 지내게 했던 일 같은 시답잖은 기억을 두서없이 되새기는 사이에 걸음이 어느덧 뱃길에 이른 것을 깨달았다. 그새 뱃길에 다 왔다는 것을 일깨워준 것은 뱃길 언저리에서 맞닥뜨린 푯말이었다. 홍은 푯말 앞에 웅크려 앉아서 숨을 돌렸다. 몇 시나 됐는지 모르지만 거리로는 갈 길을 절반으로 줄여놓은 셈이어서 다소나마 여유를 느낀 거였다. 그래서 그런 건지 홍은 누군가를 붙들어 가던 사람들이 읍내까지 연행해갈 일이 성가시다고 도중에 갯바닥으로 끌고 들어가 할미바위 밑에서 멋대로 처치하고 갔다던 말과 함께 언제 지나왔는지 모를 할미바위가 문득 떠올랐다. 개죽음의 현장이기 때문일 거였다. 홍은 몸이 부르르 떨렸다. 남의 일이 아니라고 여긴 탓이었다. 그 바람에 얼이 빠졌는지 홍은 시간에 쫓기는 신세답지 않게 냉큼 일어서지지가 않아 무연히 뱃길만 내려다보고 있었다. 물소리가 새삼

우렁차게 들렸다. 물이 바닥을 핥는 조금 때에도 낚싯줄만 던졌다 하면 망둥이는 말할 것도 없고 졸복이며 모쟁이가 줄달아서 무는가 하면 보구치와 부시리가 물기도 하고 갯장어에 낚싯줄이 끊기기도 하던 물이고 보니 그렇게 들리지 않을 수도 없을 거였다. 홍은 갑자기 큼직한 홍어가 떠올랐다. 접때 누군가가 쑤군거리던 말이 그보다 먼저 떠올랐는지도 몰랐다. 누가 잔치에 쓰려고 장에서 홍어 한 마리를 흥정해왔는데 내장 속에서 사람 손가락이 둘이나 나왔다는 것이었다. 바다에 수장당한 사람이 하도 많아 고기도 껄쩍지근해서 아무 고기나 함부로 사다 먹을 수가 없게 됐다는 거였다. 홍은 벌떡 일어났다. 뱃길에도 혹 홍어가 있는지 당장 건너보고 싶었다. 홍은 바짓가랑이를 허벅지까지 말아올리고 선뜻 들어섰다. 바닥이 모래바탕이어서 발목을 잡는 곳은 없을 듯했다. 물살이 생각보다 세었다. 읍내 한복판의 냇물과 갯고랑의 갯물이 엇섞이며 흐르는 물이라 다리가 얼얼하게 찼다. 물은 갈수록 깊어갔다. 물결이 허리를 감기 시작했다. 중선이 드나드는 물길이라 폭도 보기보다 넓었다. 종아리와 넓적다리를 할퀴고 지나가는 것들이 적지 않았다. 아마 꽃게들일 거였다. 다행히 수심은 그 이상 깊은 데가 없었다. 물살도 더는 급한 데가 없었다. 꼭 살려주려고 그러는 것 같았다. 그럭저럭 뱃길을 건너서 갯벌로 올라오고 나니 근력이 하나도 없는데다 삭신이 얼어붙는 추위까지 한몫 거들어 옴나위를 할 수가 없었다. 배가 꺼진 지가 오래 되어 속이 휜진 탓인지도 몰랐다. 그래서 생각난 것이 허리춤에 매달려 있는 누룽지 뭉치였다. 그러나 젖어도 갯물에 젖은 탓에 불어터진 것은 그렇다고 하더라도 목젖이 아리도록 짜디짜

장석리 화살나무 53

서 당최 먹을 수가 없었다.

  홍은 억지로 일어나서 발걸음을 떼었다. 그러고 있다가 날이라도 새면 자기 인생 역시 바로 그렇게 새고 말 터이기 때문이었다. 홍은 숨이 턱에 닿도록 죽어라 하고 걸었다. 춥고 떨려서도 그러지 않을 수가 없었다. 그렇게 춥지만 않았어도 가마니에 담겨 수장되어 밀물에 들고 썰물에 나고 하다가 개흙밭에 걸린 송장은 또 얼마나 되는지 한 번쯤 둘러보고 싶었을지도 몰랐다. 그렇지만 그럴 겨를이 없었다. 그것도 우선 나부터 살고 본 다음의 일이었다.

  가느라고 보니 왼쪽에서 산이 기다리고 있었다. 그 너머가 수산학교가 있는 해망산일 거였다. 홍은 동네를 피하여 산기슭으로 에둘렀다. 어항이 굽어보이는 등성이를 넘어 어구창고와 소금창고와 새우젓창고가 흩어져 있는 샛길을 지나 수산학교 앞에 널려 있는 간석지의 논두렁으로 접어들었다. 토막토막 이어나간 논두렁이 그치는 곳에 이르면 다시금 갯벌이었다. 홍을 대섬으로 건네줄 갯벌이었다. 마침내 그럭저럭 다 온 셈이었다.

  갯벌을 건너 김충렬이네 울안에 들어서도록 먼발치로도 사람 하나를 구경할 수가 없었다. 이번에도 살려주느라고 그러는 것 같다는 느낌이 들었다.

  "그래서 이날껏 이러구 이냥 살아 있는 심인디…… 좌우간 바다가 살려주구 개펄이 살려줬던 거여. 짐충렬씨는 두리두리헌 얼굴에 반은 구레나룻이 뒤덮여 겨우내 목도리 없이 지내두 목덜미 시린 중은 모르구 지낼 양반이더먼 그려. 또 말수도 즉어서 그날 내가 들이닥쳤을 적에두 자기는 다 그럴 중 알았다는 듯이 더덜뭇허게 앉어서 입맛만 짬짬허구 있었는디, 그래두 우리 밭뙈기를 팔어다가 저 사람덜헌티 손을 써주구, 저 사람덜이 구만 숨으라는 날까장 숨어 있다가 아무 날 아무 시에 아무 디루 나오너 자수허라는 대루 자수해서 종결짓는 형식두 죄다 그 냥반이 주선해주어 된 일이었으닝께. 하여간 하두 끔찍스러서 생각두 허기 싫은 일이니 인저 구만 좀 물어봐."

홍쾌식 옹은 그러면서 소리없이 웃었다. 옹은 올해가 팔순이었다. 팔순잔치를 했다는 말에 듣고만 있을 수가 없어서 고깃근이나 사들고 찾어본 것이 바로 그저께 저녁이었다. 나는 자리에서 일어나기에 앞서 마지막으로 한 가지만 더 물어보았다.

"육이오둥이들이 벌써 손자 손녀들을 보고 있으니 세월도 흐를 만큼 흐른 셈이라 그런 난리판이야 두번 다시 있겠습니까마는, 그래도 알 수 없는 것이 세상일인 만큼 제가 살아가면서 특히 조심해야 할 것이 있으면 어르신네께서 딱 한 가지만 가르쳐주십시오."

옹은 역시 소리없이 웃으면서 자신있는 목소리로 대답했다.

"있지. 딱 하나 조심헐 게 있어. 그게 뭣인고 허면 세상이 뒤숭숭헐 적마다 누가 물어보기두 전에 나는 중도여, 중간이여, 허구 돌어댕기는 사람덜…… 가령 갑 쪽이 세 불리허다 싶으면 갑 쪽을 찔러박어서 그 공으루 을 쪽에 가 붙구, 또 을 쪽이 세 불리허다 싶으면 을 쪽을 찔러박어서 그 공으루다가 갑 쪽에 가 붙구 허는 사람덜 말여. 저버텀 살구 볼라니 저허구 가까운 사람버텀 궂혀야 허닝께 결국은 남어나는 사람이 없더먼 그려. 이렇게 살을라구 그랬던지 나는 츰서버텀 그런 사람덜을 알어봤어."

장천리 소태나무

씨는 오늘도 안도의 한숨을 내쉬었다. 이렇게 길내 자기를 찾는 김아무개의 전화만 없으면, 장차 먼논이 텃논으로 바뀌게 될 것이 정해진 이치나 다름이 없기 때문이었다. 그래서 씨는 늘 혼자서 염불하듯 해온 혼잣말을 웃어가면서 다시금 중얼거리는 것이었다.
꼭 넘의 것을 거저배기루 먹어서가 맛이 아니라, 차를 얻어마시면 술두 얻어마시구 싶은 게 사램의 마음 아닌감. 먼논……
이런 아엠에푸 시대에 그게 워디여.

술이 사람을 만든다는 말이 있다. 무슨 책에 있는 말이 아니었다. 바로 이 장천리(長川里)에서 동네 사람들의 추대에 못 이겨 이장을 세 축이나 연임하고 물러나 시방은 약간의 논농사와 밭농사만 붙잡고 있는 이송학(李松鶴)씨가 시내에서 술을 마시다가 한 말이었다. 씨는 어쩌다가 한 번이나 술이 얻어걸려도 술을 받는 작자마다 맨 막걸리하고 소주밖에 모르는 데에 비위가 상하여 들으라고 '술의 질을 높여서 먹는 것이 곧 삶의 질을 높이는 것'이란 뜻으로 씩둑거린 말이었다. 그렇지만 말은 뒤미쳐서 그에게 되돌아올 정도로 구석구석 안 퍼진 데가 없이 널리 퍼진 눈치인데도, 막상 씨에게 술을 받아주는 작자들은 생전 텔레비전도 안 보고 신문도 안 읽고 라디오도 안 듣고들 사는지, 붉은 포도주가 좋다더란 말도 모르고 연한 술이 낫다더라는 말도 모른 채

시킨다 하면 그저 막걸리요 찾는다 하면 으레 소주가 고작이니, 역시 헐수할수없는 위인은 21세기가 내일 모레라고 해도 어쩔 수가 없는 모양이었다.

 씨는 오늘도 먼논의 물꼬를 보고 오다가 올라가는 버스를 기다릴 겸 버스 정거장 옆의 뚱뗑이네 포장마차에 앉아서 데친 주꾸미를 시켜 소주 한 병을 비웠다. 씨가 뚱뗑이네 포장마차를 작은집 드나들듯 하기 버릇한 것은 먼논이 부쩍 가깝게 느껴지기 시작할 무렵부터였다. 먼논은 장천리에서 버스로 반 시간 남짓이나 뚝 떨어져 있는 논이라고 하여 그렇게 이르기로 했다지만, 속내로는 아무리 걸게 거루어가면서 농사를 지었댔자 논바닥은 매양 남의 논에 지나지 않으므로 어디까지나 먼논으로 치부될 수밖에 없기도 했을 것이다. 논 임자는 따로 있었다. 김아무개라고, 주말이면 꼭 씨의 집 앞에 있는 저수지로 낚시를 다닌 까닭에 씨가 둔치에서 풀을 하면서 담뱃불을 주고받으며 사귄 이였다. 씨는 김아무개를 낚시철에 흔히 오고 흔히 보는 서울 사람 가운데의 하나로 쳐서 예사로 여겼으나, 김아무개는 무엇을 보고 그랬는지 몰라도 씨를 그렇게 생각하지 않았던지, 하루는 오더니 노는 돈이 은행에서 자고 있는데 그보다는 논마지기라도 사두는 쪽이 낫지 않겠느냐면서 씨의 이름을 빌렸으면 하였다. 씨의 앞으로 명의신탁을 하자는 투였다. 농지매매증명서를 갖추어 이전등기를 하려면 농지를 중심으로 이십 킬로미터 이내에서 육 개월 이상 살아야 하는 번거로움이 따르므로 그것이 귀찮다는 눈치였다. 씨는 다른 이들처럼 미등기 전매나 위장전입 같은 방법이 얼마든지 있는데도 언제부터 봤다고 차명거래와 명의신탁을 하자고 하는가 싶었고, 또 그렇게 미더워해준 것이 고마워서 대뜸 그러마고 했던 것이 아니었다. 장차 땅값이 몇 배로 뛰어서 땅을 내놓을 때까지는 씨가 무엇을 지어먹거나 마냥 지어먹도록 해주겠다는 말에 혹하여 얼씨구나 하고 응했던 것이다. 씨는 김아무개네의 논 닷 마지기짜리 한 배미가 애시당초 봄에 물대기와 여름에 물빼기가 걱정인 논으로 보이지 않고, 금줄이 곧으면 곧아서 좋고 굽으면 굽어서 좋은 금점의 노다지판에 진배없이 알짜배기로만 보였다.

이윽고 부동산 실소유자 명의의 등기에 관한 법률이라나 뭐라나 하는, 총기 없는 사람은 정신 사납기 똑 좋은 법까지 생겼다. 씨는 대번에 알아들었다. 씨는 자못 기대가 컸다. 수탁자가 아무리 배부른 흥정을 해도 신탁자는 꼼짝 못 하고 굽죄게 마련인 법의 내용 때문이었다. 어떤 소설가 하나는 농촌 소설을 쓰고 싶어도 농지매매법이니, 농업진흥법이니, 농지임대차관리법이니, 개발이익환수법이니, 토지초과이득세법이니, 부동산양도신고법이니 하는 각종 법률은 물론이고 무슨 부령이니, 훈령이니, 규칙이니, 세칙이니, 시행령이니, 예규니, 조례니, 고시니 하는 규제 장치가 하도 자주 생기고, 하도 자주 바뀌고, 하도 자주 손질되어 당최 시작을 못 하겠다고 어디에다가 쓰기까지 한 것을 보기도 했지만, 그러나 그자는 자기가 똑똑지 못해서 그렇다는 사실조차 깨닫지 못하는 딱한 위인일 뿐이었다.

씨는 부동산실명제법에 따라 김아무개도 당연히 저의 앞으로 명의를 이전해갈 줄 알았다. 그런데 벌써 삼 년이 지나서 위장과 징금이 당해년도 토지 가격의 육십 퍼센트에 달한다는 지금까지,

이렇건 저렇건 간에 통 기별이 없는 거였다.

이런 사람두 이런 때가 더러 있으야 허잖여? 암, 그걸 말이라구 혀. 씨는 한동안 눈만 뜨면 그런 자문자답을 하였다. 물론 그 김아무개가 자기만 알게 씨와 구두약정을 해놓고 지내다가, 탈도 많고 탓도 많은 세상인지라 갑자기 이승을 하직했거나, 풍을 맞고 쓰러져서 정신이 오락가락하는 바람에 그럭저럭 자기의 것으로 굳어간다는 심증을 전제로 하여, 하고 또 하고 했던 자문자답이었다. 하지만 늘 껄쩍지근하였다. 언제 무슨 일이 불그러져서 한껏 가까워진 먼논이 도로 달아날는지 알 수가 없기 때문이었다. 특히 부동산 실소유자 명의의 등기에 관한 법률의 제3조 제1항 즉 '부동산에 관한 물권은 타인의 명의로 등기하여서는 아니 되며 실소유자 명의로 등기하여야 한다'고 한 대목과, 벌칙 제7조 제2항인 '제3조 제1항의 규정을 위반한 명의 수탁자는 3년 이하의 징역 또는 1억원 이하의 벌금에 처한다'고 한 대목을 떠올리면 늘 기분이 이상해지곤 하는 거였다.

깨잇것 냅둬번져. 씨는 아까 뚱뗑이네 포장마차에서 술을 마실 적에도 문득 그놈의 벌칙 조항이 떠오르자 그럴 때마다 입가심으로 뱉어온 허텅지거리를 하였다.

"어채피 이런 나라서 사는 이가 안 그러면 또 워쩔뀨."

뚱뗑이가 물건을 해온 신문지를 들고 하품이 늘어지던 때와 달리 귓등으로 들어넘기지 않고 참견을 했다. 씨는 그녀가 무엇을 알고 하는 말이 아닌 줄 알면서도 찔리는 데가 있던 참이라 짐짓 퉁명을 부렸다.

"이런 나라라니, 딸랏빛 안 지구 사는 나라가 워디 있간 이런 나라유?"

"그래두 그렇지, 이런 일이 이냥 느닷없이 일어나는 나라가 워디 있대유. 이런 일이 일어나두 다른 일이 안 일어나는 나라는 또 워디 있구."

뚱뗑이가 얼핏 쳐들어 보이고 나서 구기적거려 쓰레기통에 버린 것은 접때 국회의원 보궐선거에서 이긴 네 명의 사진이 조르르 실린 묵어도 여러 날 묵은 신문이었다. 씨는 뚱뗑이가 다시 보여서 은연중에 찌그렁이를 부렸다.

"경상도 사람허구 혐의 지구 사는 이두 아니구, 자민련이 밥 멕여주는 이두 아닌 것 같은디 왜 이러신댜?"

"긔덜이 왜 우덜을 밥 멕여줘유. 우덜이 긔덜을 밥 멕여주지."

뚱뗑이도 눈을 희엿게 흘기면서 퉁바리를 주었다.

"그놈의 돈장사는 망허지두 않는다구덜 해쌓지만, 봐봐유, 종금사구 증권사구 닫을 때가 되니께 척척 안 닫던가. 이런 나라두 괜찮은 나란규. 안 그류?"

"괜찮은 건지 편찮은 건지…… 새벽종이 울렸네가 워느 시대 쩍 새벽종이간 여적지 새벽종이 울렸네여 울렸네가. 안 그류?"

"얼라, 요새사말구 새벽죙이 방마다 울릴 땐디 무슨 얘기셔. 즌화방에 편의방에 비디옷방에…… 아 방이나 즉은감."

"시내에 나와설랑 맨 그런 방만 찌웃그리구 댕기셨던가베. 즘잖은 아저씬 중 알었더니 그것두 아니올씨다였구먼 그려."

"방에서만 그런다면 나 말두 안 혀. 승용차구 봉고차구 트럭이구 가릴 것 없이, 새벽종만 울리남, 낮종 밤종 저녁종 아침종, 그저 질갓에 차만 서 있다 허면 죄다 바쿠가 저절루 굴러갈 지경으

장천리 소태나무

루 종을 쳐대는 세상이니……."

"어이구, 술이 사람 맹근다더니만…… 됐네유 됐어. 허는 말마다 쇠주 먹구 막걸리 마신 소리만 더럭더럭 허더랑께. 넘의 걱정 작작 허시구, 아침에 더운밥 얻어 자시구 싶걸랑은 니열버텀이래두 아저씨네 새벽종이나 제대루 치시는 게 나슬규."

"우리집 새벽쥉이야 끄떡없으니께……."

씨는 그러잖아도 별 실없는 소리를 다 노닥이는구나 싶던 참이었는데 마침 버스가 닿는 바람에 그만해서 일어선 터였다. 시끄러, 끄떡없는 것 좋아허네. 그게 끄떡없는 거여? 끄떡두 않는 거지, 하는 소리가 뒤통수를 쥐어박는 것 같았으나 씨는 내색을 하지 않았다. 툭하면 듣는 지청구였지만 그러고 퍼붓는 것은 그 포장마차의 뚱뗑이가 아니라 벌써 한 십여 년 전부터 내주장을 하는 아내였기 때문이었다.

웬일로 빈자리가 다 있나 싶어서 뒷문께로 가보니 안팎으로 아는 아낙네가 이미 서넛이나 앉아 있었다.

"나오셨슈?"

먼저 보고 알은체를 한 것은 불뭇골 한필만이의 안이었다.

"집에 있남유?"

씨는 빈말로 필만이의 안부를 물어 답례를 대신하면서 자리를 잡았다. 씨는 그녀를 볼 적마다 그녀와 아내가 의가 나서 서로 물어뜯으며 지내는 사이인데다가, 자기의 잘못 판단으로 필만이까지 셈평이 펴이지 않는다는 생각이 떠올라 거북살스럽기가 짝이 없었다.

씨는 그때를 생각하면 지금도 고개가 절로 수그러들었다. 노태우 전대통령이 취임하고 얼마 안 되었을 때였다. 그 양반이 청와대로 조무래기들을 불러들여 어울리는 장면만 안 봤으면 생전가도 있을 수 없는 일이었다. 조무래기들이 그 양반에게 이것저것 대중없이 물어가며 시실거리던 중에 웬 아이 하나가 어려서 좋아했던 음식이 무엇이냐고 물었던 것이다. 그 양반은 서슴없이 깻잎장아찌라고 대답했다. 그런데 그 대답이 채 끝나기도 전에 짝—, 하고 생장작 패는 소리가 났다. 텔레비전에서 난 소리가 아니었다. 텔레비전에 턱을 받치고 있던 씨가 자기의 허벅지를 내리친 소리였다.

"이니가, 간 떨어질 뻔 봤잖여. 내둥 가만히 앉아 있다가 왜 난디없이 희나리 뼈개는 소리는 내구 이런댜."

그때만 해도 요새처럼 구박덩어리로는 안 보였던 터라 아내는 어리둥절하여 두런거리는 것으로 그치지 않고 씨가 다시금 무릎을 쳐가며

"맞어, 저거여 저거, 바루 저거라닝께"

하며 구 년 면벽 끝에 드디어 무엇인가를 크게 깨달은 것처럼 부접을 못 하자 씨가 들썩거리는 마음을 가라앉힐 때까지 참을성 있게 기다리기도 했다. 씨는 번개같이 떠오르는 바람에 무릎을 치지 않을 수 없었던 생각에 대해 설명을 해주었다. 들깻모를 잔뜩 부었다가 밭이 있는 대로 들깨를 갈되 가을에 가서 들깨를 할 것이 아니라 잎사귀를 수확하여 깻잎장아찌로 팔자는 내용이었다. 씨는 그것이 장사가 될 수밖에 없는 발상의 근거도 있는 대로 늘어놓았다. 아내에게만 그런 것도 아니었다. 경운기가 말을 잘 안 들어 모터를 보이려고 제일공업사에 갔다가, 돈거리로 심

을 만한 것이 없어 텃밭까지 묵밭을 만들기 십상이라고 불뚝거리는 바람에 한필만이에게도 똑같이 귀띔을 했던 것이다.

저 냥반이 워떤 냥반이신가. 편모 슬하에 어렵게 자라서 육사에 들어갔다가 더 달을 별이 없어서 니 개만 달구 나온 냥반 아닌가. 그뿐이간. 정무장관에 체육부장관에 내무부장관에 민자당 대표에, 쓸 만헌 자리는 죄 한 번씩 앉어본 댐에 청와대에 들어간 냥반 아닌감. 헌디 그런 냥반이 어렸을 때 좋아헌 게 쾌잎짱아찌라구 했으니 그 댐이는 보나마나 아녀. 되여. 그럼. 틀림없이 될 텡께 두구 보라먼.

씨는 아내와 필만이가 무엇을 보고 그렇게 장담을 하는지 몰라 긴가민가해하는 것 같아서 다시 뒷동을 달았다.

위컴이라구 허는 이가 있었어. 저 냥반덜이 총을 뽑았을 적에 미 8군 사령관이라나 뭐라나루 있었던 이였지. 그이가 헌 말이 있어. 왜 기억 안 나? 한국 사람은 들쥐떼 근성이 있어서 큰 쥐가 한 마리 나오면 죄다덜 그 뒤를 쫙 따러가는 게 버릇이라, 역쿠데타 같은 건 있을 수가 없다구 워싱턴에다 보고했던 거 말여. 기맥힌 증답이지. 그거여, 쾌잎짱아찌를 허면 된다는 게 바루 그 건겨. 콩너물대가리 안 먹는 애덜 어거지루 피아노 학원 보내구, 눈썰미 없는 애덜 어거지루 미술 학원 보내구 허는 게 다 뭐간디, 보내는 대루다가 됐으면 이 나라가 온통 음악가 천지, 미술가 천지, 예술가 천지 되었게? 그게 아닌 중 뻔히 알면서두 보내구들 있잖여. 왜, 넘덜이 보내니께 나두 보낸다 이거여. 내 새끼 기 안 죽이려면 개성이니 창의성이니 허는 거 다 말짱 헛거구. 오로지 넘덜 허는 대루 해서 가급적이면 평균적인 애루, 기성품적인 애루 질러야 되는 줄루 알구덜 있기 땜이 될 수밖에 없다 이게 여. 아 생각을 해보라구. 어려서 꽤잎사구짱아찌 많이 먹구서 오늘날 참 일국의 통치자가 되었는디, 몰랐으면 모를까. 그것두 테레비에 나왔겄다, 안 사다 멕이구 배겨? 큰일나지 큰일나……

씨는 들깨를 닷 말이나 팔아다가 갈았으나 돈값 품값은커녕 장아찌 담그는 데에 들어간 소금값도 못 한 채 두손을 들고 말았다. 필만이도 마찬가지였다.

깻잎을 지게로 따서 장아찌를 드럼통으로 담가놓아도 누구 하나 거들떠도 보지 않았다. 씨는 서울에서 한다하는 백화점 지하 식품부에 밑반찬 납품으로 한창 수가 났다고 하던 장모손식품의 사장이자 농고의 원예과 동기이기도 한 정가를 찾아가기도 했다. 그랬지만 정은 없고 차림새가 달삯꾼인지 날삯꾼인지 대중이 안 되는 아낙네 하나가 깻잎장아찌란 말에 손사래를 쳐가면서 두말도 못 하게 하는 것이었다.

서울서는 찌게 먹으면 들 좋다너 늙은이덜두 싱겁게 먹는 게 유행이라는디, 짐치두 냄새나서 싫다는 애덜이 뎁세 짱아찌를 먹겄네유. 이 아저씨, 아다마가 영 빵꾸라데쓰까시구먼.

고기도 먹어본 사람이나 먹는다고들 하듯이 생선회를 먹어도 맛을 모르고 먹는 이나, 집이 어려워서 푸성귀밖에는 몰랐던 이들은 쇠고기나 돼지고기를 구워 먹어도 본맛을 모르는 탓에, 고기맛이 안 나는 줄도 모르고 흔히 상추나 들깻잎으로 싸서들 먹으므로, 날깻잎도 그 나름으로 판로가 아주 없었던 것은 아니었다. 씨는 그러나 양심의 불허는 둘째치고 첫째로 겁이 나서 날깻잎을 시장에 낼 수가 없었다. 진딧물 구제약을 비롯해서 오갈병

방제약이며 탄저병 예방약 따위를 수도 없이 쏟아부은 탓에 차라리 거름으로 쓰는 쪽을 택했던 것이다. 필만이도 날깻잎을 내봤자 품삯도 안 나온다고 퇴비장을 채웠다. 해서 필만이의 안에서는 씨가 그 집 앞으로 지날 때마다 고개를 들 수가 없게 입이 늘 한 자씩은 나와 있곤 했다.

그러나 그 일로 하여 아내와 필만이 안 사이에 의가 상해서 지내는 것은 아니었다. 아내가 집에서 하던 그대로 조심성 없이 말전주를 한 탓에 그렇게 된 거였다.

들깨로 실패를 본 이듬해 봄에는 장천리의 부녀회와 경로당에서도 모이기만 하면 텔레비전에서 본 부녀자 인신매매 이야기를 되삶고 곱삶고 하는 것이 일이었다. 그러던 어느 날 다른 사람도 아니고 필만이의 안에서 납치되어갈 뻔했다는 이야기가 들렸다. 필만이의 안에서 친정 조카가 하는 '그린랜드가든'에 마늘 깐 것을 전하러 갔다가 내려가는 막차를 놓치고 바삐 걸어오는 참인데 웬 오토바이 한 대가 뒤에서 오는 줄도 모르게 와서는 가는 데까지 태워다주마고 하는 거였다. 어두워서 잘은 안 보여도 입성으로 보나 목소리로 보나 잘해야 스무 남은 안팎의 청년 같았다. 필만이 안이 다 와간다면서 좋은 말로 거절을 하자, 청년은 태도가 일변하여 그녀의 손목을 왁살스럽게 잡아끌면서 강제로 태우려고 하였다. 그녀는 겁이 더럭 나서 최홍식이가 물갈이를 해놓은 길가의 무논으로 뛰어들었다. 그러자 다 틀린 줄 알았는지 오토바이도 시내께로 부살같이 사라지더라는 거였다.

"세상이 하 어수선허니께 이런 디서두 그런 일이 다 생기너먼 그려. 좌우간 무사했으니 다행이지 뭐."

씨가 들은 대로 옮기자 아내는 뜻밖에도
"그런 큰굿 헐 년, 육갑허구 자빠졌던가베."
아내는 대번에 막말부터 퍼대었다.
"미친년이 따루 없어. 인신매매단이 눈이 뼈서 저 같은 걸 잡아가겠구먼. 잡어다 양노원 채릴 일이 있어서 저같이 늙은 년을 잡어가?"
"무슨 말을 그렇게 헌다나. 냄의 귀에 들어가면 워쩔라구."
"들어가면 워떻댜. 제년 늙었다는 거 말 못 허는 어린애 빼놓구는 다 아는 일인디. 체. 그게 저만 색색으루 논다구 되는 일이라면사 뭣이 걱정여."
"그게라니, 그게 뭣이간 그려?"
"물러두 되는 거."
씨는 더이상 물을 수가 없었다. 이러니저러니 하다가 잠자리가 어떻다는 이야기로 옮겨붙으면 할말이 없을 터이기 때문이었다. 어쨌든 아내는 집에서 하는 말본새로 말전주를 하다 필만이의 안과 틀어져서 피차 서먹하게 지내게 된 지가 사뭇 오래였다.
씨는 차에서 무슨 소리인가 하고 고개를 돌리다가 요즈음 유행하는 가지고 다니는 전화기 소리였음을 알았다. 다들 가만히 있는 것으로 보아 승객 중에서 들고 다니는 전화기가 있는 이는 필만이의 안 하나뿐인 듯했다.
필만이의 안에서는 집에서 하는 말투로 전화를 받고 있었다.
"누구? 어매나, 본 지 오래네. 그런디 내 핸드폰 남바는 워치게 알었댜? 그려? 이거? 이깨잇거 싸, 돈냥까지 갈 것 없이 쇳냥이면 되여. 편헌 것도 편헌 거지만, 갖구 댕기면 뭣버덤두 든든해서 좋다닝께. 맞어, 인신매매단헌티 납치당헐 뻔헌 뒤루는…… 어매나, 내가 배암에 물린 건 또 워치게 안댜? 물렸지. 복숭아뼈 옆댕이. 괜찮여. 나는 용띠라사 배암을 안 타. 독사는 물으면 바루 흙에다 혀를 댄댜. 그래서 독사헌티 물리면 물린 사람이 독사버텀 먼저 흙을 먹으라는겨. 그래야 독을 안 탄댜. 가이헌티 물리면 그 가이 털을 짤러서 불에 태워 물린 디다 붙이면 덧두 안 나구 낫듯이, 아마 그런 이칠꺼. 나? 내가 누구여. 따끔헐 때 벌써 알어채리구 흙버텀 싸게 집어먹은 댐에 이만헌 돌팍으루다가 볼 것도 없이 쌔려쥑여번졌지. 갱깃찮다구. 봄독사 독해봤자 여름 물배암만밖에 더 헐라간디. 워디를? 저기? 저기두 가본 지가 한참 됐으닝께 수일 내루 한번 들러봐야지…… 그야 물론이구. 우덜은 물론 아니면 불론이닝께. 이 여편네 시방 말허는 것 좀 봐. 이래봬두 노래방에서 구십팔 점 받은 실력이여. 그려그려. 또 즌화 줘. 응, 응, 응."

전화를 그치는 소리에 이어 필만이의 안은
"저 아저씨, 즌화 오래 헌다구 속으루다 뭐라구 허셨겄네"
하고 입가심을 하였다. 씨를 두고 하는 말인 성싶었다.
"했남, 왔지."
누군지 모를 여자 목소리가 뒤를 받쳐주었다.
"그래서 주사 맞구 오시는규?"
씨는 뱀에 물렸다는 말을 듣고도 모르쇠를 댈 수가 없어서 필만이의 안을 돌아다보았다.
"주사는사리 삭신이 각놀어두 돈이 아쉬워서 그것 한 마리를 못 해먹었는디, 염생이 다섯 마리 팔어서 즌화국에다가 옛슈 허구 오는 질이네유. 아엠에뿐지 뭔지루 안 올르는 게 없이 죄 올러두 쌀값 안 올려서 고맙다구 농민덜이 배암 물려두 주사 값을 깎아주는 것두 아니구, 맞는 시늉만 허다가 말어벘졌네유."

"무슨 즌홧세가 그렇게 나왔대유. 그 휴대폰 쓴 값이라남유?"

씨는 기계 요리에 숙맥이고 보니 그렇게 묻는 수밖에 없었다.

"워디가유. 그늠의 국제폰팅이라나 뭣이라가 잔속을 끓여대너먼 그류. 어린 것이 뭘 알겠슈. 즌화국이 속였지. 몇 번 안 돌렸다는디두 고지서에 턱허니 칠십만 원 돈이 찍혀 나왔으니, 워쩨, 물어야지유. 이년아, 붙어두 대학 가기는 다 틀린 줄 알어, 해놨는디 모르지유, 정신을 채릴라나."

"아따, 하늘에서 오는 비두 오구 싶어서 오는 비 없구, 가구 싶어서 가는 비 없는 벱인디, 애덜이 무슨 실수는 않유. 놔둬유. 쇠똥두 밟어봐야 개똥을 안 밟는 벱이니께."

말은 그렇게 했지만 형편이 쩨는 필만이 처지에 수십만 원 돈이나 생돈을 잡았다고 하니 아니 들으니만도 못했다. 필만이가 깻잎장아찌의 실패로 기가 죽어 지낼 무렵에도 씨는 위로 한 번을 쓰게 해준 적이 없었다. 깻잎장아찌가 먹히지 않은 이유에 대해 대중을 할 수가 없었기 때문이었다. 서울 아이들이 김치를 먹지 않는다는 것도 까닭을 알 수가 없었지만, 부모네가 짜게 먹이지 않는 방법으로 깻잎장아찌를 마다했다면 그야말로 우스운 노릇이었다. 그렇다면 아이들이 좋아하는 라면은 간이 싱거웠던가. 햄이나 소시지는 무가염식품이라서 도시락 반찬에 빠뜨리지 않았고, 통닭구이는 소금 대신 대금으로 간을 했으며 양념통닭구이의 양념은 소금 대신에 무슨 금을 쓴 양념이었던가. 생갈비구이와 삼겹살구이를 가짜 참기름에 섞어 먹는 소금은 짜지 않은 소금이며, 햄버거와 스테이크는 또 무엇으로 간을 하는 것이기에 그토록 찾아 다니면서 사먹였다는 것인가. 씨는 필만이 내외를 찾아가 그런 푸념이나 실컷 늘어놓다가 물러났을 뿐이었다.

씨는 그로부터 햇수로 오 년이나 지난 뒤에서야 깻잎장아찌가 먹히지 않았던 이유를 어렴풋이나마 가늠을 할 수 있었다. 그것도 우연히 텔레비전을 보다가 느낀 것이었다. 김영삼 전대통령이 취임하고 얼마 안 되어서 춘천인가 어디로 첫 지방 나들이를 한 날이었을 거였다. 어느 동년가에서 대통령을 맞이하는데 그 동네에서는 그나마 쳐주는 풍신이었는지, 늙은이 하나가 난데없이 꾀죄죄한 검정 두루마기를 꿰고 방바닥에 이마를 조아려가며 읊조리는 수작이 '임금님이 오셔서 영광'이라는 것이었다. 씨는 하기가 막혀 멍하니 앉아 있다가 속에서 올라오는 대로 씨부렁거렸다.

"저런 것허구 하냥 세금을 내구 사는 내가 안됐다, 내가 안됐어. 저런 이는 아마 메루치꽁댕이두 거제도 메루치꽁댕이라구 허면 임금님 수랏상에 올러가는 진상품이라메 저만치 물러앉겄지. 암, 저런 츤것이 감히 워따가 손을 댈껴. 비극이다 비극. 대통령을 저러구 잘못 아는 것덜이 아직두 저냥 있으니 뭐가 되겄냐. 뭐는 되겄어. 안 된다구. 암껏도 안 될 거라닝께."

씨는 필만이에게도 같은 말을 되뇌며 깻잎장아찌가 실패한 장본의 하나로 얼먼 사람들의 뼛속에 배어 있는 천민의식을 꼽았다. 필만이는 가타부타 말이 없었으나 씨는 이날토록 그날의 텔레비전 화면을 잊어본 적이 없었다.

씨가 미련하게도 미국인가 호주에서 한다는 음란전화에 빠져들어 국제전화 요금으로 모갯돈을 내버리게 했다는 필만이의 막내딸 생각으로 한창 쓴 입맛을 다시고 있을 즈음이었다.
"저 차덜 좀 봐. 아엠에뿌가 다 워느 나라 얘기냐구, 차라구 생긴 건 몽땅 일루다 뫼들었잖여."
누군지 모를 여자가 씩둑거리는 소리에 이어 필만이의 안에서
"아엠에뿌니께 일루다 뫼들은겨. 그전에는 굉일허구 반굉일만 뫼들었지 무시때는 안 그랬잖여. 그러나저러나 사건반장님은 예서 내리시야겄네유"
하는 소리가 들렸다. 씨를 보고 하는 말이었다. 씨는 얼결에 창틀 위에 있는 정지 단추를 눌렀다. 누르기야 얼결에 눌렀지만 가다가 내렸으면 싶었던 것은 아까부터였다. 아내와 틀려서 서로 오고가지도 않는 필만이의 안과 한 차를 타고 가는 것도 그렇지만, 그녀가 언제 또 전화를 받아서 차가 시끄러울는지 알 수가 없어, 차라리 다음 차로 가는 편이 낫겠다고 생각했던 것이다.
버스가 섰다. 씨는 차에서 내렸다.
"그럼 사건반장님, 수고허셔유."
필만이의 안이 웃느라고 하는 소리도 등에 업혀서 내렸다.
수고는 무슨 놈의 수고. 그게 수고헌다구 되는 일이던감.
씨는 길가에 줄을 지어 세워놓은 차들을 피해 길턱으로 바장이듯 걸어가며 저수지를 둘러보았다. 낚싯대가 호안선을 따라 울바자를 두른 것처럼 줄느런한 것으로 보아 낚시꾼이 접때보다 부쩍 는 것 같았다.
씨가 경로당께를 지나 길굼턱으로 돌아드니, 돼지우릿간 자리

에다 은행돈으로 이층짜리 조립식 집을 지어 큼지막한 네온사인 간판까지 내걸고 개업을 한 '산천초목가든'의 김광세가 길처에서 서성거리고 있다가 씨를 보고 말했다.

"낚시꾼은 앉을 자리가 없이 앉었는디 때가 지나두 와서 국밥 한 투가리 말어달라는 늠이 없네 그려. 이 동네에 오너서 이 동네 고기를 잡어가면 다만 얼매래두 이 동네에 떨어뜨리구 가는 것이 있으야 동네 사람덜두 돈 귀경을 허구 살 거 아녀. 안 그려?"

"좋아허네. 저중에 옳은 낚시꾼이 몇이나 되길래? 쓰레기 봉투 값 근검절약차 제 집 쓰레기 예다 놓구 가려구 낚시꾼으로 꾸미구 온 것이 반두 넘을 텐디 떨어뜨리긴 뭘 떨어뜨려, 보나마나 쓰레기 뭉치나 슬쩍 떨어뜨리구 갈걸."

"하여커나 저질덜이여."

"고질이 바루 저질이니께."

"어이, 사건반장, 볼 만헌 사건이 있걸랑 혼자만 보지 말구 그런 때는 가끔 나두 좀 불러봐. 영화 하나를 봐두 노얄티루 딸라가 나간다는디, 이 아엠에뿌 시대에 그러면 쓰간. 딸라두 벌구 시간두 벌구, 일석이조 아녀. 안 그려?"

"왜 안 그려."

"그럼, 지둘러봐?"

"그려, 지둘러봐."

만나면 하는 말이 노상 빈말이었던 터라 씨는 김과 수작을 하는 사이에도 걸음을 늦추지 않았다. 물들이 골짜기 앞에 이르니 '싸개싸개들밥'이라는 상호로 차체를 뒤발하다시피 한 차가 길가에 붙어 서서 프로판 가스 불에 올린 냄비를 끓이는 한편으로 스피커를 통해서, 김밥 잡곡밥 해장국 사골국 보신탕 매운탕 된장찌개 김치찌개 라면 손국수 틀국수 파전 족발 골뱅이 소주 맥주 막걸리 커피 녹차 인삼차 따위를 주워섬기는 녹음 테이프를 돌리고 있었다. 주말에는 낚시꾼들을 상대로 배달을 하지만 보통 때는 이 동네 저 동네로 마을 안길을 뒤지고 다니며, 들일을 하는 농가의 새참뿐 아니라 일손이 달리는 집의 끼니까지 해결해주는, 좋게 말하면 영농 지원 이동 주방차인 셈이었다. 면소 옆에서 앉은장사를 하던 양창복이 아들 흥춘이가 장사가 시들하자 꾀를 내어 팔뚝을 걷어붙이고 음식 방물장수로 나선 폭이었다.

"재미가 워뗘?"

씨는 얼음상자에 생수병을 채우고 있던 양흥춘에게 지나가는 말을 하였다.

"낚시꾼은 몇 배루 늘어 보이는데 주문은 그전 같지가 않네요. 저수지를 벌써 세 바퀴나 돌았는데도 시키는 이가 없어요."

양의 아내는 시아비와 알고 지내는 사이라고 공손히 대답하는데 양은

"이것두 다 해먹었슈. 전에는 시내에서 밤참이나 배달하던 야식집덜이 너만 역맛살이냐 나두 역맛살이다 허구, 산길 들길 안 가는 디가 없이 죄 쑤시구 댕기메 낮식까지 배달허자구 나오니, 저이덜만 부도나서 낚시 다니는 게 아니라 잘허면 나두 낚싯대 붙잡게 생겼슈."

애비 친구에게 하는 말버릇치고는 싸가지가 하나 없는 입으로 불퉁거렸다.

"자네가 낚싯대 잡으면 내가 성가셔서 안 되니께 다다 그러들 말어."
 씨는 웃는 말을 흘리고 걸음을 옮겼다.
 씨가 작년부터 사건반장이란 모자 없는 감투를 쓰게 된 것은 동네 늙은이들이 하도 성화를 해대는 통에 마지못해서 대답한 거였다. 하루는 경로당에서 보자는 전갈이 와 웬일인가 하고 가 보니, 동네 늙은이란 늙은이는 있는 대로 나와서 차포마상(車包馬象)으로 벌여 앉아 장히 우국충정에 침통한 화상으로 설왕설래를 하는데, 가만히 뒷전에 앉아서 듣자하니 비장한 공기가 자못 볼 만하였다.
 "예나 이제나 공자님 맹자님 밑에 님짜 붙이구 사는 건 매일반인디 워쩌다가 이 지경이 된겨. 당최 내가 내 동네 돌어댕기는디 두 넘의 일에 내가 넘부끄러 고개를 숙이구 댕겨야 허니, 이게 사램이 짐승을 치는 동넨겨, 짐승이 사램을 치는 동넨겨? 나 원, 기가리가 맥혀서 매가리가 안 돌어가두 유분수지……."
 "좌우지간 산길 들길 논길 밭길 개릴 것 없이, 신작로구 흔작로구 닥치는 대루 차가 들어가는 길이면 들어가서, 낮이구 밤이구 차만 서 있다 허면 꼭 그 지랄덜이니, 암만 더웁구 바뻐두 애덜 시켜서 물꼬 한 번을 못 보게 허면서 산다면 말 다헌겨. 뭐라구 허면 수굿이 듣기나 허남. 댕신이 뭐간 챙견이냐구 뎁되 삿대질이 예사니, 이런 늙다리가 젊다리덜허구 대거리를 헌들 말루다가 이길껴, 심으루다가 이길껴. 드러워서 참말루……."
 "젊다리덜만 그러간디, 보면 한 사오십씩 처먹은 중다리덜이 되려 더허여. 아 작년 여름에 저 비각 모텡이서 해필 물가 쪽으루 세워놓구 년늠이 정신없이 거풋거리는 바람에 차가 못 견디구 빠꾸해서 풍덩했던 것덜두 건져놓구 보니께 둘 다 거진 한 오십씩이나 됐더라닝께."

"그때 그 차처럼, 헐 때 빵꾸나 났더라면 영구차루 갈어타지나 않었지."

"빵구는 제기…… 아 절구질 쎄게 헌다구 절구통 밑빠지는 거 봤어?"

"하여간 문제는 무단히 벌어지는 그늠의 접촉사고가 문제여."

"운전사가 딴전 허는 바람에 바쿠가 밀려서 풍덩했다드면 왜 접촉사고랴?"

"누가 차차간 접촉사고라남, 남녀간 접촉사고라지."

"그건 사고가 아니구 사건이여, 접촉사건. 안 그려?"

"기구 아니구 간에 이냥 국어책만 읽구 앉어 있으면 워쩐다나. 무슨 대책을 세워야지. 시방까장은 눈에 띄는 족족 서서 구경허구 있으면 우물쭈물허다가 가게 허는 수뿐이었는디……."

"그 수가 난 수여. 자꾸 그러다 보면 해두 여기서는 헐씬 들 헐 테니께."

"비 오구 눈 오는 날은 워쩌구유. 먼논에 댕기메 보니께 그런 날이 헐씬 더 심허던디유."

씨는 자기도 모르게 시키지도 않은 말이 불쑥 튀어나오고 말았는데 그것이 불찰이었다. 기중 연장자인 최점동 옹이 내심 별렀던 모양으로 얼른 말꼬리를 낚아채며 다짐을 받자고 나섰던 것이다.

"그려. 거기가 부지런해서 날 궂는 날두 먼논으루 워디루 즐겨 돌어댕기니께 거기가 사건반장 좀 맡으야겄어. 거기가 적임자여."

씨는 짜고 하는 말 같아서 더욱 펄쩍 뛰었다.

"지는 싫유. 아 먼논이 무슨 죄가 있다구 먼논에 자주 댕긴다는 이유루다 그 노릇을 헌대유. 지가 나슬 게 따루 있지유."

"앞으루는 면장 읍장두 법으로 없앤다는디, 이장을 시 축이나 지낸 사램이 없는 면장을 허잘 수두 없구…… 뭐래두 더 허야지, 이냥 늙다리 많은 동네서 내 한 몸 편헌 게 장땡은, 땅 잡는 게 아니라 황 잡는 거여. 알어?"

"그야 알지유. 그래서 늘 국민 여러분께 죄송허게 생각 안남유."

"국민 여러분까장 갈 것 없어. 동네 여러분 선에서 허여."

"사램이 개허구 겨뤄봤자 사램이 이기면 개버덤 나은 늠이구, 개헌티 지면 개만두 못헌 늠이구, 개허구 비기면 개 같은 늠인디, 그 노릇을 허라구유?"

씨는 어떻게 해서든지 피해보려고 중절거린 말이었으나 그 말을 하고 나니 더는 할말이 없는 것 같아서 입을 다물어버리고 말았다.

"경노당은 뭘 주려구 아까버텀 오너라 가너라 허구 부산떨었댜?"

저녁 뉴스가 끝나자 아내는 텔레비전을 끈 다음 자리를 보면서 경로당에서 찾았던 이유를 물었다. 씨는 경로당에서 나온 이야기를 들은 대로 옮겼다.

"제우 팔짜에 없는 감투 씌워주려구 찾은 모양이더먼."

"이장은 벌써 지냈구…… 동네에 그말구 무슨 감투가 또 있간

당신더러 허랴? 뭔지는 물러두 하여간 내 돈 들어가는 일허구, 툭허면 생기는 것 없이 불러대는 일허구는 일절 맡덜 말어. 알어?"

"이장은 허구 싶어서 했남. 그때두 긔덜 성화에 피치 못해서 했구먼두."

"그래서? 그래서 이번이두 또 대답을 했다는겨? 뭔간디 그려. 먼젓번마냥 슨거에 박수꾼으루 따러댕겨달라는겨? 아녀. 그런 것 같으면 쉬쉬허구 자긔네가 타먹지 이런 이헌티 차례 올 리가 없지."

"그게 아녀. 요새 차덜이 하두 가다가 말구 길에서 거시기해싸니께, 나버러 말리는 일을 허라구…… 사건반장을 맡으라구 찾어댄겨."

"그러면 자긔더러 그 카섹스라나 뭐라나 하는 거, 그거 단속반장을 해라, 듣구 보니 그 얘기 아녀 시방?"

그녀는 베개를 끌어당겨 먼저 누우면서 단박에 알아듣고 따졌다.

"그런 심이지."

씨도 그녀 옆으로 베개를 베었다.

"그걸 왜 말려. 놔두지."

"애덜이 봐두 그렇구, 아주먼네덜이 봐두 그렇구, 도덕적으루 봐두 그렇구, 갈수록 걱정이니께 그러는 거 아녀."

"그런 걱정은 두 번두 많어. 대강 허구 나머지는 뒀다가 혀."

그녀는 핀잔에 이어서 이기죽거리는 버릇을 그치지 않았다.

"이 동네 뇌인네덜은 하나같이 망녕끼구먼. 해서 될 일이 따루 있구 해두 안 될 일이 따루 있는디 몰러두 너머덜 모르네. 그게 워디 냄이 신칙헌다구 듣구 냄이 챙견헌다구 들을 일이여. 원제는 안 해봤던감. 해보니 무슨 효과가 있었어. 아 자긔두 말려봤다메?"

"말렸지. 접때. 왜 냄의 사생활 침해나구 즘잖게 나오더라구 했잖여. 여긔가 늬집 방이냐니께 방버덤 낫다는겨. 헐말이 있으야지. 혼만 잔뜩 났다니께."

씨는 그래서 할말이 없었던 것이 아니었다. 여자는 새파래도 사내가 오십 중반이라 젊은이들 다루듯이 얼굴에 있는 나이를 명함 삼아 느긋하게 닦아세울 수도 없는데다가, 대가리에 들은 것도 있는지 하는 대꾸마다 씨로서는 듣느니 처음인 말로만 너스레를 떨어대어, 우선 말이 째어서도 하릴없이 돌아서는 수밖에 없었던 것이다.

"나 봐유, 여기가 방버덤 낫다니, 그 집은 뱅이 월마나 좁아서 이 좁아터진 차 안이 더 낫단대유. 딱두 허슈. 그 나이에……."

씨는 부아를 돋워주어야 부앗김에 어서 사라지려니 하여 짐짓 약오르기에 좋은 말을 해본 거였다. 사내는 말대답을 해도 예를 갖추어 차창 밖으로 고개까지 내밀어가며 나직하게 말했다.

"이거 보슈. 나두 요전에 우연히 어느 신문에서 봤소이다마는, 그 아이비엠(IBM) 간부가 뭐라구 헌 줄 아슈? 남의 로맨스를 불법화허는 것은 바로 일기불순을 불법화허는 거나 같다…… 무슨 소린지 아슈?"

"아엠에푸 간부가 뭐라구 허구 않구는 나두 금시초문이라 모르겄시다만, 그야 알구 모르구 간에, 가다가 말구 여기서 이러구 있으면 쓰겄슈? 가만히 보니께 영 쓰다가 못쓸 양반일세 그려."

"이보슈. 가다가 말구 서 있는 것두 다 그럴 만헌 이유가 있어서 서 있는 거유. 들어보시겄수?"

"들어봤자 무겁기밖에 더 헐라구."

"이보슈. 인간의 평균 수명이 얼마요. 한 칠십 정도가 아니우. 그러면 평균 칠십 년 잡구, 인간이 그 칠십 년을 향해서 가는 속도가 얼마나 되는지 알우? 나두 얼마 전에야 우연히 어떤 책에서 보구 깜짝 놀랬시다마는, 무슨 얘기냐 허면, 인간은 앉은 자리에 가만히 앉아서두 그 칠십 년을 채우기 위해서, 즉 죽음을 향해서 시속 사십 킬로루 달리구 있다 이거요. 자 그러니 가다가 안 서게 됐수? 그것두 차루다가 달리는데 가다가 더러 안 설 수가 있겄느냐 이거요. 그러찮수? 어떠슈, 들어보니 무거워요?"

씨는 그때처럼 입이 무거웠던 적이 없었다. 그 사내는 천천히 뒷문을 열고 차에서 나오더니 다시 천천히 앞문을 열고 들어가 친천히 운전대를 잡았다.

본전두 못 추리구 혼만 잔뜩 나구 말었네 그려.

씨는 지금도 그 생각을 하면 마치 소태나무 껍질을 핥았을 때처럼 입맛이 썼다.

그러나 아내는 그런 속도 모르고 딴소리만 하였다.

"그래서 자긔가 맡기루다가 헌겨 워쩐겨? 보나마나 얼씨구나 했겄지 뭘. 안 그래두 일허기 꾀가 나서 죽겄는 판에, 슬슬 뒷짐 지구 댕기메 그런 구경만 골러가면서 허구, 아주 살판났구면 그려."

"구경은 자긔두 해봤다면서 뭘 그려."

장천리 소태나무

그러자 그녀는 얼른 씨 쪽으로 바짝 다가들며 생각지도 않게 엉뚱한 것을 물었다.

"나두 보기야 했지. 그런디 이상허데. 앞유리를 봐두 사람 뒤통수만 뵈구, 뒷유리루 봐두 사람 뒤통수만 뵈구, 워치게 허면 그렇게 뒤통수만 뵌댜?"

"다 그러는 방벱이 있으니께 그럴 테지."

씨의 말이 떨어지기가 무섭게 그녀는 또

"자긔두 알어? 그럼 우덜두 한번 해볼텨?"

하고 옆구리를 툭 치는 거였다. 씨는 속으로 찔끔하여 이내 주눅이 들었지만 그것을 내색하지 않으려고 일부러 툽상스런 말투로 받았다.

"우리가 차가 워디 있어서? 경운기에서?"

그 말에 그녀는 얼핏 풀이 죽나 싶더니 어느새 씨의 정강이께를 냅다 걷어차면서 목청을 돋우는 거였다.

"저만치에서 자, 그러잖어두 후텁지근헌디 옆댕이에 붙어서 열받치는 소리만 허구 자빠졌어."

"차는 차차 사면 되구……."

씨는 정강이가 뻐근했지만 아야 소리도 못 한 채 속도 없이 따리를 붙이며 담배를 찾는 시늉으로 일어나 앉았다.

"다 구만둬. 어채피 고생을 낙으루 알구 살어온 인생인디, 다 늙어서 차가 무슨 쇠용일껴. 인생은 저저끔 제 과목(科目)대루 사는 거여. 나두 워느새에 틈만 나면 앉을 자리버텀 보는 사램여."

씨도 듣기만 하고 있기가 밋밋하여 덩달아서 중얼거렸다.

"나는 워떻구? 나는 틈만 나면 누울 자리버텀 보는 사람여."

"누울 자리? 누울 자리는 산에 있지 이 방에는 안 있어. 나가라구. 나가서 산에 가서 거울러지든지, 먼논에 가다가 논두렁을 비든지, 꼴두 보기 싫으니께 이 방에서 나가라구. 어여 나가라닝께."

씨는 마루로 나오면서 한숨을 푹 쉬었다. 그녀는 암탉처럼 나지막하고 씨는 수탉처럼 뻣뻣했던 때가 문득 그리웠던 것이다.

"뭘 잘했다구 한숨을 쉰댜."

그녀는 씨의 한숨 소리마저 트집을 잡았다.

"세월이 꼭 비행기 가는 것 같아서 그런다."

"그러구 그늠의 사건반장인지 옘병헐 것인지두 니열 당장 집어쳐. 제 집구석 사건 하나두 해결 못 허는 주제에 사건반장이다 뭣 말러비틀어진겨. 반편이 반장이라면 또 몰러두."

사건반장감은 씨가 아니라 '싸개싸개들밥'의 양흥춘이었다. 씨는 흥춘이 덕분에 내내 신수가 편했다. 흥춘이가 이동 주방차를 몰고 동네방네 안 가는 구석이 없이 뒤지고 다니며, 김밥 잡곡밥 해장국 사골국 하고 방송을 틀어대는 통에 길가에 서 있던 차들이 저 먼저 보고는 부랴사랴 사라지곤 했기 때문이었다.

씨가 집에 들어선 것은 흥춘이와 헤어지고 겨우 담배 한 대 참 사이였다.

"워디서 나 찾는 즌화 없었나?"

씨는 나갔다가 들어올 때마다 늘 들어서기가 바쁘게 외는 말을 되풀이하여 물었다.

"무슨 즌화가 와. 저이는 나갔다만 들어오면 으레껀 먼저 자그 찾는 즌화 없었냐구 물어쌓데."

그랬으면 됐어.

씨는 오늘도 안도의 한숨을 내쉬었다. 이렇게 길내 자기를 찾는 김아무개의 전화만 없으면, 장차 먼논이 텃논으로 바뀌게 될 것이 정해진 이치나 다름이 없기 때문이었다. 그래서 씨는 늘 혼자서 염불하듯 해온 혼잣말을 웃어가면서 다시금 중얼거리는 것이었다.

그렇게만 되면, 그 김아무개야 개 길러서 개장수 좋은 일 시키는 심이지만, 나는 지금 먹구 이따가 뱉더래두 밑져야 본전인겨. 꼭 넘의 것을 거저배기루 먹어서가 맛이 아니라, 차를 얻어마시면 술두 얻어마시구 싶은 게 사램의 마음 아닌감. 먼논…… 이런 아엠에푸 시대에 그게 워디여.

장이리 개암나무

어느 해 시월이었던가, 종산(宗山)의 시향(時享)에 갔다가 푸네기 중에서도 유독 저 잘난 체가 심하던 꼴같잖은 이와 마주 보게 된 것이 마뜩찮아 뒷전으로 뒷걸음질을 치다가 개암나무 가지에 걸렸는데, 그것이 밭둑에 개암나무를 기르게 된 장본이었다. 그는 그 개암나무 밑에서 잘 여문 개암을 한 옴큼이나 주웠다. 개암은 열세 톨이었다. 여섯 톨은 아이들에게 주고 일곱 톨은 밭둑에 묻어두었다. 이듬해 봄에 보니 그 일곱 톨 가운데서 싹이 난 것은 하나뿐이었다. 그는 공을 들여서 가꾸었다.

두 나절이 다 되도록 자리를 옮겨도 육장 차일 밑으로만 옮겨 앉다가 나와서 그런지, 진작에 이럴 것을 하는 생각이 절로 나도록 한데가 오히려 바람결도 있고 하여 차일 밑보다 한결 시원한 것 같았다.

"여게, 전서방, 애기두 아직 들 끝났는디 그새 왜 일어나는겨?"

전에는 아무것도 아니더니 이장을 보면서부터 실세로 변했다 하여 동네에서 김실세(金實勢)로 통하는 이장이 붙잡으려고 했지만

"봐허니 똑똑헌 일꾼이 쌨는디 나 같은 판밖엣사람이야 군것지게 있어봤자지 뭘 그려. 여기서 이러구 있느니 갔다가 이따 다시 오더래두, 가서 잡다가 말구 품멘 종콩밭 풀이나 마저 잡아줘야겄어. 이따가 저녁에 보자구"

하면서 자리를 털고 나온 거였다.
"벌써 가시게?"
집을 잡혀다가 빨래방을 차린다면서도 남이 않는 개업식을 하는지 떡을 두 시루나 쪄놓고 요란을 떨어댔던 의용소방대 총무가 국회의원의 이름이 보이는 보자기만한 조기(弔旗)를 앞세우고 오다가 지나가는 말을 건넸다.
"시방 오시남."
전풍식(田豊植)도 길턱으로 빗더서면서 스쳐가는 소리를 하였다.
초상집에서 담배 한 대 겨를쯤 걸어나오면 생긴 대로 놓고 포장하여 자전거도 이리 꺾고 저리 꺾고 하면서 가야 하는 한길이었다. 초상난 집으로 접어드는 한길 가에는 조객들이 받쳐놓은 승용차가 좌우로 느런하였으나 술이며 음료수를 배달하는 반트럭과, 옆구리에 무슨 학원이니 무슨 가든이니 하고 영 안목 없이 써놓은 가지각색의 소형 승합차가 중간중간에 들쭉날쭉 뒤섞여 있어서 어수선하기가 짝이 없었다.
한길 건너로는 간척지에 물도 대고 시에서 상수원으로도 쓰는 저수지였다. 전풍식은 저수지의 둔치와 경계를 이루는 길턱을 타고 슬슬 집으로 향했다. 저수지 쪽으로 걸으면 안쪽보다 덜 뜨거울 성싶었지만 두어 달포나 가문 탓에 둔치는 어디가 어딘지도 모르게 풀만 기승스레 우거지고 물은 저만치에 나가 있어서 뜨겁기로 치면 아스팔트보다 하나도 나을 것이 없었다.
전은 땀이 아까워서 생전 가도 늙지 않을 걸음걸이로 걸었다. 어떤 이는 땀을 많이 뺄수록 몸에 좋다고 떠든다지만, 그것은 애당초 사람의 몸에 좋지 않은 것이었으면 음식이 되지 않았을 것이 뻔한 일인데도 음식 가운데 몸에 좋은 음식이 따로 있는 줄 알고, 누가 무엇이 몸에 좋다더라 하면 우르르 하고 덤벼들어 걸신들린 듯이 허발하는 이들이나 씩둑거리는 소리로 여기고 귓등으로 들어넘겼을 뿐이었다. 농사꾼은 일부러 땀을 빼는 축이 아니라 저절로 흘리는 축인데다, 빼는 쪽은 먹어서 생긴 더운 땀이지만 흘리는 쪽은 못 먹어서 나는 식은땀이라는 것이었다.

"앉아서 사는 이들은 땀이 물인지 몰라두 우리마냥 들에서 사는 생일꾼은 땜이 바루 살이여 살. 그런디 촌에서 뭘 그리 걸게 먹간 찌지두 않은 살을 생으루 뺀댜. 긔네들은 땀을 뺄수록이 심을 쓰구, 우리네는 다다 땀을 애껴야 심을 쓰는겨. 안 그렇담?"

전이 일쑤 그렇게 궤변을 늘어놓는 상대는 물론 일복이 돈복이라고 믿어서 사시장철 일밖에 모르고 사는 마누라 한 사람뿐이었다. 그녀는 오늘도 식전부터 콩밭에서 이슬을 털었다. 전은 말렸다. 아내가 일에 늙는 것이 안됐기도 했지만 동네에 초상이 난 터에 남에게 내 집 일만 아는 것처럼 보이는 것도 볼썽사납기 때문이었다.

"철문어매, 오늘 니열은 초상집두 들여다봐줘야 허구 허니 밭일일랑 내비려둬. 나이 서른일곱에 장가두 못 가구 가는 구신인디 잔치는 아니더래두 오가는 사람할래 즉으면 쓰겄간. 또 콩밭은 접때 한 번 매줬응께 뒀뒀두 괜찮을껴."

그러나 그녀는 무가내였다.

"거칠게 두 번 매주면 먹어두 곱게 한 번 매주면 못 먹는 게 밭곡이라는 걸 모르는 사람 말허듯기 허네 그랴. 안 그래두 가물어서 씨두 찾을지 말지 헌 판에."

"그렇게 일허면 두 번 추수헌다남?"

"자식은 부모가 반 팔짜랴. 햅격을 허구 안 허구는 지 팔짜구, 부모가 됐으면 입학금은 마련을 해놓구서 시엄을 치게 허든지 보게 허든지 해두 해야 헐 거 아녀."

"대학이면 다 사람 사주팔짜 가르치는 디간디. 지겟대학 출신 두 지겟다리 뉘어놓구 선산 팔어다가 비디옷방 채려 둔 벌어가지구 시의원만 허더면."

"그러니께 신문 못 읽는 시의원들이 둘인디 그중의 하나가 그이라는 소리를 들어가메 살지."

그녀는 또 풍실(豊實)이 사내 고대성(高大成)이를 허물하였다. 고는 전의 매제였다. 그러므로 웬만만 해도 덮어주어 마땅하련만 위인이 워낙 칙살스러운 위인인지라 아내가 송곳니로 뜯으면 전은 어금니로 뜯어온 터수였다.

"그러게 소 팔러 댕기던 늠, 개 팔러 댕기던 늠 죄 나오구, 안 돼야 헐 늠은 안 돼서 다행인디, 꼭 떨어져야 헐 늠이 안 떨어져서 슨거치구 싸가지가 누런 슨거 됐다구 다덜 안 그랬던가베."

"당이라구 생긴 것마다 즤덜 윗대가리 허는 대루 허는 동넷정 당이라니 워느 늠이 된들 벨 수야 있을까마는."

"그러나저러나 그 고의원인지 뭔지는 오늘두 초상집에서 뵈기 싫어두 보게 생겼으니 이를 워쩐댜."

"잠깐 들여다보구 바루 돌어스면 되지 꼭 본전꾼 노릇을 해야 맛이간디. 고스돕판 기웃그리지 말구 가며오며 허라구. 나랑 콩밭이나 해전에 매두게."

"또 그늠의 일, 일……."
"아 새끼덜하구 살라면 일 않구 워치게 살어?"
"얼마나 살라구 그려?"
"넘덜만치는 살으야지."

짝을 지어 산 지가 삼십 년이 가깝건만 그녀는 이날토록 한마디도 지는 법이 없었다.

전은 밀짚모자를 숙여 쓰면서 콩밭머리로 내려가는 아내의 뒤통수를 멀거니 바라보다가 골이 난 사람처럼 툽상스럽게 말했다.

"너무 그러지 말어. 평셉이는 넘덜버덤 들 살구 싶어서 일허다 말구 먼저 갔겄남. 알구 보면 불쌍헌 게 인생인겨."

그러자 그녀는 또

"왜 아니랴. 생각허면 헐수록 불쌍혀 죽겄다니께. 그 총각이야말루 요샛사람 같잖구 고진배기였어. 넘덜마냥 잠 잘 오는 장개를 가봤까, 워디루 놀러를 댕겨봤까, 취미래야 한갓 동네서 낚시나 던지는 게 다였는디, 죽음을 죽어두 해필이면 낚시질허다가 그랬으니 오죽이나 원통헌 일이여"

하고 엇먹는 소리로 뒷동을 달았다.

"누가 그려, 장개가면 잠 잘 온다구."

그는 혼자 김 매게 하는 것이 껄쩍지근하던 판이라 얼른 딴소리로 능갈치고 나섰다. 그러나 역시 본전도 못 건지고 말았다.

"시끄러. 자기마냥 한 달에 한 번짜리 월부 체질은, 들어두 들은 척두 않구 사는 게 죄용죄용히 사는 질이여."

전은 평셉이가 빠져 죽은 자리께를 새삼스럽게 더듬어보다가 쭈뼛하는 느낌과 함께 걸음을 멈추었다. 누가 천막까지 쳐놓고 바로 그 자리에서 낚시를 하는 것이 보인 탓이었다. 물이 줄어들면서 저수지의 가장자리로 작벼리가 황량하게 드러난 지도 벌써 여러 날이 지났지만, 평섭이가 앉았다던 자리는 이 골짜기 저 골짜기의 물이 물들이를 하고 흘러드는 물목이어서 원래부터 저수지가 풀밭이 되더라도 마른 적이 없었거니와, 아스팔트로 한길을 포장할 적에 노면을 고르잡느라고 그 언저리에서 대형 트럭으로 수십 대 분량의 자갈을 파다가 써서 그 뒤로는 수심이 두 길도 넘게 깊어진 곳이었다.

평섭이는 낚시만 나왔다 하면 으레 맡아놓은 임자처럼 그 물목에서 자리를 잡았다. 혼처가 나서지 않는 서글픔을 그렇게 낚시로 갈앉히는 모양이었다.

"자네는 원제쯤이나 마당을 빌릴 챔인겨? 국수 한번 은어먹기가 이다지두 심드니 원. 아 밥은 즌기밥솥이 다 해주지, 빨래는 세탁기가 해주지, 갈구 거두는 건 이앙기 파종기 트랙타 콤바인이 해주지, 두부 한 모를 사러 시내를 가두 자가용 타구 갔다 오지, 대관절 워디가 워때서 농가집 아들이라면 아이구머니나 허구덜 내빼쌓는겨. 참말루……"

전이 딱하다 못해 안쓰러워서 그렇게 걱정을 해주면 그는 번번이

"엄니가 그러는디 저야말루 말머리애(첫날밤에 밴 아이)루 태여났다는규. 허지만 그랬으면 뭘 헌대유. 이냥 이러다간 진짜 엄지머리총각으로 살 판인걸. 저는 암만해두 희망이 허망인 것 같튜"

하고 시름없는 소리로 중얼거리는 것이었다.

그래서 평섭이의 불행을 처음 들었을 때는 평섭이가 스스로 살기를 포기한 것이 아닐까 하는 의심도 하지 않은 것이 아니었다. 그렇지만 말을 들어보니 그런 것이 아니었다. 그는 여느 때와 마찬가지로 아침나절부터 물목 언저리의 둔치에서 꼴을 베었다. 염소를 내다 매놓으면 매놓는 족족 낚시꾼으로 꾸미고 다니는 것들에게 도둑을 맞는 바람에 우리에다 가두어 먹이면서 먹이를 넣어주었던 것이다. 그는 꼴을 벨 만큼 베자 늘 하던 대로 낚싯대를 드리웠다. 하지만 누가 그러는데 점심나절에 지나가면서 보니 낚싯대만 걸쳐 있고 사람은 보이지 않았다는 거였고, 그래서 그전처럼 가겟집에 들어가 누구랑 술타령이나 하고 있겠거니 했다는 것이었다. 그리고 또 누가 지나다 보니 다 저녁때가 됐는데도 사람은 없이 꼴은 꼴대로 무드럭지게 쌓인 채 둔치에 버려져 있고, 길턱의 경운기 역시 아침나절에 받쳐놓은 그대로 텅 비어 있더라는 것이었다. 집에서도 밤이 이슥토록 찾지 않았다고 한다. 가겟집에서 소주로 초배를 하고 시내에서 맥주로 도배를 하다가 날이 훤해서야 택시를 타고 온 적도 한두 번이 아니었던 것이다. 신서방네 내외는 이튿날 아침나절에서야 아들을 찾아 나섰으나 아무도 봤다는 이가 없었다. 신서방은 경운기로 꼴이나 거두어들이고 기다리는 수밖에 없었다. 아들이 앉았던 자리에는 받침대만 두 개 꽂혀 있고 낚싯대서껀 낚시에 딸린 도구들은 보이지 않았다. 다른 낚시꾼이 걷어가버린 모양이었다. 그는 오늘 새벽에 떠올랐다. 다 밝아서 진마딧굴〔長而洞〕 반장네 집에 주민세 고지서를 넘겨주러 가던 김실세의 눈에 처음 띄었다.

"이상혀. 뭣이 씩댔는지 이상허더라구. 뭐가 꺼멓게 뜨기는 떴는디 암만해두 이상헐레 그려. 하두 이상해서 가봤지. 가봤더니 펭셉이 아닌감. 떠올러두 건지기 좋게 가생이루 떠올렀더먼. 이상허데."

김실세는 집으로 되돌아와서 전화로 지서에 신고부터 하였고, 신서방네 집에 이어서 시의원네, 도의원네, 국회의원 비서네 순으로 전화를 돌린 다음 동네에 방송을 하였다.

"워치게 된 심판이여, 총각 신세를 비관해서 그랬다는겨, 뭐여?"

전이 궁금했던 것을 다른 이가 묻자 김실세는 고개를 저으며

"그건 아녀. 이건 내 짐작인디, 보니께 낚싯대를 던져넣구서 아마 깜뭇허구 졸었던개벼. 가물 적이 더 고단허잖남. 졸다가 언뜻 깨보니께는 큰늠이 걸려서 낚싯대가 달려들어갔단 말여, 허니께 엉겁결에 낚싯대를 건진다는 풍신이 그냥 풍덩 허구서 빠져버렸던 모냥여. 틀림없이."

김실세는 나름으로 그 증거를 대었다.

"건져놓구서 보니께 살어나오려구 얼마나 용을 썼던지 한 손에는 낚싯줄이 이렇게 칭칭 갬겼더라구. 또 장화 두 짝이 다 벳겨지구 워디루 갔나 없어. 장화라는 게 본래 두 손으루다가 잡어 빼두 잘 안 벗어지는 신이 아닌감. 허니 살라구 얼마나 몸부림을 쳤으면 바닥에 갈앉았던 낚싯줄이 칭칭 갬기구 장화 두 짝이 벳겨져서 없어졌을꺼. 헌디 그 사람이 요만해서버텀 헤엄을 못 했어. 사람이 용해터지구 즘잖기만 했지 부나허구 냅뜰성 있게 노는 승질이 아니라 저수지가 있는 동네에 살면서두 헤엄을 못 배웠거든."

"그래두 우리게서는 기중 부모 가슴 안 피우구(속 안 썩이고) 이우지간에 말 안 시피구(이웃간에 말썽 안 부리고) 허던 우리게 막내였는디…… 아까라, 너머 아까워."

어떤 이는 그렇게 한탄을 하고

"이승은 선착순이구 저승은 선발순이라, 인저는 막내가 아니라 선배여."

어떤 이는 그렇게 탄식을 하였다.

전은 어디서 온 사람인지 몰라도 건져낸 지 하루도 안 된 자리에서 다시 낚시를 벌이고 있는 것이 기가 막혀 자기도 모르게 우두커니 서서 넋을 놓고 바라보다가 중동무이했던 걸음을 시나브로 되걷기 시작했다.

오늘따라 새들이 어지러이 날고 있었다. 새는 위에서 날고 그림자는 밑에서 나니 눈앞이 사뭇 어수선한 것이었다.

전은 물가난이 심한 저수지를 새채비로 둘러보았다. 이렇게 물이 줄었을 때 들어가보면 바닥을 이룬 명개흙이나 목새에는 말조개가 있는 구멍이 어레미나 도드미 쳇불을 들여다보듯이 총총히 깔려 있었다. 말조개는 손바닥만씩 하게 굵고 탐졌지만 삶아보면 맛이 이름도 성도 없는 무맛이어서 누구 하나 잡는 이가 없었다. 그러나 백로와 왜가리는 입은 옷만 밝고 어두울 뿐 종일토록 부산을 떨기는 대목장을 만난 장돌림들하고 하나도 다를 것이 없었다.

가겟집을 지돌이하고 지나면 과녁빼기 쪽으로 집이 저만치 건너다보였다. 전은 아내의 김매기가 어디까지 되었나 싶어 집터서리의 텃밭을 한눈에 담고 아내를 뒤져보았다. 어느 이랑에서 땀으로 미역을 감는지 아내는 보이지 않고 그녀 대신 밭머리께서 노니는 까치 두 마리가 눈에 띄었다. 그는 우리 까치— 하고 자기도 모르게 입에 발린 말을 하였다. 아내가 옆에 있었으면 어김없이

"이이가 시방, 우리 까치라니, 까치가 뭘 보태줘서 우리 까치란댜, 까치가 그리 이쁘면 뭇닭 치듯이 아예 우리를 짓구 쳐보라니께. 나두 들새가 효도허는 것 좀 보구 살게"

하면서 눈이 찢어졌을 거였다. 그는 핀잔을 들을 때마다 변호사로 나섰다.

"까치는 들새가 아니라 집새라니께는."

그러나 그가 생각하기에도 내용이 오죽잖아서 변론이 될 성싶지는 않았다.

"집새는 제비랑 참새뿐이라니께는."

"암, 참새는 집새라서 보태주다마다. 벼만 패면 참새가 떼루 뎀벼서 타작을 안 해주나, 수수밭 조밭에 뎀벼들어 조바심을 안 해주나, 효도 보구말구."

"까치가 사람헌티 덕 봤다는 얘기는, 예전 고렷적에 과거 보러 가던 선비가 구렝이헌티 물려 죽게 생기니께 대가리루 종을 쳐서 선비를 살려줬다는 얘기가 다여. 그것두 다 옛날얘기루다 하는 얘기구."

"옛날얘기루 허는 얘기야 왜 그 얘기뿐이간. 쎘지. 쎘다마다."

전은 늘 그쯤에서 입을 다물어 버릇하였다. 식구라고 해도 남몰래 가슴속에 키우고 있는 꿈까지 있는 대로 털어놓기는 어딘지 모르게 어색할뿐더러, 더욱이 그가 읽은 까치 둥지의 상서로

움에 관한 이야기는 마치 길몽 중에서도 길몽을 꾼 것과 같아서 누구에게도 절대로 누설을 해서는 아니 될 것 같은 마음이었던 것이다. 그는 혹 술김에 지껄이는 술 수작의 하나로라도, 아니 잠결에 웅얼대는 잠꼬대의 하나로라도, 그 까치 둥지의 신비로움에 대한 이야기를 입 밖에 낸다면 자기가 비밀스럽게 가꾸어온 꿈이 한갓 백일몽으로 그치고 말지도 모른다는 주력(呪力)마저 느끼고 있었던 것이다.

그가 만날 하찮게 여겨온 까치 둥지를 갑자기 예사롭게 보지 않게 된 것은 군대 간 맏이가 휴가 오면서 가져와 보고 놓아둔 책을 심심풀이로 뒤적거리다가 유몽인(於于堂 柳夢寅)의 『어우야담』과 차천로(五山 車天輅)의 『오산설림초고』를 읽은 뒤부터였다. 그는 그 내용을 지금도 거의 외우다시피 하고 있었다.

유몽인은 이렇게 썼다.

   속담에 까치가 와서 남쪽 가지에 둥지를 틀면 꼭 영광스러운 일이 있다고 한다. 또 상서롭지 못한 새가 집에 와서 깃들이를 하면 으레 화를 입는다고 한다. 그러나 나는 들어도 늘 웃어넘기고 말았다.
   내가 청파(靑坡)에 살 때였다. 까치가 우리집 남쪽에 있는 나무에다 집을 지었다. 남들은 다들 내가 과거에 급제할 것이라고 하였다. 그런데 내 처형의 사위가 급제를 하였다. 그 뒤에 까치가 또 그 나무에다 집을 지었다. 그해 봄에 나는 소과에 입격하였다. 그런데 이듬해 봄에 그 나무에다 까치가 다시 둥지를 지었다. 내가 대과에 급제를 한 것도 그해의 일이었다.

내가 흥양(興陽)에서 살고 있을 때였다. 까치가 남쪽 언덕에 있는 나무에 둥지를 틀었다. 그러자 일가집 사람들은 다들 우리집에 영화스러운 일이 있을 것이라면서 축하를 하였다. 아니나 다를까, 나는 가선대부로 승진하고 호성공신에 오르게 되었다.

내가 명례방(明禮坊)에서 살 때였다. 우리집에서 남쪽으로 있는 버드나무에 까치가 와서 둥지를 틀었다. 그런데 나한테 와서 우리집에 얹혀 살았던 일가집 사람이 무과에 합격하는 것이 아닌가. 그 이듬해에도 그 나무에 까치가 집을 지었다. 우리집 계집종의 사내는 포수였는데, 이번에는 또 그 포수가 무과에 급제를 하는 것이었다.

차천로는 또 이렇게 썼다.

성종 임금이 행차를 하는 참인데 웬 사람이 까치 둥지가 있는 나무의 밑동을 도끼로 찍어다가 자기네 집의 대문 앞에다 세우는 것이었다. 임금은 신하에게 까닭을 묻게 하였다.

그 사람은

"까치가 와서 집 앞에 있는 나무에다가 집을 지으면 그 집에서 급제자가 나온다고 들었사온데, 보시다시피 저의 집 앞에는 나무 한 그루가 없소이다. 그러니 어떻게 까치가 와서 둥지를 틀기 바라겠소이까. 생각다 못해서 이렇게 까치 둥지가 있는 나무를 베어다가 집 앞에 꽂아라도 보는 것이올시다. 행여나 이로써 그만한 조짐이 있다면 그 또한 다행스럽지 않겠소이까"

하고 대답하는 것이었다.

임금은 그 말을 듣고 신하에게 다시 알아들이게 하였다.

신하가 그 사람에게 물었다.

"위에서 아뢰랍신대, 선비는 외우기에 능하시오, 짓기에 능하시오?"

"겸하여 대강은 시늉할 줄 아오나, 이날껏 펴이지 못한 지가 어느덧 수십 년이나 되었소이다."

임금은 환어(還御)한 뒤에 특지를 내려서 그 다음에 보인 과거에서는 그 사람에게도 급제를 주도록 배려하였다.

저 우리 까치— 그는 한 번 더 다지르고 나서 꼭 될껴, 단박에 척 붙을껴, 아무렴, 되지! 돼두 특차루 될껴 하고 혼잣말을 하다가 저도 모르게 불뚝성이 일고 열이 오르면서 점잖지 않은 말이 얼레에서 실 풀리듯이 쏟아져나왔다.

미친것들, 집 앞에 길조(吉鳥)가 와서 길조(吉兆)를 얻은 사람 버러 사람 못 할 짓을 하냥 허자구? 왜, 늬덜이랑 하냥 흉악헌 짓을 해서 그 앙화루다가 비껴버리구 말게? 아서, 그런 짓일랑 늬덜이나 많이 혀. 나는 우리 아들래미가 대학에 들어가야겄어. 기우제? 말이 좋다, 그렇게 허면 그게 워치게 농부덜이 가물 적에 에멜무지루다 해보는 기우제냐, 인간 말자덜이나 허는 개지랄이지. 아무리 무식이 넉넉해서 다른 걱정을 모르구 사는 것들이라구 해두 그렇다. 시방 시대가 워떤 시댄디 넘의 모이를 파내야 비가 온다구 헛소리냐. 젊어서 무녀리가 늙어서 무지렝이 된다구 해두 유만부동이여. 시대가 변했으면 대갈빼기두 변해야 옳잖여. 헌디 이 동넷것들헌티는 워째서 세월두 가다가 말구 제자리에서 곰이 피는지 모를 노릇이라니께.

그는 초상집 차일 밑에서 못다 한 말을 나오는 대로 주워대다가 말고 다시 우리 까치— 하고 말을 바꾸었다. 밭둑에서 놀던 까치가 무슨 기척에 놀랐는지 한꺼번에 날아올라 개암나무 가지로 옮겨 앉는 것이 보였기 때문이었다. 아내가 봤더라면 또 여지없이 잔소리 두어 섬이 뒤따를 판이었다.

"꾸지뽕낭구는 조경업자덜이 오며가며 쳐다나 본다구 허지, 저 까짓 깨금낭구는 둬서 뭘 헌더구 쓸디없이 둬두는지 물러. 밭에 그늘만 지게. 비여버리라구. 내가 톱질만 쪼끔 헐 중 알었어두 벌써 자빠뜨리구 말았을껴."

그녀는 트집거리가 마땅찮으면 꾸지뽕나무 옆의 개암나무를 걸고 넘어졌다. 개암나무는 조경업자들까지 갈 것도 없이 식구들한테도 천덕꾸러기였다. 아내는 텃밭에 그늘을 보탠다는 탈이라도 잡지만 아이들은 나무의 이름조차 모르면서 하찮게 여기려고들 하였다. 동네 사람들도 마찬가지였다.

"이게 깨금나무라메유? 깨금나무가 워치게 생겼나 했더니 이냥 생겼구먼유. 보니께 나무가 미끈허질 않구 다다분허니 영 개갈 안 나게 생겼네유. 그런디 안 없애구 왜 그냥 내버려두신댜. 밭둑에 있는 나무를 살리니께 올 적 갈 적에 걸리적거려쌓서 일허기만 망허구 들 좋더먼."

"평생 여기 살면서두 보기는 시방이 츰이라메유. 그런 귀헌 나무를 중허게 여길 섯에 없애기는 왜 없앤대유. 냅둬유. 일허기가 망해두 내라 망헐 테니께."

  전은 개암나무를 가을에 한 축씩 쏨쏨이를 보태주는 은행나무나 호두나무나 감나무보다도 한결 깊이가 있는 눈으로 쳐다본 지가 오래였다. 어느 해 시월이었던가, 종산(宗山)의 시향(時享)에 갔다가 푸네기 중에서도 유독 저 잘난 체가 심하던 꼴같잖은 이와 마주 보게 된 것이 마뜩찮아 뒷전으로 뒷걸음질을 치다가 개암나무 가지에 걸렸는데, 그것이 밭둑에 개암나무를 기르게 된 장본이었다. 그는 그 개암나무 밑에서 잘 여문 개암을 한 옴큼이나 주웠다. 그는 어렸을 때 누구에겐가 한두 개 얻어먹어본 기억밖에 없는 추억 속의 개암이 생각잖게 생기자 그 꼴같잖은 이로 하여 상했던 비위까지 대번에 고칠 수가 있었다. 개암은 열세 톨이었다. 여섯 톨은 아이들에게 주고 일곱 톨은 밭둑에 묻어두었다. 이듬해 봄에 보니 그 일곱 톨 가운데서 싹이 난 것은 하나뿐이었다. 그는 공을 들여서 가꾸었다. 아내는 무엇이 아니꼬운지 툭하면 시비를 하였다.

  "요새처럼 먹을 것 지천인 세상에 깨금은 따서 워따가 쓴다구 깨금낭구를 못 길러서 저 극성이랴. 시방 아이덜은 밤두 안 먹구 감두 안 먹구 대추두 안 먹는 거 뻔히 보면서 저런다니께는."

  도회지 아이들이 김치를 안 먹어서 채소 농사치고 잘돼야 본전치기를 하게 된 이래, 감이니 밤이니 대추니 호두니 하는 재래종 과일 역시 과일 축에도 못 들고 있다는 것쯤은 그도 익히 알고 있었다. 팔도 사내들이 희석식 소주로 입맛 통일을 했듯이, 팔도의 아이들 또한 컵라면으로 입맛의 평준화를 이룩한 탓이라는 거였다. 하지만 그는 번번이 개암나무를 두둔하여 이렇게 일러왔다.

 나중에 보면 알겠지만 개암나무는 자라고 싶은 대로 자란대도 키가 사람을 넘보지 못하는 겸손한 나무다. 그리고 밑동도 그루라고 하는 것보다 포기라고 하는 것이 걸맞을 정도로 어느 것이 줄기이고 어느 것이 가지인지 뚜렷하지 않게 떨기 져서 덤불처럼 자란다. 둥치의 통태도 굵은 것이 작대기보다 가늘며 잎사귀도 오리나무를 닮아서 볼품이 없어 나무 장수가 쳐주지 않고, 나무 장수가 찾지 않으니 묘목 장수도 기르지 않는다. 소위 경제성이 없는 나무인 셈이다. 그래도 그전엔 그렇지가 않았다. 가령 여름에 땔감이 떨어져서 풋장을 베어다 말려 땔감을 대었던 때만 해도, 어린 떡갈나무와 더불어 단골로 풋장 노릇을 해준 나무가 바로 개암나무였던 것이다. 장마가 그치지 않는 가운데 사나흘에 하루쯤 비가 긋고 해가 나는 것을 나무말미라고 이름지은 것도 개암나무서껀 싸잡아서 벤 풋나무를 뒤집어가며 생으로 말려서 조석을 끓인 까닭이었다.

 그뿐만 아니라 한약방에서 진자(榛子)라고 하는 개암도 예전에는 약재보다 제사상에 한다하는 실과의 한 가지로 알뜰하게 쓰이던 과일이었다. 개암을 담는 그릇도 여느 굽달이 목기가 아니라, 제수가 담기는 곳은 날라리〔胡笛〕같고 받침대는 깔때기 같되 굽이 한 뼘도 넘게 대오리로 결은 변(籩)이라고 하는 제기였다. 개암을 아는 이는 커도 도토리만밖에 않은 것이 개암인데 아무리 솜씨 있게 꾐질을 한들 무슨 품위가 있었으랴 할는지도 모른다. 제사상에 죽은 이는 살아 생전 이름도 못 들어본 바나나며 키위며 파인애플 따위를 예사로 진설하는 세상이고 보니 그런 의문도 있을 수 있는 일이긴 하다.

  과일 가운데 달고 향기롭기만을 따진다면 대체로 더운 지방의 과일을 누를 만한 것이 드물 것이다. 외국이라고는 전쟁이 한고등이었던 월남에 미장공으로 한 삼 년 가 있다가 온 것이 전부라 뭐라고 하기가 거시기하지만, 지금까지도 추억거리로 남아 있는 것이 있다면 목이 마를 적마다 물값보다 싼 여러 가지 과일로 물을 대신했던 일이다. 코코넛 같은 열매는 좋이 한 사발것이나 물이 들어 있었지만 맛이 짐짐해서 누가 거저 주어도 마다했을 정도였다. 파인애플은 달고 향기롭기가 그만이지만 신맛이 있는 탓에 몇 조각도 채 못 먹어서 이내 물리게 마련이었다. 그럴 때는 소금을 찍어 먹었다. 소금을 찍어 먹으면 여기서도 복숭아를 고추장에 찍어서 술안주를 삼듯이 색다른 맛이 났던 것이다. 보기가 괜찮은 것이 맛도 괜찮기는 거기 사람들이 용과일이라고 부르는 공작선인장의 열매였다. 껍질은 진분홍색인데 속은 흑임자를 두어서 찐 흰무리같이 흰데다 연하기가 박속이요 단맛도 일품이었다. 파파야나 몽키바나나도 과육의 빛깔이 농익은 개구리참외처럼 고와서 먹는 맛보다 먹기 전의 먹음직스러움으로 하여 지금도 눈에 선한 과일의 하나였다.

  그러나 맛과 향기에 모양새를 더하여 무엇보다도 인상적인 과일은 월남에서 망꺼우라고 부르는 불두(佛頭)를 빼다박은 과일과, 우리네 한약방에서 약재로 용안(龍眼)이라 하듯이, 월남에서도 씨가 용의 눈과 같다고 하여 용안이라는 뜻으로 룽간이라 하는, 크기가 꽈리보다 약간 굵은 자잘한 과일이었다. 하지만 값은 어느 과일보다 높아서 원예업자 가운데서도 룽간 과수원을 하는 사람이 기중 낫게 산다는 거였다.

전은 그렇게 너스레를 늘어놓은 뒤에 매양 이 말을 잊지 않았다.

"여기루 치면 똑 배밭 사과밭 복숭아밭 허는 이들버덤 매실밭 허는 이가 훨씬 더 실속 있는 바루 그 짝인디, 요는 과일을 말헐 적에 생김새를 기준으루 말허면 복잡해진단 얘기여. 생김새루만 말헌다면 수박밭을 허는 사람들이 제일이게? 그런디 워디가 그려, 그게 아니지. 과일두 나라마다 인종마다 어울리는 과일이 있구 그렇잖은 과일이 있는디, 개암이야말루 우리헌티는 역사와 전통이 있는 과일 중의 하나다 이거여. 참말루."

전이 그렇게 말하면 사람들은 대개가 직수굿하게 마련이었다. 그렇지만 그의 아내는 수그러드는 법이 없었다. 그녀는 이렇게 오금을 박았다.

"그러니께 역사와 즌통을 지키기 위해서 깨금낭구를 지른다, 그러니께 나는 죽어서 새끼덜이 지사를 지내줘두 빠나나 같은 외국 과일은 쳐다두 안 보구 오로지 깨금 같은 것만 먹겄다, 그러니께 죽어서 구신 노릇을 혀두 지게구신 노릇은 졸업을 허지 않겄다…… 잘— 헌다. 살어 생전 과일을 알어두 으름 머루 다래 깨금…… 과일두 아니구 아닌 것두 아닌 것만 알게 허길래 혹 죽어서나 과일 같은 것 좀 흠향해볼래나 했더니 그것두 복이라구, 이승서 웬수는 죽어서두 웬수구먼그려."

그녀가 무슨 푸념으로 부아를 돋우고 무슨 넋두리로 오장을 뒤집어도 그는 참을성 있게 줏대를 잡고 존조리 일러두었다.

"그게 아니래두 그래쌓네 그려. 여게, 내 말을 귓등으로 듣덜 말구 귀청으루 들어보라구. 자, 이 동넷사람이구 저 동넷사람이구 삼동네를 통틀어 개암나무가 워치게 생겼는지 안다는 사람을 봤어, 봤다는 사람을 봤어? 없지? 왜 안다는 사람두 없구 봤다는 사람두 없느냐, 당연허지, 왜, 개암나무 자체가 드무니께. 왜 드무냐, 이전에는 고욤나무나 아가배나무버덤두 흔해터졌던 것이 요새는 왜 귀해졌느냐, 이유는 간단헌겨. 개암나무는 숲이 시퍼런 높은 산이나 깊은 산에 있는 나무가 아니니께. 나무꾼들이 뻔질나게 오르내리며 낫질 갈퀴질을 해대서 민둥해진 산기슭이나 야산에만 나는 나무라 이거여. 나무두 아니구 풀두 아닌 것마냥 워느 게 줄기구 워느 게 가진지 모르게 덤불처럼 퍼지는 나문디다가 키까장 작어노니, 민둥산에서는 잘 살어두 숲이 우거져서 그늘이 지는 디서는 못 사는 나무라 이 말이여. 그러니 귀해질밖에. 산기슭이나 야산은 죄다 개간해버렸구, 그렇지 않은 디는 나무 허는 사람, 약초 캐는 사람, 버섯 따는 사람, 나물 캐는 사람, 도토리 줏는 사람이 죄 발을 끊어서 소릿길마저 파묻힌디다 그 위에 갖은 잡목이 제멋대루 우거져서 저 월남땅 밀림지대 비젓허게 뒤덮였으니 볕 좋아허는 개암나무가 무슨 수루 남어나겄어. 안 그려? 참말루."

전은 그렇게 다지르고 나서 아퀴지어 말했다.

"개암나무야 늙도록 키워봤자 작대깃감두 안 나오구 지팽잇감두 안 나오는 나무구, 개암을 따두 먹을감은 고사허구 놀잇감두 안 되는 신세가 돼버렸지만 그렇다구 누가 알어보지두 않구, 누가 찾어보지두 않구, 누가 심는 이두 없구, 누가 가꾸는 이두 없구, 그러다가 어느 결에 시나브로 멸종이 돼버리면 그래서 속이

션헐 것은 또 뭐여. 그러니 내라두 하나 가꿔야겄다, 그거 아녀. 그것두 일곱 개나 심은 디서 제우 하나 난 것을. 참말루."

전은 또 부지불식간에 우리 까치— 하고 나오는 것을 정신차려서 참았다. 까치가 자기를 보고 꾸지뽕나무로 피하는 것이 보였던 것이다. 그는 까치들이 자기에게 겁내는 것을 볼 때마다 서운함을 느꼈다. 그만큼 남달리 봐주었으면 저희들 역시 느끼는 바가 있음직도 하련만, 트레일러나 레미콘이 귀청이 떨어지는 소리로 한길을 몰며 내닫고, 잦은 교통사고로 구급차와 레커차가 불빛도 요란스럽게 한길을 째고 다녀도 예사로 알면서, 사람은 유독 어디서 인기척만 난 듯해도 소스라치고 놀라 미리미리 멀찍감치 내빼버리는 것이었다.

"잘— 헌다. 여편네는 뙤약볕에 허리가 끊어지는지 어깨가 빠지는지 안중에두 없구, 집구석이라구 기어들어오면 허구장천 까치 새끼만 보이구, 서방이라구 있는 것이 넘이 아니면 웬수니……"

전은 찔끔하면서 고개를 돌렸다. 어느새 다 와서 꾸지뽕나무부터 쳐다보다가 들킨 것이 겸직스러워서가 아니라 느닷없는 쇳소리에 놀랐던 것이다. 쇳소리는 아내가 팽개친 호미가 가물어서 콘크리트처럼 굳은 마당에 나뒹군 소리였다.

전은 호미가 아니라 호미보다 더한 것을 내던졌더라도 모른 척하는 수밖에 없는 형편이라, 그저 더두 말구 우리 석문이 저 가구 싶은 핵교, 저 허구 싶은 과에 붙게만 해라, 재수 삼수는 철문이루 끝냈으니께 우리 석문이는 초장에 급제시켜라, 하고 따분한 일이 생길 때마다 빗더섰던 수법을 되살려 까치 둥지를 올려다보면서 주문을 외웠다. 그러나 이번엔 효과가 그 전만 못하였다. 아내는 눈이 세모졌다 네모졌다 해가면서 부아풀이를 단단히 하려 들었고, 그는 말대꾸를 삼가기로 작정을 하고도 두 마디에 한 마디는 아니 할 수가 없어 말품앗이를 들어준 것이 마침내 입다툼으로 옮겨간 셈이었다.

"이늠윗 콩만 해두 나 살자구 심었나, 즤 동기간 살려주려구 심었지. 그러니 한 두둑을 매다 말든지 반 이랑을 매다 말든지 말 때는 말 섰에 적이나 허면 자기가 먼저 호밋자루를 들었어야 옳을껴. 그런디두 문상 갑네 허구 가서 실컨 놀다가 고스돕 밑천 떨어지니께 헐수할수없이 오면서, 오면 일 시킬께미 부러 느럭느럭 장에 내가는 황소걸음으루 와? 와서 제우 까치집버텀 봐?"

"이런 날 밭일 허기 어렵다는 거 알구 남는 사람이니께 발표 간단히 혀."

"알구 남는 사램이 오며 일변 까치집버텀 구경했남."

"그럼 이런 날씨에 이 나이 해갖구 꼭 밭에서 살어야 쓰겄남. 참말루."

"올에 육갑(六甲)이 월마신디?"

"하루가 다른 나이지."

"워디가 워떤 나이?"

"틈만 나면 누울 자리버텀 찾는 나이."

"성명서(聲名書) 읽구 있네. 틈만 나면 누울 자리부터 찾는 이가 안방에다 자리 봐주면 벼개 들구 건넌방으루 내빼버려?"

전은 아내가 그 촌철살인의 월부 체질론을 거듭 쳐들고 나설 조짐이 보이자 자칫 잘못하면 말문이 막힐 수도 있다는 생각에 지레 질겁을 하면서도, 접때처럼 성질 좋은 이가 따로 없는 양 무름하게 있다가는 저절로 주눅이 들고 말 것 같아서 부러 꺽진 소리로 되물었다.

"누울 자리가 워떤 자리간디?"

"워떤 자리? 뻗치는 자리! 왜?"

아내도 되알지게 대꾸했다.

"내 말이 바루 그 말 아녀. 그런디 뭘 여러 소리여. 참말루."

전은 말귀를 못 알아듣고 도리어 퉁바리를 주었다. 그녀도 웃느라고 이날껏 말 한마디를 져본 적이 없는데다, 가끔씩 속에 있던 말을 할라치면 말귀가 어두운 것이 답답하여 뼛성이 난 소리로 부르대게 마련이었다.

"넘은 자는 말 허는디 죽는 말 허구 있네. 시방 말을 먹구 있는 겨 듣구 있는겨. 뻗치는 것허구 뻐드러지는 것허구가 워째서 같어."

"뻐드러지는 것이야 죽는다는 소리지만, 그것두 두 다리를 뻣뻣허게 뻗쳐야 뻐드러지는 거 아닌감."

"양다리가 뻗친 건 쓰러진 것이구, 외다리가 뻗친 건 슨 것이구."

전은 또 그 이야기가 나오나 싶어서 찔끔하는 바람에 그예 말문이 막히고 말았다. 그가 입을 다물자 그녀는 그러잖아도 벼른 지가 자못 오래라는 듯이 단숨에 해대었다.

"몰랐지, 몰랐을껴. 모르는 게 장(늘) 문제라니께. 몰라두 저냥 모르니 누울 자리를 보면 척허니 뻗치는 게 아니라 뙤데 뻐드러지구 마는겨. 그러니 암만 맷방석을 펴놓구 맷돌짝을 돌리구 싶

·으면 뭐 헐껴. 중쇠가 허부렁허니 돌아가야 말이지."

전은 아내가 맷돌 운운하자 갑자기 얼굴이 무안하였다. 지난 겨울에 우연히 들은 말이 생각났던 것이다. 물론 그녀의 말이 아니었다. 그녀가 수다를 떤 말이었으면 새삼스럽게 무안하고 자시고 할 건더기도 없는 말이었다.

시내에서 볼일을 보고 버스를 타러 가다가 누구를 만난 것이 불찰이었다. 종산 근처에서 육묘를 업으로 하여 매년 고추모를 대어주는 친구였다. 친구가 하도 입주나 하고 가자고 붙잡아서 그럼 아무 집이나 들어가자고 들어간 것이 하필이면 풍근(豊根)이의 아내가 처마 밑에 앉아서 불린 콩을 맷돌에 갈아 비지 장사를 하는 집이었다. 그는 계수가 그 자리의 붙박이라는 것을 나중에야 알았지만 처음부터 본 척도 하지 않았다. 아우라고 하나 있다는 것이 내력에 없이 못나빠져 고생하는 계수 보기가 어려워서 그런 것도 아니었다.

"학문네는 고생이랄 것두 없어. 학문엄니나 내나 징글징글헌 전가네 집구석에 시집온 죄루 호강 요강이 뭔지 모르구 사는 게 원통허구 절통해서 그렇지. 안 그려? 허지만 학문엄니만 해두 수단이 여간내긴감. 얼렁뚱땅 우동국물루 짬뽕국물 맨드는 수단꾼이, 있는 콩에, 노는 맷돌에, 두부버덤두 비싸게 받는 되비지를 갈아서 파는 것이야 뭣이 고생여. 사서 허는 고생은 넘보매가 거시기해서 그렇지 실지는 재미보는 재미루 허는 고생이라데, 뭐."

아내는 시동생이 눈 밖에 난 탓에 동서도 대수롭지 않게 여겼으나, 난전에서 되비지 장사를 하려면 종콩을 적잖이 팔아두어야 한다는 말에 텃밭을 콩밭으로 만든 것만 봐도, 동서에 대한 신용이 풍근이보다는 나은 성싶기도 하였다.

그러나 전이 보기에는 그 위짝에 그 밑짝일 뿐이었다.

"무슨 여편네가 아침버텀 저녁 헐 때까장 쥉일 콩맷돌을 돌리는디두 워쩌면 하루를 안 쉰댜. 보면 비지 장사가 아니라 기운 장사라니께."

어떤 아낙네가 그러고 치하를 하는 소리에 이어

"낮맷돌에 휜 허리 밤맷돌에 풀자는 게 내 생활신존디 왜 하룬들 쉰댜. 한 번 쉬면 두 번 허간디. 쉬면 밑지는 게 맷돌질인겨."

계수의 응수가 술청까지 시끌덤벙하게 하였다.

"낮맷돌은 콩맷돌이구, 밤맷돌은 뭔 맷돌이길래 푼댜?"

"풀맷돌."

"무슨 풀, 문 창호지 바르는 풀?"

"이불잇에 멕여서 빳빳이 스게 허는 풀."

"그럼 그 집은 맨날 풀만 쑤구 살았네?"

"그럼. 죽 쑤어 개 존 일 허기보담 풀 쑤어 빨래 허는 게 낫으니께."

"그건 심 안 드남."

"신경 끄셔. 풀 죽구 심들면 됬다 쓰니께."

그는 계수가 입이 걸다는 것을 그날 처음 알았다. 어린 학문이가 나이답지 않게 말을 잘하는 이유도 비로소 알 듯하였다.

그런데 아내와 계수는 언제부터 통했기에 뱉는 말까지 형님아우 사이인지 정말 웃다가 곡할 노릇이었다. 닮기로 말하면 자기하고 풍근이가 닮아야 옳지 자기 쪽은 다들 씨 다른 형제나 진배없다고 이르는 터에 어떻게 남남으로 만난 동서간에 남모를 일을 두고 똑같은 말을 할 수가 있는지 당최 이해가 되지 않았다.

전이 한창 고개를 갸웃거리는데 아내가 개암나무 그늘에 앉아서 밀짚모자를 벗어 던지며 말했다.

"그러구저러구 해 떨어질라면 멀었는디 왜 그새 왔냐. 악상(惡喪)일수록 대동계에서 울력으루 일을 추어줘야 헐 텐디."

"울력은 됐다가 해골 치우는 디나 쓸 셈이데."

"해골은 무슨 해골을 치워?"

"그 서울 사람네 모이를 파야 비가 온다는 거 아녀. 참말루."

"환장했구먼. 이런 문명시대에 워떤 작것이 그렇게 분수 없는 푼수랴."

"그렇구 그런 것덜이지 뭐. 학문아배에, 고의원에, 김실세에, 부녀회장에, 났다 허는 것들은 다 그러데. 더 있구 싶어두 챙피해서 있을 수가 있어야 있지."

전은 또 은연중에 까치 둥지가 있는 꾸지뽕나무를 올려다보았다.

"챙피헐수록 말려야지 그냥 와? 싯 중에 하나는 동생이구 하나는 매제구먼, 말릴 사람이 누가 있다고 그냥 와서 까치집만 봐? 까치집이 밥 멕여줘?"

"볼일이 있어. 밥만? 잘허면 떡두 멕여주구 술두 멕여줄걸. 폐일언허구 내년 봄에 가보면 알어."

전은 들으라고 휘소리를 하면서 스스로 다짐도 하고 조심도 하였다.

"무슨 희맹으루 올 봄에 지은 까치집을 내년 봄에 가서 봐, 보기는."

"희맹이구말구. 암, 지금 같어서는 유일헌 희맹이다마다. 참말루."

전은 자기만 알게 미소를 지었다.

꾸지뽕나무는 집에서 한길로 난 길턱이자 밭둑을 겸한 텃밭머리에서 스스로 나고 자라 오늘을 보고 있는 나무였다. 키는 전봇대와 겨루고 둥치는 아름이 넘는데다, 흙이 씻겨 땅 위로 들솟은 묵은 뿌리와 바위옷처럼 이끼가 더뎅이 져서 등걸로 보이기가 십상인 밑동으로 하여 누가 헤아리나 줄잡아도 백 년은 넘어 된 고목이었다. 텃밭머리는 또 저수지를 끼고 도는 한길 가이기도 하여 일 년 열두 달 바람 잘 날이 없는 팔풍받이여서 꾸지뽕나무가 한결 늙어 보이게 하는 데에도 한몫을 한 곳이었다. 모양도 그만하면 무던한 편이었다. 돌뽕나무와 마찬가지로 가지가 부드러워서 어떤 풍우대작(風雨大作)을 치러도 꺾인 법이 없었으니, 첫째로 우듬지가 가지런한 것이 뭇사람의 눈길을 끌어온 터수였다.

그렇지만 잊을 만하면 찾아와서 받을금을 놓으라고 집적거리는 조경업자들은 점잖게 생긴 나무 모양보다 뽕나무 종류 가운데에도 이렇게 아름드리 고목이 있다는 사실에 놀라고 신통하여 탐을 내는 것 같았다.

"이 꾸지뽕나무는 내가 어렸을 적에두 거짐 이만했었시다. 무슨 말인고 허니 대한제국 시대에 태어난 대선배라 이거유. 그러니 워느 집은 누가 원제 나서 원제 죽구, 워느 집은 누가 원제 이사왔다 원제 이사가구, 워느 집 메누리는 원제 시집오구, 워느 집 뇌인네는 원제가 팔순이구, 좌우간 이 진마딧굴에서는 인륜대사부터 동네 잡사에 이르기까지 이 나무만치 아는 이가 없을 것이다 그런 얘기유. 그러니 아무리 살림이 째두 팔어먹을 게 따루 있지, 사램이 돈 몇 푼에 워치게 그럭 허겄수. 또 없었으면 워떡헐 뻔했어. 참말루. 놔두슈. 나무두 이웃입디다."

그가 한 조경업자에게 그렇게 다질러 말한 뒤에는 흥정하러 오던 사람들도 차츰 발걸음을 줄이더니, 작년 섣달 그믐께부터는 무슨 나무인가 하고 가다가 차를 세우는 이조차 보기가 어려워져 한편으로는 은근히 서운하기도 하였다.

그런데 그러던 참에 까치가 와서 둥지까지 짓는 것이 아닌가. 그는 뛸 듯이 기뻤다. 그는 평소에도 날짐승이 인가에 기대어 보금자리를 트는 것을 무심히 여기지 않았다. 일테면 제비가 처마 밑에 집을 짓는 것은 집주인이 미더울뿐더러, 적어도 그 집에 불이 나거나 큰물이 가거나 시끄러운 일이 없이 한 해 동안은 무사태평할 조짐을 보았기 때문이라는 거였다.

어느 해인가는 제비하고 비슷한 칼새가 먼저 와서 묵은 제비집을 고치기도 하였다. 그러자 보는 사람마다 명매기가 와서 살면 좋지 않은 일이 생긴다며 어서 헐어버리라고 성화였다. 그는 들은 척도 하지 않았다. 칼새가 와서 사니 좋지 않더라는 증거가 없어서가 아니라, 세상에 하고많은 집이 있는데도 구태여 내 집에 찾아와서 깃들이를 하고자 한 데에는 그럴 만한 무슨 연유가 없지 않을 터인즉 문전 축객을 하듯 덮어놓고 박대하기가 떳떳지 않다는 것이었고, 칼새 또한 다른 것은 몰라도 좋지 않은 일 하나만은 기미가 없다는 데에 안심하고 보금자리를 꾸미기로 작정했기가 쉬운지라 결코 떠름하게 여길 일이 아니라는 것이었다.

그는 이월 초승께 볕이 하도 좋아 마당과 뜨락을 번갈아 발밤발밤 거닐면서 해바라기를 하다가 우연히 꾸지뽕나무에 눈길이 멎었다. 까치 두 마리가 보인 까닭이었다. 까마귀 암수 모르듯 까치라고 암컷 다르고 수컷 다를까마는 그는 무턱대고 한 쌍일 것이라는 생각부터 들었다. 까치 한 쌍은 서로가 쉴새없이 지저귀며 가냘프게 휘청대는 우듬지를 부지런히 옮겨다녔다. 그냥 옮겨 다니기만 하는 것이 아니라 이 가지 저 가지를 요모조모로 살펴본 다음, 쪼아도 보고 꺾어도 보고 물어뜯어도 보고, 어떤 가지는 부리로 물어당겨 껍질을 벗겨보기까지 하는 것이었다.

알자리를 본다! 그는 대번에 알아차렸다. 이윽고 됐다! 하고 속으로 외쳤다. 책에서 본 까치 둥지의 상서로움과 막내 석문이의 대학입시 준비가 번개같이 떠올랐던 것이다. 그는 속이 사뭇 울렁거렸으나 어금니를 눌러가면서 참았다. 남에게 아니 아내에게도 섣불리 발설을 했다가는 사위스러울 것 같은 느낌이 들어서 이 일은 입이 무거울수록 좋을 것이라고 스스로 다짐을 한 거였다.

그는 이튿날부터 눈만 뜨면 꾸지뽕나무부터 쳐다보게 되었다. 까치는 열심히 둥지를 지었다. 자재를 나르기에 바빠 먹고 쉬고 할 틈도 없는 것 같았다. 까치는 번차례로 오르내리면서 나뭇가지를 주워다가 얼개를 쌓았다. 한 마리는 나뭇가지를 물어다가 건네기만 하고 한 마리는 받아서 쌓는 일만 하는 날도 있었다. 공정에 따라서 혹은 재료에 따라서 하는 일이 각각일 때도 있는 것 같았다. 재료는 멀리서 구하지 않았다. 산기슭이나 저수지 가에서 나르기도 하고 밭둑이나 길가에서 찾기도 하였다. 얼녹아서 질척거리는 논배미를 돌아다니기도 하였다. 마른 잔디나 검불과 이겨서 안벽을 치려고 진흙을 구하는 눈치였다.

그는 어려서부터 이야기만 들었지 까치 둥지를 직접 들여다본 적은 한 번도 없었다. 지금은 이사가고 없는 을춘이에게 들은 말이지만 까치 둥지가 보기에는 엉성하기 짝이 없어도 막상 부수려고 해보니 여간만 야무진 것이 아니더라는 거였다. 을춘네는 이사가기에 앞서 뒤꼍의 참죽나무 두 그루를 베어 읍내에서 농방하는 사람에게 팔았다. 그때 을춘이는 베어 넘긴 참죽나무에서 빈 까치 둥지를 떼어내어 속을 들여다보았다. 둥지 속의 보금자리를 그러내보니 검불만 해도 한 삼태기가 넘는데, 검불 사이사이로 헝겊 조각과 종이 조각과 솜뭉치 따위가 반도 넘고, 닭털이며 새털도 닭 둥우리나 새 둥지보다 더 많은 것 같았다. 까치 둥지를 들어보니 무게도 여간 나가는 것이 아니었다. 또 빈틈이 통 없어서 별 하나 보이지 않고 어두웠다. 검불과 진흙으로 반죽하여 초벽을 하고 논에서 매흙을 물어다가 꼼꼼히 새 벽을 해놓아 그렇게 무겁고 어둡고 질겼던 것이다.

을춘이는 공처럼 걷어차기도 하고 들어서 메치기도 하고 올라타고 구르기도 했으나 어느 한 귀퉁이가 찌부러지는 것도 아니고 허물어지는 것도 아니었다. 을춘이는 하다하다가 하도 질기고 옹골찬 데에 약이 올라 나중에는 몇 번이고 삽을 내리쳐서 기어이 부스러뜨리고 말았다.

이삿짐을 싼다고 하여 구경하러 갔을 때 을춘이는 그를 어수선하게 어질러놓은 돼지우리 옆으로 데려가더니 수북하게 쌓인 쏘시갯감을 발로 헤쳐가면서 말했다.

"볼래, 이게 까치집 부신 거여. 맨 썩음썩음헌 삭쟁이 토막인 줄 알었는디 안 그려야. 봐봐라."

그는 흙 묻은 자국이 있는 삭정이 토막 가운데 화라지가 많이 섞인 것을 보았다. 마른 가지만을 주워다 쓰면 삭아도 한꺼번에 삭아서 쉽게 허물어진다는 것을 알고 산 나무에서 생가지를 꺾어다가 알맞게 섞어서 썼다는 증거였다.

까치가 퍽 영리한 새라는 것을 어려서부터 알고 있었던 셈이다. 뿐만 아니라 동네 사람들이 까치를 다른 새들하고 다르게 친다는 것도 그 무렵부터 알고 지낸 폭이었다. 그는 을춘이네가 서울로 떠나간 뒤에 동네 사람들이 좋지 않게 말하던 것을 서너 축이나 들었다.

"심뽀두 참, 받으면 몇 푼이나 받는다구 참죽나무를 홀랑 벼서 팔구 간댜. 까치가 집이나 안 짓구 사는 나무 같으면 몰라두 말여, 쩟쩟쩟."

"자슥 키우는 이가 그러면 쓰간. 자고루 짐승덜헌티 몹시 허던 집치구 뒤끝 있던 집 못 봤는디, 글쎄 긔네는 워떨는지, 장차 두구 보면 알레."

"긔가 자식덜 가리쳐서 자식 덕에 살어보자 허구 일어슨 심인디, 되구 안 되구는 긔네 헐 탓이구, 모르지, 또 옛날 얘기 해가면서 살 날이 올는지두."

"여기서 갈 적에 까치가 집 짓구 사는 나무를 무단히 비여 팔어먹구 갔던 얘기 해가면서 살 날? 글쎄나, 허기사 두구 봐야지, 끝까지 모르는 게 사람 일이니께."

까치 둥지는 이만큼 떨어져서 올려다보아 그런지 여간해서 자리가 나지 않게 일이 더디었다. 게다가 처음으로 겪어보는 솜씨인지 나뭇가지를 놓치고 흘리는 것도 자주 보였다. 그는 공사가 짐작보다 더딘 것이 안타까워서 도와줄 길이 없나를 생각하였다. 돕는 방법은 한 가지뿐이었다. 벌이 한창 꿀을 물어들일 때 벌의 피로를 덜어주기 위해 벌 치는 이들이 밀원 가까이로 벌통을 옮겨주듯, 까치가 먹이를 찾아 멀리 다니지 않고 체력과 시간을 아낄 수 있게끔 먹이를 주는 방법이었다. 그는 까치가 아무 거나 잘 먹는 잡식성 새라는 것을 알아도 집에는 먹이로 줄 만한 것이 마땅치가 않았다. 개가 도둑을 쫓는 것이 아니라 온 식구가 지켜도 개도둑을 쫓지 못하는 시대로 바뀌고부터는 속이나 편히 사는 것이 수라고 여겨 강아지고 병아리고 숫제 기를 생각을 않다 보니 부엌에서 나오는 것도 김치 찌꺼기가 고작이었다. 그는 하는 수 없이 아내를 속이고 콩을 물에 불려 뿌려주기도 했지만 그것도 아내의 지청구가 자심하여 계속할 수가 없었다. 그래서 시내에 나갈 일이 있으면 아는 음식점에 들러서 음식 찌꺼기를 얻어다가 텃밭에 거름하는 형식을 취하였다.

텃밭에다 음식 찌꺼기로 모이를 준 뒤에는 마당을 비우지 않아야 좋았다. 도둑고양이가 먼저 냄새를 맡으면 까치가 얼씬하지 않을 터이고, 들쥐가 먼저 냄새를 맡으면 까치가 먹잘 것이 없기 때문이었다.

우리 까치—, 그는 까치가 텃밭에서 아무 눈치도 보지 않고 음식 찌꺼기를 먹을 때마다 까치가 의심하지 않게 마당에서 딴전 보는 시늉을 하며 그러고 되뇌기를 좋아하였다.

까치 둥지가 그런 대로 모양이 나는 성싶었던 것은 둥지를 틀기 시작한 지 근 달포나 지나서였다. 그는 까치가 집을 다 지은 뒤에도 음식 찌꺼기를 얻어서 모이 하는 일을 그만두지 않았다. 먹이를 찾으러 멀리 나갔다가 자칫 잘못하여 화를 당할 수도 있기 때문이었다.

그는 음식 찌꺼기를 흩어주면서 일쑤 중얼거렸다.

우리 까치덜일랑 아예 멀리 나다니들 말어라. 식인종두 넘의 나라에만 있는 종잔 줄 알았더니 그게 아니더라. 색에 좋은 것이라구 허면 수십 년 동안이나 천연덕스럽게 가리구 살어온 혈통을 못 속이구 즤 조상덜이 대대루 물려받은 개불쌍것 신분으루 원대 복귀해갖구, 산부인과에서 버리는 갓난애기덜의 태까지 술안주루 처먹는 츤것이 쌨다는겨. 태는 인육이 아녀? 인육을 처먹는 늠이 바루 식인죙인겨. 부디 조심혀야 허구말구. 심심허면 엽총을 뻗질러 들구 밤낮 논둑으루 밭둑으루 발모가지 휘지르구 댕기는 쌍것덜버텀 조심혀야 된다 이 말이여, 내 말은. 왠고 허니 그늠덜이야말루 색에 좋다구 허면 금방 눈깔이 횐죽으루 뒤집혀서 날렀다 허면 쏘구 앉었다 허면 쫘대는디, 무식헌 츤것덜이 산비둘기 집비둘기를 가리겄냐 까그매랑 까치를 가리겄냐. 그늠덜이 식인종허구 닮은 게 뭐간디. 좁은 바닥이라 소문나면 거시기허니께 산부인과 대신 산으루 들루 싸질러댕기면서 뵈는 대루 사냥혀여 야육(野肉)으루 야욕을 채우겄다는 바닥쌍늠덜 아녀? 조심혀야 허구말구. 참말루.

까치는 꾸지뽕나무가 새순으로 뒤덮일 즈음하여 새끼를 쳤다. 그는 조석으로 둥지를 바라보았으나 대체 몇 마리나 깠는지, 까치는 보통 한배에 몇 마리씩이나 까는지, 첫배는 두배째나 세배

째보다 많이 까는지 적게 까는지 따위 여러 가지 궁금한 것이 많아서 안달을 할 지경이었지만, 알 만한 이도 없고 물어볼 데도 없다 보니 그저 늙지 않을 성질이 되어 참는 수밖에 없었다.

다 해서 아홉 마리! 까치 새끼가 둥지 밖에서 나는 연습을 할 무렵에야 그는 어미 한 쌍까지 합쳐서 모두 아홉 마리의 까치가 꾸지뽕나무의 새 주인이 된 사실을 알았다.

아홉 마리는 열 마리버덤 많은겨! 그는 그 나름으로 열보다 많은 아홉이란 수가 무엇보다도 흐뭇하였다. 그래서 수도 없이 중얼거렸다.

열은 끝이 있어도 아홉은 끝이 없는 수여. 그래서 열버덤 많은 수가 아홉인겨. 아홉은 가장, 맨, 제일 같은 무한량 무한대 무진장인 것들을 가리킬 때 써먹는, 수가 없는 수니께. 하늘에서 가장 높은 디는 구민(九旻)이구, 땅에서 가장 높은 디는 구인(九仞)이구, 땅에서 가장 깊은 디는 구천(九泉)이구, 넓디넓은 하늘은 구만리장천(九萬里長天)이구, 넓디넓은 땅덩이는 구산팔해(九山八海)구, 나라에서 가장 큰 관가는 구중궁궐이구, 또 가장 큰 민가는 구십구간이구, 집구석만 컸지 살림살이가 무진장 쪼들렸으면 구년지수(九年之水)이구, 그래서 수없이 태운 속은 구곡간장(九曲肝腸)이구, 그러면서 수없이 죽다 살았으면 구사일생이구, 그렇게 수없이 넹긴 고비는 구절양장(九折羊腸)이구, 그러다가 셈평이 펴이어 두구두구 먹구 살 만치 장만해뒀으면 구년지축(九年之蓄)이구…… 암, 열버덤 열 배는 더 큰 수가 아홉이구말구. 참말루!

우리 까치가 아홉 마리— 그는 세상에 없는 경사가 자기에게만 주어진 것이 아닌가 하여 좋아도 좋다는 말을 감히 입에 올리지 못하였다. 새끼가 일곱 마리라는 말은 아내에게조차 입도 벙긋하지 않았다. 까치가 매년 새끼를 쳐서 분가를 시킨다고 보면 꾸지뽕나무에도 매년은 아닐망정 해거리 정도로는 까치 둥지가 하나 둘 늘어갈 수밖에 없을 터이며, 그것은 곧 둥지가 느는 해마다 옛날의 과거 급제와 맞먹는 경사를 거듭 맞이하는 것이나 다를 것이 없다는 생각도 문득 사위스러운 느낌이 들어서 지워버리고 말았다.

그는 우리 까치가 아홉 마리라는 생각이 되살아날 때마다 사위스러운 일을 물리치는 주문처럼 으레 옛말을 주워섬기기도 하였다. 자고로 복은 쌍으루 안 오구 화는 홀루 안 온다구 일렀는디, 그게 맞는 말일겨. 세상은 공평헌 것이 원칙이니께. 그래서 과유불급(過猶不及)이라나 뭐라나, 정도가 지나치면 그만만 못헌 것과 같다구 일렀겄지. 그게 맞는 말인겨. 사람은 다 같은 사램인 것이 원칙이니께.

그래서 그는 생각다 못해 아홉 마리라는 말을 빼고 그냥 우리 까치라고만 부르기로 하였다. 바라는 것 역시 더도 그만두고 오로지 석문이가 수능시험에 되도록 실력보다 좋은 점수를 받아서, 저 가고 싶은 학교 저 가고 싶은 학과에 무난히 가는 것으로 그치기로 하였다. 또 그렇게 되기를 바라고 늘 기도하는 마음으로 지내왔다. 세상에 대고 호령하는 인물 가운데에도 속에 꼭 한 가지를 남겨둔 채 마음을 비웠노라고 공언했던 인물이 있지만, 그 역시도 석문이의 대학 입학이라는 오직 한 가지 희망 외에는 마음을 깨끗이 비우고 살아왔다고 해도 과언이 아니었던 것이다.

그런디, 이날 입때껏 그러구 살어온 나버러 뭣이 워쩌구워쩌?

직늠덜허구 하냥 넘의 모이를 파서 기우제를 지내여? 기가 맥혀서 참말루…… 네잇 천하에 숭악헌 개불쌍늠덜 같으니라구 순!"

그는 아내 몰래 한 번 더 까치 둥지를 훔쳐보고 나서 입 속으로 중얼거렸다. 그러고 있는 그를 한창 흘기죽죽한 눈으로 흘겨보고 있던 아내가 불퉁스럽게 물었다.

"상가집에 가더니 개가 풀 뜯어먹는 걸 봤나, 왜 저냥 혼자 울퉁불퉁허구 앉아 있댜. 워디가 워때서 열탕 끌탕이 반반씩이냐니께?"

"개가 풀을 뜯어먹으면 비가 올 조짐이라구나 허지. 차라리 넘이나 같으면 넘이라 그렇다구나 허겄는디, 한 늠은 동생 쳇것이 그 지랄을 허구, 한 늠은 매제 쳇것이 그 지랄을 허구 자빠졌으니, 당최 넘 보기 챙피스러서. 참말루."

그는 말이 나오자 더욱 열이 받쳐서 거친 숨을 쉬었다.

"문교부 교육 십 년으루 죄다 인물이 될 것 같으면 집집이 가정교육이 왜 필요헐겨. 모르지, 또 이 진마딧굴 전가네 것덜은 다덜 잘나터져서 뼉다구 자랑이 골다공증 자랑인 중두 모르구, 혼인집이구 장사집이구 먹을 디만 생기면 본전꾼으루 늘어붙어 앉어서 이리왈 저리왈 허러 드는 게 주특기라, 쭉쟁이가 한 섬이면 으레 알맹이두 한두 개씩은 껴 있는 식으루 가다가 혹 쓸 것이 섞여 있는지두."

"허리가 끊어지구 어깨가 빠졌달 때는 원제구 말 같잖은 소리는. 대가리에 들은 것 없는 것덜이 아가리에 침 고일 새가 없는 것덜이라구. 듣다 못해서 한마디나 쓰게 해주려구 허면 그저 워치게 해서든지 무식꾼 티를 내느라구 지껄이는 소리마다 껍질

씹는 소리뿐이니, 당최 같잖어서 참말루."
　전이 초상집에 가서 넋이 나간 채 뜰방에 멍하니 앉아 먼산바라기를 하고 있던 신서방에게 무엇이라고 할말이 없다는 말로 위로를 하고 나오니, 차일 밑에서 오가는 소리가 초상집 일 추어줄 의논이 아니라 엉뚱하게도 재작년에 쓴 서울 사람네 무덤을 제물로 하여 기우제를 지내보자는 이야기뿐이었다.
　그는 하도 어이가 없어서 누가 듣거나 말거나 허공에다 대고 중얼거렸다.
　그렇지, 갈 디 있겄냐, 똑 생긴 대루 노는 것덜찌리 모여서 똑 생긴 대루 찧구 까부르구 그러는 뱁여.
　그는 한동안 허공에서 눈을 거두지 못하였다. 때가 어느 때인가 싶어서가 아니라, 날이 오래 가물다 보면 논밭만이 아니라 사람의 마음밭도 가물을 타는 것이 허망하여, 신서방하고 처가 쪽으로 어떻게 된다는 예비군 모자가 목이나 축이라며 차일 밑으로 몰아넣을 때까지 우두망찰하고 서 있었던 것이다.
　아우는 집었던 오이 토막을 입에 넣고 나서 "왔슈" 하고, 매제는 소주잔을 들고 "오셨슈" 하는데, 둘 다 앉은 채로 마지못해서 하는 기색이 역연하였다.
　"이상헌 일이여. 왜 이런 일이 대이구 생겨쌓는지, 암만해두 이상허다먼."
　김실세가 그에게 잔을 건네면서 밑거름으로 까는 소리를 되풀이하였다.
　"아까워. 아간 사람이 아간 나이에 아깝게 됐버리니 너무 아까워."

그는 김실세의 잔만 받고 말은 받지 않았다.

"그류, 월매나 아까워유. 앓기만 해두 아깐 사람이 멀쩡허게 있다가 이러니 대관절 이게 무슨 쪼간(所管)인지, 하두나 이상스렁께 워디 용헌 디 있으면 가서 물어나봤으면 싶은 심정이라니께유."

동네 부녀회 회장인 최용관이 마누라가 리어카에서 파는 중국제 헝겊 부채를 부쳐대면서 거들었다. 그는 중국 부채 냄새가 화장품을 뒤발한 갯것 장수 냄새만큼이나 역하여 고개를 외로 빼며 잔을 비웠다.

"아 이상헐 거 하나 없다는디두 이상타 이상타만 해싸셔들. 작년버텀 이게 벌써 몇 사람쨉 중 아유? 봐유, 쪽실 차승백씨 독사 물려 가셨지, 흥골 충성이 경운기 뒤집혀 죽었지, 불뭇골 홍종갭씨 풀약 치다 돌아갔지, 가래울 짐영석씨 벌초하다가 왕텡이헌티 쐐서 가셨지. 서낭고개 오장길이 노래방 갔다 오다가 차에 치여 죽었지, 그 너머 구쟈룡이 아버지 오토바이 사고루 돌아갔지, 윤구 형 운전면허 딴 지 일 주일 만에 자기 차루 갔지, 이번에 평섭이 낚시터에 앉어 있다가 이냥 돼버렸지, 봐봐유, 안 죽어도 될 일루 죽은 이만두 벌써 여들이라구유. 아 이만하면 알쪼지 말루만 이상타 이상타 허구 있으면 워쮸. 말이 난 짐에 없애번져야유. 가무는 것 봐유. 촌에서 이게 보통 일인감유."

부려먹기 만만하대서 반장이 된 신길섭이 금방 비운 전의 잔에 다시 술을 따르며 얼굴을 붉히고 말했다. 신은 평섭이와 당내 간이라 하여 한술 더 뜨는 기세였다.

"어여 들어. 어채피 죽은 사람이 산 사람헌티 받는 술이니께.

초상집 술두 먹어줘야 인사겄더라구."
 김실세가 풋고추 중에서 약오른 놈으로 골라 고추장에 찍어 먹으며 말했다. 얼마나 힘주어서 씹는지 풋고추 씹히는 소리를 들으니 풋고추가 약오른 것이 아니라 김실세가 약오른 소리였다.
 전은 신이 따라준 잔을 비우고 김실세에게 건넸다. 김실세는 그가 준 잔을 단숨에 비우고 잔을 되돌리면서 말했다.
 "이상헌 일이여. 신반장 말마따나 이런 일이 워디 한두 번이래야 말이지. 그러니께 니열 모리 펭셉이 산에 갓다버리구 나걸랑 거기두 우덜허구 하냥 진마딧산[長而山]으로 극쳐가서 그 서울 사람네 모이버텀 증리허구 보자구. 이 댐이는 누구 차롄지를 몰라서두 그냥 됬다가는 안 되겄다닝께. 안 그려?"
 전은 되돌아온 잔을 받아만 놓고 우선 김실세를 겨냥하여 말하였다.
 "듣자니께 서울 사람네가 진마딧산에다 모이를 쓰구버텀 이 동네에 초상이 줄달었다는 애긴 모양인디, 도대체 누가 그러는 겨? 의사가 그러는겨 약사가 그러는겨? 지사(地師)가 사망진단서 떼줄 리는 없구, 천상 종합병원에서 떼다가 장사를 치렀을 텐디. 그럼 종합병원 의사가 그런다는겨? 참말루……."
 그가 눈을 박아뜨면서 핀잔을 하자 그 동안 용케도 참는다 싶던 고대성이가 밭은기침으로 입을 열고 어깃장을 놓기 시작했다.
 "아따 성님은…… 아 이게 워디 과학적으루다가니 따질 일이 간듀?"
 "그럼 과학시대에 기상관측을 과학적으루다가 허잖으면 뭘루다 헌다나?"

"그러면 그 동안 가물 적마다 과학적으루다가 따진 결과 기우제를 지냈다— 그 얘기신감유. 에이, 성님두. 성님, 농민덜버텀 참 정부서 먼첨 국비루 지내구, 도지사는 도비루 지내구, 시장 군수는 시비 군비루 지내구, 읍면장두 공금으루 지내는 게 기우젠디, 성님은 도대체 그간 워디서 살다 오신규? 워디서 살다 오셨간 소식이 이냥 짐일셍이 죽은 평양이신겨. 아이구 어두워. 성님—, 박통 때두 지내구, 전통 때두 지내구, 노통 때두 농수산부 농진청 같은 정부기관이 솔선했던 게 기우젠규. 이슈? 이 사람이 참 내 고장 사랑과 내 고장 발전에 봉사헌다는 봉사정신 하나루다가 정계에 투신해서 의정생활을 허는 지두 그럭저럭 여러 해 됩니다마는, 이 사람이 참 다른 건 잘 몰라두 기우제 하나만은 참 빠드름헙니다유. 더군다나 참 경노당 회장님이 찬성허셔, 이장님이 찬성허셔, 부녀회장님 찬성허셔, 반장님 찬성허셔, 아 그러면 됐지 뭐가 문제? 평섭이 발인허는 다음날루 증리해뻔지구 마는겨. 성님, 안 그류?"

전은 '자네는' 하려다가 남이 보는 데서 자네라고 하면 싫은 눈치를 보였던 터라 아니꼽기 그지없어도 의원 칭호를 붙이는 수밖에 없었다.

"고의원이 기우제에 달통헌 중은 나만 몰랐나벼 그려. 좌우간 그렇다구 허니 하나 물어봄세. 가물 때 넘의 모이를 몰래 파서 해골을 유기허는 법은 대체 원제버텀 있었던 벱이라나? 고려는 고렷적 얘기니께 뒤두구, 조선으루 줄여서 조선 오백 년에 그런 벱이 있었으면 있었다구 워디 얘기해보게."

그는 아까 김실세가 따라놓은 잔을 한 모금에 비우고 고에게 건네었다. 신이 약빠르게 술을 따랐다. 고가 반장님 하고 님자를 붙여준 것이 듣기 좋았거나 계제에 전이 혼자라는 것을 보여주려는 심사거나 둘 중의 하나일 성싶었다.

"아 쓸 디다가 안 쓰구서, 참 쓰면 안 되는 디다 몰래 쓴 모이를 파서 참 안 오던 비를 오게 헌 예야 왜 한두 군디서만 있었간디유."

그는 말을 중동무이하고 신이 따라준 잔을 달게 비우는 고에게 오금 박아 말했다. 물론 참는 데까지는 참아볼 생각이어서 목청을 돋우지는 않았다. 남의 말을 되받을 때 오금을 박아서 되받기 시작하면 그로부터 한마디도 무르지 않고 끝까지 다투어온 것이 자기 성질임을 스스로 잘 아는 탓이었다.

"인저 보니께 그래서 그랬었구먼 그려. 헌다허는 대학에 천문학과나 기상학과 같은 쓸디없는 과는 있어두 과학을 이기는 풍수학과는 왜 없구, 다른 건 죄 있어두 넘의 무덤 자리 봐주는 풍수 자격시험은 왜 없으며, 풍수면허증은 왜 없나 했더니만 그래서 그랬던겨. 맞어. 가물면 넘의 무덤 한 장만 몰래 파면 되는디 천문학 기상학 따위가 다 무슨 쇠용 있을껴. 넘의 모이만 몰래 파내면 안 오던 비두 좍좍 오잖던감. 장마가 지거나, 큰물이 가거나, 물마가 져서 논밭이 몽땅 쓸릴 때두 유식헌 늠덜찌리 작당해 가서 넘의 모이 한 장만 몰래 파내면 날이 들구, 태평양서버텀 쳐밀어오는 태풍두 넘의 모이 한 장만 몰래 파내면 태풍이 자구, 시베리아서버텀 쳐내려오는 북풍 설한두 넘의 모이만 한 장 몰래 파내뜨리면 바루 봄바람으루 변허는 최첨단 시대여. 지겟대학 출신두 저만 잘나면 날씻과 풍숫과 계통에서 죄다 석사구, 죄다

박산디 뭣 땜이 자격시험이 필요허구 면허증 발급이 필요헐겨. 참말루."

그는 수다를 떨면서도 내가 지금 어디가 얼마나 못났으면 이러고 가당찮은 말로 억지를 부리나 싶어 저절로 쓴웃음이 나오는 것을 가까스로 참았다. 그러나 이왕 시작한 말이기에 한숨 돌려서 하려고 짐짓 중도막을 내자 다시 자격지심이 들면서 자꾸 협협한 웃음이 나왔다. 그는 얼른 웃음기를 덮으려고 하루에 한 대도 피우다 말다 해온 담배를 붙여물었다.

"성은 시방 뭔 말을 그렇게 헌다?"

병아리 물어 죽인 강아지마냥 옆에서 이쪽저쪽 눈치만 보고 있던 풍근이가 형의 얼굴에 웃음기가 비치자 자신감이 생기는지 늑줄을 놓고 끼여들었다.

"그렇게 허다니, 워치게 했길래 그렇게 했다구 니가 또 대신 나스는겨?"

전은 남들 앞에서 아우의 시비를 당하는 데에 이골이 난 터라 새삼스럽게 창피스러워하기는커녕, 내 언제는 사면초가가 아니었던가 하는 비장한 생각에 최선의 방어는 최선의 공격이라던 시쳇말을 되새기면서 속으로 전방위 방어를 다짐하였다.

풍근이가 말했다.

"가만히 보면 성은 동넷일에두 꼭 타동넷사람 같은 말만 허니께 허는 말 아녀. 시방은 시대가 짱꼴라 농산물만 해두 일천 가지가 넘게 수입해다 먹는 국제화 시대여. 염생이두 겨울에는 수입 가랑잎을 먹는 지가 슥삼 년이 넘는다 이 말유. 이런 국제화 시대에 말 한마디를 해두 우리네 같은 농심은 저만치 제쳐놓구

짱꼴라 산너물마냥 아닌 맛 같은 소리만 해싸니 안 답답혀."

"그래서? 그래서 기우제를 지내더래두 국제화 시대에 맞춰서 국제화 시대적으루다가 지낼라니께, 예전마냥 권세 있는 늠이 권세 하나 믿구 넘의 산이나 넘의 동네에다 어거지루 모이를 쓴 늑장(勒葬)두 아니구, 넘의 장지나 넘의 선산에 몰래 쓴 도장(盜葬)두 아닌 모이를 무단히 사굴(私掘)을 허겄다ㅡ, 임자헌티는 일언반구 얘기두 없이 덮어놓구 모이버팀 파내버리겄다ㅡ, 국제화 시대의 기우제는 바루 이런 것이다ㅡ, 이게 바루 이 동넷사람들의 농심이다ㅡ, 이거냐? 농심라면 껍줄에는 그런 얘기가 없더면서두, 사람덜이 똑똑허다 보니께 농짜 밑에 별 무엇심(甚)짜 들은 농심두 다 있던개빌레 그려. 참말루……."

전은 길게 이기죽거리고 싶어도 말귀 없는 철부지를 상대로 이야기할 때처럼 신청부 같아서 말끝을 가늘게 내었다.

누가 잔이 없나 하고 빈 잔을 든 채 좌우를 돌아보던 고가 빈 잔을 그대로 제 앞에 내려놓고 전에게 눈을 감았다 뜨면서 말했다.

"성님두 참. 성님두 생각이 있이 사는 냥반 같으면 한번 생각 좀 해보슈. 이 사람이야말루 참 내 고장 사랑과 내 고장 발전에 봉사헌다는, 참 봉사정신 하나루다가 정계에 투신해서 의정활동을 허는 지두 그럭저럭 여러 해 됩니다마는, 성님두 참 아시다시피 야당이란 게 뭣입디까. 관에서 허는 일이라면 참 사사건건이, 옳구 그른 건 야중 일이구, 참 사사건건이 무턱대구 츰버텀 까구 보는 게 야당 아닙디까. 그런디 가물었다 허면 으레껀 참 관에서버팀 지내는 것이 기우젠디, 생각해보셔, 이날 입때껏 워느 야당이 관에서 지내는 기우제를 걸구넘어진 적이 있었나. 없지, 없어, 없다구. 그럼 왜 없느냐, 좌우간 성님은 왜 없는지 그것버텀 아시는 게 순서라니께."

"의정활동이야 허구 않구 간에, 요새 하루 품삯이 월만디 연태 그런 것두 모르구 사는 쑥맥이 다 있다나? 참말루."

전이 우스워하자

"얼라, 아셔? 아시걸랑 워디 한번 해보셔."

고가 고리눈을 들이대며 어쩌나 보려고 하였다.

"고의원이 이왕 순서라구 했으니께 허는 말이구먼서두, 요새 야댕이라는 게 애시당초 뭣 땜이 생긴 것이냐, 순서라면 아마 그것버텀 아는 게 순서일겨. 뚝 잘러 말해서 두 할아버지가 제각끔 자기 대통령병이 도지는 바람에 가만히 있는 당 억지루 쩌개구, 이집 저집에 드난살이허던 드난꾼덜 죄 그러뫼다가 흔집 살림을 채린 게 즉 요새 야댕이 아니냐ㅡ, 나는 그 이상 안 봐. 그러니 말이 댕이지 긔네 사삿집이나 워디가 닮어? 정계에 투신해서 야댕으루 당선헌 이가 고의원이니 어련히 알까만서두, 쥔이구 식객이구 죄다 그늠의 고질, 자나깨나 오매불망 노인네 대통령병이 아닌 다음에야, 아녈 말루 천둥이 번개 되구 번개가 베락 된들 누구 하나 관심이 있겄어. 그런 긔네덜이 이랄머리 없이 제우 기우제 같은 거나 시비허겄구먼? 안 했지. 암, 않구말구. 해본 역사가 없어. 않은 게 당연허다마다. 참말루."

전은 담배 한 대를 더 피워물며 풍근이든 고의원이든 아무고 되받는 말을 기다렸다. 듣자니 아니꼬워서 입아귀 한쪽이 기울어지던 고가 뒤미쳐서 말했다.

"성님은…… 아 이런 참 하찮은 동넷일에 대권(大權)이 참 니열 모리신 으르신네를 함부루 씩둑거리구 주책이시랴. 좌우간 이 당이구 저 당이구 우리 정계는 참 볼 걸 봐두 참 큰 거나 볼 사람들만 된 디니께 기우제 정도는 이렇게 지내거나 저렇게 지내거나 참 무관심이 관심이라구 치구, 그러면 금찰이나 깅찰 같은 관계에서는 왜 참 연태까장 한 번두 안 걸구 넘어졌느냐, 성님은 그걸 아셔야 헌다 이게여."

"고의원은 그러니께, 정계는 볼 걸 봐두 큰 거나 보는 이덜만 된 디구, 관계는 볼 걸 봐두 작은 것만 보는 이덜이 된 디다―, 그 얘긴감 시방?"

"말허자면 그렇다 그거지유."

"그러니께 말허자면 정계는 큰 거나 볼 사람덜만 된 디니, 즉 똥쌀 늠덜만 된 디구, 반면에 관계는 작은 거나 볼 사람덜만 된 디니께, 즉 오줌쌀 늠덜만 뫼인 디다, 그 얘긴 모냥인디, 뭐 그렇다구 허니께 그럼 그런개비다 허구…… 그 댐이는 뭐여, 어여 계속해보라구. 무슨 얘긴지 들어나보게. 참말루."

전은 말끝을 거칠게 내는 대신에 눈을 가늘게 떴다. 어지간한 사람 같으면 낯빛이 그럴 수가 없을 만도 하련만 고는 알아듣고도 그러는지 못 알아들어서 그러는지 눈썹 하나 잇긋하지 않고 저 할 소리만 주절거렸다.

"성님은 참, 그래두 참 고등핵교까장 나왔다는 양반이 뭔 말을 해두 이런 참 즘잖은 자리에서는 왜 꼭 무식허게 허는지 모르겄다니께…… 하여컨 금찰이나 깅찰이 기우제를 워치게 지내건 뻔히 보구서두 참 그냥 본숭만숭허구서 넘어가준 건 뭣이냐, 이 사람이 알기에는 딱 한 가지뿐여. 즉 우리게 같은 참 이런 순박헌 농촌에, 우리네 같은 참 이런 순진헌 농심…… 참 천심 같은 이 농심을 있는 그대루 알어주구 있는 증거다— 이건디, 관에서두 참 이러는 기우제를 갖구 고렷적이 워떻구 조선 오백 년이 워떻구 허면서, 하냥 농사 짓구 사는 참 다 같은 본적지기 처지에 성님이 디립다 종주먹을 대구 따지니…… 이러면 성님이 이런 참 순박헌 농촌 순진헌 농민덜의 천심 같은 농심을 가슴 아프게 허는 것이 아니구 뭣이냐 이거유."

얼씨구, 아니나 다르겄냐. 워디쯤 가다가 써먹나 했더니, 순박헌 농촌 순진헌 농민…… 네까짓 것덜이 그 잘나터진 전가(傳家)의 보도(寶刀)를 왜 아니 써먹겄냐. 순박헌 농촌 순진헌 농민…… 뭐? 천심 같은 농심? 입술에 침두 안 바르구 해온 소리가 왜 그것뿐여. 또 있잖여. 푸짐헌 인심두 있구, 소박한 인정두 있구, 푸근헌 이웃두 있구…… 전은 틈을 여투어 가끔 욱하기 좋아하는 자기 성질을 다스리기 위하여 그렇게 속으로만 늘어놓고 있었다.

그러자 그 틈을 타서 풍근이가 추임새를 넣었다.

"말이야 바른말이지 뭐. 맞는 말이여. 솔직히 말해서 이렇게 우리네같이 순박헌 농촌에 순진헌 농민들의 농심을 이해 못 허는 사람은 농자천하지대본이 뭔 소린지두 모르는 사람이구, 독허게 말허면 빵 먹을 자격은 있는지 물러두 밥 먹을 자격은 없는 사람이구, 더군다나 따불티오(WTO) 시대에는 맞지두 않는 낙후된 사람이지 뭐. 안 그려?"

"암만, 두말허면 잔소리구 시말허면 헛소리지."

뚱하고 있던 김실세가 약빨리 끼여들자

"그류. 기우제 애기는 않으나 스나 옛날 애기만 끄내는 경노당에서두 벌써 끝난 애기라니께유. 나는 산에 올려갈 걸 부게(북어)루 허느냐 돼지대가리루 허느냐, 예산문제두 있구 해서 그걸 증해달라구 여기 앉어 있는 거지 달래 앉어 있는 게 아녀유. 시루두 스 되 스 홉짜리루 찌면 경노당 으르신네덜두 지신디 누구 코에 붙여얄지 모르겄구, 스 말 스 되 스 홉짜리루다 찌면 그 뜨건 시루 져올리다가 워떤 양반이 허리 먼저 익힐는지 모르겄구……."

대세가 기울었다고 여겼는지 최용관이 마누라도 마음놓고 중국제 헝겊 부채를 홰홰 부쳐대면서 부녀회장 구실을 하려 들었다.

전은 그녀의 부채에서 나는 중국 향내가 마뜩찮아 고개를 돌리고 있었으나, 경로당에서 찬성하고 있다는 말에 더욱 비위가 상하여 생각지도 않았던 말을 툽상스럽게 내뱉었다.

"경노당 좋아허슈. 게가 뭔 경노댕이래유, 경매당이지."

"경매당유? 그게 뭐간유?"

부녀회장은 부채질까지 쉬면서 되물었다.

"뭐는유, 내 헐 소리는 아니지만, 치매 걸린 뇌인네덜 집합소허구 하나 안 틀리는 것 같길래 허는 소리네유."

"성은 시방 뭔 말을 그러구 헌댜."

풍근이가 또 찍자를 붙고

"성님두 참, 아 성님은 후제 안 늙으실튜? 경노당 노인네라면 참 우리게 원로들이구 성님헌티는 동네 선배두 한참 선밴디, 말을 그렇게 해서 쓰겄슈. 동네에서 장사 지내구 지사 지내구 고사 지내구 기우제 지내구 허는 여러 전통적인 예의범절이 다 참 그 분네들루 해서 이어지구 있구먼은. 아서유. 그러시면 안 좋아유. 아 다들 입만 열면 경노사상이구 동방예의지국인디……."

고는 계제가 좋다는 듯이 훈계조로 말했다. 좋은 계제로 여기기는 풍근이도 마찬가지였다. 풍근이가 냉큼 뒤를 받쳤다.

"말이야 바른말이지 뭐. 누구는 이 국제화 시대에 장사 지내구 지사 지내구 고사 지내구 기우제 지내구 허는 게 다 뭣 말러비틀어진 거냐구 허겄지만, 다 그런 미풍양속 때미 자고로 동방예의지국이라는 거 아녀."

전은 천천히 반격을 폈다.

"이 동네서 내가 모자 벗을 사람이 있다면 바루 그 뇌인네덜 말구 누가 또 있간디. 세월이 가다가 보면 허다 못해 으덩박시가 썼던 벙거지두 다 시세가 있기 매련이여. 그러나 시세가 없는 것두 있어. 그게 뭣뭣이냐, 인간의 노력이 그렇구, 인간의 정성이 그렇구, 또 인간의 나이가 그려. 고의원은 아까 원로 원로 해쌓더먼 서두 가만히 보면 늙은이는 쌨어두 원로는 즉어. 양노원은 구석구석에 있는 걸 알어두 인구 사천오백만에 원로원이 없는 나라라는 것은 아마 모를겨. 무슨 이유냐, 인간의 나이는 시세가 없기 때미 그런겨. 참말루. 이왕 정계에 투신해서 의정활동을 허구 있으니께 그럼 다 구만두구 정계만 보라구. 자 댕이라구 생긴 것마다 칠십 노인네가 들었다 났다 허구들 있으니 그만허면 이 나라는 노인 공화국이 아니겄냐 싶지만, 워뎌? 맞어? 이 나라가 경노사상이 필요없는 동방예의지국 맞어? 아닐겨. 아니면 무슨 이유냐, 인간의 나이는 시세가 없기 때미. 늙은이는 지천이래두 원로는 없기 때미…… 그러면 저 이 동네 뇌인네덜은 왜 원로가 아니냐, 경노당을 왜 경매댕이라구 허느냐, 시세가 없는 나이 때미. 왜 시세가 없느냐, 나이를 먹었어두 옆댕이루 먹었기 때미. 왜 옆댕이루 먹었느냐, 기관에서 공고문을 내걸구 연고자를 찾다가 찾다 찾다 못 찾구서 법으루다 파는 관굴(官掘)이 아니면 죄다 사굴이구, 사굴은 바루 굴변(掘變)인디, 그런 굴변마냥 없던 일두 있던 일루, 않던 짓두 허던 짓으루, 아닌 법두 맞는 법으루…… 동네의 전통적인 예의범절과 미풍양속을 위조허는 정신나간 짓으루, 염생이덜두 겨울에는 짱꼴라 가랑잎을 수입해다가 먹는 국제화 시대에, 동방무례지국적인 기우제를 지내게 충동질을 해서 스 말 스 되 스 홉짜리 시루떡이나 읃어먹을 궁리를 헌다 치면, 저 뇌인네덜이야말루 망녕든 뇌인네덜, 요샛말루는 치매에 걸린 뇌인네덜이 분명헌디, 거기가 워째서 경노댕이여 경매댕이지. 상식적으루 생각을 해보라면. 긴가 아닌가. 참말루."

전은 다시 담배를 붙였다. 그러는 틈에 풍근이가 말막음을 하려고 들었다.

"상식적? 집에서 지사 지내구 차례 지내는 전통적인 미풍양속까장두 가가례(家家禮)라구 해서 집집이 다 다르다데. 상식두 가가례나 매일반인겨. 상식의 한계두 사람마다 다 다른 벱이라구. 그러구저러구 간에 일절루 끝내여. 테레비를 보면 대통령이 앉어 있는 자리서두 동해물과 백두산이를 일절루 끝내더먼서두 무슨 늠으 애기가 다른 사람은 섯바닥에서 털이 나더락 질긴겨 질기기를……."

"뭣이 워쩌구워쩌?"

전은 욱하는 불뚝성을 못 이겨 눈을 희번득이다가 슬며시 참고 말았다. 차일 밖에서 어른거리는 아이가 혹 학문이가 아닌가 싶기 때문이었다.

학문이는 본래 부모를 타기지 않아 말수가 적은데다 덩지에 비하여 숫저운 데가 있어서 어려서도 그하고는 오사바사하고 지내온 사이가 아니었다. 그래서 그런지 자라면 자랄수록 더 어려워하는 내색이 역연하였고, 길에서 오다가다가 마주치더라도 묻는 말에나 예 아니면 아니오 하는 대답이 고작이었다. 그러나 짐짓 말을 시켜보면 이 아이가 누구네 집 자식인가 싶게 말하는 태도부터가 의여번듯한 데가 있었다. 말하는 태도만 그런 것도 아니었다. 어리나마 소견도 반듯하고 야무진 구석이 있었다. 말은 강아지를 망아지로 키우는 제 어머니를 옆에 두고도 남의 젖으로 자란 성싶었고, 태도는 고양이를 살쾡이로 길러내는 제 아버지 밑에서도 남의 눈으로 다듬어진 성불렀던 것이다. 아이가 붙임성이 없어서 제딴에는 늘 서슴거리는 눈치이거나 말거나 유달리 기특하게 여겨왔던 것도, 흔히들 이르듯 그 아비에 그 자식이라는 뒷공론조차 보기 좋게 가새표를 친 아이가 바로 그 아이였기 때문이었다.

학문이는 또 성질이 꼭해서 고집이 여간내기가 아니며, 부자지간에 주고받는 말에도 앞뒤가 종소리 다르고 징소리 다르듯이 분명하여, 사흘은 바람 잡으러 다니고 나흘은 구름 잡으러 다니는 허풍선이답지 않게 우악스럽고 모진 데가 있는 아비에게, 툭하면 맷감 없이 맞은 공매만도 숱하다는 것이었다. 그런데도 학문이는 그늘진 데가 없었다. 집구석에 마음을 못 붙여 밖으로 배도는 법도 없었다. 방학 때 또래들끼리 모여 놀음을 놀아도 부르지 않으면 오지를 않고 가보지 않으면 만날 수도 없는 아이가 학문이라는 거였다.

그래서 전은 차일 밖으로 어른거리던 학문이가 눈결에 스쳐 문득 불뚝성을 누르고도 그저 긴가민가할 수밖에 없었다.

그때 저쪽 대문께서

"늬 아버지? 그건 뭐네? 두부. 대문 열쇠?"

하던 김동산(金動産)이의 꺽진 소리가 차일 아래로 들어오면서

"전대포, 애가 대문 열쇠 내노랴. 문이 쟁겨 두부가 쉐게 생겼댜"

하고 김실세 옆에 비집고 앉았다.

풍근이는 '뻥이 세다' 하여 군에서 제대한 뒤부터 별명이 대포(大砲)였다. 물론 듣는 데서 그러면 싫어하여 천성이 걱실걱실하고 나이도 여남은 살이나 위인 김동산이나 하니까 대놓고 할 수 있는 말이었다.

풍근이가 작년인지 재작년인지부터 퍼진 유행에 따라 허리춤에 달고 다니는 열쇠꾸러미를 만지작거리며 밖으로 나가는 동안에 김동산이 좌중을 둘러보면서 임의롭게 너덜거렸다.

"일난 집에 왔으면들 일을 추어주든지, 술을 치워주든지, 예체능 실기시험을 치게 허든지 허지 않구 시방 뭣들 허구 있댜."

"좌상이 인저서야 오시니 그렇지유. 일은 이중 일이구, 술은 악상에 깡술이구, 예체능은 또 가물 적에는 비띠루 홍단 청단 다 허게 해야 헌다는 비파허구, 가물 땐 이슬비에 가무니께 이슬비

는 안 된다는 이슬람 원리주의자파허구 쩌개져서 안 되구……차라구 마흔한 가구에 다 해서 니 대뿐인디두 교통 증리 안 되는 동네는 아마 우리게뿐일 게네유."

좌중의 막내꼴인 신길섭이가 사굴문제로 이러니저러니 하다가 공기가 이렇게 됐다고는 못 하고 깜냥껏 에둘러서 능갈치며 김동산에게 술을 따랐다.

김동산은 올해 예순다섯이었다. 그는 툭하면 이러고 떠들었다.

"판이 자민년(自民聯) 판이라구 해서 다 그렇간. 나? 자민년 중에서 년짜 대신에 늠짜를 쓰는 게 나여."

말인즉슨 무소속이라는 거였다. 나이가 칠십줄끼리 모여 십 원짜리 화투판으로 해가 저무는 경로당이나 드나들며 막내 노릇을 하기에는 아직 억울하고, 오십줄끼리 모여 젊은이 노릇을 하는 마을회관은 또 앉아 있으면 좌상 대접, 서 있으면 손님 대접이 억울해서 못 다니겠다는 것이었다. 그는 시내로 출퇴근을 하면서 복덕방 일을 거들어주고 가용을 보태었다. 그러나 가용을 보탠다는 것은 그냥 지나가는 말로 하는 말이고, 사실은 농외 소득 중에서도 가장 실속 있는 수입으로 소문이 나면서 이름부터 동산이란 별명에 본명이 치여버려, 철수라는 본명은 어느덧 동네에서 이사간 어린애의 이름만큼이나 언뜻 떠오르지 않는 낯선 이름이 된 인물이었다.

"일이 이중 일이라니? 변사체두 아닌디 왜? 익사래두 부검을 받은 댐이 묻으라구 서(署)에서 다른 말을 허구 있구먼?"

김동산은 집안간인 김실세에게 물었으나 대답을 가로맡은 것은 고였다.

"아저씨두 참, 아 개덜이 그렇게 나올 때는 지가 참 내 고장 사랑과 내 고장 발전에 봉사헌다, 허는 봉사정신이 하나루다가 의정활동을 허는 마당에 있어서 지가 참 가만있었겠남유. 벌써 쫓어가서 들었다 놨어두 바짝 들었다 놨지유. 그게 아니라, 날이 이냥 참 하 가물어대니께 경노당으루 마을회관으루 부녀회루 기우제 얘기가 나온 모냥유. 물론 평셉이 장사버텀 지낸 댐이지유. 아깨 반장님이 일이 이중 일이라구 헌 말두 참 그래서 헌 말인 심인디…… 그런디 시방 또 난디없는 의견이 퉁구러져서는 이냥 참 복잡허구먼 그류."

전은 풍근이가 자리를 뜨고 김동산이 앞에 앉는 바람에 숨결이 고르잡히는 듯했으나, 고가 난데없는 의견 운운하는 바람에 다시금 속에서 주먹만한 것이 치밀어올라 가슴이 벌떡거렸다.

"지내면 지냈지, 동넷일에 누가 또 뭔 시비간디 그러는겨?"

"아저씨두 참, 아 동넷일에 왈가왈부헐 사램이 참 우리 이 성님말구 또 누가 있겠슈."

고의 말에 이어서 김실세가

"이 전서방 얘기야 가만있으면 이상허구 허니께 얘기를 허자면 그렇다는 것이지, 뭐 꼭 워쩌자는 것은 아니구유"

하고 이때껏 떠든 전의 말을 휘갑하려 들었다.

부녀회장도 접었던 중국 부채를 부쳐대면서 김실세의 말로 매듭을 지었으면 하고 나섰다. 부채에서 나는 냄새는 여전히 맡기가 고약하였다.

"그러면유. 경노당 으른들이랑 마을회관 아저씨들이랑 부녀회 아주머네들이랑 다덜 말이 난 짐에 그대루 허자시니께…… 니열 아침 이 집 상 나가는 거 보구 장만 봐오면 다 허게끔 되어 있슈."

다 허게끔 되어 있다니, 전은 그녀의 말에서 막 말꼬리를 잡을 참이었으나 풍근이가 도로 들어와서 앉기가 바쁘게

"다 허게끔 되어 있다마다유. 따불티오 시대에 과학 영농을 빼면 헐말이 없는 농림부 농진청 같은 중앙에서버텀 지자체순으루 다 시 도 군을 거쳐 읍 면 리 동까장 층층이 지내던 전통적인 미풍양속 문화가 기우제구, 또 우리네 같은 순박헌 농촌에 순진헌 농민들의 농심이 기우제란 걸 알기 때미 금찰두 암말 않구, 깅찰도 암말 않구, 언론두 암말 않구…… 처먹구 허는 일 없으니께 순진헌 농민덜이 덫으루 너구리 새끼 오소리 새끼 잡어 보신허구, 저수지 목새에 약 놓아 국적 없는 청둥오리 몇 마리 잡어 술 한잔 허는 것까장 까발리는 신문 같잖은 지역신문두 암말 않는디, 아 이 동네에 운동권 사람이 있으니 뭐랠거, 풋고추 띠디기 돈 사서 책 사다 보는 사람 하나가 있으니 뭐랠겨. 허자면 다 허게끔 되어 있는디두, 우리같이 순박헌 농촌에 순진헌 농민들이 늙어서 허리 지지는 경노당을 갖다가 경매당이라구 썩은 이빨이나 까쌓구 허니, 제미……"

입을 날일(日) 자로 찢었다 가로왈(曰) 자로 찢었다 하며 넌덕을 떨어대어 숫제 입을 다무는 수밖에 없었다.

"경노당을 경매에 부치다니?"

김동산이 거간 티를 내면서 물었다.

"그게 아니라, 경노당에 치매 걸린 뇌인네만 있는 모냥이라구 했더니, 보나마나 그래서 허는 소리구먼 그류."

김동산은 듣고 눈만 깜박거리더니 전을 생각해서 그러는 투로 말했다.

"대포 입이야 원래가 냄비구…… 내야 애초 당파(堂派:경로당)두 아니구 관파(館派:마을회관)두 아니라 허는 말인디, 그래두 자네가 그래서야 쓰간."

전은 들어주고 나서 물었다.

"이왕 듣는 짐에 성님헌티 하나만 물어봅시다. 복덕방에 댕기면서 논 내논 사람, 밭 내논 사람 해서 그 동안 허구많은 짐남이녀(金男李女)를 치러보셨을 텐디, 여기 이 사람덜 말마따나 순박헌 농촌에 순진헌 농민이란 것이 있기는 진짜 있습디까? 뚝 분질러 말해서 있는규 없는규?"

"왜, 이 동네서 전원일그 찍을 일 있남?"

"그런 일은 없구유."

"그럼 없어."

"아주 없담유?"

"아주? 글쎄나, 아주 없기야 헐라간. 내라 아직 못 만나봤겄지."

"누가 아니랄깨미 또 청풍명월식 대답이셔. 참말루."

"무슨 소리, 내야말루 년짜 대신 늠짜 쓰는 새램이라는디두 그러네 그려."

"하나만 더 물읍시다. 참말루."

"뭐간?"

"서울 사람이구 워디 사람이구, 야중에 모이를 쓰려구 시골에 임야를 사둘 땐 대개 현지에서 소개헌 복덕방 하나 믿거라 허구 계약허는 거 아니유?"

"대개가 아니라 열이면 열이 그려."

"사뒀던 임야에 모이를 쓰는 것은 법두 법이지만서두 대개 현지 주민덜을 믿거라 허구 쓰는 거 아닌감유?"

"대개가 아니라 열이면 열이 그럴걸. 요샛시상에 산지기 노릇 허겄다는 사람이 누가 있간."

"그럼 하나만 더 물읍시다. 참말루."

"얼라, 자네야말루 하나만 하나만…… 진짜 청풍명월식으루 묻네 그려."

"저는 원래 공산명월 쪽이구유. 하여간에 산 임자가 써놓은 모이는 누구두 맘대루 헐 수가 없는 거 아니겄남유?"

"암만. 그랬다가 단도리 잘못허면 저 들어갈 구뎅이 파기가 십상까라지. 얼라…… 여게, 나는 가끔가다 이냥 일정 때 쓰던 말이 뒤섞이는 게 병이니 이를 워쩌면 쓴다나?"

"에헤—, 그게 진짜 청풍명월식으루 묻는 거네유. 어쨌던 넘의 모이는 암두 손댈 수가 없으니께, 그런 일이 생길 때는 말려야 옳겄지유? 그래야 원대루 순박헌 농촌 소리를 듣든가, 순진헌 농민 소리를 듣든가 헐 거 아닌감유?"

"암만. 아 넘의 산에다가 쓴 모이두 관습상의 분묘지기권을 인정받아 계속 관리할 수 있구, 산 임자가 바뀌구 바뀌어두 이십 년 이상 죄용허게 있었던 모이는 모이가 있는 땅을 점유헌 것으루 쳐주어 찍소리 못 허게 해주잖나베. 이 분묘지기권이란 건 등기가 없어두 효력이 발생헌다구 되여 있구, 또 모이 임자가 잊을 만허면 한 번 쓱 댕기면서 벌초를 허거나, 셩묘를 허거나, 지사를 지내거나 헌다면 허는 날까장 권리가 발생헌다구 되여 있는디,

하물며 자기네 산에다 쓴 모이야 말해서 뭐혀. 말리구 자시구 헐 것두 없는 애기 아녀?"

"그래두 말려야지유. 더군다나 산을 소개허구 사게 했던 복덕방은 특히······."

"그런 소리 마. 복덕방은 잔금 치르구 구전 받으면 시마이여."

김동산이 펄쩍 뛰는 바람에 전은 헙헙하게 웃었다. 다른 사람들도 웃었다. 그들은 아마 나서지 않겠다는 김동산의 말이 반가워서 웃었을 거였다.

김동산은 전이 웃어서 늑줄을 놓았는지 술기운에 흘게가 늘어졌는지 느긋한 어조로 전을 보고 물었다.

"그러구저러구 간에 워치게 된 쪼간여. 청풍명월식으루다 개갈 안 나게 묻덜 말구 아싸리 말혀봐. 뭔디 그려?"

전은 나직하게 말했다.

"기우제를 지내는 방법이야 부인네덜이 치루다 물 여나르기, 저수지에 들어가서 물싸움허기, 병에 물을 담어 솔잎으루 마개해서 대문짝에다가 꺼꾸루 매달어두기, 진마딧산 말랭이에 올러가서 시루 쪄놓구 풍물 치면서 춤추기······ 그 허구많은 방법 다 놔두구 산 임자 몰래 넘의 모이를 파내서 비를 빌겄다구덜 헌다면, 그러면 이 동네는 사람 안 사는 동네와 무엇이 다르겄수, 참말루."

김동산은 손사래를 쳐서 말허리를 끊고는

"분묘훼손죄, 유구모욕죄, 동훼손죄, 동유기죄는 누가 다 받는디?"

하면서 좌중을 둘러보았다. 전은 누가 입을 열세라 얼른 말품을 들였다.

"분묘훼손죄 유구모욕죄만 죄구, 농민 스스로가 혹세무민식으루다 무지몽매허다는 것을 강조허는 농촌훼손죄 농민모욕죄는 죄가 아니구유? 날이 가문다구 체통두 벗어던지구, 상식두 벗어던지구, 윤리도덕두 벗어던지구, 죄다 벗어던지면―, 그러면 그동안 입만 열면 충효사상이 워쩌구, 조상님 숭모사상이 워쩌구, 동방예의지국이 워쩌구 허구 떠든 건 말짱 워치게 되는겨. 노는 입에 염불을 했다는겨, 열이 나서 염병을 했다는겨. 충효사상은 제 집구석 식구헌티만 효도허면 되구 딴 사람은 사램이 아니다―, 조상 숭모사상은 제 집구석 조상덜 모이만 벌초허구 사초허구 셍묘허면 되구, 넘의 집 조상 모이는 파내서 비를 비는 제물루 써두 좋다―, 연태까장 이 따우루 떠들은 게 충효사생이구 숭모사생이다― 이겐겨? 왜 그런구 했더니마는 그래서 동방예의지국이었구먼 그려. 참말루."

김동산은 좌중을 한 번 더 둘러보더니 웃는 얼굴로 말했다.

"자네는 왜 말을 해두 꼭 꽈배기 먹어 젖니 빠진 사람마냥 비비 꽈가며 헌다나. 자네두 좀 유도리가 있이 살으라구. 공구리 바닥에 다치면 약이 있어두 아사리판에 다치면 약두 없는 뱁이니께. 그러구 뇌인네덜이 구사리를 주더래두 경노댕에 눈 흘기지 말구. 자네는 생전 안 늙을텨?"

"늙더래두 추접지근허게는 안 늙을라우."

그러나 내동 못 들은 척하고 부채질만 팔이 떨어지게 하고 있던 부녀회장이 불거지면서 말했다.

"장담은 메주 없이 장 담을 듯기 잘두 허시네유. 늙어서 망녕

들어보슈. 추접헌 걸 아시구 깨깟헌 걸 아시나."

"그러게 망녕 안 들라구 끊을라던 댐배 더 태리구 있잖유."

전은 또 담배를 피워물었다. 부녀회장은

"석문아버지두 그러지만 마시구 동넷일이면 뭐던지 하냥 허시자구유. 누구는 좋아서 이러구 댕기는 중 아셔유. 성가시구 구찮어두 다 동넷일이니께 우리가 않으면 누가 허랴 해서 집일 제쳐놓구 이러구 댕기는 거지…… 석문아버지두 너무 그러시는 거 아녀유. 아 대통령두 고통을 분담허겄다구 즘심은 칼국수만 자신다는디, 가물어서 베가 삼복에 단풍들게 생긴 판에 비만 오게 헌다면 뭔 짓은 못 헐까만, 석문아버지 혼자만 선후를 가리시니 쓰겄슈. 심난허구 따분해서 못 앉었겄네유."

부루퉁한 얼굴로 부채를 접어 들고 일어났다.

"이 동네는 다 좋은디 나 하나가 웬순 게 문제여. 참말루."

전은 허희탄식을 하였다.

"갱기찮여, 자고루 집집이 웬수가 하나씩 있으야 집구석이 일구, 동네두 웬수가 하나찜 있으야 탈이 없다구 했어."

김동산은 전 앞에 술을 칠렁하게 따랐다.

"이 사람은 동네가 참 잘될라면 동네에 웬수가 있을 게 아니라 원로가 있어야 헐 줄루 알구 있습니다마는…… 아저씨는 이 사람허구 틀리구먼유."

고는 김동산의 말에 어깃장을 놓았다.

"웬수가 원로여."

김동산은 한마디로 물리쳤다. 고는 수그러들지 않았다.

"이 사람이 내 고장 사랑과 내 고장 발전에 봉사헌다— 허는 그 봉사정신 하나루다가 참 정계에 진출해서 의정활동을 허는 지두 그럭저럭 여러 해가 됩니다마는, 이 사람두 의회에 들어가서 때루는 참 협상두 해보구, 때루는 참 투쟁두 해보구, 때루는 참 사나이답게 땡깡두 부려보구 해봤습니다마는, 일이란 것이 참 허다가 보면 시 의회에서는 되는 일이 동네 반상회서는 안 되구, 반상회서는 되는 일이 사람 서넛이 머리를 맞대구 의논을 허면 안 되구…… 일이라구 허는 것이 참 다 이런 것인가 싶어서 실망스럽던 적이 한두 번이 아니었는디. 특히나 여기 참 이 진마딧굴이 그렇더라니께. 가만히 보면 으레껀 소수 의견이 뭉그러져서 꼭꼭 다수 의견에 안다리를 걸어대쌓구 말여. 유명헌 동네지, 유명헌 동네여. 허지만 그런다구 되간디. 이 민주주의 사회에서 다수를 누가 이겨먹어? 안 되는겨. 집안에는 참 신줏단지가 하나 있는 게 좋을는지 몰라두 동네에 웬숫단지가 있어서는 안 되겄더라니께. 안 그류?"

웬수가 따루 있간. 넘만 못헌 게 웬수지. 넘은 넘이라 그렇다구 허구, 넘이 아니면서 넘만두 못헌 늠은 뭐여. 웬수지. 바루 그런 늠이 웬순겨.

전은 일어나려고 하다가 고에 대한 생각으로 주춤하였다.

고가 그렇게 외대기 시작한 것은 지자체 선거를 처음 치를 무렵부터였다. 고는 시의원에 출마하니 도와달라는 거였다. 전은 생각할 것도 없이 하나밖에 없는 매제의 청을 들은 자리에서 거절하였다.

그때나 지금이나 열 번 당연한 일이었다. 농사라고 짓는다지만 사는 형편을 누구보다도 잘 아는 것이 와서 손을 내밀 때는 뻔한 노릇이었다. 쥐고 있는 것은 없어도 가진 것은 있지 않은가. 전답을 잡히거나 선산을 잡히거나 무슨 수를 써서라도 선거 돈을 보태달라는 거였다. 전은 세상에 없는 매제라고 해도 빚을 지면서까지 그럴 형편이 아닐뿐더러, 그보다도 그럴 만한 재목이 아니라는 사실에 쉽게 거절할 수가 있었다.

전은 출마하지 않을 수 없는 이유부터 물어보았다.

"그야…… 작것 심심허던 판에 잘됐다…… 장난두 참 젊어서 허는 것이 장난 아니냐, 슬슬 참 장난 삼어 그거나 한번 나가보자…… 다 참 그런 거지유 뭐."

고는 처음에 그렇게 대답하였다. 전은 그냥 넘어가지 않았다.

"장냥 삼어서? 장냥판이 난장판 되는 거 몰라서 그러남. 참말루."

"성님두 참, 아 요새 제각금 참 서루 나오겄다구 추썩대구 댕기는 것들이 다 누구누군지 몰라서 그러셔? 성님두 아시다시피 그중에서 참 쓸 만헌 것이 누가 있간디. 꼴딱셍이를 보면 죄다 참 자다 말구 나와서 해장허러 가는 상판들이 전부 아닙디야."

"그야 이름만 들어두 그 뭐냐…… 도구통 들여다보면 무거리 같은 늠이구, 떡시루 들여다보면 시룻번 같은 늠이구, 잔칫상 들여다보면 찰떡 밑에 메떡 같은 늠이구…… 쓰구 남은 잔돈 부시레기마냥 몽땅 지질허구 오죽잖은 것덜뿐이지…… 그러니 그런 것덜이 되면 장냥판이 난장판이 되구, 난장판이 야바우판 될 게 뻔헌 이치니…… 차라리 세금 내구 벌금 무는 꼴을 당허는 게 낫지, 날건달 맴 잡어 집선달 되는 날을 지둘려? 슨거는 시작두 안 해서버텀 싸가지가 누런디, 이런 판에 왜 끼여 끼기를. 아스게,

아스라구. 참말루."

"성님두 참…… 봐유. 지가 왜 안 나가게 생겼나. 성님두 아시다시피 지가 참 뭐가 있어유. 졸업장 하나가 참 변변혀, 면헛징 하나가 참 변변혀. 가방은 근처에 공고 상고가 없어 초저녁에 끈 끊어져…… 일 주일에 한 번씩 여기루 와서 허는 사회개발대학원 강의두 참 졸음 반 하품 반으루 들어봤지만, 그런 석사 박사가 웃는 돈사짜리 간판은 개장국집 옆댕이 비디옷방 간판이나 그게 그건겨…… 면헛징이라구 하나 있는 자동차 운전면헛징이야 참 구멍탄 보일라 면헛징만치두 안 쳐주는 거…… 저는유, 커나는 새끼들을 봐서래두 허다 못해 참 시의원 같은 거래두 안 헐 도리가 없는 입장이니께, 눈 딱 감구서 밀어나줘봐유."

고는 다음에 그렇게 대답하였다. 전은 또 그냥 넘어가지 않았다.

"그 자리야말루 꼭 허야 헐 사램이 허야 헐 자리지, 그 자리가 왜 허다 못해서 허는 사람이 허는 자리라나? 참말루."

"성님두 참. 시방 저 아니면 나올 늠이 없구, 저 아니면 참 될 늠이 없다구 춤벙대는 애들은 다 뭣이간디? 다들 있는 건 참 돈허구 시간밖에 없는 애들 아녀. 그런디 뭐, 개네들이나 내나 뭐 뭐."

"커나는 애덜을 봐서두 허야 헌다는 말은 또 무슨 소리라나?"

"성님두 참. 우리 새끼들이야 참 비디옷방 허는 개인사업가 고대성이 아들 해서 다르구, 시의원 허는 고대성 의원 아들 해서 다르구, 가슴에 와 닿는 것버터가, 요새는 시적지근해두 되구 나면 뻑적지근해질 게 아니겠슈."

장이리 개암나무 147

이 입어두 벗은 것처럼 속이 뻔헌 늠아, 워디 너버팀 한번 가슴에 와 닿아보거라. 전은 고개를 젓고 나서 말했다.

"자네가 증 나간다면 내사 운동이야 허야지…… 허는디…… 허되…… 맨손체조루 헐겨. 손에 쥔 것 없구, 든 것 없구…… 맨손체조루 헐밖에."

고는 느끼고 느꼈다는 얼굴로 돌아갔다. 그리고 지금 전이 그렇게 다졌듯이 고도 그러고 거듭거듭 다짐을 했을 거였다. 웬수가 따루 있간. 넘만 못헌 게 웬수지. 넘은 넘이라 그렇다구 허구, 넘이 아니면서 넘만두 못헌 늠은 뭐여. 웬수지. 바루 그런 늠이 웬순겨.

전은 고에 대한 생각이 그에 이르자 술상머리에서 일어났다. 풍근이와 고는 가느냐는 말도 하지 않았다. 김동산도 붙잡으려고 하지 않았다. 불안한 공기는 못 견뎌하는 성미였던 것이다. 신은 돌아앉아 빈 병을 수습하는 시늉으로 때우고 다만 김실세가 덜 풀린 말투로, 여게, 전서방 애기두 아직 들 끝났는디 왜 그새 일어나는겨, 해가며 말치레를 하였으나, 그 친구도 역시 가려거든 진작에나 가주지 하는 눈치를 숨기면서 미처 못다 숨긴 기미만 엿보였을 뿐이었다.

"가무는 해는 더위두 똑 마디게 가더라니께. 가다가 쏘내기래두 한 줄금쏙 허구 가야 타던 땅두 식구 해서, 해꽃이 시들허면 바람결에 땀떼기두 가라앉는 뱁이건만, 쏘내기 한 축이 없다 보니 나뭇잎 하나 까딱 않는 지가 오늘루 벌써 며칠짼겨."

허리가 끊어지느니 어깨가 빠지느니 하고 아무리 입으로 암상을 떨어도 다 소용없다는 데에 맥이 풀렸는지, 하염없이 앉아서 늘어지던 아내가 여기저기 몸을 긁적대며 한참 만에 고시랑거렸다.

"땀떼기가 났담?"

전은 그때까지도 상가의 차일 밑에 남아 있었던 마음을 마저 떨어버리면서 결기가 다소 삭은 목소리로 물었지만

"시끄러워. 등때기에 땀떼기가 나서 진물러두 모르도록 여편네 몸뗑이 안부 한번을 안 묻는 이가 난디없이 웬 않던 소리를 다 허구 앉어 있댜."

아내는 유감이 쌓여 감정이 다 된 억양으로 냉대를 하는 거였다.

"더우면 땀떼기두 났다가, 추우면 두드레기두 났다가 허는 게 인생살인겨. 제 동네서 나이를 벌면 동네서 원로두 됐다가 웬수두 됐다가 허듯이 말여."

그는 그렇게 둘러대고 나서야 김동산이의 말이 자기도 모르게 자못 위안이 됐던 사실을 깨달았다.

"그러게 넘이 아니면 웬수라구, 내가 장 외우구 안 살담."

그녀는 여전히 월부 체질론으로 일관하는 말투였다.

"넘이 아니면 웬수가 아니라 넘이 아니니께 웬수데. 참말루."

"넘덜두 그렇간. 이 동네 전가네 것덜이나 그 지경이지."

"그건 그려. 아까 초상집에서두 학문이만 아니면 그냥 안 됐을 텐디……"

"학문이? 걔가 거기는 왜 왔댜?"

"풍근이헌티 열쇠 달라구 왔던겔레. 문이 쟁겨 냉장고를 못 여니께 두부가 쉬게 생겼던 모양이더먼 그려."

"비지 장사가 두부는 왜 샀으까나. 니열이 무슨 날인가, 그러네, 니열이 학문아배 생일이구먼 그려."

"그렇다구 초상난 집 옆댕이서 생일을 채려먹어? 참말루."

"얼랄라…… 이 동네 전가네 것덜이 원제버텀 그러구 양반 행세였간?"

"자루 재나 근으루 달으나 잡종은 풍근이 하나구."

"그래두 냄편 생일이라구 비지 팔아서 두부 사온 것을 보면, 이 전가네가 혼인마다 앙혼(仰婚)을 해서 종자 개량 하나는 신경을 썼더라니께."

"우리 엄니가 같은 손구락이래두 새끼손구락이 가늘던지, 나헌티는 쾌소금두 애껴가면서 기른 자식이 제우 전대포 소리나 듣구 살으니…… 참말루."

"쌀을 니열 아침 것까장 씻칠까 했더니, 아침은 학문네 집에서 오랄 테구, 오늘 저녁은 있는 찬밥이나 치우구 말으야 쓰겄구먼 그려."

"아녀. 갈라면 자긔나 가. 나는 집에서 먹든지 초상집에서 먹든지 헐겨."

"그건 왜?"

"왜라니, 여태 헌 얘기는 워디루 듣구서 왜여."

"귀루."

"귓구녕이 처맥혔구먼 그려. 참말루."

"농담 말어. 월부 장사가 안 찾아와서 그렇지, 내 몸뗑이는 워느 한 구녕두 맥힌 구녕이 없으니께."

"그늠의 월부 월부 월부…… 들어가서 니열 아침 것까장 밥이나 안쳐놓구 뽀송뽀송허게 씻쳐놔. 혹 월부 장사가 갈는지두 모르니께."

"웬일루?"

"웬일루는 웬일루, 월부 장사니께 월말 결산을 봐야 헐 거 아닌감."

"원제?"

"이따."

"참말루?"

"참말루."

"그려 그럼."

그녀는 벌떡 일어나서 아무 데나 던져두었던 밀짚모자와 호미를 주섬거리면서 안으로 들어갔다.

이윽고 학문이가 이만치 다가왔다. 그는 아내와 말씨름을 하면서도 학문이가 저만치에 올 때부터 여겨보고 있었던 것이다.

그는 학문이가 나이보다 숙성하다는 것을 새삼스럽게 느꼈다.

"오네? 어서 오너라."

"예."

"니가 올에 워치게 되지야?"

"고 이요."

"니가 참 석문이버덤 한 학년 밑이지."

"예. 형은요?"

"걔는 맨날 막차 아녀. 나두 걔 얼굴 본 지가 원젠지 물러. 참말루."

"자율학습 땜에 다들 그래요."

"들어가거라."

"가봐야지요."

"웬일이데?"

"내일 아침 진지 잡수시러 오세요. 큰엄니하고 형이랑두요."

"늬 아배 생일이라데?"

"예."

"글쎄…… 초상집이 있어놔서……."

"큰아버지."

"왜?"

"아까 큰아버지 말씀하시는 거, 아버지랑 고모부랑…… 또 다른 분들 하시는 말씀 저두 다 들었는데요……."

"그랬데?"

"예. 그런데요. 큰아버지 말씀이 옳은 말씀이세요. 농업은 성역이 아닙니다. 하나의 평범한 개인사업입니다. 또 그런 개인사업가가 남의 무덤을 무단히 파괴하는 것은 풍속사범입니다. 개인적인 원한관계를 가물 탓으로 위장해서 무덤을 파괴하는 사람도 있을 수 있구요. 기우제라는 것두 그래요. 제 생각엔 자기가 자기를 속이는 진짜 허례허식입니다. 기우제야말루 농심하고는 거리가 먼 거지요."

"너는 그걸 워치게 알았데?"

"농심이 뭔데요. 콩 심은 데에 콩 나고 팥 심은 데에 팥 나는 게 농심이잖아요."

그는 고개를 끄덕였다. 희망은 역시 자라나는 아이들뿐이라는 것을 다시금 느꼈던 것이다. 그는 문득 꾸지뽕나무를 쳐다보았다.

까치 둥지가 어느 때보다도 잘 보였다.

만약 저마저두 없었더라면 이냥 오래 가는 가물에, 이냥 더디 가는 더위를 워치게 견딜 뻔했을겨. 전은 까치 둥지를 바라보며 내 너를 보아서 가마, 하고 정한 다음 웃는 낯으로 일렀다.

"그만 가보거라. 아침에 가마."

학문이는 고개를 꾸벅하고 돌아섰다.

"참 너두 내년에는 한바탕 즌쟁을 치르야지?"

"예."

학문이는 돌아다보며 빙긋 웃었다.

"시방버터 열심히 허거라. 내년 봄이면 둥지 하나가 더 생길 텐디, 그늠은 니 꺼다."

"예?"

"암."

전은 아이가 못 알아들어서 묻는 소리에 더욱 못 알아들을 소리로 대답을 하고 있었다.

# 장동리 싸리나무

그는 어리둥절하였다. 그렇다면 무엇을 본 것일까.
그는 그 일을 자기밖에는 아무에게도 말할 수가 없었다. 그는 자기에게 말했다.
그랬던겨. 늘 물에 뜨는 물 같은 것만 봤던겨. 못나게. 지지리도 못나게.

해가 있는 날은 으레 점심나절이 기울어질 만해서부터 바람결과 함께 물이 설레게 마련이었다. 그리고 그에 따라 수채(水彩)가 되살아나고 뒤미쳐서 파란이 일기 시작하면, 물결마다 타는 듯이 이글대며 반짝이는 서슬에 누구도 저 먼저 실눈을 뜨지 않고는 물녘을 바라다볼 수가 없었다.

물결마다 그렇게 눈이 부실 수가 없이 햇빛에 타고 있을 적에는 꼭 해가 어리중천에 있는 것이 아니라 수심에 들어앉아 날이 저뭇하도록 들썽거릴 것만 같아 은연중에 마음까지 어수선해지던 것이 그 다음 순서였다.

나 역시 저냥 저랬던겨. 저냥 물에 뜨는 물마냥 살아온겨. 못나게. 지지리도 못나게.

하석귀(河石龜)는 하루에 한바탕씩 파란이 일어 요란스럽게 반짝거려대는 집 앞의 저수지가 내다보일 적마다 누구 하나 들어주는 이 없는 넋두리로 시간이 가는 줄을 몰랐다. 출퇴근으로 날을 보내던 때는 그와 아무 상관 없이 사는 사람들까지도 남에게 취미를 묻는 것이 취미인 듯이 생퉁스럽게 취미를 묻는 이가 흔했다. "무취미가 취미올시다." 그는 매양 시쁘둥하게 대꾸하는 것이 취미가 아닌가 싶게 취미에 관해서도 영판 한뎃사람이었다. 그러나 이 질뜸(長洞里)으로 내려온 다음부터는 한 나절도 좋고 두 나절도 좋게 시름없이 앉아서 엉덩이가 눈도록 저수지를 내다보는 것이 취미였다.

그렇지만 낮결이 지난 줄도 모르고 세 나절씩이나 청처짐하게 앉아서 해찰만 부려온 것은 아니었다. 창가에서 느런히 난총(蘭叢)을 이룬 화분들을 봐서도 얼마가 지나면 커튼을 드리우지 않을 수가 없었던 것이다.

그의 무취미는 난초도 예외가 아니었다. 더러 아는 사람네 집에 초대되어 가서 집주인이 자기네 난초 자랑에 침이 마르는 것을 보고서도 돌아앉으며 일변 금방 떠든 것이 무슨 소리였느냐하고 말 지경으로, 제아무리 세상에 없는 기화요초(琪花瑤草)라 해도 그에게는 한갓 예사로운 풀포기에 지나지 않았던 것이다.

그가 스스로 난초에 관심을 하게 된 것은 이 질뜸에 살면서 두 번째로 맞은 신춘이었다. 그는 그날도 늘 하던 대로 창가에 넋놓고 앉아서 하염없이 물녘을 내다보다가, 난데없이 웬 한뎃사람이 여러 패로 나타나서 앞동산이고 뒷동산이고 없이 앞을 다투어 산에 오르는 것을 보았다. 차림새는 한결같이 아무가 보아도 등산객이었다. 그는 산이라고 생긴 것이 죄다 야산에 불과하여 구색을 갖춘 등산객이 떼를 지어 찾아올 까닭이 없다는 생각에 그들을 혐의쩍어하였다. 그는 산보 삼아서 그들의 뒤를 밟았다. 그들은 그가 의심한 대로 등산객이 아니었다. 그들이 더듬어간 자리마다 난초가 자랑이던 집에서 눈결에 스쳐보았던 풀포기가 여기저기에 뽑힌 채로 나뒹굴고 있었다. 캘 때는 언제고 버릴 때는 언젠가 싶게 내버리고 간 풀포기들을 그는 보이는 대로 주섬주섬 주워모았다.

집으로 오다가 서낭댕이 돌아 가래울〔楸洞〕에 사는 김두홉을 만났다. 경로당에서 화투패를 죄다가 시장해서 가는 모양이었다.

"그 동네 판은 상종가(上終價) 때도 여전히 동전판인가요?"

그가 그러고 인사말을 한 것은 김두홉을 만나면 먼저 서낭댕이의 가겟집 노파가 지어 붙인 김두홉이란 별명이 생각나서 웃음부터 나오는 탓에, 어차피 웃음을 삼키지 못할 바에는 차라리 인사말부터 아예 우스갯소리로 말머리를 삼는 편이 더 나을 것 같아서였다.

그가 이사오고 얼마 안 되어서 처음으로 그 가겟집에 담배를 사러 갔을 때였다. 담배를 받아서 돌아서자 자다가 나온 사람처럼 허영거리는 걸음으로 가겟집을 겨냥하고 오던 영감 하나가 불쑥 팔을 쳐들어 보이는 거였다.

그는 누구더러 그러는지 몰라 가겟집 노파를 돌아보며 물었다.

"동넷분인가요?"

"두 홉짜리 짐두홉이구먼 그류."

"두 홉짜리요?"

"제우 두 홉짜리 쇠주 한 병이면 찍허는 인디, 내가 문 걸구 마실 갈깨미 저러구 오는개비네유. 저이두 새파랄 쩍버텀 부어라 부어라 허구 에지간히두 부어대던 술푸댄디, 있는 재산 술값으루 약값으루다가 말짱 쳐부신 대미서야 술두 두 홉으로 줄더먼 그류."

"아주머닌 다른 사람들 이름도 다 주량으로 바꿔서 부르시겠군요."

"암만유. 반 병짜리버텀 병 반짜리, 스 홉짜리, 최고루 느 홉짜리까장 있는디, 암칙해도 이름버덤 술량으로 쳐서, 저이는 짐두홉이구, 딴이두 최반병, 윤병반, 박스홉 허구 술병으루 부르는 게 낫지유. 야중에 오이상값 따지기두 쉽구유."

"그럼 내 이름은 하느홉이네요."

그는 노파에게 보통으로 마실 때의 주량을 귀띔해주었다.

"아저씨사 원제 우리집에 오너서 한번 자시는 걸 보구 난 대미내사 증허기에 달렸구유."

노파는 그러면서 눈길을 옮겨간 쪽에다 대고 목을 늘여가며 말했다.

"왜 윤병반은 워디 가구 혼차서 오신댜?"

"창식이? 어제두 저녁내 잃구 오늘도 여적지 안 되구 있는디 술이 다 뭐여. 싸게 담배나 한 각 주슈. 속 터져서……"

김두홉은 가겟집 툇마루에 걸터앉아 턱을 괴며 먼산바라기를 하였다.

그와 김두홉은 노파의 소개로 그 자리에서 말길이 되었고, 그로부터 길에서 만나면 서로 먼저 인사를 챙겨온 터수였다.

김두홉은 누렁우물 속 같은 입 안이 혓줄기까지 보이게 너털

거리면서 말했다.

"상종가구 하종가(下終價)구 간에 지전판이야 낄 수가 있간. 옆이서 보면 터질 때는 돈 십만 원이 한 나절두 안 돼서 훌쩍 허구 말더면서두."

"돈이라는 게 본래 노면 늘고 쥐면 줄고 하는 거 아닙니까."

그는 지나가는 말로 엉너리를 쳐서 김두홉이란 별명 때문에 흘리지 않을 수 없는 웃음을 눈가림하였다.

"우덜은 장 백동전판이지만, 굻어 죽어도 고 허는 사람뿐이라 동전판두 무시 못 혀. 오늘두 눈먼 돈 삼천 원 있던 것 패 한 번 제대루 못 죄여보구 홀라당 찔러박구 가는 질이여."

"농촌은 마을방 고스톱이 동네 경제를 활성화시킨다는 말도 있는데, 좌우간 좋은 일 많이 하고 다니시네요."

"입춘 지나 열흘이면 개가 그늘을 찾는다니, 나두 맴 잡어서 봄부치(春播)두 갈구, 논배미 갈바래두 허구 헐라면, 넘 좋은 일 두 인저 구만저만 끝내야지. 그런디 춘란은 워서 솎으셨댜?"

김두홉은 눈을 내리뜨며 다른 말로 뒷동을 달았다.

"이게요?"

그는 주워든 것이 난초류의 하나려니 하는 짐작은 했었지만, 질뜸의 솔밭이 춘란의 자생지란 말은 들어도 보지 못했던 터라 되묻지 않을 수가 없었다.

"그럼 산너물인 중 아셨남. 노루라 뜯어먹구 퇴껭이라 뜯어먹구 해서 성헌 늠이 없을 텐디, 그 통구리에두 용케 숨어살어서 모도록이 남아난 디가 워디 있었던개비네 그려."

"솎은 게 아니라 캐가는 이들이 캤다가 내버린 걸 주워오는 중

입니다."

"병들었으면 모셔갔을 텐디 성허니께 푸대접했구먼 그려. 똑 변종만이 난초는 아니니께 이왕 주웠으면 갖다가 잘 심어나보시교. 암디다나 심어두 심어만 노면 여니 풀허구 워디가 닮어두 닮을 텡게는."

"두어 뿌리 드릴까요?"

"나는 난초를 쇰싸리만치두 안 여기는 사램여. 아깨두 난초껍때 한 장만 젖혔으면 면박만 혀, 구사까장 했지. 난초띠 내놓구 국진 열 끗 젖히는 통에 이냥 일찍 일어나버렸구먼서두."

김두홉은 체머리를 흔들어 보이고 서낭댕이 돌아로 사라졌다.

그로부터 그는 취미가 하나 더 늘었다. 그 주워온 춘란을 전부터 가꾸어온 나무들보다 더 생각하게 된 것이었다. 그렇지만 그때 김두홉이 일렀던 대로, 아무 데나 심어도 심어만 놓으면 오나가나 있는 잡초와 어디가 달라도 다를 것이라는 기대로 하여 그렇게 된 것은 아니었다.

그가 춘란을 더 생각하게 된 것은, 질뜸으로 내려올 때 쓰레기로 버리기가 아까워서 이삿짐에 끼워온 헌 화분 서너 개에 춘란을 심어 창가에 늘어놓고 두어 달 이상이나 무심히 지나가고 난 다음이었다. 김두홉의 말마따나 춘란은 여느 풀들하고 다른 데가 있었다. 추위를 견디고 그늘을 반기는 상록초라는 것, 마디게 자라고 메져야 꽃이 피는 밑 질긴 풀이라는 것, 그런 것이 잡초와 함께 싸잡혀서 모개흥정으로 넘어가지 않았던 이유인가 싶었다.

그러나 다만 다르기가 그와 같다고 하여 생각을 더하게 된 것은 아니었다. 낮으로 햇빛에 보나 밤으로 불빛에 보나 하나의 풀로 보이는 데에는 변함이 없었다.

 그가 춘란을 취미적으로 대하게 된 것은, 어느 날 한밤중에 생각지도 않게 느낀 바를 두고두고 못내 못 잊어하기 때문이었다.

 그해의 이월 중순께였다. 그는 한밤중에 저절로 잠이 깨어 눈을 떴다. 한 시간 가량 일러서 자면 한 시간 가량 일러서 깨는 것이 오랜 습관이었으니 한밤중에 저절로 잠이 깬 것까지는 하나도 이상할 것이 없는 일이었다.

 얼마 전에는 잠결에 이상해서 잠을 깬 일이 한 사날씩 거푸 있었다. 잠을 깨면 으레 무슨 소린가가 있었다. 밤새 소리인가 싶으면 아닐 것이란 생각이 앞섰다. 전쟁이 나던 해의 정이월까지는 갯가의 원논〔堰畓〕에 두루미가 떼를 지어 놀고, 무슨무슨 새까지가 텃새고 무슨무슨 새까지가 철새인지조차 헷갈릴 정도로 새가 많았던 어렸을 적에도 밤에 그렇게 우짖는 밤새에 대한 기억은 깜깜할 뿐이었으니까. 밤짐승 소리인가 하는 어림도 아니라는 생각이 뒤따라서 그만두었다. 전쟁이 나던 해의 삼사월까지도 대낮에 살쾡이가 내려와서 닭을 채어가고, 밤에는 흔히 여우가 우는 것인지 늑대가 우는 것인지 모를 밤짐승 소리에 문풍지가 떨어 잠결에 이불깃을 뒤집어쓰기가 예사였던 때의 기억에도, 그렇게 들린 것 같은 기억은 남아 있지가 않았던 것이다.

 그렇다면―, 하고 그는 또 나잇값도 못 하는 엉뚱한 공상으로 벗나가게 마련이었다. 혹시 귀곡새〔鬼哭鳥〕가 무리를 지어서 울어대고 있는 것이나 아닐까. 하지만 귀곡성조차도 들어보지 못한 터에 그런 터무니없는 망상을 하다니. 그는 남이 알까 싶어하는 주밀성을 갖추고도 새삼스레 전기 스탠드를 켜고 사전을 들추어,

귀곡새가 부엉이의 별명이란 것까지 알고 나서야 헙헙해하면서 맨입을 다셨던 것이다. 부엉부엉으로, 부헝부헝으로, 부흥부흥으로도 들렸던 부엉이 소리는 어려서부터 수리나, 매나, 새매나, 소리개나, 올빼미 같은 다른 밤새들의 소리보다도 훨씬 귀에 익은 소리였다. 그가 어려서 살았던 갈머리의 뒷동산을 동네 사람들은 으레 부웡산이니 부엉잇재니 뷩재라고들 일렀다. 부엉이가 오죽이나 많이 살았으면 그러고들 불렀겠는가.

그렇다면―, 하고 그는 다시 배운 사람답지 않게 싱검쟁이 같은 공상으로 엇나가기 시작하였다. 그는 부웡산 중턱에 있었던 애장〔兒塚〕터를 떠올렸다. 양력 사월 중순께 진달래꽃을 꺾으러 올라가면 진달래꽃 떨기마다 유난히도 짙고 흐드러지던 곳이었다.

"너, 애장터 진달래꽃 숭어리는 왜 더 빨갛구 무덕 져서 피는지 물르지?"

사내꼭지가 계집애와 동무하여 논다고 신작로께에 사는 아이들이 저만치에서 "지지배총 머스매총 다리 밑에 ×지총" 하고 가락을 붙여가며 큰 소리로 놀리는 것도 안 쳐다보고, 무슨 일가붙이나 되는 것처럼 친절하게 대하는 맛에 졸래졸래 따라다녔던 끝예가 하던 말도 귀꿈맞게 떠올랐다.

끝예가 그렇게 물을 때마다 그는 진저리를 치듯이 고개를 저었다. 애장터는 먼발치로 쳐다만 봐도 꼭꼭 가슴께가 후끈하면서 무섬증이 들었던 탓에 말만 들어도 끔찍한 느낌이 온몸에 퍼지기 때문이었다.

"언내가 잘 적에 보면 입술이랑 볼때기랑이 빨간치? 그래서랴.

언내덜이 잠뿍 뫼서 오래오래 자구 있으니께 거기서 피는 진달래덜두 빨간 거랴."

밤중에 그런 생각이 나면 어떻게 하라고 그러는지, 그는 가다가 공연스레 겁나는 소리만 골라서 불쑥불쑥 꺼내곤 하던 끝예가 여간만 밉살스러운 것이 아니었다. 그래서 그럴 때는,

"공갈 마, 그때는 또 용천배기가 언내덜 간을 빼먹구 빨간 피를 뱉어싸서 그렇다메?"

하고 맞대꾸를 하면서, 다음에는 그런 소리를 두번 다시 않게끔 단단히 오금을 박아주고 싶었다. 그렇지만 그는 그때마다 꾹 참았다. 그런 겁나는 얘기를 다시는 꺼내지 않도록 말끝마다 어기대며 따따부따 실랑이를 해가지고 지질러놓기보다는, 아무쪼록 비위를 맞춰주어서 다른 이야기로 옮겨가게 하는 편이 한결 수월하기 때문이었다.

그래서 그는 끝예가 제 말을 남 말인 양 하거나 남 말을 제 말인 양 하더라도, 다 그 말을 그 말로 흘려들으면서 번번이 고개부터 끄덕여주고는 하였다.

끝예가 막심이와 함께 부윙산 골짜기에서 가재를 잡아오다가 동네 사람들이 나무 하러 다니는 돌너덜길에서, 젖니 때부터 엿을 많이 먹어 간니까지 몽땅 삭은니가 된 필식이형의 이빨을 빼다 박은 것같이 자잘한 수정이 자자분하게 박힌 차돌 한 덩이를 주워와 장광에다 모셔놓고, 수챗가에 있는 분꽃이 하나 둘 벙그러지기를 기다려 저녁거리 씻은 쌀뜨물을 한 종구라기나 받아다가 차돌에 부어가면서,

"쪼끔 컸지? 컸네 안 컸네? 컸지? 그지? 그봐라. 맨날 쌀뜨물을

줘서 컸지. 더 크면 따서 뭐뭐 허야지. 뭐뭐. 넌 뭐뭐가 뭔 중 물를껴. 물르지롱"
하고 히죽거리는 뒤에 붙어서서 덮어놓고 고개부터 끄덕여주었듯이.

그렇다면—, 하고 그는 비로소 현실로 돌아와 다시금 귀를 기울이며 좀더 근거가 있는 쪽으로 어루더듬어갈 채비를 하였다. 들리는 소리를 여겨서 듣되 소리 속의 소리를 가려서 들어보려는 것이었다. 그러나 그 소리는 아까보다도 더욱 요란스러워진 반면에 소리의 내용은 더욱더 복잡해진 것 같았다. 밤새가 떼를 지어 우는 소리, 또는 싸우는 소리? 조무래기들이 패를 짜서 울다가, 웃다가, 놀다가, 다투다가 하는 소리? 그는 베개에 머리통을 문대듯이 누운 채로 고개를 저을 수밖에 없었다. 오직 한 가지 알 성부른 것이라고는 아무리 들어보아도 끝끝내 짐작할 수가 없는 소리라는 사실뿐이었으니까.

그는 누워서 뒤치락거리고만 있을 수가 없었다. 이 소리도 저 소리도 아닌 그 소리의 정체는 둘째치고, 대체 어느 쪽에서, 그리고 어느 산에서 들리는지나 알아두어야 나중에라도 김두흡이나 박스흡에게 물어보기가 쉬울 성싶었던 것이다. 그러나 그것만이 전부였던 것은 아니었다. 밖에 달이 있어도 처음 보는 달로 있고, 달빛 또한 꼭 거짓말 같은 달빛으로 있으리라는 것을, 그는 젊어서의 감수성에 못지 않은 감각으로 느낄 수가 있었던 것이다.

그는 이부자리에서 벌떡 일어났다. 이윽고 거실로 나가서 유리창에 드리웠던 커튼을 좌우로 활짝 걷어붙였다. 눈이 바닥으로 먼저 갔다. 거실 바닥을 절반도 넘게 밖으로 내놓았던 것이 아닌가 싶을 지경으로 달빛이 제 것을 만들어버린 데에 놀란 것이었다. 그는 무슨 달이 이런 달빛인가 하여 달을 내다보았다. 어느 구름이 그 너른 별밭을 쓸고 갔는지 하늘 기슭 어디에도 쭉정별 하나가 보이지 않는 중에 얼레빗을 본뜬 것 같은 하현달이 세상을 혼자 독차지하고 있었다. 그는 문득 이지러진 달도 둥근 달에 못지 않게 달빛이 훌륭하다는 데에 처음으로 눈을 뜬 것 같았다. 그리하여 다시금 하늘을 우러러 한참이나 넋을 놓고 있다가 문득 시간을 알아두기로 하였다. 이 나이가 되도록 해와 달을 이고 살아온 터에 달빛이 이렇듯 아름다운 때가 몇 시에서 몇 시 사이란 것조차도 모르고 살아온 것이 한심스럽기까지 했던 것이다. 거실 한쪽에 걸려 있는 시계를 돌아다보았으나 희읍스름한 문자판만 둥그러미 떠 있을 뿐 큰바늘이나 작은바늘은 보이지도 않았다.

그는 바싹 다가가서 볼 셈으로 돌아서다가 거실 바닥이 너무 환한 것이 새삼스러워 한 번 더 둘러보는 순간 깜짝 놀라 소스라치면서 썩 비켜났다. 저도 모르게 여태껏 묵란도(墨蘭圖) 한 폭을 함부로 밟고 있었던 것이다. 그는 망연자실하였다. 누가 새로 그린 그림을 모르고 밟아 때를 묻히고 구겨놓은 것 같아 눈앞이 아뜩했던 것이다. 그러나 곧 모르고 밟기는 했지만 때 하나 묻지 않고 구김살 하나 간 데가 없다는 데에 적이 마음이 놓이면서, 그런데 도대체 이게 어디서 난 그림이며 어째서 여기에 있었단 말인가 하는 생각이 그를 다시 붙들어 세웠다. 물론 아무것도 떠오르는 것이 없었다. 그저 막연히 붙박이로 서서 그림만 들여다보는 수뿐이었다. 그렇게 자꾸 보다 보면 무엇을 알 수 있을 성싶어 그런 것도 아니었다. 그는 그림에 대하여 아는 것이라곤 없었다. 눈앞의 묵란도가 시늉하고 있는 문인화니 백묘화니 하는 분야는 거의 보고 들은 바가 없었을뿐더러, 특히 난초 그림에서 석파란(石坡蘭)으로 독립했다던 흥선대원군의 작품조차 어디서 한 번이라도 본 것 같은 기억이 없었다.

그는 얼마 동안이나 그러고 있었던 보람으로 드디어 한 가지 새로운 것을 발견하기에 이르렀다. 그림 속의 난초는 처음 보는 난초지만 그림 속의 화분만은 그리 낯설지가 않다는 것이었다. 어디서 본 화분일까. 그는 바짝 긴장한 채 화분의 선을 뚫어지게 바라보다가 어딘지 엇비슷한 것 같은 느낌에 따라 창가에 늘어놓은 춘란 화분으로 시선을 옮기는 순간 소리 없는 탄식과 더불어 두 손으로 양 무릎을 치고 말았다. 자기가 밟은 묵란도는 그림이 아니라 창가에 늘어놓은 춘란의 그림자였음을 마침내 깨달은 것이었다.

그는 거실 바닥에 펼쳐져 있는 그림이 달빛에 어린 그림자로 밝혀진 뒤에도 어쩐지 밟아지지가 않았다. 그는 다가서서 시계를 보았다. 달구리도 더 있어야 하게끔 새로 두시 반이었다. 초봄의 달빛은 새로 두서너시경의 달빛이 가장 기막히다. 그는 혼잣말로 중얼거리다가 한 번 더 뇌어본 다음 자신하고 머릿속에 적어두었다.

그는 문득 커피 생각이 났다. 이런 때 커피를 마시지 않는다면 꼭 무식한 사람이 될 것 같은 기분이었다. 그는 커피를 끓여 찻잔에 따라 들고, 난초 그림자를 다시는 밟지 않도록 거실 바닥을 살펴가며 창가에 다가섰다. 그는 창 밖의 그윽함에 빠져들면서 이런 달이야말로 위대한 화가라고 마음에 아로새겼다. 그는 질뜸을 에워싸고 있는 앞동산을 바라다보았다. 들고 나고 한 능선도 여리고 부드러운 선화(線畵)였다. 시야를 들이굽혀 물면으로 옮겼다. 수심(水心)은 달빛을 입어서 으늑하고 수변은 앞동산의 산그림자가 먹어들어, 혹시 그믐께의 초저녁을 한 귀퉁이 떼어다가 담가놓은 것이나 아닌가 싶게 어두웠다. 물녘의 나무들은 마치 이름난 산에서 명이 다한 고사목들처럼 우듬지 하나도 까딱하지 않으면서, 오랜 세월을 그렇게 하고 견디어냈다는 투로, 자못 묵중하게 서 있는 자세를 여간해서는 허물어뜨릴 것 같은 기미가 아니었다.

그는 창문을 열었다. 큰 화가의 대작(大作)을 창 너머로만 감상하고 말면 예가 아니라는 생각도 없었던 것은 아니지만, 야기(夜氣)가 냉정하고 심기가 적적한 터임에도 구태여 창을 열어본 것은, 행여 누가 알면 한낱 우셋거리밖에 더 될 것이 없을망정 어딘지 모르게 신비감을 자아내는 그 이상한 소리의 출처나 들리는 방향이라도 알아두어야, 뒷날 동네 사람들에게 물어라도 볼 수가 있을 터이기 때문이었다.

그는 고개를 내놓고 바깥의 동정에 있는 정신을 다 기울였다. 소리가 나는 쪽은 산그림자가 깔려 먹을 그린 것 같은 어둠에 묻힌 채 겨우 산봉우리의 능선만 우련하게 남아 있는 시루봉께가 틀림없을 것 같았다. 그렇다면―, 하고 그는 시루봉으로 천천히 올라가다가 산허리 못미처에 우묵하게 안침진 쌍갈래 골짜기 어간의 두두룩한 솔버덩과, 다복솔이며 떡갈나무가 마디게 자라는 통에 푸서리로 바뀌어 억새와 싸리가 덤불을 이루었던 느실(女根

谷]께 가까이에서 주춤하였다. 그렇지만 느실은 아무것도 없는 데가 아니었던가. 느실은 애장터가 아니었다. 엿장수가 와서 엿을 바꾸면 똑같이 나누고도 먼저 먹은 그가 아껴 먹는 끝예에게 손을 내밀었다가 머쓱해질 때마다,

"욕심쟁이는 죽어서 배꼽에 솔나무가 난다"
하고 끝예에게 툭하면 심술을 떨었던 아득한 기억까지 곁다리로 떠올랐으나, 애무덤은커녕 봉분에 솔이 난 묵은 무덤 하나가 눈에 안 띄던 곳이 바로 그 느실이기도 하였다. 그러니 그런 사실 하나만 집어도 뜬것[鬼神]의 장난은 이미 아니었다. 그런데도 그 소리는 여전히 느실 쪽에서 들리고 있었다. 그는 막막하여 아무것도 생각할 수가 없었다.

그는 눈길을 집 앞으로 되가져왔다. 호안선(湖岸線)을 따라서 새로 냈으나 낮에는 차가 뻔질나게 오가는데도 포장을 늦추어 아직도 신작로 상태로 누운 길이, 달빛에 눈이 하얗게 온 것처럼 두드러져서 서낭댕이 돌아로 머다랗게 이어져 있었다. 그는 텅 빈 길을 생전 처음 보는 것처럼, 통 아무도 없는 길이 전에 없이 신비하게 느껴졌다. 또 얼마 안 있다가 보면 누군가가 꼭 지나갈 듯한 기대감도 아울러서 자라나고 있었다. 지나가도 예사롭게 지나가지 않고, 그 생김새나 꾸밈새나 걸음새가 보통 때에는 볼 수도 없고 있을 수도 없는 모습을 하고 지나갈 것 같은 기분이었다.

그는 누군가가 길에 나타나기를 기다리는 동안 물들이하는 물목의 장동교(長洞橋)께를 건너다보기 시작했다. 물녘에서 나무릿소리 한 번이 들리지 않는 것으로 보아 물이 물위에서 바람살에

따라 설레지 않는 것은 산그림자가 먹어들어 보이지 않는 기스락도 한가지인 모양이었다. 하긴 근 두어 파수째나 시루봉 줄기의 건넛산이 바람꽃에 흐려 보인 적이 한 번도 없지 않았던가.

달빛에 피어날 대로 피어난 수심은 얼음판에 눈이 내려도 함박눈이 내린 양으로 환하고 넓었다. 그리고 풀을 먹이고 다리미질을 하여 깔아놓은 이불잇같이 먼빛으로도 고르롭게 반들거렸다.

망연한 눈으로 물위의 달빛에 빠져 달이 이우는 줄도 모르고 있던 그는 갑자기 달빛에서 헤어나 물이 사방에서 금을 긋고 있는 기스락까지 물위를 모조리 쓸어보았다. 없었다. 밤낮으로 늘 있던 것들이, 그리하여 지금 이 시간에도 반드시 그렇게들 있어야 마땅한 것들이 없었다. 어쩐지 처음부터 어디가 허전하고 어느 구석인가가 궂은 듯한 느낌이 드문드문 묻어나서 거칫거리었던 장본도 바로 그것들이 보이지 않은 탓이었던 것을. 그는 그제서야 새삼스럽게 그것을 깨달은 것이었다.

그 많던 물새들이 몽땅 보이지 않는 것이었다. 새들이 그새 돌아갈 때가 됐더란 말인가. 그는 새삼스럽게 날짜를 짚어보았다. 이월 스무하루. 겨울새가 돌아가기엔 너무 이르지 않은가. 그는 집 앞의 저수지에 물새들이 앉았다가 뜨는 때를 대강은 알고 있었다. 시월 중순 무렵 첫서리를 하고 서너 파수쯤 지났나 싶은 동짓달 초승이면 어김없이 청둥오리떼가 앉기 시작했던 것이다.

그는 조류에 관해서 이렇다하게 아는 것이 없었다. 사시장철 서로 보고 사는 참새니 까치니 산비둘기니 꿩이니 하는 것들이나 한눈에 알아볼 뿐이지, 한동네에서 사는 같은 텃새라도 멧새나 박새나 딱새나 물까치 물까마귀 메추라기 개개비사촌 같은 것들은 그놈이 그놈 같아서, 일쑤 봐도 눈에 어리지 않거나 자세히 듣고도 돌아서면 이내 잊히는 것이 버릇이었던 것이다. 하물며 가고 옴이 무상한 철새의 무리일 것이랴. 그는 기러기라면 추수가 한창일 때 떼를 지어 구만리 장천을 두 팔로 재어가되, 어떤 무리는 좌우로 줄을 맞춰 장사진(長蛇陣)을 시늉하고, 어떤 무리는 사람 인(人)자를 그려가면서 어린진(漁鱗陣)을 흉내내고, 어떤 무리는 또 대오를 학익진(鶴翼陣)으로 정하여 하늘을 반으로 타면서 원정(遠征)하는 것이나 하늘과 땅의 거리에서 아득히 바라보았을 따름이었다. 따라서 새에 대해 궁금한 것이 있으면 잡아먹어도 꼭 날짐승만 잡아먹어 가금(家禽)보다 야조(野鳥)에 더 밝은 다리 건넛집의 한최고를 찾아가서 그때그때 알아오곤 하였다. 한최고의 성씨는 물론 한인데, 가겟집 노파가 술이 가장 세다는 뜻이 아니라 첫째는 속장이 시원시원해서 매상을 올려주는 데에 엄지손가락일 뿐만 아니라, 겉장이 수월수월하여 외상값을 지딱지딱 갚는 데에도 동네에서 갓양태 위의 갓모자라 하여 최고라는 별명을 선사했다는 것이었다.

"이장슨거서 내리 시 번쯕이나 뽑힌 동네 인물인디, 논에 가서 낫자루 밭에 가서 삽자루를 쥐는 게 장 안됐더니, 이장 내놓구서버텀은 들루 댕기메 총자루를 쥐니께 그래두 쳐다보기가 전버덤은 낫더먼유."

가겟집 노파는 한최고가 엽총으로 물오리건 산비둘기건 닥치는 대로 사냥을 해올 때마다 소주를 되들잇병으로 받아가는 것이 고마워서 추어대었다.

그는 야생들만 죽자 하고 찾아 다니는 것이 하루 이틀이 아니고, 좋은 소리도 한두 번일 뿐 아니라, 이웃간에 낯을 붉히기 또한 차마 못 할 노릇이라 따분하기가 짝이 없는 와중에도, 가다가 한마디씩 시오리 밖으로 에둘러서 이야기하기를 마지않았건만 아무 소용이 없었다.

"다니다 보면 음식점 천지던데 무슨 간판이 젤 흔합디까?"

그가 묻는 말에,

"그야 오나가나 무슨 가든 무슨 가든, 가든지 말든지 가든 천지지요."

한최고는 시종 웃는 말로 말품앗이를 하였다.

"그런 가든집 간판음식은 대개 뭔뭣인가요?"

"주로 갈비랑 등심입디다. 갈비가 먹기 간단허다는 말이 가―든인지, 갈비와 등심을 줄여서 허는 말이 가―든인지 몰라두, 요새는 죄다 먹으러 갔다 허면 으레 가―든 아니던감유."

"그렇게 가는 데마다 가―든이구, 가든마다 쇠갈비 쇠등심인데, 한형은 왜 하필이면 물오리갈비 산비둘기갈비만 쫓아다니시는 거요?"

"우리 한씨버덤 받침 하나밖에 안 모자라는 게 하씬디, 하주샷님은 받침만 모자라는 게 아닌 성싶은 듯헌 말만 허시더라니께."

"그럼 뭐가 또 모자랍디까?"

"맛이 모자라지요. 맛이."

"무슨 맛이?"

"하주샷님두 참…… 아, 무슨 고기가 자연산 고기에다 대요? 기른 고기와 야생 고기는 맛이 영 달라요. 난 고기를 발켜두 기른 고기, 즉 축사축(畜舍畜) 조롱조(鳥籠鳥) 어항어(魚缸魚), 이 세 가지 고기는 육미를 못 해서 소쯩(素症)이 날 때까장은 쳐다두 안 보는 승질이거든요."

"그래서 야생이면 무조건 총을 놔버리신다?"

"물런이지요. 옛말에두 먹은 죄는 없다구 했잖었남유."

"먹은 죄는 없는지 몰라두 잡은 죄는 있을 텐데요."

"먹는 맛두 맛이지만 잡는 맛두 맛이니께 헐 수 없지유."

"헐 수 없다니요?"

"헐 수 없지유. 어채피 대어(大魚)는 중어식(中魚食)이구 중어는 소어식이구, 인간은 금수어충(禽獸魚蟲)에 잡동식(雜同食)이니께 헐 수 없잖나베유."

"그건 또 어디에 있는 말인가요?"

"있는 말이 아니구 들은 말유. 면에 이장 회의가 있어서 갔다가 가든에서 회식을 헐 때 헌 면장 말인디, 면장은 얼굴이 길은 게 면장이라더니 먹음을 먹어두 길게 먹는 게, 역시 면장이 이장덜버덤은 낫더먼 그류."

"뭘 그리 길게 먹어요?"

"가든에 가서두 이장덜은 늘 밥을 시키는디 면장은 꼭 면만 먹습디다."

그는 한최고에게 새들의 생김새를 대고 이름을 알게 된 새만 해도 여러 종류에 달했다. 그런데 이제는 가장 많이 앉는 것 같던 청둥오리 한 마리도 눈에 띄지 않았다. 밤마다 무슨 굿을 하느라고 그리 짖는지 모르게 짖어대던 청둥오리들은 다 언제 어떻게 됐기에 이냥 불고 쓸은 듯이 조용하단 말인가. 집 앞의 저수지에 청둥오리가 앉기 시작하는 것도 하늘에 기러기가 내려가는 것과 같은 무렵이었다. 청둥오리떼는 저수지에서 겨울을 나고 삼월 초승께부터 수가 눈에 띄게 줄어들다가 산기슭에 자생하는 나무 중에서 꽃이 가장 이른 산수유꽃이 보일 만하면 어느새 북상해버리던 것이 그가 질뜸에 와서 지켜본 풍물 가운데의 하나였던 것이다. 청둥오리는 다른 물새들과 비길 수 없이 많이 와 있으면서도 다른 물새들과 의가 좋았다. 청둥오리보다 몸통이 작고 무리도 적은 상오리나 농병아리가 구박을 당하지 않고 지내다가 가는 것도 다 청둥오리들이 그만큼 너그러운 덕이었을 거였다. 더욱이 갈 때 가지 않고 눌러앉아 민물가마우지와 제각각 놀면서도 텃새 노릇을 하는 농병아리나, 몽리 구역에서 못자리를 시작하여 자고 나면 물이 자가웃씩이나 줄어드는 사월 중순께까지도 쌍으로 다니며 비리리 비리리릴— 하고 귀여운 소리로 노는 비오리는 아직도 여남은 쌍이고 스무남은 쌍이고 당연히 저만치에 보여야 할 것이 아닌가.

저수지에서 겨울을 나는 물새들은, 물녘에 물억새 메자기 골풀 말즘 마름과 같은 물풀이 말라서 겹겹이 바자를 두른 듯하고, 자랄수록 늘어지는 갯버들과 자라봤자 가로 퍼져서 모양이 그 모양인 자귀나무 돌뽕나무 닥나무 진달래며, 이름은 나무지만 나무 축에도 못 들고 풀 축에도 못 드는 개암나무 산딸기나무 찔레나무 국수나무 싸리나무처럼 잔가시가 있거나, 어느 가닥이 줄기이고 어느 가닥이 가지인지 대중을 못 하게 자라기도 지질하게 자라고 퍼져도 다다분하게 퍼져서, 베어다 말린대도 불땀이 없어 물거리밖에 되지 않아 아무도 낫을 대지 않는 나무들이 그루마다 덤불을 이루며 뒤엉켜서 웬만한 사냥꾼은 발도 들이밀 수가 없는 형편인데도, 물녘으로 올라와서 푸서리나무에 의지하여 자는 놈이 없었다. 푸서리나무에는 마른 풀로 차종(茶鍾) 모양의 앙증맞고도 야무지게 튼 새 둥지가 흔히 눈에 띄었다. 여러 마리가 낮게 몰려다니면서 개개개 하는 소리로 수줍게 우는 개개비사촌의 보금자리였다. 개개비사촌들처럼 바람살이 사나운 물가의 푸서리로 몰리면서 겨울을 나는 새는 예쁜 생김새에 걸맞게 비비비빗 하고 여리게 우는 뱁새도 있고, 콩을 좋아하는 콩새도 있고, 풀씨를 좋아하는 멧새도 있고, 솔씨를 좋아하는 솔잣새도 있고, 벌레집을 좋아하는 굴뚝새도 있었다. 그러나 그렇게 큰 놈이 참새만하거나 참새보다 작은 새들이 푸서리나무에서 깃들이를 하는데도, 청둥오리나 상오리나 농병아리같이 몸피가 있는 물새들은 밤에도 물 가운데를 떠나지 않는 것이었다. 그 물새들은 아마도 아는 모양이었다. 밤중에 호안선을 따라 난 신작로를 건너다가 내닫는 차들을 피하지 못했던 살쾡이며 족제비며 도둑고양이며가, 물가의 푸서리나무로 사냥을 오다가 그렇게 교통사고로 그치고 만다는 사실을.

그는 동살이 잡힐 때까지 오던 잠도 덧들었다. 느실께서 들린 것이 분명한 그 이름 모를 소리의 이름에 매달리는 통에 덧들은 것이 아니었다. 물새들이 여느 해보다 근 달포 가량이나 앞당겨서 떠나버린 이유를 뒤적거리는 바람에 잠을 놓았던 것도 아니었다. 달빛이 그렸던 묵란도의 정취나, 이런 때 마시지 않으면 무식한 사람이 되고 말 것 같은 기분에 뜨겁고 진하게 끓여서 마신 커피가 잠을 앗아갔던 것도 아니었다.

그는 그 소리, 그 달빛, 그 난초, 그 물빛, 그 물새들을 차례로 되새기다가 정신이 온통 그런 것들에게만 가 있는 자기의 현실이 우습다 못해 생각하는 방향을 고친 것이 잠을 놓친 장본이었던 것이다.

내가 지금 왜 이러는 것일까, 내가 어쩌다가 이렇게 된 것일까, 내가 이러는 것이 제목(題目)은 무엇이며 뜻은 또 무엇일까, 이러면서 있는 것이 옳은 것인가 그른 것인가, 옳으면 무엇이 옳고 그르면 무엇이 그른 것일까.

그의 그러한 생각은 자신하고 단언할 수 있는 해답이 미처 마련되지 않은 까닭에 제 성질에 받치어 퉁퉁증이 일 듯이, 가끔 가다가 한 번씩 되풀이를 하는 것인지도 몰랐다.

그는 그날 밤에도 달빛이 한껏 피어나서 물이 얼어붙은 위에 눈이 내려도 함박눈이 내린 것처럼 환하게 트이고, 풀을 먹여서 다리미질을 하여 깔아놓은 이불잇같이 먼빛으로도 고르롭게 반들거리는 저수지를 하염없이 바라보며 변함없는 어조로 중얼거렸던 것이다.

나 역시 저냥 저랬던겨. 달빛에 번들거리는 저 물빛마냥 살아온겨. 못나게. 지지리도 못나게.

그가 새벽내 몸살을 하면서 알고자 했던 것들은, 날이 밝는 길로 찾아갔던 한최고의 설명에 의해 아무것도 아니었던 것으로 풀어지게 되었다.

"하주삿님두 참, 물가에서 둥우리를 틀구 사시는 지가 벌써 원젠디 여적지 그걸 모르셨댜. 새는 한번 물에 내렸다 해서 노냥 그 물에서만 겨울을 나는 게 아니라구유. 말허자면 이 저수지는 새가 몇 달간 세들어 살다가 고향으로 되돌아가는 셋집이 아니라, 남쪽이면 남쪽, 북쪽이면 북쪽, 저희들 가는 디까지 가는 도중에 하루 이틀쯤 쉬었다가 가는, 이를테면 길처에 있는 여관 폭이라 이겁니다. 아니지, 여관 허면 러브 호텔인디, 겨울은 알을 안는 철두 까는 철두 아닝께 장급 여관까지는 못 가구, 맞어, 여인숙이나 민박집쯤 되겠구먼 그류."

한최고는 그를 맹문이 다루듯이 일부러 본새에 어긋나는 말투로 넌덕스럽게 뒤떠들었다.

"겨우내 떠 있는 새의 수가 매일 비슷했는데도?"

"물런이지요. 말허자면 누울 자리 봐가며 발을 뻗듯이, 뜰 자리 봐가며 앉는 거지요. 하늘에서 내려다보구, 전관수역(專管水域), 즉 수면의 면적에서 적의 접근에 대비헐 수 있는 경계수역을 뺀 다음, 맘놓구 먹구 쉬구 자구 헐 자리를 재어보구 내리니께, 맨날 고만고만헌 연대(聯隊) 규모의 떼재비만 내리구, 사단 규모나 군단 규모는 저 아랫녘 주남저수지나 낙동강 하구언으루 직행허는 게 아니냐, 아니겠느냐―, 가다가 증 고단허면 예서 쬐끔 더 내려가 금강 하구언마냥 너른 물에서 쉬어가구, 뭐 나는 대강 그런 생각인디유."

"올라갈 때도 마찬가지구?"

"물런이지요. 올러갈 쩍두 연대 이상은 천수만에 현대그룹의 간척지나 한강 어구에서 쉬어가는 게 아니겠느냐―, 연해주의 아무르 강이나 시베리아의 레나 강 상류까지 가자면 먹을 때 먹구, 쉴 때 쉬구, 잘 때 자구 허면서 쉬엄쉬엄 쉬어서 가야 살 테니께는."

"한형 말대로 이 물에 매일 딴 새가 새로 온다면, 그럼 먼저 있던 새는 새로 오는 새만큼씩 매일 떠나고 있었다는 얘기네요. 나그네새처럼."

"나그네새나 철새나요."

"올라가는 새들은 언제 떠나는 거지요, 낮이요 밤이요?"

"요 며칠 사이 저 느실께가 밤이면 밤마다 난리 아니던감유. 개덜두 높이 날려면 밤공기에, 밤바람에, 높이 날면 날수록 기온이 찰 거 아닌감유. 기온이 차면 젖은 옷이 얼어붙어서 곤란헐 거구유. 개덜이 여간내기간유. 떠날 임시에 느실의 솔버덩에 모여서 가다가 얼짢게 깃털의 물끼를 말짱 털구 떠날 채비들을 허는 풍신이 그 난리더라구유."

"시끄러서 통 잠을 못 자겠습디다."

그는 거짓말을 하였다.

"요새는 영호남에서 올러오는 부대가 합세를 해서 더 그러는 거지유. 나두 요 며칠은 자구 나면 하품이데유. 첫닭이 울 때쯤이나 돼야 떠나니, 달구리 허는 소리를 듣구서 자는 잼이 오죽허겄남유."

그랬었나. 그랬었던가. 그는 스스로 자기를 허물하고 허희탄식을 하다가 잠이 덧들은 것을 느실의 새소리로 그랬던 것처럼 둘러대고도 겸연쩍어할 겨를조차 없이 고개를 끄덕거렸다.

"너, 부윙산 애장터가 왜 독짜가리 천지에 있는 중 물르지?"

끝예가 진달래 이야기를 하던 중동에 생각지도 않은 말을 불쑥 꺼내고는,

"애장을 보면 순 돌팍데미지? 부윙산에 여수가 많아서랴. 그래

서 여수가 못 파먹게 큰 돌팍을 그만치씩이나 잠뿍 주워다가 처 싸놓는 거랴. 큰 돌팍만 있는 순 독짜가리 천지에다 애장을 쓰는 것두 다 그래서랴. 물렀지롱?"
하고 으스대듯이 고갯짓까지 섞어가며 종잘거리는 앞에서도 아무 소리 못 하고 고개부터 끄덕였듯이.

 그가 애장터의 진달래 꽃숭어리가 유난히 짙고 흐드러졌던 까닭을 알았던 것은, 장래를 생각하면 터를 잡더라도 서울에서 잡는 것이 낫다 하여 갈머리를 떠나던 해의 일이었다. 그는 동네를 떠나는 자의 자세라고 생각하여 동네를 여러 차례나 안팎으로 돌아보았다. 부윗산 중턱의 애장터 역시 예외가 아니었다. 서울로 식모살이 갔다는 풍문을 마지막으로 감감 무소식이던 끝예와 함께, 시어빠진 수영을 꺾어 먹어가며 무릇이나 칡뿌리를 캐러 쏘다녔던 그 오솔길을 더듬어가다가 부지불식간에 맞닥뜨렸던 것이 바로 그 애장터였다. 짐승을 막아주려고 큼직큼직한 돌덩이를 주워다 쌓은 돌무지가 서로 엉클어진 억새와 까치밥나무와 청미래 덩굴에 뒤덮여 늘비하게 널린 틈틈이 잘도 뻗어난 진달래나무들이 제 세상을 만나고 있었다. 그는 돌무지 앞을 꺼리지 않았다. 무섬증을 탈 나이는 벌써 지나갔기 때문이었다. 그는 '독짜가리 천지'를 이리저리 옮겨다니며 돌덩이마다 바위옷이 나서 청동색이 된 '돌팍데미'를 가만히 기웃거려보기도 하였다. 그는 푸서리나무를 헤치고 발짝을 떼어놓으며 모처럼 인기척에 놀란 도마뱀들이 돌덩이 틈마다 꼬랑지만 비쳐가면서 사라지는 것도 예사롭게 지켜보았다. 그는 또 진달래나무를 하나하나 살펴보는 일도 빠뜨리지 않았다. 끝예가 겁나하는 꼴을 보려고 일부러 뒤설레를 칠 때마다 이다음에 자라서 통이 커지면 기어이 한번 가보고 말리라고, 남몰래 다짐하고 다질렀던 일을 불현듯이 기억한 것이었다. 진달래나무는 한결같이들 미끈하고 깨끗했다. 입술이 발그레하고 두 볼이 토실토실한 아기들이 그 옆의 청동색 돌무지에서 오래오래 자고 있어서도 아니었고, 아기를 해친 사람이 붉은 피를 뱉어놓아서도 아니었다. 나무꾼에게 낫과 톱으로 당한 흉터가 한 군데도 있지 않았기 때문이었다. 애장터가 싫어서 저만치로 에돌아다닌 사람은, 진달래꽃을 꺾거나 가재를 잡으러 다녔던 조무래기들뿐만도 아니었던 것이다.

겨울철로 접어들면 조선낫으로 싸잡아서 벤다 하여 싸재비나무라고 부르면서 아무 산이나 다니며 푸서리나무를 쪄다가 땔감으로 하는 집이 많았다. 게다가 산 임자가 말리는 나뭇갓도 진달래나 노간주 같은 나무는 두어야 쓸모가 없어 아무나 와서 싸재비나무를 해가도 말리는 법이 없었다. 따라서 진달래나무라고 하면 어느 산을 가더라도 성하게 있는 나무가 없었다.

그런데도 그의 눈앞에 모여 있는 진달래는 꺾이거나 베이거나 찍혔던 자국 하나가 없이 무사태평으로만 살아온 나무들뿐이었다. 그는 옆댕이에 끝에기 있었으면 싶었다. 그리고 지청구를 먹여가면서 큰 소리로 일러주었으면 싶었다. 아이들이나 나무꾼들이 가까이하지 않은 진달래는, 잠자는 언내들의 입술이나 볼때기같이 빨간 꽃숭어리가 무드럭지게 피어날 수밖에 없다는 것을.

저수지는 늘 텅 비어 보였다. 저수지의 임자는 물과 물풀과 물고기와 물가에 뿌리를 내린 나무들이며, 철을 따라 오고가는 길에 들러서 하루 이틀 가량 먹고 가거나 쉬고 가거나 자고 가거나 하는 것이 고작이었다는, 그 덧정 없는 철새의 무리는 아닐 것이었다.

저수지는 더욱이 봄가물에 대비하여 겨우내 잡아만 두어서, 물녘의 실버들이 넘늘거릴 정도의 실바람에도 물면에 잔주름이 가다가 말다가 할 정도로 물이 철렁한 물 풍년이었다.

그러나 그는 언젠가부터 세월 없이 갈고 다듬어서 포갬포갬 쌓아올린 공든 탑이 하루아침에 마파람 한 회오리로 흐너져버린 것처럼 허전거리는 마음을 스스로 다독거릴 수가 없었다. 그는 허우룩해질 때마다 저수지로 눈을 보내어 물위에 뜨는 물이나 하염없이 바라보는 것으로 시름을 누그렸다. 달이 있는 밤에는 반드시 커튼을 걷어젖혔다. 달이 거실 바닥에 묵란을 그리거나 물녘에 수묵이 지게 할 때는, 닭이 첫 홰를 치거나 회오리봉의 마루터기에 샛별이 눈을 뜬 뒤에도 넋을 놓고 있기가 보통이었다. 그는 또 별쭝스럽게도 하현달을 좋아하였다. 빛이야 보름달에다 견줄까마는, 먼동이 부여하고 동살이 건넛산에 먼저 잡혀서 어슬녘의 너울을 벗긴 뒤에도, 맥없이 사위어 잦아들지 않고 중천에서 그대로 바장이기 때문이었다.

그는 그렇게 달빛에 홀려 자기를 가뭇 잊어가는 겨를에도 이따금씩 눈을 살려 깊은 잠에 빠져 있는 신작로로 가져갔다. 밤길은 언제나 비어 있었다. 누군가가 꼭 지나갈 듯하건마는, 지나가더라도 예사로이 지나가는 것이 아니라 생김새나 차림새나 걸음새나 또 무엇이나, 그 모든 것이 여느 때는 볼 수도 없고 있을 수도 없는 모양으로 지나갈 듯도 하건마는, 그 누군가는 고사하고 동네 사람조차도 얼씬을 않는 거였다. 사람들은 왜 밤이 되면 잠을 자면서 저 달을 두고도 달빛을 보지 않고, 물을 두고도 물빛을 보지 않고, 산을 두고도 산빛을 보지 않고, 길을 두고도 길에 다니지 않고, 밤에는 오로지 죽은 듯이 내지 죽어 사는 듯이 잠들만 자는 것일까. 그는 답답하였다.

그는 답답한 심사에서 생각을 거듭하였다.

무릇 무엇으로 인하여 허전함을 느끼고, 무엇으로 인하여 달빛에 사로잡히며, 무엇으로 인하여 여느 사람 다 놓아두고 예사롭지 않은 누군가가 지나가기를 기다리고 있는 것인가.

그는 답답하다 못해 자기가 온 길을 되짚어 올라가면서 답이 됨직한 것을 이르집었다.

이 궁벽한 시골에 내려와서 처박혀 있는 탓인가. 이 궁벽한 시골에 처박혀 있는 것은 서울이 싫어진 탓인가. 서울이 싫어진 것은 직장이 싫었던 탓인가. 직장이 싫어진 것은 공무원이라는 직업이 싫었던 탓인가. 공무원이라는 직업이 싫어진 것은 사무의 내용보다 같은 내용의 사무를 보는 다른 사람이 싫었던 탓인가. 같은 내용의 사무를 보는 사람이 싫어진 것은 그쪽의 병적인 잘못이 옮아갈 소지가 싫었던 탓인가. 병적인 잘못이 그쪽에서 옮아갈 소지보다도 이쪽에서 옮아올 소지가 싫었던 탓인가.

그는 이르집는 것을 그쳤다. 벌써 몇 번이나 똑같은 순서로 되풀이해본 바이지만 번번이 그 대목에서 그치는 것이 순서의 마지막이었다. 이유가 있었다. 그 어느 것이나 답이 되기도 하고 아니 되기도 하는 까닭이었다.

그의 원신분은 공무원이었다. 남다른 기능을 갖추어서 임용된 것이 아니라 공개적으로 보인 시험에 응한 것이 등수에 들어서 얻게 된 자리였다. 출신이 그러하니 당연히 말단 부서의 말석에 끼여 아랫도리로만 돌다가 아랫도리에서 그칠 수밖에 없었다. 그는 자주 전보되었다. 늘 영전도 아니고 좌천도 아니었다. 다만 내부적인 순환 보직일 뿐이었다. 그는 학연이 허름하여 의지할 만한 줄이 없고, 지역감정을 거부하여 지연과도 끈이 없었다. 따라서 생기는 것이 있는 자리는 애초에 쳐다도 볼 수가 없었다. 또 학연이나 지연에 설혹 기댈 만한 데가 있다고 해도, 천성이 물썽하면서도 꼭한 데가 있어서 주변성 있게 인사를 차린다거나, 죄임성 있게 관계를 지탱하거나, 지닐성 있게 잇속을 챙겨나갈 인물이 아니었다. 됨됨이가 그러하니 공무를 처리하는 데에도 매사에 원리 원칙을 또박또박 따지고 꼬박꼬박 지키려 들어, 수평적인 위치의 동료들뿐 아니라 직속 상사에서부터 한참 후배들에 이르기까지, 하석귀란 이름은 어디로 가고 하또박이니 하꼬박이니 하는 별명이 공사석을 막론하고 통용되지 않을 수가 없었던 것이다.

그는 차츰 자기의 직업에 회의가 들었다. 연금을 따져보고 퇴직금도 계산해보았다. 농촌 출신답게 혼인이 일러서 자식이 이른 것이 그나마 다행이었다. 자식도 단출하여 외아들은 분가하고 외동딸은 출가한데다, 마누라마저 아들네로 딸네로 돌아다니기를 즐겨 하니 그 또한 한 부조가 아니랄 수 없었다.

지방 행정기관에서 주민이 낸 세금을 제 주머니에 넣는 세금 도둑들에게 신분을 주고, 권력을 주고, 월급을 주고, 수당을 주고, 상여금을 주고, 교육비를 주고, 의료보험료를 주고, 계급을 올려주고, 보직을 골라주는 것으로도 부족하여, 근무 성적과 대민 행정의 공로를 거짓으로 조작하여 정부의 서훈(敍勳)까지 도둑질한 사실이 드러나기 시작하였다.

그는 퇴직이 늦었음을 한탄하고 서둘러서 그만두었다. 옮겨가기로 이야기가 된 곳이 있어서 그만두는 것으로 치부하는 동료가 많았다. 그는 낙향이라고 대답하였다. 그러자 앞으로 있을 지자제를 내다보고 내려가는 줄로 아는 이가 태반이었다. "지자체? 그럼 시장이요 군수요?" 하는 이가 있는가 하면 "앞으로는 지자의(地自議)도 월에 한 이백씩, 나오는 것이 차관급 수준은 되는 모양인데, 그 정도면 촌에서는 괜찮을 거요" 하는 이도 있고, "재주두 좋수. 소문두 없이 언제 그렇게 장만해두셨어. 어디요? 고향? 러브 호텔두 괜찮구, 오피스텔두 괜찮구…… 앞으론 지방화 시대라 시골두 주유소만 아니구 다 될 텐데, 어쨌든 부동산실명제 하기 전에 내려가서 묻어둔 것 돌려놓는 일두 일은 일이지요" 하는 이도 하나 둘이 아니었다.

그는 동료들의 송별사에 진저리를 치면서 내려왔다. 그러나 그만하면 오히려 점잖은 편이었다. 향리에 내려온 뒤로 오다가다 하면서 십 년 이십 년 만에 마주친 동창생들이 얼굴을 알아보기 바쁘게 떠보던 말은, 남부끄러워서 어디에 가서 입도 뻥끗할 수가 없을 지경이었다. 그는 되도록 잊으려고 하였으나 마음 같지가 않았다. 한두 사람의 말에 못이 박혀서가 아니라 열이면 일고여덟이 눈을 빗뜨면서 비슷한 말을 했기 때문이었다.

"여기 내려와 있다메? 존 디루다가 골렀더면 그려."

만나면 만나는 족족 개구 일성이 그러하였다.

"좋은 데로 고르다니?"

그는 또 시작이구나 하면서도 어쩌나 보느라고, 개중에 행여나 덜 상한 것이라도 있을까 싶어 말대답에 부지런을 떨기가 일쑤였다.

"아, 우리찌리 톡 까놓구 말해서, 솔찍이 부동산 투기허러 내려와 있는 거 아녀. 거기두 앞으루 갠찮을 디여. 벌써 배는 올렸을 걸. 시방 내놔두 누구 돈 먼처 받을지 물르는 디가 거기 아닌감."

"내가 부동산에 관심이 있어서 와 있다는 건 또 어떻게 알았나?"

"꼭 말을 허야 알간. 사시나무 떨 듯이 떨더라구 허는 늠치구 사시나무 본 늠 없구, 소태처럼 쓰더라구 허는 늠치구 소태나무 먹어본 늠 없는 식으루, 소리 안 나게 가만가만 돌어댕기는 늠이 진짜라구."

"무슨 소릴, 나는 차가 없어서 소리를 안 내고 다니는 거야, 이 친구야."

"시방 뭔 소리여. 저수지 옆댕이루 왔다는 소문 듣구 대번에 알아본 사람버러. 앞으루 땜이 하나 더 생기면 그 물은 농업용수로만 쓰게 되니께 각종 위락시설이 쫙 들어슬껴. 앞으루 월마까장 뜰는지 암두 물르는 디니께 암말두 말구 몇 년만 더 붙잡구 있어. 거기 존 디여. 존 디루 잘 골렀다니께."

"이 친구야, 나는 처음부터 저수지 가에서 살았어야 할 사람이야. 내 이름을 보라구, 물 하짜 하가에 거북 귀짜가 들어간 이름 아닌가."

"그건 그려. 그래서 한강이 내려다뵈는 잠실에 아파트가 있다는 것두 들어서 알구 있어."

"있지. 열세 평짜리."

"내일 모리면 재개발헌다구 뛸 테구. 허구 나면 또 확 뛸 테구 말여."

"집 앞의 저수지에서 붕어 뛰듯이 뛰겠구먼."

"그 저수지는 요새 잉어두 뛰구, 가물치두 뛰구, 피리두 뛰여. 피리 알지? 피래미 말여. 잉어가 뛰니께 피래미 새끼두 뛰더먼그려."

"그렇겠지. 그런데 그 저수지, 자라도 사나?"

"자라? 먹을라구? 효과는 자라버덤 거북이가 낫댜. 거북이를 먹어."

"내 이름에 거북 귀짜는 들었지만 석귀는 자라의 별칭이라 묻는 걸세."

"자라가 있단 말은 뭇 들은 것 같은디. 그깨잇늠으 자라 나부랭이사 있으면 워떻구 없으면 뭔 상관인가. 땅끔만 뛰면 구만이지."

"자라가 저수지를 찾아온 건 물 하나 보고 온 건데, 자라가 안 사는 물이라면 잘못 와도 보통으로 잘못 온 게 아니니 하는 말 아닌가."

자라가 저수지를 찾아왔다는 말은 어떻게 하는지 보려고 해본 허튼소리가 아니었다. 하도 아랫도리로만 돌아서 별의별 생각이 다 들고 날 때, 맨 아래켠에 깔리는 바람에 아직껏 덜 삭아내린 앙금의 찌꺼기였던 것이다.

그는 어려서부터 자기의 이름이 마뜩치가 않았다. 작명을 해주었다는 집안의 푸네기 노인은 물 하, 돌 석, 거북 귀로 된 성명 삼 자가 모두 해 달 산 물 솔 학 거북 사슴 구름 불로초 등 예로부터 불로장생의 십장생으로 손꼽았던 상서로운 물질에서 뽑아온 글자가 아니냐면서, 그를 볼 때마다 세상에 둘도 없이 잘 지은 이름이라고 되씹고 곱씹어가며 생색을 내고는 하였다. 그렇지만 그는 획수가 많고 복잡하여 아무리 잘 써도 모양이 늘 그 모양으로밖에는 써지지 않는 거북 귀자부터가 영 정이 가지 않았다. 한동네에 사는 아이들이나 대소가의 어른들이나 석귀를 석구로 부르는 것도 싫었다. 심지어는 학교에서도 이름을 제대로 불러주는 선생이 드물었다. 그러나 그런 것은 아무것도 몰랐던 어려서의 일이었다. 그가 정작 자기의 이름과 이름자가 싫어지기 시작한 것은 어디를 가나 걸핏하면 눈에 띄던 돌거북 탓이었다. 아무리 돌을 쪼아서 만든 돌거북일망정 어느 한 놈 신세 편한 놈이 없었다. 돌거북은 반드시 저보다도 몇 배나 크고 무겁게 생긴 짐을 등에 짊어지고 있을 뿐 아니라, 그 짐의 무게에 치이고 눌리어 납작하게 엎드린 채 수백 수천 년 동안이나 옴나위를 못 하고 죽어 살면서, 풍마우세의 모진 세월을 견디어낸 가련하고도 처량한 신세였던 것이다. 사람들은 돌거북을 귀부(龜趺)라고 불렀다. 비석의 받침돌이란 뜻으로 붙인 명칭일 거였다. 돌거북이 지고 온 비석이나 비석에 새긴 글이며 글씨는 귀중하게 여기는 시늉을 하면서도, 비석이 넘어져서 깨어지거나 글씨가 상하지 않게 수백 수천 년을 허리 한번 못 펴보고 지낸 돌거북은 무릇 거들떠보는 이조차도 없었다. 그는 그러고 있는 돌거북을 만나면 가는 데마다 아랫도리로만 돌면서 쥐여 지내온 자기 팔자나 다름이 없어 보여.

"안됐다. 장히 안됐어. 그런 꼴로 눌려 지내나 죽어 지내나 무조건 오래만 가면 십장생이다―. 그 말이었더냐."

 연민을 못 이기고 빈정거리기까지 하였다. 거북은 그 옛날에, 거북아 거북아, 머리를 내놓아라, 만약 내놓지 않으면 구워서 먹으리(龜何龜何, 首其現也, 若不現也, 燔灼而喫也) 하고 못 먹어서 노래를 삼을 무렵부터 먹을 감으로만 보였던 모양이니, 애시당초 애달프게 타고난 신세인데 이제 와서 새삼스레 무슨 신세 타령인가 싶기도 하였다.

 그의 신세 타령은 석귀가 자라의 별칭이라는 것을 알고 난 뒤에도 그치지 않았다. 그는 동료들이 그리 반겨하지 않던 수도과나 하수과로 전보가 되어도 남다른 기대와 함께 기꺼이 옮겼다. 그러나 자라는 물과 가까울수록 힘이 날 것이라는 자기 최면도 효과를 본 적이 없었다. 그는 죽을 운이 닿았던 자라 한 마리를 순전히 자기 힘으로 살려준 일도 있었다. 한강하고 십 리는 떨어진 주택가에서 하수도를 뜯어 다시 놓을 때의 일이었다. 하루는 현장에 출장하니, 인부들이 일을 온 것인지 놀러 온 것인지 모르게 일판이 사뭇 어수선한데다 연장을 쥔 손도 누가 익수고 누가 생수인지 모르게 다들 잡을손이 뜬 것이 아무래도 전에 없던 공기였다. 그가 떠름한 눈치를 보이자 젊은 날품팔이꾼 하나가 헌 시멘트 부대로 덮어 한구석에 밀어놓았던 양철통을 열어 보이는 거였다. 양철통 속에는 거짓말 하나 안 보태고 등딱지의 폭이 한 뼘도 넘는 자라 한 마리가 들어 있었다. 갈아 묻으려고 들어낸 토관 속에서 나왔다는 거였다. 한강의 자라가 하수관을 타고 올라온 모양이었다. 그는 놓아주지 않는 이유를 물었다.
"놔주다니요. 이따가 그놈으로 한잔 할 판인데 놔줘요?"
"팔아서 술값을 하시겠다?"
"잡아서 안주를 한다, 이거죠."
"산에서 노루 잡아먹으면 재수가 없고, 물에서 자라 잡아먹으면 되는 일이 없다는 얘기도 못 들으셨군."
"되는 일이 없어봤자, 이따가 새참에 국수 먹을 것으로 라면 먹기 정도지 뭐가 또 있겠어요."
산 자라는 돌거북하고 또다른 감회를 자아내었다. 바위옷을 두툼하게 껴입은 돌거북이야말로 가위 십장생의 하나에 손색이 없었지만, 그 느려빠진 걸음에도 어쩌다가 올 데까지 오게 되어 바야흐로 끝장에 이른 양철통의 자라를 보니, 자라는 물에 가까울수록 힘이 날 성싶어 수도관도 좋다 하수관도 좋다 하고 기꺼이 옮겨다녔던 자기의 뒷그림자와 마주친 것 같아서 마음이 몹시 언짢았다. 그는 자라의 구명을 서둘렀다.
"자라도 안주가 돼요?"
"개고기 다음은 가죠."
"그럼 내가 개고기 값을 드릴 테니 개고기로 하시는 게 어떻소."
그는 개고기 값을 주고 자라를 구했다. 퇴근길에 한강에다 자라를 풀어주고 귀가하면서 혼잣말로 중얼거렸다.
적선지가 필유여경(積善之家 必有餘慶)이라, 두고 보면 알겠지. 아니야, 내가 날 구한 건데 뭘 두고 봐. 생계대책은 당연지사지.
자라를 구한 것은 당연지사였던 셈인지 그리고 얼마가 지나가도 좋은 일은 없었다. 그는 스스로 다독거렸다.

좋은 일이 없는 게 불행한 게 아니라 나쁜 일이 없는 게 다행인 거야. 방생은 적선도 아니었어. 자라는 어차피 수도과도 아니었고 하수과도 아니었고 한강도 아니었던 거야. 물이 여북했으면 방향감각마저 잃고 하수도 토관으로 기어들었을까. 자라는 도시 체질이 아니었던 거야.

속담에 물 좋고 정자 좋은 데가 없다지만 질뜸은 예외였다. 옛사람이 읊은 수촌산곽주기풍(水村山廓酒旗風)의 수곽이야말로 질뜸을 가리켰던 것이 아닐까 하고 착각을 할 정도로, 그는 그 어느 고을 그 어느 고장보다도 그가 살고 있는 질뜸을 아꼈다. 주기가 나부끼는 대신에 담뱃가게의 간판이 덜렁거려서 그렇지, 술을 마실 수 있는 주막도 있었다. 주인 노파가 그에게 하느홉이란 별호를 달아준 서낭댕이 앞의 가게가 주막 노릇까지도 겸하고 있었던 것이다.

정자도 있었다. 그에게는 자기 집이 곧 정자였다. 집터가 팔풍(八風)받이라 바람 잘 날이 없어서 그렇지, 창가에 앉아서 내다보고 있으면 더이상 바랄 것이 없는 자리였다. 날씨도 겨우내 푹했다. 밤새 내린 눈도 날만 새면 잦아들었다. 여름내 데워진 저수지의 물이 정월이 다 가도록 덜 식기 때문이었다. 이월에 접어들면 바람살이 거칠어지고 꽃샘이 심했다. 서리도 늦어서 진달래가 지고 나도 식전마다 밭이랑이 허옜다. 겨우내 식은 저수지의 물이 찬바람을 일으키는 탓이었다. 이월의 물바람은 정월의 산바람보다 더 찼다.

바람은 점심나절이 거울러질 만해서부터 일었다. 언제나 수심의 수채가 수갈색(水褐色)을 띠면서부터 수문(水紋)과 함께 일었다. 수갈색은 차츰 물가를 찾아서 수묵색으로 일었다. 수문도 파란으로 바뀌고 물은 물위에서 타는 듯이 빛났다. 물이 물 같지 않게 황홀해지는 것이었다. 만약에 꽃밭이 그렇게 아름다운 꽃밭이 있을 수 있다면 그 꽃밭을 가꾼 사람은 끝내 실성을 하고 말 수밖에 없을 것처럼. 만약에 옷이 그렇게 아름다운 옷이 있을 수 있다면 그 옷을 입은 사람은 결국 이 세상 사람이 아닐 수밖에 없을 것처럼.

해가 서산에 떨어지면 물녘에서부터 어스름이 되었다. 물너울이 붕어 배래기처럼 허옇게 뒤집히며 까치놀이 지던 물면도, 기스락의 푸서리나무에서부터 땅거미가 지기 시작하면 숨을 숙여서 쉬게 마련이었다.

물너울이 수굿해지면 고깃배가 떴다. 고깃배는 늘 동네 길체에 있는 상엿집 모퉁이께에서 넘늘거리는 갯버들가지를 헤쳐가며 저어나왔다. 그로 미루어 보아 배를 띄우고 대는 섶이 서낭댕이 돌아의 어딘가인 모양이었다. 발동선도 아니지만 돛단배도 아니었다. 둘이 타기에도 빠듯해 보이는 조각배일 뿐이었다. 한 사람은 뒷전에 앉아 노를 젓고, 한 사람은 뱃전에 서서 그물을 쳤다. 그들은 저녁 어스름에 배를 풀어 저물도록 그물을 치고, 새벽 어스름에 그물을 걷어 해뜨기 전에 들어갔다. 그래서 그들하고는 면식이 없었다. 어디에 사는 어떤 사람들일까. 그는 그들과도 알고 지내고 싶었지만 기회가 닿지 않았다. 가겟집 노파에게 물어보는 편이 더 빠를 터였다.

"배는 무슨 배, 쬐끄란 뗌마지. 저 근너 멧굴 사는 신두홉이네

뗌만디, 노는 바깥이서 젓구 그물은 안이서 치구, 내우간이 부지런해서 그냥저냥 밥은 먹는 개빌레유. 그런디 그런 건 왜 물으슈?"

"보기에 좋아 보여서요."

"긔덜은 얼어죽겄다는디 뎁세 좋아 뵈시담? 덜덜 떨려서 둘 다 쇠주 두 홉 안 먹구는 추워서 못해먹겄다데유."

"두 홉짜리면 어부치고 많이 자시는 편도 아니네요."

"그런 편이지유. 한최고랑은 사춘남매지간인디, 한최고 같잖구 술량은 보통일러먼 그류. 밤배질 허는 날두 두 홉 이상은 허들 않으니께."

"밤배질 하는 날도 있나 보네요."

"있다마다유. 뻘밭서 잡는 뻘긔 같은 것두 보름사리 때 잡는 늠은 쭉어서 양념도둑이구, 그믐사리 때 잡는 늠은 영글어서 밥도둑이라는디, 민물고기라구 때가 없겄남유. 민물고기두 보름께랑 그믐께가 잘 걸리니께 그때는 밤물잡이 허는 날이 따루 없는 거지유."

"자라도 걸리나요?"

"남생이두 귀경 뭇 허는디 자라가 다 워딧대유."

그는 배 임자를 만나볼 계제가 없었다. 저녁 어스름을 타고 물목에서부터 그물을 쳐가거나, 새벽 어스름에 묻혀 물목 쪽으로 그물을 걷어오는 모습만을 거실에서 내다보는 수밖에 없었다. 한번 봤으면 하면서도 보기가 어렵기로는 밤물잡이 역시도 마찬가지였다. 그는 배 임자 부부의 뱃일 하는 모습이 보기에 좋아 보이더라고 했을 때 "긔덜은 얼어죽겄다는디" 하고 뒤집던 가겟집 노파의 말뜻을 잊지 않고 있었다. 하지만 그 어부 내외가 배를 부리고 고기를 잡는 모습이 여전히 보기에 좋아 보이는 데는 어쩔 수가 없었다. 낮에는 배 임자 부부가 그물을 손질하여 말리고 낮잠을 자는 까닭에 만나볼 계제가 되지 않았듯이, 밤에는 산그림자가 먹어들어 먹을 그린 듯한 물가로만 배를 부리는 탓에 밤물잡이 한 번이 그토록 보기가 어려운 모양이었다.

새벽물은 언제나 조용하였다. 바다가 그리 멀지 않았으므로 바다에 있는 아침 무풍(無風)이 저수지에까지 미쳐서 저수지도 함께 아침뜸을 하는 것이었다. 조용한 새벽물은 물김이 피어올랐다. 서리가 많이 내린 날은 물김도 자욱하게 피어올랐다. 물김이 물면에 가득히 골안개처럼 피어오를 때는, 세상에 조용히 있는 물보다 더 생각이 깊은 것은 아무것도 있을 것 같지가 않았다.

그는 어스름 새벽에 배질이 있으면 번번이 넋을 놓고 보았다. 쟁기질 하는 농부처럼, 나무를 해 가는 나무꾼처럼, 장을 보아 가는 장꾼들처럼, 애쓰고 일하는 모습들이 보기에 좋아 보여서 그렇게 넋이 나간 채로 바라보았던 것이다.

그러나 그런 것이 아니었던 날도 꼭 한 번 있었다. 그 알 수 없는 일이 있었던 날이었다.

그는 그날 새벽에 있었던 일에 관해서, 언젠가 어느 외국소설에서도 봤던 것 같은 그 일에 관해서, 지금도 무엇이라고 통 설명을 할 수가 없었다.

그는 그날도 거실의 창가에 매달려서 달빛에 피어난 수면을 넋 놓고 바라다보고 있었다. 뜨락에 내린 서리에도 달빛이 알알이 피어나고, 서낭댕이 돌아로 굽이진 자갈길도 눈길처럼 피어난 달빛이 그를 부르고 있었다. 그는 그렇지만 한눈을 팔지 않았다. 머지않아 상엿집 모퉁이께서부터 그물로 달빛을 걷어오는 배질이 나타날 터이기 때문이었다. 이윽고 배가 나타났다. 배는 달빛과 물빛에 모양을 내서 어느 어스름 새벽보다도 선체가 두드러져 보였다. 한 사람은 뒷전에 앉아 노를 젓고 한 사람은 뱃전에 서서 그물을 걷고 있었다. 그물이 번쩍거렸다. 무엇이 번쩍이는 것일까. 그물에 걸린 고기일까, 그물에 걸린 달빛일까, 그물에 걸린 서리일까. 그는 달을 보고 물을 보고 사람을 보고 하면서 그 번쩍거리는 빛에 대해 궁금증을 키웠다.

어느덧 동살이 잡히자 물김이 피어오르고 있었다. 물김은 처음부터 안개처럼 자욱하게 피어올랐다. 서리가 그만큼 많이 내렸다는 증거였다. 섬으로 돌아가는 배가 자욱한 물김에 싸여 흐릿하게 보였다.

그는 날이 밝자마자 멧굴로 향했다. 고기들이 보고 싶었다. 비늘마다 달빛이 번쩍이고 있는 고기가 보고 싶었다. 비늘마다 서리가 번쩍이고 있는 고기가 보고 싶었다. 아가미마다 달빛이 숨결로 남아 있는 고기들이 보고 싶었다.

그는 멧굴께로 걸음을 재촉하다가 가겟집 앞에서 윤병반을 만났다. 윤병반이 들고 있는 비닐봉지는 라면과 소주병을 가려주지 못했다. 또 뜬눈으로 앉아서 화투짝을 죄다가 좌중의 심부름으로 가게에 다녀가는 모양이었다.

"이 식전 댓바람에 워디 가시는 질이슈?"

윤병반이 먼저 담배연기 그을음이 드레드레한 얼굴을 지레 숙이며 말했다.

"멧굴 신씨네, 배 임자네 집 좀 다녀오려구요."
"신두흡네유? 그 집 시방 볐을 텐디유."
윤병반은 서슴없이 말했다.
"집이 비다니요, 금방 걷어가는 걸 봤는데요?"
"아뉴. 잘못 보신규. 어제 처갓집에 잔치 보러 가서 여태 안 왔슈. 오늘 저녁때나 올 텐디유."
"그럼 금방 그물을 걷은 이는……"
"아니라먼유. 배는 그 집 배 하나뿐인디 그럴 리가유. 어제 한 최고 내외랑 식구대루 끌구서 하냥들 갔슈. 요새 처갓집 잔치에 댕일치기 허는 사람이 다 워딧대유."

그는 어리둥절하였다. 그렇다면 무엇을 본 것일까. 그는 그 일을 자기밖에는 아무에게도 말할 수가 없었다. 그는 자기에게 말했다.

그랬던겨. 늘 물에 뜨는 물 같은 것만 봤던겨. 못나게. 지지리도 못나게.

장척리 으름나무

"어떻기는, 묵으면 나무 같아서 그렇지 그건 나무두 아니구 풀두 아니구 나무랑 풀 사이에서 어중간허게 걸치구 양쪽 눈치나 보구 사는 덩굴이라구. 다른 나무를 타구 올라가서 그 타구 올라간 나무 덕에 키가 자라는 덩굴 말여."

소나기는 삼형제라고 이르는 말 그대로 이 가물 이 더위에 겨우 소나기 서너 축으로 벌써 장마가 다 갔다고 하니 무엇보다도 속이 달쳐서 못 견딜 지경이었다. 짜게 먹은 것도 없이 자꾸 물을 켜는 것도 하필 시내에 나가서 주머니에 찻삯이 빠듯한 날이면 꼭 술 생각부터 도져가지고 일 볼 것 다 보고도 으레 개운찮은 뒷맛으로 돌아오곤 했던 때와 비슷한 경우인지도 모를 노릇이었다. 그러나 날마다 하늘을 태워 구름 한 장 안 남긴 뙤약볕만 벌써 보름이 넘는데다, 저수지도 가장자리에 둔치 기어올라오는 것이 시간마다 다르게 물을 빼기 시작한 뒤로 낚시꾼들의 차가 쑥 들어가버려 길에 흙먼지가 일어나지 않는 것 하나는 살 만하였다.
　이런 때 더두 말구 약비나 한 보지락 쏟아지면 오죽이나 시원

헐텨.

이상만(李商萬) 옹은 다 내놓고 입은 젊은 여자 사진이 한쪽만 박혀 있는 막부채로 땀이 고이는 앙가슴께를 훨훨 부쳐가면서, 그새 서너번째나 똑같은 소리만 듣는 이 없이 되뇌고 있었다.

하지만 약비 한 보지락은 고사하고 산돌림 한 줄금 지나갈 기미조차 없이 하늘은 여전히 불볕만 한고등일 따름이었다. 게다가 오늘사말고 바람 한점 없이 나뭇잎 하나 까딱하지 않아서, 한나절내 그늘에 앉아 툭 트인 저수지를 내다보고 있는데도 목만 마르지 당최 서늘하지가 않았다. 하기는 오늘만 그런 것도 아니었다. 가물이 끌고부터는 저수지에 물이 칠렁해도 그전 같지가 않고 통 시원한 맛이 없었다. 일렁거리는 물결에 볕꽃이 피어 눈부실 때마다 물이 바싹 졸도록 저수지를 달이는 것처럼 착각하는 탓인지도 모를 일이었다.

원비 모퉁이께서 문득 차 소리가 났다. 툴툴거리는 것이 버스 소리인데 해를 보니 새로 한시 차라면 너무 이른 성싶고 아마 열두시에 나가는 버스가 이제서야 내려가는 모양이었다. 이윽고 텃밭머리와 저수지를 좌우로 경계 지어서 난 한길에 기차 화통이 지나가듯 뿌연 흙먼지를 냅다 뒤로 뿜어가면서 시내버스가 지나갔다. 옹은 서둘러서 부채를 홰홰 내저어 덤벼드는 먼지를 옆으로 쫓았다. 그러자 누가 보고 있는 것도 아닌데 작년부터 이 사람 저 사람에게서 들어왔던 소리가 다시금 귓결에 스치는 것 같았다.

그러게 뭐랬슈. 싸게 도장 눌러주구 보상금 타다가 터나 잘 개려서 면례를 허셨으면 시방쯤 여북이나 한갓지실껴. 공중 고집부리구서 여기만 비포장으루 냉기게 해설랑은이 가는 차 오는 차에 그 몸대기를 죄다 뒤집어쓰구 사시니, 아녈 말루다가 잘코사니네유 잘코사니…… 안 그류?

  작것들. 옹은 냉소를 하였다. 그리고 냉소 끝에 지질한 놈, 하고 탄하면서 고개를 저었다. 부채질도 소용없이 달려드는 흙먼지가 장 알아듣게 타일러도 무가내고 개개려 드는 사위 은산(金銀山)이의 그 비뚤어진 됨됨이하고 쌍을 이루는 것 같았기 때문이었다.

  사위라구 하나 있다는 것이, 왜 농(農)짜에서 농(膿)이 나온다구 농(弄)을 허는지두 모르는 맹문이가, 툭허면 운동갑네 활동갑네 허구 어깃장이나 지르구 자빠져쌓더니, 이제 와서 뭐여? 이웃과의 공동체적인 생활을 위해서 나버러 희생을 허라구? 당최 귀살스럽구 아니꼽살머리스러워서.

  옹은 농민운동가라나 농촌운동가라나 하면서도 아무 하는 일 없이 껍죽대고 다니며 가는 데마다 물 마신 입으로 술 마신 소리나 흘린다는 소문에 정나미가 십리 밖으로 달아난 지 오래인 은산이가 지금 옆에 있기라도 한 것처럼 전에도 두어 번이나 했던 말을 다시 늘어놓았다.

  자네두 시방이 문민시대라구 허는 것은 알구 있지? 그러면 문민시대라는 것은 뭘 허는 시대여? 톡 까놓구 말해서 무단시대에 미섭구 겁나서 찍소리두 못 허구 당했던 사람덜이 당헌 것을 당헌 만침씩 갚어나가는 시대다 이거여. 안 그려? 나두 그때 그 인간이지만, 국회의원두 그때 그 인간, 군수두 그때 그 인간, 과장 계장 주사 급사늠할래 말짱 그때 그것들이 자리만 일루절루 옮겨댕기메 그냥덜 해먹구 있는디 왜 나만 당허구 살으야 헌다나? 안 그려? 그까짓 흙몸대기 좀 덮어쓰구 사는 거, 갱깃찮여. 탑세기 태우는 연기가 지름 태우는 연기마냥 안경을 써두 안 뵈는 연기버덤 들 독허듯이, 몸대기두 눈에 띄는 흙몸대기가 눈에 안 띠는 시내 몸대기버덤은 낫을 텡게 그런 걱정일랑은 아예 허들 말어.

옹은 흙먼지가 지나가자 걸상을 느릅나무 밑동께로 두어 발짝 들여놓고 앉았다. 그늘은 해가 갈수록 짙어갔다. 볕이 쨍할 때 쳐다봐도 별이 보이지 않을 지경으로 느릅나무의 우듬지가 우거지기도 했지만, 줄기의 퉁테가 서까래 폭이나 굵어진 으름덩굴이 느릅나무를 타고 올라가서 느릅나무의 등치가 거우듬하게 기울도록 느릅나무 가지를 반나마나 뒤덮은 탓에, 웬만한 소나기는 그 밑에 들어서서 비그이를 해도 넉넉할 정도로 녹음이 두터웠던 것이다. 시내나 어디서 가끔가다 들여다보러 오는 푸네기나, 저마다 제금나서 나가 사는 아들 덕엽이 선엽이 학엽이의 동무들이 내를 하러 왔다가 먹음 물을 길러 오든가, 된장이며 고추장을 얻으러 와서 시척지근한 이야기로 지싯거리고 해찰할 때마다 옹이 입막음으로 늘어놓는 것도 번번이 이 녹음을 추어대는 말이었다.

신문이나 테레비를 보면 요새 도싯사람덜은 쉬는 날 쉬두 못허구서 산으루 댕기며 삼림욕이라는 걸 허느라구 야단덜인 모양일레만, 나야말루 이냥 내 집구석에서 앉았다 일어났다 허는 것이 바루 삼림욕 아닐라?

옹은 오락가락하는 생각에 집터서리며 그 둘레를 새삼스럽게 둘러보았다.

느릅나무 옆에는 해거리도 없이 연년이 다다귀로 열려서 매실주를 서너 말씩 담그게 하는 매화나무가 있고, 그 곁에는 학업이가 그끄러께 겨울에 뒷동산의 솔수펑이로 춘란을 캐러 다니던 길에 보고 옮겨다 심은 화살나무 한 그루가 자라고 있었다. 늙은 소나무 둥치에 더뎅이 져 있는 두툼한 보굿처럼 탄력을 지닌 채 잎사귀도 아니고 줄기도 아니면서 가지마다 덤으로 붙어 있는 것이 참빗살과 비슷해 보여서 참빗살나무라고 우기는 이도 있지만, 정작 비슷하기로 말하면 영락없이 화살의 살깃이었다. 화살나무 건너에서 마당보다 한길 쪽으로 가깝게 서 있는 구새먹은 고목은 옹하고 나이가 비슷한 꾸지나무였다. 그것이 뽕나무의 일종이라고 하면 곧이듣는 이가 드물어도 수형이 멋들어지다는 것은 보는 사람마다 하는 말이었다. 그 동안 대도시와 이웃하여 수목 농장을 차린 사람이나 조경업자들에게 관상수를 대주는 사람들이 지나가다가 보고 찾아와서 수도 없이 흥정을 하였으나, 둥치에 구새먹은 것이 탈이라 으레 버그러지고 말았던 전례에 비추어 자리를 옮기거나 주인이 바뀔 염려 하나는 생전 가도 없을 성싶은 나무였다. 안팎동네에 사는 까치와 까마귀와 멧비둘기가 하루에도 열두 번씩 들렀다가 가고, 제철에 맞추어 앞서거니 뒤서거니 하고 건너온 뻐꾸기 두견이 꾀꼬리 후투티 찌르레기 쏙독새 휘파람새 할미새 물총새 같은 새들이 여름내 정자로 알고 쉬면서 죄다 둥지만은 꺼리는 것도, 구새먹은 지 여러 해 된 둥치며 우죽에 자자분하게 붙어 있는 삭정이와 낭창거리는 가지가 화라지나 물거리처럼 보금자리를 틀기에는 미덥지가 않은 탓일 터이었다.
 한길에서 나뉘어 밭둑과 도랑을 끼고 집으로 오는 길목의 초입에 마디게 자라서 태깔 없이 오죽잖게 서 있는 단풍나무를 비롯하여 탱자나무 대추나무 모과나무 감나무 등은, 회초리만할 적부터 꾸지나무의 그늘에 눌려 가장귀를 못 친데다 초복도 채 안 지나서 오갈부터 들곤 하여 마들가리마저도 눈치를 보며 자란 탓이었다.
 은행나무도 마주 서야 한다는 속담이 있지만 동네에 수나무가 없어서 은행을 두어 되밖에 못 하는 은행나무와, 심은 지가 몇 해 안 되어 먹으려면 아직도 먼 호두나무며, 올에 처음으로 꽃을 본 석류나무며, 해거리 하나는 꼭 찾아서 하는 자두나무며, 열매가 익기도 전에 다람쥐가 모두 훑어가고 마는 앵두나무와 살구나무는, 모두가 같은 마당 가에 있다고 해도 앞이 트인 저수지 쪽으로 서지 않고 뒤꼍의 굴뚝에다 줄을 맞추어 뒷동산 기슭에 바투 늘어서 있었다. 볕이 하도 뜨거워서 낫을 꽂아두고 사는 통에 감나무와 밤나무가 서로 키를 겨루는 틈바구니에 끼여 근근이 터를 지켜나가는 자목련이며 들충나무며 구기자나무 따위는, 제멋대로 깃은 채 고개가 빠지게 꽃을 이고 있는 개망초 풀숲에 치여서 숫제 나무꼴이 아니었다.
 토종두 박래품버덤 센 늠은 세여.
 옹은 개망초꽃으로 뒤덮인 풀숲에서 눈을 거둬들이며 그러고 중얼거렸다. 개망초꽃 떨기 틈에서 빼어난 물건 하나가 눈에 띄어 여겨보니 저절로 나서 저만 알게 핀 백도라지꽃이었던 것이다. 도라지는 더덕이나 잔대와 달리 아무 데서나 뿌리를 내릴 뿐 아니라 드센 풀덤불 속에서도 견디는 힘이 뛰어난 것 같았다. 견딜성이 뛰어나다는 것은 도라지가 지닌 독성이나 냄새나 끈기에 견디지 못하여 싹이 트지 않거나, 싹이 터도 자라지 못하고 지레 치여 죽는 풀이 그만큼 많다는 뜻일 것이었다. 옹도 도라지를 심어보아서 알다시피 질긴 풀로 이름난 바랭이나 쇠비름이나 닭의장풀도 도라지밭에서는 도라지에 쥐여 살아서 품이 훨씬 덜 들었던 것까지 싸잡아서 기억한 것이었다.

옹은 다시 저수지를 내다보았다. 봄내 물에 잠겨 있다가 물을 빼는 계제에 살아난 둔치의 갈대밭으로 개개비가 몰려다니고, 물이 떼어놓고 내빼는 바람에 작벼리에 가라앉아 말라가는 말즘과 가래와 개구리밥 사이로 백로와 왜가리가 날아와 바장이고 있어서 아까보다 좀 낫기는 해도, 여전히 한길에 나다니는 사람이 없는 것은 여간만 지루하고 따분한 일이 아니었다.

그러게 인심은 조석변이라구 허지 않던가베.

옹은 스스로 달래듯이 두런거렸다. 옹은 엊그저께까지만 해도 적적한 줄을 몰랐다. 일부러 찾아왔던 사람만도 하루에 하나꼴이 넘었으니까.

아저씨한테 뭣 좀 여쭤보려구 왔는데요.

찾아와서 그러고 운을 뗐던 사람은 거의가 동네에 사는 젊은 아낙네였다.

이런 늙은이더러두 물어볼 게 다 있던가베. 뭔 얘기랴? 또 이북의 핵문제 얘긴감?

핵문제보다두요, 융니오가 났던 때도 올처럼 더위가 빨랑 오구 되게 가물었다는 거, 그거 진짜예요?

그건 또 왜? 휴전선 터지기 전에 장봐다 노시게?

그게 아니구요, 전쟁이 날 때는 딴 때보다 더 더웁구 더 가문다더라구요.

누가 그려?

시내에 가면 다들 그러더라구요.

양석이 없어서 하루 두 끼 먹기 운동을 벌이는 판인디, 숟가락 놓구 일어스면 꺼지는 그깨잇 옥수깽이밥 두 끼 먹구 무슨 늠의 즌쟁을 헌댜. 또 지름 들여올 돈이 없어서 기차구 자동차구 몽땅 일본 사람덜이 대동아즌쟁 때 썼던 목탄까쓰를 쓴다는디, 목탄이 뭐간? 미루나무나 오동나무 토막을 태워 맹글은 숯이여, 숯. 그런디 유교(6·25) 때두 안 쓴 숯자동차 숯기차를 몰면서 즌쟁을 허자구 뎀빈다? 더군다나 나무가 구여서 옥수깽잇대를 원료루 해서 맹글은 인공숯 기동력으루다가? 즌쟁이 터졌다 허면 테레비가 전세계에 중계방송을 해주는 세상에, 왜? 유교 때는 소랑 나귀랑 노새가 끄는 구루마허구 지게루다 즌쟁물자를 나르면서 밀구 내려왔다가 제트기허구 제무시(GMC)헌티 녹아났지만, 목탄차는 구루마나 지게에 대면 훨씬 현대화된 장비라 자신이 있으시다, 이거라남? 아서유. 그런 터문셍이 없는 말일랑은 아스라구유.

그게 아니구요, 미국이 먼저 선제 공격을 한다, 미국이 먼저 단추를 눌러서 영변의 원자로를 갈기면 북한은 이쪽에다 대구 단추를 눌러서 서울을 불바다 만든다, 이 얘기라구요.

왜 이랄머리없이 단추는 먼저 눌러?

왜 경기가 죽어서 대통령의 인끼가 처지구 하면 남의 나라부터 집적거려서 경기두 살리구 인기두 올리구 하는 게 유에쓰의 특기라잖아요.

요새 왜 와에쓰 인끼가 떨어져?

참—, 와이에스가 아니라 유—에쓰, 미국요. 전에 부시두 이라크하구 한바탕해서 경기두 살구 인기두 살구 하잖았어요.

아, 부시야 이락을 부셔버려서 부시구, 슨거에 나섰다가 크링턴헌티 부서져서 부신디, 왜 하필 와에쓰를 부시헌티다 빗댄다.

아저씨하구는 얘기가 안 되네요.

안 되는 말만 허닝께 안 되지.

미국의 전직 대통령인 카터 씨가 북한을 다녀간 뒤로는 옹을 찾아와서 말이 안 되는 말만 늘어놓던 사람들도 발걸음이 뜸했다. 대개가 남북간에 정상회담이 말처럼 되면 전쟁을 하게 되더라도 말로나 하지 힘으로 하지는 않으리라는 지레짐작에 한시름들 놓았기 때문이었다. 그러나 느닷없이 김일성이 죽자 죽던 그 날부터 먼젓번하고 똑같은 판이 돌아갔다.

아저씨한테 뭣 좀 여쮜보려구 왔는데요.

나허구는 얘기가 안 된다구 허구 간 지가 며칠이나 됐간디 그새 또 오셨댜.

김일성이가 전쟁을 일으켜서 사람은 많이 죽였지만 그래두 인물은 인물이라는 거, 그거 진짜예요?

그건 또 왜? 난 늠은 난 늠이다—, 허면 안됐어허실 챔인감?

그게 아니구요, 아저씨는 직접 융니오를 치러보셔서 잘 아실 거 아녜요.

인물은 인물이라—, 그건 또 뉘라 그럽댜?

시내에 가면 흔히들 그러더라구요.

그래서 안됐더라—, 시방 그 얘기신감?

안됐잖구요. 조금만 더 살았으면 좋았을 텐데······.

퍽두 안됐겠구먼 그려. 나 좀 보셔. 내가 올에 이른둘이라우. 나버덤두 열 살이나 윈디 안되기는 뭐가 안됐다는겨? 여든둘이면 호상이여 호상. 호상은 초상술이 바루 잔칫술인겨. 그래서 호상에 곡허는 늠은 불효자식이라는 게구. 아 상제가 술 먹구 어깻짓을 허다가 자빠져두 허물허지 않는 게 호상인디 무슨 소리들을 허구 있는지 모르겄네 그려.

참—, 그게 아니구요, 죽으려면 일찌감치 그전에 죽든지, 아니면 얼마간 더 살아서 정상회담이나 끝내구 죽든지 하지 않구, 죽어두 왜 꼭 이런 때 죽느냐, 이거라구요.

그건 그려. 박씨가 갈 때두 가려거든 하루 전에 미리 가든지, 안 그러면 하루 더 있다가 그 담날 가든지 허는 게 아니구, 해필이면 우리집 바심허기 전날 저녁에 가느라구 속 썩이더라니께. 아, 품을 닛이나 사가지구 새벽버텀 탈곡기를 돌려대는 판인디, 날이 훤허게 밝아서야 갔다는 방송이 나오니 식전버터 일이 돼 간, 안 되지. 그때 생각허면 지금두 허망해서······ 술에 괴기에 담배에, 먹매랑 품삯이랑 들어갈 건 죄 들어가놓구 일은 품메다시피 했으니, 그때두 나만 홀랑 버렁빠지구 말었더먼 그려.

그이두 인물은 인물이었잖아요.

그려. 오래오래 혼자 다 해먹다 죽으면 개나 걸이나 다 인물이구먼 그려.

그래두 사십구 년이면 해두 너무했어요.

뭘 너무혀. 고구려 장수왕이 구십육수에 칠십칠 년 해먹구, 이씨조선 영조왕이 팔십이수에 오십이 년 해먹구, 짐씨조선 짐수령이 팔십이수에 사십구 년…… 제우 삼등밖에 더 되여?

아저씨, 수령도 왕하고 같은 거예요?

그야 같을 수두 있구 닯을 수두 있지유. 말이라는 게 본래 같은 말이래두 시대와 장소에 따라서 안팎이 뒤바뀌는 수두 있으닝께. 바루 수령이 그렇더먼 그려. 이북서는 황제나 왕으루 여기면서 쓰구 있지만, 원래는 두목이나 두령이 산적떼나 비적떼나 좀도둑떼나 불한당 패거리의 우두머리 즉 대가리라는 말이구, 수령은 그 대가리 중에서두 윗대가리라는 말이 아니었남.

그럼 위대한 수령께서ㅡ, 가 위대한 대가리의 윗대가리께서ㅡ, 라 그런 말씀이세요? 아저씨두 너무하셨다, 주사파가 들으면 또 펄쩍하겠네요.

나는 에려서부터 주사파가 아니라 침파유.

그래두 윗대가리는 너무한 것 같아요.

얼라. 아, 수령은 두뇌구 당은 신경이구 인민은 수족이다ㅡ, 어제두 누군가가 신문에 썼더먼서두, 이북 사람덜이 자다가두 일어나서 허는 염불이 바루 그건디두 내가 너무혀? 두뇌가 뭐간? 두뇌가 대가리 중에서두 맨 위에 있는 윗대가리 아닌가베.

대가리가 윗대가리건 뭐건 아무튼 갈 사람이 갔으니, 앞으루 쌀 라면 부탄가스 양초 성냥…… 그런 거나 미리 사다가 쟁이란 말만 안 해두 좋겠어요. 밤낮 제사만 지내다 판낼 것두 아니구, 접때 산 양초 여레들 자루는 어느 천년에나 다 쓸 건지 원.

서울두 아닌디 그런 건 왜 사갖구 그러셔. 또 서울이래두 그류.

장척리 으름나무 209

아, 일단 즌쟁이 터졌다 하면 당장 젤 먼저 끊어지는 게 물허구 불인디, 수도 즌기 까쓰가 끊어진 판에 쌀은 있으면 뭘 허구, 라면은 있으면 뭘 허구, 부탄까쓰가 몇 통 있으면 뭐 헐뀨?

그럼 어떡해야 해요?

물, 집집이 먹을 물버터 받어노라구 일러야 헐 거 아녀, 이치가, 안 그류?

그러네요. 그런데 물은 놔두구 왜 다른 것만 사라구 했을까요?

왜는 왜유. 그냥 형식적으루다가 한번 해본 소리닝께 그렇지.

그럼 그게 다 헛소리였단 말씀이세요?

다 그만두구, 일회용 나이타 하나만 있으면 얼마를 쓰는디 구태의연하게 성냥만 사라구 허던 걸 보셔.

그건 저두 이상하게 생각했어요. 등산 갈 때, 낚시 갈 때, 캠핑 갈 때 갖구 가는 바나두 있구, 건전지나 깨스루 켜는 조명기구두 얼마든지 있는데 왜 하필이면 양초구 성냥인가 하구.

성냥 장수헌티 먹었던 게지.

아무리요. 라면 회사에서 재고 정리차 로비는 했나 몰라두, 그까짓 성냥 얼마를 팔아야 얼마나 된다구…… 하지만 먹을 물을 뺀 건 확실히 뭔가 잘못한 것 같아요.

아녀, 그거야말루 잘헌규, 큰 도시를 찌구 있는 디는 산이 산이 아니구 물이 물이 아니라 수돗물 받어놔봤자 하루만 지나면 상헐 테구, 결국 국민 보건을 근심해서 상헌 물 안 자시게 허려구 뺐을 테닝께.

아저씨하구는 얘기가 안 되네요.

안 되는 말만 허닝께 안 되지.

이번에는 무슨 차이기에 소리가 저런가 하고 좌우로 한길을 살폈으나 이쪽 끄트머리인 원비 모퉁이도 저쪽 끄트머리인 장자울집 앞에도 차는 보이지 않았다. 옹은 이윽고 소리가 자동차 소리보다 오토바이 소리에 더 가까운 것 같아서 다시 눈을 한길에 보태어 장자울집 어름을 여겨보았다. 혹 은산이가 오지 않나 해서였다. 장자울집 앞에도 시내에서 점심 먹으러 나온 듯한 차는 여러 대가 보여도 오토바이는 눈에 띄지 않았다.

더우니 더워서 되구 가무니 가물어서 되구…… 되는 집은 하눌두 봐주너먼 그려.

옹은 장자울집에서 하는 짓이 못내 섭섭하여 오늘도 흘기눈을 떴다. 살던 집에 방을 들이고 마루를 내달고 하여 먹는집을 차린 것은 죽은 박서방의 셋째아들 종삼이였다. 종삼이가 찾아와서 상호를 의논하는 바람에 안 일이었다. 종삼이가 생각하고 있는 상호는 장척가든이었다.

장척가든―이 뭔 뜻이라나?

그렇께 우리게, 우리 장척리서 제일가는 잔칫마당이다…… 아마 그런 뜻일규. 그런디 민물괴기 매운탕집 간판치구는 너무 크구, 크면 세무서 사람들이 더 반가허헐 것 같구, 그래서 그류.

우리게의 원 이름은 장자울이여. 장자(長者)― 즉 큰 부자가 사는 동네란 말인겨. 큰 부자가 사는 동네, 큰 부자가 나는 동네…… 그 좋은 동네 이름을 일정 때 일본 사람덜이 측량허러 댕기면서, 장자의 자를 지레기(길이)를 재는 자루 알구는 떡허니 자 척(尺) 짜루다가 틀리게 번역해버렸던겨. 그 뒤루 여적지 누구 하나 고치자는 사람두 없구 허닝께 그냥 장척리가 되구 말어버렸구.

부자 되는 동네—. 좋기는 존 이름 같은디…….
장척가든버덤은 장자울집이 좋으리.
장자울집— 부자 되는 집…… 아저씨, 장자울집으루 헐래유.
그려. 잘해서 어여 부자 되시게. 부자 되거든 술두 한잔 받구.
술이야 언제는 못 받어드리나유. 우선 간판부터 맞추구…… 아저씨, 문 여는 날 꼭 오세유. 지가 모시러 오든지.
암.
그럼 그때 뵈유.
그러나 그것으로 그만이었다. 꼭 먹어서 맛이 아니라 돈냥이나 좋이 쥐면서부터는 얼굴도 보기 어렵게 된 것이 고까울 뿐이었다.
옹은 장자울집을 흘겨보던 끝에 소리가 생각지도 않은 곳에서 나는 것을 눈결에 알았다. 장자울집과 담뱃집 사이에 한길 가로 있는 종구네의 찬물받이 논배미에서 나는 소리였는데 갯버들에 가려서 안 보였던 것이다.
논두렁에 종구가 보였다. 동네라고 서너 집 건너로 하나씩 있는 것이 나간 집인데다 사람도 제대로 걷는 사람 하나에 구부정하게 어기적거리는 사람이 열은 되는 판이라, 동네 사람끼리는 아무리 먼발치로 보더라도 뻔히 알아보게 마련이었다. 종구는 작년에 산 예초기를 지고 다니면서 두렁풀을 베는 모양이었다. 종구가 했던 말이 떠올랐다.
국산은 이런 거 있두 않유. 일제라구 오십만 원 달라는 거 사십팔만 원에 뺏듯이 해서 샀는디, 두렁풀은 마지기당 돈 만 원씩 받구, 모이두 한 장에 한 이만 원씩 해서 깎구 허면, 말복 지나서 벌초만 슬슬 해주구 댕겨두 본전이야 우습게 빠지구 남겼지유. 그런데 써보니까 소리가 시끄러운 게 탈이구먼유.

동복형제라도 종구는 종삼이와 달리 사람이 순하고 고지식한 데다 인사성도 바르고 하여 옹이 누구보다도 미뻐해온 청년이었다.

예초기 돌아가는 소리는 과연 시끄러웠다. 부드러운 논두렁을 거스르고 있는데도 젊은 아이가 오르막길에 오토바이를 속력껏 몰아가는 소리처럼 귀청이 떨어지는 것이었다. 그러나 옹은 그 소리를 못마땅해하지 않았다. 군대에서 제대하자마자 객지로 나돌며 한동안 경찰관도 지내고, 적성에 맞지 않는다고 옷을 벗고 택시를 끌다가 뒤집혀서 죽었다 살기도 한 사람이, 어느 날 두손 탁 털고 들어와 다시 지게를 지고 나선 것이 신통해서도, 종구가 하는 일이라면 덮어놓고 두둔부터 하고 싶기 때문이었다.

옹은 예초기 소리가 갑자기 그 비슷한 다른 소리와 쌍알이 진다고 느끼면서 다시 갯버들 너머의 찬물받이 논두렁을 여겨보았다. 시내에서 금방 넘어온 듯한 오토바이 한 대가 막 장자울집을 지나고 찬물받이 논배미 앞에 이르러 사람이 내리는 것이 보였다. 그와 함께 예초기 소리도 멎었다.

오늘은 워째 안 보인다 했더니…….

옹은 사위가 오는 것이 마뜩찮아서 지레 이맛살을 찌푸렸다.

은산이는 종구를 보자 오토바이를 세우면서 핀잔부터 하였다.

"추위 타서 난 병은 약이 있어두 더위 타서 난 병은 약두 없댜. 일을 해두 쉬엄쉬엄 좀 셔가면서 허라구. 이 미련 곰탱아."

종구도 은산이를 보자 예초기를 끄면서 지청구가 인사였다.
"장마에 운동허러 댕기면 술이 생겨두 가뭄에 운동허러 댕기면 찬물 한 모금 없댜. 운동두 좋지만 하늘두 좀 보면서 댕기라구."

종구는 논두렁 가의 갯버들 그늘에 예초기를 벗어놓았다. 보는 사람마다 손가락질을 하니 적이나하면 뒤통수 부끄러운 줄도 알 만하련만, 남의 말이라면 누가 뭐라거나 생먹으려 들면서 괜히 구두 신고 갈 데 운동화 신고 갈 데 가리지 않고 싸질러다니는 것이 딱해서 시원한 청량음료라도 한 모금 들고 가게 하려는 것이었다.

"뭐 마실라나? 사이다가 워뗘?"
"어차피 땀으로 나올 거니까 이왕이면 깡통맥주루 가져와."

은산이는 종구가 담뱃집으로 마실 것을 사러 가는 동안에 벌써 배동이 오를 참에 이른 논을 한 바퀴 둘러보면서 싱거운 웃음을 웃었다. 모를 내던 날 종구가 하던 말이 생각났던 것이다. 종구가 그때 한 말은 두고두고 생각이 날 뿐만 아니라 또 생각이 날 때마다 새록새록 웃음이 나오는 말이었다. 그 웃음은 종구의 전직이 경찰관이었던 탓인지도 몰랐다.

그날은 장모가 전화로 햇된장이 먹을 만하다는 바람에 된장을 얻으러 왔다가 내려가는 길이었다. 가다가 보니 종구가 혼자 논두렁에 씩씩거리고 앉아서 소주를 마시고 있었다. 논 귀퉁이에는 한창 부리다가 고장이 나서 그러는지 묘상(苗床)을 잔뜩 실은 이앙기가 기우뚱하게 기운 채로 버려져 있는 것이 보였다. 은산이는 이앙기를 몰던 이가 시내로 부품을 사러 나가서 해찰하는 바람에 부아를 삭이지 못해 그러는 줄 알고 지나가는 말로 달랬다.

이봐, 익숙해지면 익숙해진 만큼 더 심이 들구 어려운 게 농산 겨. 모 한두 시간 일찍 심는다구 두 번 추수헐 것두 아니구, 속두 풀어가면서 슬슬 심어, 이 미련 곰탱아.

그러자 종구는 누그러지기는 고사하고 한결 더 씨근거리면서 뒤떠드는 것이었다.

이제는 농사 다 지었다구. 내가 발모가지만 이러구 안 뺐으면 왜 넘의 집 이앙기를 불러다 써? 발모가지는 작신 뺐지, 논은 써려놨지, 아프기는 허지, 하두 죽겠어서 차부에 전화 걸어 택시를 대절해갖구 안암퍅 동네를 뒤지는데, 노는 이앙기는 쌨어두 이앙기를 밀 만한 사람 새끼 하나가 있어야 말이지. 그래 할 수 없이 시내루 나가서 지집년 넘의 살 붙어간 놈마냥 사방팔방으루 연통해서 겨우 한 놈 찾아가지구 터줏전에 빌다시피 해서 오게 했더니 글쎄 이 개새끼가······.

종구는 소주를 한 잔 건네고 나서 뒤를 이었다.

글쎄 이 개새끼가, 첫차루 올라와서 식전부터 일을 허자구 혀가 닳게 다질렀는데두 해가 전봇대 위루 자란 뒤에야 기어올라오더니, 기가 맥혀서······ 모를 서너 줄 꽂는 둥 마는 둥 허는 결에 샛것 나올 때가 안 됐겄나. 여편네가 없는 돈에 있는 정성으루다가 서방두 돈 아까워 못 해먹이는 꽃게찌개에다, 쭈꾸미볶음에다, 가오리회에다가······ 친정애비 생일상 보듯이 차려냈는데두 이 새끼가 쇠줏병을 내노니께 대번에 중 본 전도사 낯짝을 허더라구. 씨아시된 맥주가 아니다 이거지. 허더니 쇠줏병을 냅다 집어 병째루 처먹구 나서 지껄이는 소리가, 나 취해서 오늘 일

못 허겄시다―, 남은 모는 니열 와서 심겄시다―, 아 이 지랄 허구 찌그렝이를 붙더니 지나가는 빈 택시 집어타구 그냥 내빼버리는겨. 야, 은산아, 요새 김일셍이는 뭐 허구 자빠졌다네? 아, 이런 때 잠깐 내려와서 정리 좀 허구 올라가잖구서 뭣 허구 자빠졌는겨?

은산이는 종구의 푸념이 우습기도 하고 우습지 않기도 하여 무슨 말로 다독거려야 할지 몰라 여간 당황스럽지 않았다. 한참 만에야 은산이 말했다.

농사꾼은 허리를 꾸부리기보다 펴기가 더 어려운 줄 알았는데, 네 얘기를 들어보니 울 수두 없구 웃을 수두 없는 게 농사란 걸 알겄다, 알겄다구.

종구는 두번째로 딴 소주병을 마저 비우고 나서 말했다.

갈 데까지 간 건지 올 데까지 온 건지 통 알 수가 없이 된 게 바루 이놈의 농사다. 그것만 알어두 넌 밥 먹을 자격이 있구.

종구는 일꾼을 대접한다는 것이 얼마나 어렵고 까다로운 일인가에 대해서도 푸념이 자못 길었다. 무슨 공장 무슨 공사판에 일을 다닌들 농촌의 들일보다 덜 고된 일이 있으며, 어느 도시 어느 공단에 다닌들 맑은 공기 밝은 햇살 속에서 넉넉한 기분으로 일할 데가 있으며, 어떤 직장 어떤 직종에 종사한들 겨레붙이보다 반갑게, 친구보다 가깝게, 식구들에 못잖게 일바라지를 해줄 수가 있겠는가. 도대체 누구네 공장 누구네 공사판 누구네 사업장이 우리네 농촌의 들바라지처럼 예나 이제나 세 끼의 끼니와 두 때의 새참을 차려내어 하루에 다섯 차례나 들바라지 아닌 들잔치판을 벌여 먹다가 판나는 짓을 하고 있으며, 또 다섯 때의 먹매도 부족하여 종일토록 담배와 술을 흔전만전 대어주고 그것도 갈수록 고급으로 바꾸어 일꾼들의 입만 높여주고 있더란 말인가.

같은 농사꾼끼리도 들바라지에 부실하기로 한번 소문이 난 집은 두고두고 품을 사 쓰기가 어려워서 품앗이 이상으로 신경을 써온 것이 들바라지 아니었던가. 얼마 전까지만 해도 끼니때 차리는 땟것이나 쉴 참에 내는 샛것이나 일꾼들의 먹성에 부족하지 않도록 먹매만 아끼지 않으면 그럭저럭 무던한 집으로 여기기가 예사였다. 그러나 이제는 다 옛말이 되었다. 샛것으로 중국집의 짬뽕이며 간짜장을 시켜줬던 일이나, 새참에 다방으로 커피를 시키면서 시간당 만 원씩에 티켓을 끊어 레지와 노닥거리게 해줬던 일도 옛말이 되었다. 음식도 돼지고기 두부찌개만 들밥에서 사라진 것이 아니었다. 조갯살이나 맛살을 넣어 끓인 아욱국이나 우렁이 된장찌개도 돼지고기가 돼지나물이 되어 사라질 적에 함께 떠나버렸던 것이었다. 그리하여 이제는 여편네가 도다리찌개를 해놓았으면 서방은 상머리에 붙어 앉아서 예전부터 봄 도다리 가을 전어랬다면서 넌덕스럽게 너스레를 떨어야 숟가락을 대었고, 여편네가 굴비 새끼를 쪄놓았으면 서방은 또 광주릿전에 붙어 앉아서 옛날부터 봄 조기 가을 낙지랬노라며 칙살맞게 엉너리를 쳐대야만 마지못해서 젓가락을 가져가는 형편에 이르지 않았던가. 딱하다. 지금도 이럴진대 앞으로는 어쩌자는 것인가. 담배는 말보로가 아니면 안 되고, 술은 위스키나 꼬냑이 아니면 안 되고, 안주는 킬로당 육칠만 원짜리 넙치회나 우럭회가 아니면 안 되고, 찌개는 일본에서 양식한 아까다이찌개가 아니면 안 되고, 국물은 엘에이갈비 육수가 아니면 안 되고…… 일이 끝나면 노래방으로 모시고 가서 묵은 스트레스까지 몽땅 풀어드리지 않으면, 나 오늘 컨디션이 안 좋아서 일 못 하겠시다— 하고 나자빠져서 일을 뻐그리지 않는다는 보장이 없으니, 대체 어느 시러베가 욱하지 않고 견딜 수 있단 말인가.

종구가 숨을 돌리는 틈에 은산이가 끼여들었다.

그렇다구 욱하구 김일성이를 찾으면 어떡한다나. 참는 데까지 참아야지.

종구는 비시시 웃으면서

욱하는 성질두 다 죽었어. 우리가 어렸을 적만 해두 볏 백이면 어딘가. 벼가 백 가마면 애들 학비쯤 걱정두 안 했어. 그런데 요새는 어떤가. 알기 쉽게 벼 백 가마 찧으면 쌀 오십 가마, 가마당 십만 원씩 쳐서 오백만 원…… 품값 약값 비료값 다 놔두구 그 돈이 순이익이라구 해두 오백만 원이면 대천 시내의 다방 레지 넉 달치 월급밖에 더 되나? 아니지. 우리집 고1 고2짜리 두 놈이 학원에 갖다 바치는 열 달치. 그려, 열 달치 과외비여.

그렇더래두 오늘 하루만 욱하구 더는 욱하지 마. 그이두 핵농사 짓느라구 여간 바쁘잖댜.

욱하는 욱이 별건 줄 아남. 농짜가 뒤집어지면 욱짜여.

그야 그렇지만.

허기사 그이두 백성들한테 쌀밥 한 번을 배불리 못 먹여서 이쪽의 나이롱 목사 휴거 팔아먹듯이, 쌀밥과 고깃국을 미끼루 삼은 지가 수십 년인데두 연태 사료 조절표나 비슷한 옥수수 배급표 한 장으루 근근이 자식놈 좌석권까지 예매한 형편일 텐데, 혹시 여기서 찾는 놈이 있다구 한들 여기까지 쳐다보구 자시구 할 틈은 또 어디 있었어. 폭폭하다 못해서 그냥 한번 해본 소리지.
그래두 누가 듣구 찔러봐라. 씨아시된 맥주가 아니라구 일 품매구 가버린 놈을 정리하겠나, 저쪽더러 정리해달라구 떠든 놈을 먼저 정리하겠나. 이 미련 곰탱아.
은산이가 지난 일을 되새기며 히죽거리자 깡통맥주를 사오던 종구는 까닭을 몰라서 어리뜩한 표정으로 다가앉았다.
"발목 뺐던 건 다 나았구먼."
은산이는 깡통을 받아서 목부터 축였다.
"요새는 또 무슨 일루 돌아댕기는 거냐? 아 제금날 때 타갖구 나온 농사치까지 정리해서 시내루 나갔으면 이런 때 실력을 안 뵈주구 언제 뵈준다나?"
종구는 은산이 앞에 맥주 한 통을 더 놓아주며 장난 삼아서 물었다. 내동 지어먹던 논밭을 느닷없이 내놨다는 말에 깜짝 놀라 이유를 물었더니 대답이 자못 걸작이었던 것이다. 지금까지 덩달아서 남의 곁다리로 왔다갔다해온 농민운동에 발벗고 뛰어들어 본격적인 운동가로 다시 태어나기 위해서라는 것이었다. 그렇다면 그럴수록 오히려 농토를 붙들고 있어야 하며, 농사일에도 남들만큼은 힘을 쏟아야 하며, 또 농촌에서 떠나지 않는 것이 무엇보다도 중요한 일이 아니냐고 반론을 펴보기도 하였다. 그러나 은산이는 부득부득 우기면서 땅을 팔고 시내로 들어가서 아파트와 가게를 얻었다.
농민운동에 전념하기 위해서 농토와 농촌을 떠나다니? 물론 올 적 갈 적에 남의 논밭에다 팔매질만 해두 새가 날아가든가 쥐가 달아나든가 할 테니 아닌게 아니라 운동은 운동이겄다마는.

은산이는 나직한 소리로 대답하였다. 첫째로 생산성과 운동성은 동지관계가 아니다. 오히려 맞부딪치는 말이다. 따라서 양립하기가 어렵다. 둘째로 뿌리고 거루고 가꾸고 거두고 하는 생산 현장보다, 연구와 회의와 출장과 투쟁을 하는 운동 현장에 더 많은 시간을 써야 한다. 셋째로 농사 수입으로는 운동자금을 댈 수가 없다. 농민운동을 위해서는 농사보다 다른 사업을 하는 것이 여러모로 낫다. 넷째로 남의 농사를 도와주기 위해서는 내 농사를 희생하지 않을 수가 없다.

네가 그러는 목적이 뭔데?

종구가 한마디로 잘라서 묻자 은산이도 한마디로 잘라서 대답하였다.

우선 두 가지만 얘기헐까. 하나는 이웃과의 공동체적인 생활을 위해서 나를 희생하자는 것. 내가 장인영감더러 도로 포장공사가 싸게 끝나서 이웃사람들이 쾌적한 환경을 누리도록 길가의 산소를 빨리 옮겨 모시라구 이냥 자주 와서 말씀드리는 것두 다 그거 아닌감. 그러구 또하나, 유아르가 국회에서 비준을 못 받게끔 끝까지 투쟁하여 우리 농민들이 외국의 농민들한테서 주체적인 농권(農權)을 되찾게 하는 것.

그래서 너한테 돌아오는 게 뭐냐구?

그야…… 말하자면 국가와 민족과 역사 앞에 부끄럽지 않은 삶을 산다ㅡ, 대충 그런 수준이지 뭐.

그런다구 또 작년 가을 어디선가 모양으루 군수 면담 요구 운동ㅡ, 정부가 할인해서 공급한 농기구 반납 운동ㅡ, 그러구 또 뭐가 있더라…… 맞어, 지역구 국회의원 사무실 앞에 벼 한 푸대씩 내버리기 운동―, 그러구…… 그렇지, 농사 안 짓기 운동―, 야, 너두 그렇게 몽니부리는 게 재미있어서 추썩대구 댕기는 거 아녀? 야, 국제적인 다자간 협상에 군수 나부랭이가 뭐라구 군수를 만나자는 거냐? 연태 군수 하나 믿구 살았었구먼? 정부가 농기계 값 보조해준다구 헐 때는 서루 먼저 못 받아서 발악을 해쌓더니, 뭐? 반납을 혀? 그 쓰다 말은 중고를 누구더러 사 쓰라구 반납을 혀? 아니 도대체 어째 저만 잘나구 저만 똑똑헌겨? 국회의원 사무실 앞에다가 벼를 한 푸대씩 내뻔진다―, 배때기가 불러서가 아니구, 쌀은 민족의 얼이구 넋이구 혼이라 그렇게 거리제 지내듯이 푸닥거리를 해야 동티가 안 난다, 또 농사 안 짓기 운동을 헌다―, 사실 지금까지는 내 목구녕에 넘어가는 것이 있게 하려구 농부 노릇을 한 게 아니다, 실은 국가와 민족과 역사를 위해서 역할 분담 차원에서 농부 노릇을 했던 것뿐인데, 이젠 개방화 국제화 세계화 시대라구 허니 건건이만 다국적으루다 먹을 게 아니라 밥두 다국적 쌀을 섞음섞음 섞어 먹어야 허겄구, 그러자면 뭣 좀 아는 똑똑한 사람들부터 앞장서서 농사를 졸업해야 쓰겄다―, 해서 추썩대구 댕기는 게 아니냐 이거여, 내 말은.

맘대루 생각해. 둥근 틀에 굳혀서 빼놓구두 모라구 하는 것에 두부와 묵이 있는데, 두부모는 뜨거워야 굳구 묵모는 차가워야 굳는 차이가 있더라구. 알겄어? 알기는 뭘 알아, 미련 곰탱이가.

"농민운동가야말루 이런 때 뭔가를 봬줘야 존재가 있는 거 아녀?"

종구는 기어이 깡통맥주 두 통 값을 하고 가게 할 작정으로 은산이를 부추겼다.

"이런 때라니? 새참에 씨아시된 맥주 대신 미적지근한 쇠주를 내왔다구 이앙기 팽개치구 갔을 때, 잠깐 내려와서 그런 놈들 좀 싹 정리해주지 않구서 지가 먼저 정리됐을 때?"

은산이는 종구가 비위를 덧들이지 못하여 지부럭거리는 심보가 마뜩찮아서 맞불을 놓는 셈으로 비웃적거렸다.

종구는 작년 가을의 쌀시장 개방 결사반대 궐기대회장에서 군의원 후보로 나왔다가 떨어지자 내년 유월의 군수선거에 나설 채비로 돌아다니는 김만원(金萬元)이가 단상에서 악을 쓸 때, 말끝마다 옳소 옳소 하고 박수를 치면서 바람잡이 노릇을 하던 은산이의 모습을 떠올렸다.

쌀은 우리 민족의 씨앗이올시다. 쌀밥은 우리 민족과 하나 된 우리 민족의 체질이올시다. 그것을 어떻게 아느냐, 우리 조상들이 언제 건강식을 했나요? 밥 한 사발에 간장 한 가지―, 왜? 간장 하나만 있어두 없어서 못 먹는 게 쌀밥이니까. 이렇게 우리에 조상님덜은 쌀밥 한 사발에 간장 한 가지허구 찬란한 오천 년 역사 동안 식사를 허시면서, 보통 팔 남매, 구 남매씩 나시구, 개중에 잦은가락을 치신 분덜은 열 남매, 열두 남매씩두 너끈히 나셨다는 사실, 이러한 사실이야말루 쌀이 바로 우리 민족에 씨앗이요, 체질이요, 나아가 넋이라는 증거가 아니었느냐, 이거올시다. 이 사람이 이렇게 말했더니 어떤 양반은 이러구 말헙디다. 우리가 언제부터 쌀밥을 먹었다구 쌀밥쌀밥 허느냐, 오천 년 동안 먹구 살면서 팔 남매, 구 남매, 열두 남매씩 자식을 낳게 한 것은 보리

밥이 아니냐, 보리 밀 스슥 수수 같은 잡곡이 아니었냐. 그 양반 애기두 일리는 있다, 이거올시다. 왜? 우리가 쌀밥을 약으루 먹다가 밥으루 먹은 것이 박대통령 때 툉일벼가 나오구부터니까. 그러나 쌀 수입 반대는 조상 대대루 쌀밥만 먹은 사람덜이 해야 헌다— 구 헐 적에는, 이 사람은 그게 아니다 이거올시다. 왜냐, 그거야말루 쌀시장 개방이 반민족적이니까 볏가마에다가 불을 지르는 것두 반민족적이다—, 허는 말과 같은 말이다, 이거올시다. 여러분, 보리 스슥 같은 잡곡두 쌀이 있었기에 있었던 것이올시다. 쌀은 넋이올시다. 넋이 있어야 손두 있구 발두 있구 오장육부가 있듯이, 우리에 넋인 쌀이 있었기에 우리에 손이구 발이구 오장육부인 보리랑 밀이랑 콩이랑 팥이랑두 있었었다, 이거올시다. 농민 여러분, 지가 공부를 했으면 얼마나 했겠습니까마는, 학생 때 읽은 어느 책에 이런 구절이 있었던 것을 기억허구 있습니다. 무슨 구절인가 허면 독서위귀인(讀書爲貴人)이오 불학작농부(不學作農夫)니라— 즉 공부가 있으면 출세를 허구 공부가 없으면 농부밖에 될 것이 없다, 이런 얘기올시다. 농민 여러분, 우리 한번 까놓구 말해봅시다. 우리가 공부를 안 해서, 불학무식헌 무지렝이라서 농사를 짓구 있는 겁니까? 아니지요? 예, 아니올시다. 우리가 농사를 짓는 것은…… 아시다시피 농사 허면 쌀농산데, 우리가 이 쌀농사를 짓는 것은, 쌀농사가 우리나라의 오천 년 국업(國業)이구, 우리 민족의 오천 년 민업(民業)이구, 조상님한테 상속받은 가업이기 때문에 짓고 있는 거다— 이 얘기올시다."

종구가 대꾸할 차례였다.

"농민운동가나 활동가는 정작 이렇게 가물어서 농촌이 난리들일 때 필요한 존재가 아니냐 이거여."

"날 가무는 데 농민운동가나 활동가가 무슨 필요여?"

"무슨 소리랴. 날이 가물으니 운동가는 운동을 허구 활동가는 활동을 해야 진짜 운동가구 진짜 활동가가 아녀? 테레비서 못 봤어? 아, 대통령두 나와서 농부들허구 땡볕에 줄 서가며 물동이를 나르는 판인데, 됩데 농민들을 위해서 일꾼으루 나섰다는 이들은 가물치 콧구녕마냥 죄다 어디 다 붙어 있는지 통 뵈질 않으니, 그래두 괜찮은겨? 이번만두 아녀. 보니까 평소에두 농번기에는 있는지 마는지 소식이 깡통이다가, 가을걷이 다 끝나구 수매밖에 안 남은 한갓진 때나 돼야, 한잔 헌 목소리루다가 시금털털헌 소리나 한마디 읊더라구."

"야, 그럼 우리더러 가물에 물대기 작전 따위에두 나서라 이거여? 그걸 왜 우리가 나서? 우리가 아니래두 나서야 할 사람이 얼만데."

"누구?"

"누구라니, 허 이 사람 봐. 자, 볼래? 우선 농수산부가 있잖여. 그리구 농협이랑 단협에 6만7천3백여 명, 농촌진흥청과 농촌지도소에 1만1천여 명, 농어촌진흥공사에 2천4백여 명, 농수산통계사무소에 2천여 명, 농산물검사소에 1천5백여 명, 농산물유통공사에 9백여 명, 양곡관리특별회계 공무원 9백여 명, 농지개량조합연합회 5백여 명, 이밖에두 수두룩허지만 좌우간 농짜 들어간 직장에서 인건비 판공비 기밀비 체력단련비 따위를 타먹는 인원만두 줄잡아서 10여만 명이랴. 10여만 명이면 어떻게 되는지 알기나 혀? 농업 인구가 1천2백만 명일 때 짜놓은 인원을 농가 인구가 그 반두 안 되게 줄어버린 지금까지 그대루 뒤놔서, 이제는 농가 인구 55명에 하나꼴루다가 있는 판이라 이거여. 그런데 왜 우리가 나선댜. 이날 입때껏 그 사람들한테 노다지 욕먹구 황먹구 물먹구 애먹구 헌 우리가 왜 움직이느냐 이거여. 이 미련 곰탱아."

종구는 응수할 말이 마땅치가 않아서 논배미만 멍하고 바라다보았다.

"덕분에 먹구 쉬구 했으니 이만 슬슬 일어나야겠구먼. 가서 장인영감인지 누군지 만나서 피차간에 싫은 소리만 허구 듣구 허다가 보면 오늘두 땀깨나 흘리겠지만……."

은산이는 만지작거려서 쭈그려놓았던 빈 맥주깡통 세 개를 둔치의 갯버들께로 던지고 일어났다.

"그 어르신네가 워낙에 대추나무 방맹이셔서……."

종구도 뒤따라 일어나면서 다른 생각 없이 허텅지거리를 하였다. 그렇지만 은산이는 예사로 들은 것이 아니었다. 그는 처가에다 대고 턱짓까지 하면서 수다를 떨었다.

"야, 대추나무 방맹이만 같아두 괜찮겠다. 말 말어. 그 노인네는 나무루 치면 으름나무여 으름나무. 왜 처갓집 마당에 휘우듬하게 반나마 누워서 자란 느릅나무가 있구, 그 느릅나무 옆댕이에 으름나무가 안 있담. 그 노인네가 꼭 그 으름나무 같더라구."

"왜, 으름나무가 어디가 어때서 그려?"

"어떻기는, 묵으면 나무 같아서 그렇지 그건 나무두 아니구 풀두 아니구 나무랑 풀 사이에서 어중간허게 걸치구 양쪽 눈치나 보구 사는 덩굴이라구. 다른 나무를 타구 올라가서 그 타구 올라간 나무 덕에 키가 자라는 덩굴 말여."

종구가 포도나무덩굴 등나무덩굴 다래나무덩굴 머루나무덩굴 겨우살이덩굴 담쟁이덩굴 댕댕이덩굴 청미래덩굴 칡덩굴 따위 아는 덩굴붙이들을 되는 대로 떠올리면서 고개를 갸웃거리고 있는 사이에 은산이는

"그러면 못쓴다구. 고목나무를 감구 올라가면 고목나무 대접을 받구, 풀잎을 잡구 뻗어가면 풀덤불 취급을 받구…… 으름이라구 열리지만 그게 어디 과일이여? 우리 또래나 입에다 대두 되는 건 줄 알지, 요새 애들은 이건 또 뭐여 허구 쳐다두 안 보는 게 으름이라구."

"그래두 운동가 노릇을 하려면 먼저 노인네들 비위부터 맞춰 드릴 줄 알아야 되여. 농촌에 노인네들밖에 더 있남. 노인네들 동의 없이 뭔 일을 헐꺼."

내 상관 말구 너나 그러구 살어. 내가 허는 운동이 뭔지 짐작이나 허구서 허는 소리냐. 신분 상승을 위한 투자여 임마. 노인네들 비위부터 맞추라구? 너나 그려. 이열치열 삼어서 두렁풀이나 깎어가며 너나 그러구 살으라구. 이 미련 곰탱아.

"아번님, 저 왔슈."

은산이는 매화나무 옆에 오토바이를 세우고 느릅나무 그늘로 들어갔다.

"뜨건디 웬일루 왔다나?"

옹은 사위를 먹다 남은 된장 뚝배기 보듯 하면서 빈말로 맞았다.

"어떻게 계신가 허구유."

"장 이냥 이러구 있어."

"어먼님두 여전허시지유?"

"장 그냥 그렇지 뭐. 요새는 워뗘?"

"그냥 그류."

"된다는겨 안 된다는겨?"

"그러니께 노래방 빨래방 머리방 여관방 소주방같이 방짜 들은 사업체 중에서는 지가 허는 잔치방이 기중 션찮은개빌레유. 그러구저러구 아번님이랑 어먼님두 시내에 나오시면 한번 댕겨가셔유."

"나, 애초버터 국수는 들 즐겨 허느니."

옹은 딸네가 잔치국수나 장터국수나 하는 국수집의 지점을 해서 사는 것이 자지레하고 시뻐서 퉁명을 부렸다.

"그러신 줄이야 저희두 다 아는 배지유. 그런데 시내에 나오셨다가 식당에 가셔서 써비쓰루 숭님이랑 누룬밥이 나오더래두 잡숫덜 마셔유. 중국서 수입헌 누룽개라 깨끔치두 않구, 방부제를 얼마나 쳐서 눌린 건지도 모르구…… 또 개장국두 그류. 여기 어선들이 바다에 나가 십구 인치짜리 흑백 테레비 한 대당 시 마리씩 바꿔오는 중국개라 개가 개맛두 아니구, 그새 열 마리 이상 먹어봤지만 효과두 통 모르겠구……"

"그런 걱정은 한 번이나 사주구 난 다음버터 해두 베랑 안 늦을껴."

은산이는 장인이 꽁하고 있었던 것 같아서 속이 뜨끔하였다. 그래서 얼른 말머리를 바꾸었다.

"참, 아버님께다 뭣 좀 여쭤볼 게 있슈."

"뭐간 그려. 해보라구."

"거시기, 올에는 매미허구 잠자리가 유난히 이른 것 같거던유."

"그런디?"

"그러닝께 그것이 무슨 이윤지……"

"왜? 이북에서 짐일셍이가 죽으닝께 제비 한 마리가 교실루 날아와 십 분 동안 울구, 그 사람 화상 앞에서 오 분간 기도를 했다— 허구 장난허는 소리를 듣구서 그러남? 그 사람덜이 장난허는 소리가 그뿐인감. 짐일셍이 동상 앞에서 기러기 시 마리가 목 놓아 울더니 동상을 시 바쿠 돌구 날어가구…… 참새떼가 동상 앞에 뫼서 눈물을 하염없이 흘리다가 날어가구…… 죽던 날 새벽에 백두산 천지가 몸부림을 치닝께 하늘에서 눈물 같은 장대비가 쏟어지구…… 폭이 오십 미터쯤 되는 잠자리가 새벽 다섯 시버터 시 시간 동안 그 사람 동상 앞을 안 떠나구……"

"시내 사람덜두 올에 매미랑 잠자리가 이른 게 이상허다는규."

"그래서, 그 이유가 궁금해서 물어보러 왔다?"

"하두 이상해서유."

"일러주랴?"

"예."

"올에 매미랑 잠자리가 이른 것은, 올에 더위가 일러서 그러는 겨. 알겠남? 알었으면 내려가보게."

옹은 부아가 치밀어서 부채를 홰홰 부쳐대었다.

은산이는 무안을 느꼈지만 그렇다고 그대로 물러날 수는 없었다. 말머리를 어떻게 꺼내야 좋을지 몰라 엉거주춤하고 있는데

장인이 먼저 속을 들여다본 모양이었다.

"자네가 그러구 있는 게 또 나버러 양보허라구 조르러 온 눈치 같은디, 오늘두 그 짐만원인가 짐천원인가가 가보라구 밀어싸서 왔남?"

"김만원씨는 일 좀 해보려구 시방 한참 군수슨거 채비에 바쁘구, 김천원씨는 호텔급 여관 또와장을 허는 김만원씨의 아우라닝께유."

"아우구 성이구 간에 그 사람이 군수슨거에 나오는 것허구 나허구는 전전 무관헌 일이네. 지가 뭔간 아무 달 아무 날까장 이 행길을 포장허게 허마구 희떠운 소릴 흘리구 댕기는겨 댕기기를."

"공천은 따야겄구 경쟁자는 많구 허니께 급헌 마음으루다가 그랬겄지유."

"그건 워디까장이나 긔네 사정여. 그 새마을운동이 한참일 적에 내가 땅을 얼마나 뺏겼는지는 한동네서 살었던 자네가 더 잘 알겨. 마을 안길 넓힌다구 한 구텡이 비여갔지, 공동 축사 맹근다구 한 모서리 도려갔지, 마을회관 앞마당 닦으면서 멀쩡한 밭 오려갔지, 고샅길 포장헐 때 자가웃씩이나 먹어들었지⋯⋯ 마을 꽃동산 가꾸기 헐 때 그랬지, 사에치 표석이라나 지랄이라나 해 박으면서 그랬지, 올림픽 때 호돌이상인지 얼룩괭이상인지 세울 때 세멘 공구리 비벼서 논 한 배미 절딴내놨지⋯⋯ 그때는 심으루 누르던 무단시대라 찍소리두 못 허구 당해버렸지만 이제는 어림두 없느니, 암."

"그래두 이웃과의 공동체적인 생활을 위해서는 희생두 더러

허셔야지유."

"나허구 공동체적인 생활을 허려구 희생헌 늠두 있다남? 그게 누구여? 누군지 당장 이리 데려와보랴."

"군(郡)에서 문화사업으루 국사봉 골짝에다 쾌적한 휴식공간을 마련헌다구 헐 적에 맨 먼저 자기네 산자락 오백여 평을 깎어서 주차장으루 내놓겄다구 나슨 이가 바루 김만원씨 아녔남유."

은산이도 장인과 맞대매를 할 작정으로 불퉁거렸다.

"들으니 자네가 농민운동을 허구 댕긴다던디, 맞는겨? 맞으면 요새 자네 허는 일이 뭣인지 물어봄세. 첫째는 사전 슨거운동이구, 그 다음은?"

"농민운동이 별게간유. 사람 키우는 일이지유."

"자네가 짐만원인지 짐천원인지랑 댕기면서 허는 일이 그거다 그거여?"

"김천원씨는 역전 앞에서 또와장 허는 김만원씨 아우라닝께유."

"이름을 돈으루 부르는 상사람덜인디 성이면 워떻구 아우면 워떤겨. 하여간 자네가 그 사람덜이랑 댕기면서 내 고장 담배 사 피우기 운동을 허더라는 게 사실인겨?"

"담배에 붙은 세금은 지방세거던유. 우리 군에서 팔린 담뱃세는 몽땅 우리 군 재정으루다 들어오닝께 담배만이래두 우리 군 관내에서 사자, 김만원씨가 그런 스티카를 다소 찍었다길래 하냥 붙이구 댕겼더니 그런 말이 났었구먼 그류."

"그러면 그 사람이랑 예식장으루 음식점으루 댕기면서 금연 구역을 왜 안 두느냐구 따지더라는 것두 사실인겨?"

"담배연기 안 마실 권리랑 쾌적한 휴식공간을 누릴 권리랑두 소중허잖유. 여북허면 정부에서두 권고헐라구유."

"자네 툭하면 쾌적쾌적 해쌓는디, 그 쾌적이라는 게 마음이 유쾌헌 상태를 이르는 말이라는 거 알구 있지?"

"그러먼유."

옹은 부채질을 멈추고 사위에게 일렀다.

"그 사람은 담배판매증가운동허구 금연구역증가운동을 함께 헐 권리가 있나 보구, 나는 내 땅을 더이상 안 뺏겨서 내 가슴속에다가 쾌적헌 휴식공간을 마련헐 권리가 있나 보이. 그럼 구만 내려가보라구."

옹은 은산이가 오토바이를 몰고 장자울집 앞을 지나 시내로 넘어갈 때까지 여전히 느릅나무 그늘에 앉아서 부채질을 하고 있었다.

장곡리 고욤나무

퉤. 재미없어서 죽었다는 말이 무슨 뜻인지도 모르고 재미없어하는
병신 같은 놈들. 봉출씨는 톱자루를 쥔 손에 침을 뱉었다.
그리고 고욤나무 밑동을 베기 시작했다.

시내에서 시간시간에 다니는 장곡리 방면의 시내버스는 거기서 거기마다 가다 서고 가다 서고 하면서도, 버스 터미널을 떠난 지 한 십오 분 가량이면 대개 불뭇골 등성이를 시늉만 남기고 들어앉은 나산종합병원 앞에 이르게 마련이었다.
 한창 용을 쓰던 버스가 뒷심 없이 서면서 그 복잡하던 차 안이 이내 허부렁해지는 것이 보나마나 나산종합병원 앞이었다. 토요일 오후에 뜨는 차는 번번이 승객의 태반을 게다가 풀어놓았기 때문이었다. 입원한 환자를 문병하기에는 다들 토요일 오후가 제일인 모양이었다.
 뒷전에서 하염없이 넋을 놓고 앉아 가던 이봉출(李鳳出)씨는 차 안이 넓어지자 저도 모르게 얼른 담뱃갑을 찾았으나 운전석이 바로 저 앞이고 보니 그대로 참는 수밖에 없었다. 운전석 앞에 써놓은 금연이란 글자는 언제 보아도 그렇게 너무 굵지 않은가 싶은 느낌이었다.

봉출씨가 입이 멋멋해서 안 넘어가는 마른침을 힘주어 넘기고 있을 때였다.

"이런 구석배기에두 종합병원이 다 있구, 제법 살 만허겄네 그려."

터미널에서부터 약삭빠른 중고등학생들 탓에 좌석을 놓치고 서서 가던 넥타이 차림의 반백짜리 하나가 차창을 내다보며 군소리를 하였다.

"살 만허지, 사램을 잡어두 제법 종합적으루다 잡으닝께."

그 옆에 붙어 가던 황토색 얼굴이 덕석처럼 뒤퉁스런 오리털 잠바에서 목을 꺼내며 시척지근한 대꾸를 하였다.

버스가 등성이를 넘어 엔진 소리가 숙어들 만하자

"그럼 장곡리 이기출(李麒出)씨는 집이서 돌어가셨으니 종합적으루다 죽든 않었겄구면 그려"

하고 반백짜리가 한참 만에 동을 다니

"집이서 돌어가셨어두 그러큼 자살했으면 역시 종합적으루다 죽은 거지 뭐라나."

황토색도 그렇게 말품앗이를 하였다. 그리고 그 말이 난 것을 계제로 하여 이 사람 저 사람이 말추렴을 드는 바람에 졸며 가던 사람도 정신이 나게끔 차 안이 금방 와자해졌는데, 그중에서도 바지를 너무 째게 입어서 아랫도리가 물퉁보리처럼 덤턱스럽게 생긴 사십 줄의 여편네가

"참 그이는 엊그제까장두 멀쩡허던 이가 워째 느닷윲이 시상

을 그냥 싸게 놔번졌대유?"

 공산짝에 솔껍데기 비어지듯이 삐쭉하고 불그러지면서 누구보다도 자주 나부대는 것이었다.

 "멀쩡은 해두 원판 뙤똥허게 살던 노인네였쥬."

 서서 가는 사람 중에 이마는 이마대로 주먹 하나가 튀어나오고, 뒤통수는 뒤통수대로 주먹 하나는 더 붙은 남북대가리가 그렇게 받아주었다.

 "깻묵 같은 소리 되게 허구 있네. 세상이 재밋성이 읎단 말을 장 입에다 달구 살던 인디 그게 뙤똥허게 산 게라나? 하나 보태기 하나는 둘, 둘 곱허기 둘은 닛, 해가며 읎는 건건이루 있는 밥 축내는 새에 막운이 닥친 거지."

 봉출씨 앞자리에서 오갈든 어깨에 비듬을 허옇게 얹고 가던 사내가 잔뜩 수리목 지른 목소리로 퉁바리를 주었다.

 "슬 쇠구 보름 쇠구 나면 도의원 나온 이가 내구, 군의원 나온 이가 내구 해서, 오늘 못 죽으면 니열 죽을 각오루다 한 손으루 고기 뒤집어가며 맥주가 싱거네 양주가 싱거네 허게 될 텐디 왜 재밋성이 읎으까나. 허기사 진드근히 살다가두 한번 퉁퉁증이 도지면 품자리에 든 노리개첩 둥글개첩두 후살이 온 흔지집만밖에 않다던디, 뎁세 막운마저 닿구 보면 취미가 열두 가지 취민들 무슨 재밋성이 있을껴."

 "아따 아줌니는, 그렇잖어두 햇덧 읎는 동지슨달에 먹은 그릇 설그지허기두 빠듯헐 텐디 워느새 지자제까장 연구를 다 허셨댜."

 남북대가리가 탄하는 것도 아니고 탓하는 것도 아닌 말로 지

질러두려고 하였으나

"설그지허다 보면 짐칫그릇두 만지구 짠짓그릇두 만지는 거지 지자제가 뭐 별스런 거래유, 보나마나 둔 있는 늠덜 둔지랄 허기만 십상이겄데유."

그 여편네도 수그러들 기미가 없었다.

"쓰기는 부족해두 살기는 넉넉헌 사람이 사는 게 재미읎다구 무단히 자긔 손으루 영결종천헐 적에는 여북했을라구유. 다 그만침 말 못 헐 폭폭헌 속이 있었겄지유."

수리목이 거듭 말참견을 하였다.

"쓰다 냉긴 넝약두 수두룩헐 텐디 해필이면 목을 그랬으까나."

"약을 먹으면 대번에 종합병원으루다가 실어갈 텡께 곧 죽어두 객사는 마다헌 거지유."

황토색이 훈을 달고 나서 문득 차 안이 잠잠해졌다. 차가 산수리를 에워돌다가 길갓집 앞에서 멈춘 것이었다. 산수리 토박이로 봉출씨의 국민학교 동창인 오종복이와 김순몽이가 차에 올랐다. 둘 다 오리털 잠바에 자라목을 한 것이 역시 장곡리로 문상을 가는 행색이었다. 봉출씨는 그들하고 눈인사를 나눈 다음 길에서 다랑논 서너 배미 건너에 있는 사촌아우 용출이네 집을 건너다보았다. 용출이는 동네 이장일을 본다고 집에 붙어 있는 날이 드물기도 했지만, 빨랫줄이 비어 있는 것을 보면 계수뿐 아니라 아이들도 죄다 장곡리에 일을 추러 가 있는 모양이었다.

차가 움직이자 아까 그 여편네가 다시 너스레를 떨었다. 그 여편네는 오종복이와 김순몽이하고도 안면이 있는지

"아저씨덜두 저 너머 초상집에 가시는개비네유."

하고 어렴성 없이 부닐면서 묻는 것이었다.
"나는 소 팔러 가는디 개 따러나서듯이 그냥 따러나서 봤슈."
입이 건 김순몽이가 고뿔기 있는 걸걸한 목소리로 시답잖은 대꾸를 하는 사이 이쪽으로 주춤주춤 다가오던 오종복이는
"자네 사춘성님이 올에 멫이시더라?"
봉출씨에게 망인의 수를 묻고 있었다.
"기미생이니께 시방 일흔둘이시지 아마."
"일흔둘이면 다 산 나이두 아니구 들 산 나이두 아닌디……."
그 여편네가 또 끼여들었다.
"암만유. 아 저 삼 김씨를 보슈. 하나는 십사금이구 하나는 십팔금이구 하나는 이십사금인디두, 나는 이 허연 머리를 이냥 자연보호쪼루다 내번져두는디 긔덜은 워디 그렇담유. 테레비에 비칠 거 계산해갖구 머리 염색헐 거 염색허구, 넥구다이 골러 맬 거 골러 매구, 미안수에 구리무에 찍어바를 거 죄 찍어바르구, 그저 워칙허면 일 주일이래두 더 들 먹어 뵐가 허구 용쓰는 거 보슈. 한번 앉었다가는 김일셍이버덤두 더 질기잖겄던가."
김순몽이가 넌덕을 부렸다.
"아 그러게 우덜이 장 말허잖었어, 삼 김은 합금이구 자네가 순금이라구."
오종복이처럼 뚱한 사람이 다 나서는 데에 힘입어
"합금덜두 한번 나오구버텀은 서루 먼저 안 들어갈라구 저냥 질게 매달려서 뻗대가며 쓴맛 단맛 다 보구 있는디 순금이 가만 있어서 쓰겄남, 이번에는 자네가 한번 뿐때 있게 나와보지 그려."
봉출씨도 그러고 옆들이를 하였다. 사촌 아니라 삼촌이라도 이

왕 죽은 사람은 죽은 사람이고, 마냥 심란하게 앉아만 있는 것도 하다 못할 노릇이기 때문이었다.
"우덜 같은 지게공학과 출신은 허리가 두 토막이 나게 뛰어봤자 잘되어 새마을 지도자루 쩍허는겨."
오종복이의 말이 떨어지기도 전에 그 여편네가 나대었다.
"저냥 한번 나온 뒤루 안 들어가구 질게 매달려서 뻗대며 쓴맛 단맛 다 보는 노인네덜두 있는디, 그 냥반은 베랑 멀지두 않은 저승질을 뭣 허러 그냥 서둘렀으까나."
그 여편네의 말을 받아 김순몽이가 아퀴를 지어 말했다.
"아줌니, 한번 나오구버텀 안 들어가구 질게 매달려서 뻗대는 건 개 가운뎃다리구유, 쓴맛 단맛 다 보구 가는 늠은 커피잔에 빠진 퍼리새끼래유."
터미널에서부터 좌석을 안 내놓으려고 내동 딴전 보며 가던 중고등학생들마저도 그 말에는 할 수 없이 히쭉거렸으나, 차가 돌모루를 돌아서면서 장곡리가 먼발치로 내다보이자 사람들은 누기 시키기라두 한 것처럼 다들 입을 다물면서 웃음기를 거두는 것이었다.
기출이 형님이 손수 목을 매다니, 그것도 적지아니 일흔둘이나 된 나이에 새삼스럽게 사는 것이 재미가 없다고 스스로 세상을 놓다니, 봉출씨는 생각이 그에 미칠 때마다 다만 어처구니없고 기가 막힐 뿐이었다.
기출씨네 이웃에 사는 조춘만이가 아침에 전화로 부음을 전할 때만 해도 봉출씨는 당최 믿어지지가 않아서 조춘만이가 해장술에 실성하여 말 같잖은 소리로 장난을 하는 줄만 알았다.

"얼라, 아 그저께 밤에두 당신허구 하냥 젊은것덜 노는 디 가서 백구야 허구 자셨다던 분이 그게 워쩐 일이랴, 교통사고가 났다남유?"

믿어지지 않기는 마누라도 마찬가지였을 것이다. 기출씨를 대접하다가 주머니를 톡 털고 들어온 줄 알고 찌그렁이 붙는 바람에 새로 한시가 넘도록 웬수니 악수니 하고 대판거리를 벌인 터였으니까.

"당신이 택시 잡어드리구 운전사헌티 차비까장 미리 줘 보냈더라메유."

마누라는 불의의 횡액이 아닌 다음에야 그렇게 허무할 리가 없다는 거였다. 봉출씨도 그랬으면 싶었다. 그러나 조춘만이의 말을 들으면 그것이 아니었다. 형수가 시내에서 보일러 대리점을 하는 작은아들네 집에 다니러 가서 묵어 오는 틈에 뒤꼍의 고욤나무에다가 송아지 목사리를 걸어 일을 냈다는 것이었다.

이럴 줄 알았으면 그러지나 말 것을. 봉출씨는 그저께 자기가 했던 말이 되살아날수록 후회막급일 뿐이었다.

봉출씨가 기출씨를 만난 것은 그저께 다 저녁때 시내의 목욕탕 안에서였다. 봉출씨는 그날 풍년농약사에 묵은 외상값을 지우러 나왔다가 농약사 주인이 가서 구경이나 하다 가라고 자꾸 따리붙는 통에 할 수 없이 동남여관까지 따라가서 구둣방 신재일이, 안경점 하는 최충성이, 바르게살기운동협의회 지부장 강준원이 따위와 어울렸다가 외상값은 외상값대로 고스란히 뉘어놓은 채 두손 탁 털었고, 자기보다 먼저 떨어져서 물러앉아 양수거지 하고 있던 사거리서점 주인 양문재를 부추겨서 기분전환차로 그

목욕탕을 찾았던 것이다.
 기출씨는 한여름의 등멱 외에는 생전 목욕이 무엇인지도 모르던 터였으니만큼 그렇게 느닷없이 목욕탕에 발걸음을 한 것부터가 무엇이 씌어댄 짓이었는지도 모를 일이었다.
 "업세, 성님은 때가 아까워서 워치기 이런 디를 다 오셨댜."
 하도 이상해서 그런 시답잖은 농을 다 건넸을 정도로 기출씨는 본래 돈이라면 단돈 백 원 한 장에도 부르르하던 구두쇠였다.
 "모처럼 이발을 했더니 똑 장화 신고 오바 입은 것 같아서 싸우나나 허구 가까 해서 왔지."
 그러고 보니 머리도 시내 이발소에서 손을 본 머리였다.
 "면도사는 웬만허담유?"
 봉출씨는 내친 김에 한 번 더 떠보았다.
 "생긴 게 똑 현철이 노래 같은디, 그냥 나왔더니 애번에 눈깔을 흰죽사발 허구 자빠졌데."
 그러나 봉출씨가 정작 놀란 것은 그 다음이었다. 만지면 톡하고 터질 것만 같은 그대 봉선화라 부르으으리, 하고 현철이 노래를 입 속으로 흥얼거리고 있는데
 "이늠 한번 펴볼텨?"
 기출씨가 탕 속에 들어갈 생각은 않고 탈의장 걸상에 주저앉으면서 담배를 권하는데 말보로 담배였던 것이다. 봉출씨는 사람이 않던 짓을 하기 시작하면 으레 얼마 못 가던데 하면서 기출씨의 얼굴을 여겨보다가, 사위스럽게 이건 또 무슨 방정맞은 생각이냐 하고 얼른 눈을 돌렸지만, 속심에 껄쩍지근하던 구석만은 비누질을 두 번 세 번 하고 나온 뒤에도 영 개운하지가 않았다.

기분을 홀가분하게 덜려고 왔다가 오히려 더쳐놓은 느낌이기도 하였다. 그래서 봉출씨는 목욕탕을 나서면서 술을 사마고 하였다. 지닌 것은 없어도 한동네 정진석이 큰아들 범모가 논 열 마지기를 팔아다가 낸 애마부인이란 카페가 거기서 얼마 안 되는 차부 근처에 있었고, 범모도 아직은 누르면 들어가는 숫보기라 달라면 달라는 대로 외상을 주고 있었기 때문이었다.

"나 접때버터 술 끊었는디."

기출씨는 그러면서 걸음을 주춤하였다.

"성님이 술을 끊으셔? 아싸리 말해서 성님은 술을 끊는 것버텀 숨을 끊는 게 더 빠를규."

봉출씨는 농담으로 듣고 우스갯소리로 응수를 했을 뿐이었다. 그런데 기출씨는 단박에 귀가 번쩍 뜨이는 기색을 하면서

"그럼 그러세나 그려."

어느새 물렁팥죽이 돼가지고 도리어 앞장을 서는 것이었다. 봉출씨는 그제서야 농담도 해서 좋은 말이 있고 그렇지 않은 말이 있다는 것을 깨달았으나 비록 열 번을 뉘우치더라도 이미 돌이키기는 틀린 일이었다. 술집에 다 와서 양문재가 울긋불긋한 불 간판을 가리키며, 이 집은 지정곡을 틀면 그 노래에 알맞은 영상이 펼쳐지고 그 영상 위로 가사가 자막으로 나오므로, 일절밖에 모르는 노래도 삼절까지 부를 수 있는 비디오케집이라고 말하자

"내가 〈동백 아가씨〉를 모르나 〈신사동 그 사람〉을 모르나, 인생 칠십을 거짐 뽕짝쪼루다 살았는디 이제 와서 좋구 안 좋구가 워디 있다나."

기출씨는 전에 없이 희떠운 소리까지 서슴지 않는 것이었다.

시간이 이른 탓인지 꾸며놓은 칸막이마다 텅텅 비어 있는 것이 꼭 나간 집 같은 공기였다. 일행이 자리를 잡자 지금 한창 학교에 다니고 있어도 좋고, 공장에 다니고 있어도 좋고, 농사를 짓고 있어도 좋아 보일 젊은것 서넛이 검정 양복에 나비 넥타이 차림으로 혹은 행주를 들고 오고, 혹은 재떨이를 들고 오고, 혹은 보리차를 날라 오고 하면서 연방 갈마들이로 부지런을 떨고 있었다. 기출씨는 그들이 왔다 가는 족족 눈을 곱지 않게 뜨곤 하더니

"저것덜이 여기 구만두면 공장에 가서 장갑 찌는 일을 허겄나 집구석에 들어가 허리 꺾는 일을 허겄나, 넘덜 허구댕기며 노는 것만 봐서 눈깔은 높구 주둥이는 짧구, 된다구 돼봤자 제비족이면 찍헐 테니 보통 것은 떼강도루 크거나 인신매매루 풀릴 수밲이 더 있겄나."

"여구 야구 간에 정치헌다구 아갈거리는 것덜버터 넘의 둔 뜯어 나가 놀 궁리만 허구 자빠졌는디, 성님이 걱정허신다구 희망이 있겄슈."

"넘의 새끼덜 저러구 츤허게 사는 꼬락서닐 보면 똑 내 새끼덜 보는 것 같아서 그러는겨."

이야기를 둘러방치는 것이 기출씨는 이번에도 맏아들 효근이로부터 시작해서 덕근이 선근이서껀 아들 삼형제를 술안주로 삼아 묵새길 기미였다. 봉출씨는 양문재가 들으면 그것도 적지아니 우세스러운 일이기에 얼른 화제를 바꾸었다.

"우리찌리만 이럴 게 아니라 다방에 즌화해서 언년이래두 하나 부를까유?"

"불러본들 촌냄새 난다구 붙어 있을라구나 헐껴."

"그것덜이 원제는 사람 냄새루 왔간유, 둔 냄새루 왔지. 그래두 워디 가나 티켓제라 시간 하나는 영락읎이 지키더라구유."

"아직두 시간당 만 원씩인감?"

"그렇지유, 딴건 다 올러두 사람값은 장 주는 값이 깎은 값이닝께유."

"그래두 데리구 나가서 여자는 배 남자는 항구 헐라면 그렇지두 않을걸."

"그렇지두 않유, 외박값 이만 원은 별도지만 차 읎이 걸어댕기는 것덜은 오공 때부터 여자 구두 한 커리 값으루 굳었다는규."

"부르면 차버터 마시구 술을 먹게 되잖여."

"순서가 그전허구 뒤바뀐 게 세상 질선디 워칙헌대유. 그게 바루 새질서 새생활인개비다 허구서 그냥 따르야지유."

"굿수 한 커리 값이면 요새 인건비치구는 헐헌 폭인디."

"왜유, 아가씨덜두 놀구 가는 건디. 놀구 가는 요금치구는 비싼 심이쥬."

"그런가베, 월급은 월급대루 받을 테닝께 말여."

"그럼유, 우덜이 일 년내 낮과 밤을 등에 짊어지구서 논 스 마지기 뒤져봤자 걔네덜 한 달 월급두 안 되거던유."

"어여 집어쳐야 헐 텐디…… 그런디 논이구 밭이구 당최 작자가 나스야 말이지. 인저는 중간에 거간을 늫구 물어오는 늠조차 씨가 말렀으니."

기출씨는 이야기가 농토에 미치자 이내 풀이 꺾여 시르죽으면서 목소리마저 잦아드는 것이었다. 다방에서 출장나온 아가씨가 옆에 앉아 늙은이 골병 들기 좋을 이야기만 늘어놓고 시시덕거리는데도 찬밥 두고 잠 안 오는 사람처럼 생각은 딴 데 가 있는 것이 역연하였다. 그럴 법한 일이었다. 아무리 마실 것이고 집을 것이 흔전한 자리라 해도 구미가 썩 당기지 않기는 봉출씨 역시 일반이었으니까. 아마 촌에서 농사치만 쳐다보고 사는 사람은 누구를 막론하고 비슷한 처지일 터이었다. 게다가 기출씨는 나가서 사는 자식들이 뻔질나게 드나들며 오장을 뒤집은 지가 오래였다. 한번은 봉출씨가 직접 옆에서 구경을 한 적도 있었다. 구경만으로 그친 것도 아니었다. 나중에는 숫제 가로맡고 나서서 기출씨의 역성을 들기까지 하였다. 얼마 되지도 않은 양력 정월 초이렛날의 일이었다.

그날은 기출씨의 생일이기도 하였다. 아침이나 먹자는 전화가 있었기에 새벽 댓바람에 올라갔더니 아들에 며느리에 딸이며 사위들이며 있는 대로들 내려와서 욱닥거리는 판이었다. 또 용출이 인출이 해서 기출씨의 동기간들도 모두 모여 있어서 누가 보더라도 일견 훗훗하고 화목한 집안으로 비치기에 부족함이 없었다. 그러나 공기는 그렇지가 않았다. 잠깐 앉아 있어보니 자식들 사이에서 위아래도 없이 드티는 소리가 간간이 들리는가 하면, 부엌에 있는 딸들이 서로 비비적거리는 소리도 엿들을 수 있었다. 이윽고 상이 들어오자 기출씨는 그러잖아도 차린 것이 없어 시서늘한 터에 거냉도 하지 않은 청주를 종발에 하나 가득 따라 건네면서

"말은 부자 삼대 읎구 빈자 삼대 읎다더면서두, 이 모냥다리루 다 근근이 사는 건 우리만 사대짼개빌레."

자못 비감 어린 어조로 군소리를 곁들이는 것이었다.
"성님이사 워디가 워떠시간 그류, 아녈 말루 우루과이라운드라구 해두 좋구 새 신미앵요라구 해두 좋구, 좌우간 핑계 하나 딱 부러지는 짐에 그 지긋지긋헌 늠의 지게공학과 좀 졸업해번지구 남은 여생일랑 여벌처럼 사시면 구만이신디."
봉출씨는 그것도 덕담이라고 애써 비라리를 쳤으나
"장근 오십 년 동안 해와 달을 묶어놓다시피 허구 물갈이 마른 갈이 헐 것 읎이 엎어져 살어서, 농사두 배우구 가르치는 것이라면 나야말루 수십 년 농학박산디, 그런디 이제 와서 이게 뭐여. 삔 다리 어긋나기루 논이구 밭이구 정내미가 십리 밖으루 달아나서 공매 부른 지가 원젠디 도무지 거래가 있어야 말이지."
똑똑한 사람들이 부동산 투기를 막는다고 머리를 싸매고 만들었다는 법으로 인하여, 도시의 땅값은 가만히 내버려두어도 자고 나면 값이 오르게 되고, 농촌의 땅값은 죽어라 하고 가꿔도 자고 나면 값이 내리게끔 되어버렸으니, 그것은 그 법이란 것이 일자무식도 다 아는 방법을 그대로 채용하여 우선 도시자금의 농촌 유입을 막는 데에 큰 공을 세웠고, 그리하여 빚진 사람은 한 마지기만 팔면 될 것도 두 마지기 서 마지기씩 팔도록 농지값부터 뚝 떨어뜨려놓았을 뿐 아니라, 아예 농지 거래 자체를 포기케 하여 농촌 경제를 생매장함으로써, 결국 죽는 사람만 죽어라 죽어라 한다는 비명이 저절로 나오기에 이른 것이었다.
"이 생각 저 생각 하면 부애만 나구, 농약 마시는 심치구 술밲이 만만헌 게 없다닝께"
하면서 기출씨는 애마부인에서도 할 수 있는 일은 자학밖에 없다는 투로 잔이 나기 무섭게 맥주를 부어대는 것이었다.

"너는 옷가지나 화장품 같은 걸 살 적에 즘방에 가서 사네 월부장사헌티서 사네?"

기출씨는 별로 묵중한 편도 아니었지만 날계란 못 먹는다고 없는 찐 계란을 찾는 좀생원도 아니었는데, 그래도 그답지 않게 잠시나마 다방 아가씨에게 눈을 돌린 것은 순전히 술기운 탓이었을 거였다.

"임기가 한두 달인데 어떻게 월부로 사요."

"즘방으루 간다, 그럼 증찰제를 허는 즘방으루 가네 바겐쎄일 허는 즘방으루 가네?"

"그야 늘 쎄일허는 쪽이죠 뭐."

"그럼 너두 늘 쎄일루 허겠구나?"

"당연허지유, 벤츠두 한번 타면 중곤디 더군다나 이런 포니야 나올 때 이미 밑창이 달창 아니겠남유, 물어보나마나지유."

양문재가 간을 하였다.

"그런 쇠리는 허덜 말어유우, 주민등록징은 약간 지저분해두 호적등본은 연태두 깨깟허구먼유우."

아가씨도 느려터진 여기 말을 흉내내면서 시룽거렸다.

"넝사 짓는 사램이 약간 지저분허다구 안 좋아허는 거 봤네? 허니 호적은 뒀다가 증찰제루 츠분허구, 주민등록은 우덜헌티 단체루 쎄일해번져."

봉출씨마저 추썩거리고 나서니

"그럼 세대교체론에 의하여 일차는 나."

양문재가 재빨리 선수를 쳤다.

"나는 그럼 이차."

봉출씨도 술이 들어간 값을 그렇게 하였다. 그러자 기출씨가 말했다.

"나는 막차."

물론 말로만 그러다가 말았지만 봉출씨는 그 막차란 말이 어딘지 모르게 앞짧은 소리처럼 들리면서 뒷맛이 쾌하지가 않았다.

심기가 불편해서 마시는 술은 취기도 여느 때보다 이르고 심할뿐더러 흔히 주사를 곁들이게 마련이었다. 봉출씨 자신이 일쑤 그래왔거니와 기출씨 또한 그날사말고 정도가 지나쳐서 필경은 생각지도 않았던 푸닥거리를 한바탕 벌이기에 이르렀던 것이다.

기출씨는 다방 아가씨가 시간이 되어 돌아갈 즈음부터 반벙어리 소리를 늘어놓기 시작하더니, 봉출씨가 열두시면 문이 닫히는 줄 알고 범모에게 택시비를 꾸어 일어설 채비를 마친 뒤에도 말수를 줄이는 기미가 없었다.

이 나쁜 늠덜. 기출씨는 말끝마다 같은 소리를 되뇌었다.

"구만 좀 해둬유, 성님 심정이 지 심정이구 성님 말씀이 지 말이닝께 구만 좀 해두라면유."

봉출씨는 달래도 보고 말려도 보았으나, 기출씨가 칠십 늙은이만 아니었어도 달래고 말리기는커녕 도리어 추임새를 넣어가며 장단을 맞춰주고 싶은 심사였다.

기출씨가 그토록 이를 갈아댄 그 나쁜 놈들이란, 대개 농촌지역의 부동산 투기를 근절시키는 길이 도시의 유휴자금 유입을 막아 부재지주의 농지 거래를 끊는 것이며, 경자유전의 원칙에 따라 농지 거래는 재촌(在村) 농민들 사이에서만 이루어지도록 조치하는 것이며, 전업농(專業農)의 농지 확대를 돕기 위해서는 무슨 수를 써서라도 농지값이 묶이도록 누르는 것이라고 뒤떠들고 부추기고 덩달아서 북 치고 장구 쳤던 정부 당국자와, 오로지 당의 두목만을 쳐다보고 사는 여야 정객들, 책상 위에서 농사 짓는 학자들, 시끄러워야 돌아다보는 기자들, 그리고 농촌의 농자도 모르면서 입만 산 일부 직업적 재야인사들까지도 싸잡아넣은 것이었다.

봉출씨도 기출씨와 같은 생각이었다. 모르면 몰라도 오늘날 농촌에서 농사를 짓고 있는 농민이라면 아마 열에 일고여덟은 역시 같은 생각일 것이었다.

기출씨는 그 동안 그만했으면 부동산 투기를 할 사람 투기할 것 다 하고, 졸부가 될 사람 졸부 될 것 다 된 뒤에야, 농산물이나 농지값은 하락이 곧 안정이라면서 없는 법까지 만들어서 농지값을 하락시키고, 그리하여 자기처럼 손을 놓아야 할 나이에 이르렀거나, 되도록 어서 처분하고 나가서 다른 방도를 찾아야 할 영세농들로 하여금 잘 받았댔자 그전의 반값이요, 보통은 반의 반도 안 되는 헐값에 땅을 내놓게 한 농지매매증명제와 토지거래허가제를 두루 물어뜯은 끝에 겨우 비치적거리고 일어서면서

"이 나쁜 늠덜"

하고 주먹으로 테이블을 내리쳤다. 그것이 푸닥거리의 시초였다. 왈그랑 퉁탕 맥주병이 넘어지고 술잔이 떨어지는 와중에

"뭐가 나쁜 늠덜이라는 거요?"

발끈하고 대거리하는 소리와 함께 기출씨의 옆구리를 밀치는

손이 있었다. 봉출씨가 얼른 기출씨를 부축하면서 여겨보니 그쪽은 두 사람이 일행인 모양인데, 경찰서 근처에 가면 흔히 왔다갔다하던 그런 종류의 얼굴들이었다. 두 사람이고 세 사람이고 심야영업을 단속하러 나온 경찰관에게 찍자를 부려봤자 생기는 게 없을 것이 뻔한데다, 알고 보니 바닥에 떨어지는 술병을 잡아주려고 서두른 탓에 팔꿈치가 기출씨의 옆구리를 건드린 것이어서 애초에 따지고 자시고 할 건더기도 없는 일이었다. 그러나 기출씨는 트집을 잡았다.

"이런 싸가지 읎는 늠, 늙은이 치는 거 보게, 이게 뭐 허는 늠인디 시방 누구를 치는겨?"

"치긴 누가 누굴 쳐요, 아저씨가 테블을 쳤지."

경찰관은 잘해야 서른대여섯밖에 안 된 젊은이였으나 버릇이 되어서 그런지 대뜸 짜증 어린 말투로 퉁명을 부렸다.

"그려, 테블은 내라 쳤다. 왜 테블 점 치면 안 되겄네? 야 인마, 도시서는 자구 나면 억(億) 억 억 허구 애덜 입에서까장 억 소리가 나는디 촌에서는 왜 억 소리가 나면 안 된다는 거냐. 야 인마, 우덜두 그늠으 억 소리 점 들어가며 살아보자, 나쁜 늠덜 같으니라구. 야 인마, 하두 억 소리가 안 나와서 그늠으 억 소리 점 나오라구 탁 쳤어. 어쩔래, 지금 볼래, 두구 볼래?"

"아따, 애덜마냥 그 말 같잖은 말씀 좀 웬만치 허시랑께는."

봉출씨가 핀잔을 하며 기출씨의 겨드랑이를 끼고 나오는데

"우덜두 바쁘닝께 아저씨덜두 어여 가보세유"

하며 경찰관이 기출씨의 등을 밀었다.

"야 인마, 비겁하게 사람을 뒤에서 쳐?"

기출씨는 또 등을 쳤다고 억지를 썼다.

"친 게 아니라 민 거구유, 또 내가 아저씨를 민 게 아니라 법이 민 거예유. 그러잖어두 걸프만 즌쟁으루 비상이 걸린 판인디, 아저씨 같은 노인네덜까지 밤늦도록 이러시면 어쩌자는 겁니까. 날두 찬디 살펴 가세유."

경찰관은 웃는 얼굴로 한 말이었으나 기출씨는 그전 같지 않고 기어이 오기를 부렸다. 기출씨는 봉출씨가 막을 새도 없이 몸을 휙 돌리며 한 손으로 경찰관의 어깨를 힘껏 쥐어지르더니

"야 인마, 이건 인간 이기출이가 자네를 친 게 아니라, 장곡리 농민 이기출이가 법을 친 거여, 알겄네?"

"알겄슈."

두 경찰관이 저희끼리 마주 보고 웃어넘기는 바람에 푸닥거리는 그만해서 그쳤으나, 봉출씨는 매끼가 풀어지고 사개가 물러날 듯한 기출씨의 심상치 않은 변모에 일말의 불안감을 떨쳐버릴 수가 없었던 것이다. 그리고 그것이 기출씨를 본 마지막 모습이기도 하였다.

차가 또 섰다. 유천리 어간의 정미소 앞이었다. 학생 두엇이 내리고 낯설지 않은 얼굴 서넛이 올라왔다. 장곡리로 문상을 가는 사람들일 텐데 그중에서 권석동이가 다가오며 위로랍시고 악수를 청하는 것이었다.

"보면 사람 사는 게 죄다 팔자놀음이던개빌레."

"그러게 말여."

봉출씨는 헙헙한 대꾸를 하였다.

"밤낮 삐딱허니 엇조루 나가두 두 마디 중에 한 마디는 으레

뻬 있는 소리 같더니, 그렇게 히마리 읎이 돌아가신 걸 보면 그냥반두 하릴읎이 앉은장군이었던개벼."

"뻬가 있는 것 같어두 개표 끝나구 보면 소갈머리 읎는 게 촌사람덜 아닌감."

"그건 그려, 둔 읎이 나왔다 허면 융니오 지나구 벤또 못 싸갖구 댕긴 것까장 숭을 잡어두, 둔 믿구 나와서 세금 읎이 번 둔 문서 읎이 쓴다 싶으면 옆댕이 앉은 애허구 누룽개 노나 먹은 것까장 어려서버터 의리가 있었노라고 뻥끼칠을 해줘쌓는 허릅숭이덜 아닌가베."

그때 웬일로 가만히 듣고만 있나 싶던 김순몽이가 다들 들으란 듯이 큰 소리로 말했다.

"우리나라두 다음버터는 홋세인 비젓헌 것이 좀 나와봤으면 쓰겄데."

"나는 칼라 힐쓰 비스름헌 것만 나와두 좋겄데."

오종복이의 말이었다.

"후지칼라?"

"왜 있잖여, 이것 사가라 저것 사가라 허구 넘의 나라 장관덜을 들었다 놨다 허는, 그 질쭉허구 삐쭉허게 생긴 미국 여편네."

"거 애덜마냥 이랄머리읎는 소리 자그매 허구, 내립시다덜 내려."

어느새 문턱께로 옮겨 서 있던 남북대가리의 말이었다. 차가 장곡리의 경로당 앞에 이른 것이었다. 사람들이 우르르 내렸다. 남북대가리를 따라 반백짜리와 황토색이 내리고 수리목도 내렸다. 김순몽이와 오종복이 내리고 권석동이와 함께 유천리에서 탔던 사람들도 내렸다.

　봉출씨도 내렸다. 내린 사람들은 경로당을 끼고 굽어 돌아간 농로를 따라 걸어갔다. 기출씨네 집은 거기서 담배 한 대를 물었다가 끌 동안은 걸어 들어가서 맨 끄트머리의 함석집이었다. 여러 날을 두고 얼녹은 탓에 해토머리처럼 진 길을 봉출씨는 연탄재가 몰린 곳만 골라 디디면서 징검징검 걸어 올라갔다. 날이 푹하여 한 부조였으나 하늘이 흐리마리하게 끄무러지는 것이 저물녘에는 빗낱을 던지거나 눈발을 하게 될 장단이었다.

　가면서 보니 울안에 친 차일이 지붕 위로 수그러지고 그 차일 너머에는 바람만 건듯해도 낭창거리도록 미끈하게 뻗은 고욤나무 우듬지가 멀쑥하게 솟아 있었다. 봉출씨는 부르르 진저리를 쳤다. 주인을 잡은 교수목(絞首木)이 아직도 처벌받지 않은 것에 대한 분노였다. 바깥마당에 희나리로 피워놓은 화톳불이 이만치까지 매움한 냇내를 보내고 있었다. 화톳불 가에는 겨울철의 농민복이라 해도 과언이 아닐 국방색 털바지 차림들이 떼로 몰려 있었으나 한결같이 세고 찌들고 구부정한 몰골들이어서 일을 추는 데에 울력이 되어줄 풍신이 아니었다. 상가마다 구색을 갖추던 윷판도 보이지 않고 화투장을 떼는 모습도 구경할 수가 없다. 악상인 탓일 거였다.

　삼형제가 검정 양복 차림으로 문상을 받는 사랑 툇마루를 두고 안으로 들어가니 후끈한 불기와 함께 코를 막게 하는 연탄가스 냄새가 와락 달려들었다. 부조일을 온 동네 아낙네들의 추위를 막고 허드렛물도 데워 쓰기 겸하여, 뜨락 한구석에 연탄 한 리어카를 쌓아놓고 벌겋게 불을 붙여놓은 탓이었다.

"진작 오셔서 목대 잡구 일을 추어주시는 게 아니구, 워디서 충그리다가 제우 두 나절 만이나 해서야 슬슬 올러오신대유."

사내가 시내에서 자동차 정비공장을 하여 그새 집이 세 채로 늘었다던 큰당질녀가 한데에 걸린 다갈솥에서 동태찌개를 뜨다 말고, 무엇이 틀렸는지 입이 자가웃이나 나온 채 무람없이 지청구를 하였다. 보아하니 그렇게 입을 빼문 것은 그녀만이 아니었다. 탄불 위의 양은솥에서 더운물을 떠가는 막내당질부도 그렇고, 탄불 옆에서 시금치를 다듬는 큰당질부도 부루퉁한 입으로 돌아앉아 있었다.

"엄니는 워디 지시냐?"

봉출씨는 수돗가에서 플라스틱 함지박에 세탁기에서나 쓰는 가루비누를 거품이 넘치도록 풀어놓고 설거지하는 작은당질녀에게 물었다.

"방에 워디 지실 테지유."

작은당질녀 역시 부루퉁한 얼굴로 아무렇게나 대꾸를 하였다.

안방을 들여다보니 삭신이 나라져서 갱신을 못 하고 옷고름짝으로 이마를 테멘 채 누워 있던 형수가 간신히 베개를 짚고 일어나 앉으면서 첫마디에 뒤껼의 고욤나무를 베어달라고 하였다.

"그러잖어두 오면서 그 생각버터 했던 챔이네유, 성님이 벌써버터 비어번지구 싶어두 톱이 안 들어서 못 빈다구 허시더니…… 바짝 벼서 모닥불에나 던져번져야겄구먼 그류."

"내가는 날 날씨나 갱기찮으야 헐 텐디……"

"그나저나 상제덜이 워째 잔뜩 볼물어가지구 서루 어근버근허는 것 같으니 웬일이래유. 그새 뭔 일이 있었담유?"

"넘부끄러서 죽겄슈, 시상에 송장을 뻗쳐놓구서 즤 아버지 쓰던 통장버터 내노라구 저 지랄덜이니, 새끼덜이 워째서 죄다 저 모냥이래유, 넘부끄러 못 살겄슈."

"요샛것덜이 워느 집구석 새끼덜이라구 안 그렇간유. 새끼가 싀면 삼파전이구, 늬면 사파전이구, 법대루 노나 가질 것 다 노나 갖구두 돌어서며 일변 서루 척지구 담 쳐버리구, 웬수도 그런 웬수가 읎이 지낸다더라구유."

"시방 우리 애덜이 그 지랄덜 아닌감유. 내가 이냥 살어 있는 디두 즤 아베 통장에 월마나 들어 있는지 봐야겄다는규, 올버텀은 벱이 갈려서 큰늠이구 즉은늠이구 시집간 년이구 안 간 년이구 똑 고르게 일대일씩이라나 워쨌다나 해싸며……"

"그래 통장이구 뭬구 잘 두셨남유?"

"즤 아베 부고 받구 온 것덜이 들어단짝으루 넣이구 서랍이구 들들 뒤며 논문서 밭문서버텀 밝히러 드니…… 하두 기가 맥혀서 머리 풀 새두 읎이 문서랑 통장이랑 챙겨설낭 작은서방님게 다 맽겨놨구먼유."

"장례 모시구 나면 바루 시끄럽겄는디."

"시끄럽구말구두 읎슈, 나두 다 생각이 있으닝께유"

하더니 형수는 음성을 한결 낮추면서

"저것덜이 시방 즤 아버지가 빚이 월만지 몰러서 지랄덜이거던유. 단협에 자빠져 있는 것만두 그럭저럭 팔백만 원 돈인디. 즤 아베 내다 묻구 나면 불러 앉히구서 이럴라구 그류, 늬덜이 늬 아버지 재산을 일대일씩 노나 갖구 싶걸랑 늬덜이 먼저 이렇게 해봐라, 시방 늬 아베 빚이 암만이구 암만이다, 그러니 늬덜버텀

느 아베 빚을 일대일씩 노나서 갚어줘봐라, 한번 이래 볼튜."

"잘 생각허셨슈."

봉출씨는 상제들에게 잘코사니라 싶은 생각이 들어서 기분이 한결 가벼웠다. 형수는 말을 이었다.

"아마 펄쩍 뛰구 모르쇠 허겄지유, 그러구서 나 죽는 날만 지달릴 테지유. 그이가 생전에 장 허던 말이, 시상에서 기중 못난 늠은 저 죽어서 새끼덜헌티 재산 물려주려구 안 먹구 안 쓰구 가는 사람이래게 그게 다 뭔 소린가 했더니, 막상 자긔가 이렇게 되니께 나버터 당장 알어지너먼 그류. 팔리는 대루 팔어서 내라두 죽기 전에 쓸 거나 쓰다가 가야 헐 텐디······."

"그럼유, 그러시야지유. 그런디 그 동안 성님은 무슨 이상헌 말씀을 허신다든지, 무슨 이상헌 눈치를 뵈신다든지, 아줌니는 뭐 좀 느끼신 게 읎으셨던감유?"

"글쎄유, 사는 게 재밋성이 읎다읎다 허는 소리야 전버텀 장 허던 소리구, 이럴라구 그랬는지 생일날 애덜이 댕겨간 댐이버텀 댐배를 솔담배두 애껴 피던 이가 양담배루 바꿔서 보루루 사다 놓구 피구, 술두 쇠주뱆이 모르던 이가 맥주만 자시러 들구, 시내에 나갔다 허면 꼭 택시루 들어오구, 땅이 안 팔링께 단협에서 대출을 해다가 그러구 풍덩그렸는디, 생전 않던 짓을 헌다 싶기는 했지만······ 그러구서 딴 사건은 읎었지유."

"사건이야 성님이 이렇게 되셨다는 게 바루 사건이지, 이버덤 더헌 사건이 워디 또 있겠슈."

봉출씨는 형수를 보고 나오는 길로 톱을 찾어서 뒤꼍으로 갔다. 기출씨가 송아지 목사리를 걸었음직한 곁가지부터 치고 볼 작정으로 이리저리 살펴보고 있자니, 문득 지난 정월 초이렛날 기출씨가 큰아들하고 큰 소리를 낸 끝에 북창문을 열고 하던 말이 불현듯이 떠올랐다.

"두구 보니께 이 고욤나무만이나 쓸디리 읎는 나무두 드물데그려. 과일나문가 허면 그게 아니구, 그게 아닌가 허면 그것두 아니구…… 어린 것 같으면 감나무 접목허는 대목으루나 쓴다건만, 그두 저두 아니게 늙혀노니께 까치나 꾀들어서 시끄럽지 천상 불땔감이더먼."

봉출씨는 톱을 대려다가 놓고 담배를 붙여물었다.

기출씨가 생일날조차 구순하게 넘기지 못한 것도 땅이 안 팔린 탓이었다.

아침상을 물리기가 바쁘게

"솔직히 말씀드려서유 지가 저번에 그 말씀을 드린 것두유, 솔직히 지가 예비상속자닝께 그 자격으루다가 말씀을 드린 거예유"

하고 먼저 말을 꺼낸 것은 효근이었다.

기출씨는 욱하고 북받치는 울뚝성을 삭이느라고 효근이를 찢어지게 흘겨보더니

"너 내 앞에서 대이구 사업자금 사업자금 해쌓는디, 그것두 내 보기에는 난봉쟁이 거울 들여다보기여. 어려서부터 일만 보면 미서워 미서워 허던 늠이 이 애비가 마디마디 뼛소리가 나도록 일을 해서 그만치 해노니께는, 이제 와서 그 땅을 팔어서 사업자금이나 헙시다…… 못 헌다. 농사는 수고구 사업은 수단인디, 수고가 뭔지두 모르는 것이 수단은 워디서 나와서 사업을 혀? 맨손으

루 나간 늠은 나가서 손에 쥐는 것이 있어두, 논 팔구 밭 팔아서 나간 늠은 넘덜 되듯이 되는 것두 못 봤거니와, 뭐? 개같이 벌어두 정승같이 쓰기만 허면 되어? 니가 그따우 정신머리를 뜯어고치지 못허는 한은, 땅이 아침 먹다 팔려 즘슨 먹다 잔금을 받더래두 지나가는 으덩박씨는 줄망정 너 같은 늠헌티는 못 줘, 못 주구말구. 대법원장이 주라구 해두 못 줘 이늠아."

효근이도 올 들어서 나이가 오십이었다. 봉출씨는 초로에 접어든 자식을 철부지 잡도리하듯 마구 홀닦는 것이 보기에 민망하여

"당질두 니열 모리면 오이손자를 볼 판인디 성님 말씀이 좀 지나치시네유."

한마디 신칙을 하지 않을 수가 없었다.

"같은 옷을 입어두 돋뵈는 늠이 있구 들 뵈는 늠이 안 있다나? 저 화상은 미제 쎄무 잠바를 입어두 똑 개껍데기 둘러쓴 늠으루 뵈이 안 뵈는 늠여."

기출씨는 어림없는 소리 하지도 말라는 듯이 고개를 외로 빼었다.

"솔직히 자꾸 개 개 허지 말어유. 솔직히 아버지는 개 안 팔어 보셨남유. 솔직히 멕여서 팔으나 잡아서 팔으나 개를 고기루 판 건 일반 아녀유."

효근이가 오금을 박으니

"그렇게 너 같은 소리만 골러가며 허거라."

기출씨가 발끈하여 효근이에게 집어던질 것을 찾는 것 같기에 봉출씨는 얼른

"그래두 성님 생신이라구 서울서버텀 바삐 내려왔는디 적이나 허면 참으시야지유."

"혼인집 불청객이 장삿집 불청객인겨. 아우가 몰러서 그러지 저 화상이 시방 애비 생일 보러 온 중 알어? 땅 팔어주면 친구덜이랑 동업으루 무역회사를 채리겄다구 허길래, 워쩔라구 오목 두다 말구 바둑 두는 얘기를 다 허나 했더니, 엿장사 성공허여 고물 장사 되는 쪼루다가 제우 개고기를 수입해다가 팔겄다는 거 아녀."

봉출씨가 섞갈려서 무슨 이야긴지 통 못 알아듣겠다는 시늉을 하자

"아저씨, 솔직히 그게 워디가 워떻다구 저리 성화대시는지 지 얘기 좀 한번 들어보세유."

효근이가 그 동안 부자간에 오고갔던 이야기의 얼거리를 나름대로 설명하고 나서는 것이었다.

효근이의 친구들이 아는 대로 조사를 해보니 국내에서 식용으로 소비되는 개고기가 일 년에 마릿수로 이백십만 마리, 무게로는 삼만삼천 톤 가량이었다. 그러나 소 파동이니 돼지 파동이니 하는 말은 들었어도 개고기 파동이란 말은 들어보지 못하였다. 공급이 적절해서가 아니라 고양이고기로 조절을 할 수가 있었기 때문이었다.

식성이 좋은 사람들은 같은 개고기라도 몽둥이로 사정없이 때려죽인 개고기라고 해야 맛이 있어하듯이, 몸에 좋은 것이라고 하면 덮어놓고 남의 말을 믿는 버릇이 있는 것 같았다. 가령 토끼고기만 해도 그러하였다. 토끼고기가 좋다고 하니까 제약회사

에서 발암물질이나 감염 바이러스 같은 온갖 병균과 약물을 번갈아 투여하며 실험용으로 썼던 폐토끼가 일 년에 수천 마리씩 시중의 음식점으로 흘러나와 비싼 요리로 둔갑하였고, 그와 아울러 그 음식을 먹은 사람들은 자신도 모르게 제약회사의 간접적인 생체실험까지 당한 셈이었다. 그런데 무엇보다 우선 맛부터가 달라도 달랐으련만 애초에 맛으로 먹기보다 몸에 좋다는 미신으로 먹은 까닭에, 신문에서 떠들 때까지는 아무도 의심하지 않았고 아무도 구별할 줄을 몰랐던 것이다. 비단 토끼뿐이었던가. 실험용으로 썼던 소나 닭이나 개도 그 결과는 마찬가지였던 것이다.

개고기에 대한 미신은 어떤 음식보다도 강한 편이었다. 따라서 우루과이라운드 협상이 타결되어 시장개방이 확대되면 누가 해도 하게 될 것이 바로 외국산 개고기 수입임은 비록 삼척동자라고 하더라도 의심할 여지가 없지 않은가.

"그러니께 지 친구덜이 솔직히 넘보다 한 발짝 먼저 발벗구 나섰다 그거라구유. 솔직히 국내 개고기 장수덜마냥 쓰레기 매립장 한구석에서 토치램프불루 끄시르구 시뻘겋게 각을 떠서 원시적으루다 팔겠다는 것두 아니구유, 솔직히 개값이 싼 동남아 워디에다 현지법인을 설립허구 공장을 차려가지구서, 솔직히 백화점이나 수퍼서두 팔게끔 수육이면 수육, 전골이면 전골, 탕이면 탕으루다 깡통가공을 해서 들여오겄다 이거거던유."

효근이의 말이 끝나기도 전에 기출씨가 말했다.

"여게, 저 나이 해갖구서, 저 껍데기 두꺼운 대갈빼기가 뻐개지도록 연구를 했다는 것이 제우 개장국 간쓰메 장사유, 허구 자빠졌으니, 저 화상이 그래 내 새끼루 뵀겄나? 어이구 복장 터져, 도대체 워느 모이를 잘못 써서 저런 밥 빌어다가 죽 끓일 물건이 나왔는지 몰러."

봉출씨도 기출씨 편에 서서 거들지 않을 수가 없었다.

"간쓰메루 팔건 쏘세지루 팔건 그것두 땅버터 팔려야 그나마 허든지 말든지 헐 것 아닌가."

"솔직히 땅만 내놓으면 뭐 헌대유, 받을 금을 안 부르구 팔 금만 부르구 있으니. 솔직히 그게 워디 팔자는 값이간유, 솔직히 츰버터 안 팔기루 작정헌 값이지."

효근이는 부르는 값이 높아서 임자가 안 나타나는 줄로 아는 모양이었다.

"그게 아녀. 자네 농발대책(농어촌발전종합대책)이라는 게 워떤 건지 알구나 그러는겨? 그 골자가 뭔고 허면, 성님마냥 노령으루 땅을 묵히게 된 은퇴농지, 딴 디루 나가보려구 내놓은 이농농지, 생전 심 펼 날이 읎는 영세농지 같은 걸 실력 있는 사람게 다 몰어줘서 전업농을 키우겄다 그 얘기여. 그러면서 부동산 투기두 막구 농발대책두 밀어붙이구 허느라구 읎는 법까장 맹글었는디 그 뱁이 무슨 뱁이냐, 한마디루 말해서 죽는 늠만 죽어라 죽어라 허는 그런 내용여. 농지매매증명제다 토지거래허가제다 신고제다 허구 이중 삼중으루 옴나위를 못 허게 얽어맸는디, 이게 뭐냐. 사유재산권 행사에 대한 가차압인겨. 그러니 농지값은 값대루 떨어지구 거래는 거래대루 끊어지구, 결국 이농을 허는 마당에서까장 목돈을 쥐고 이농을 해두 션찮은 영세농덜더러 푼돈을 쥐구 이농허거라, 그렇게 됐다 이 말이여."

"그러닝께 그 법이 솔직히 죽는 늠헌티만 죽어라 죽어라 하는 게 아니구, 사는 늠헌티는 살어라 살어라 허는 그런 법이구먼 그류."

"그거라닝께. 경자유전이 원칙이니 농지는 촌에서 실지루 농사를 짓는 농민덜찌리만 사구 팔거라, 그것두 거주지서버텀 팔 키로 이내에서 사거라 이건디, 아 말이야 좀 근사헌 말인가. 그러나 그게 아닌겨. 있는 땅두 일손이 읎구 수지가 안 맞어서 그냥 묵히는 농민덜이 사기는 무슨 둔이 썩어서 사며, 혹 썩을 둔이 있은들 우루과이라운드란 게 생기기 훨씬 전버텀두 생산비를 건지는 작목이 드물었는디, 싸구려 외제 농산물이 여기 만년 대목장이 섰구나, 허구 들입다 물물이 쏟어져 들어올 판에, 장차 바랄 게 뭐가 있어서 땅을 사려 들겄는가. 농발대책이란 걸 보면 농지구입자금이다, 영농자금이다, 농업기계화자금이다 허구 정책자금을 우선적으루다 배정허구, 또 해외연수다, 경영지도다, 기술지도다 허구 관리를 해서 전업농을 육성허겄다 이거지만, 것두 다 헛소리라구. 우루과이라운드 협상 조건에 그런 걸 눈감어준다는 조항이 있다는 말두 못 들어봤구…… 그러닝께 농지 거래가 끊겨서 농지값이 아주 읎어질 때까장 내버려두구 지달렸다가, 농어촌진흥공사에서 슬슬 거저 줏듯이 사들인 다음, 재벌이나 중소기업에다 농지구입자금 농업기계화자금 영농자금을 대줘가며 농사를 짓게 헐 속심이 아니냐, 즉 말루는 전업농 육성, 실지는 기업농 육성이라 이 얘기여."

"그거여 그거. 재벌이나 중소기업덜버러 농업회사를 채려가지구 농대 출신덜을 머슴으루 공채해서 컴퓨터 농사를 짓게 허겄다 그 속이라구. 물론 머슴이라구야 안 헐 테지. 큰머슴은 논작상무 밭작상무루 헐 게구, 중머슴은 짐장채소부장, 엇갈이채소부장, 하우스채소부장 허면 될 게구, 풋머슴은 호박과장 꼬추과장 참깨과장 들깨과장 워쩌구 허면 될 게구."

기출씨는 듣고 느끼는 것이 있으라고 짐짓 꽈배기를 꼬아댔으나, 효근이가 들어도 알고 안 들어도 안다는 듯이 비죽이 웃어 보이자 도로 비위가 뒤집혀서

"케비에쓴가 엠비씬가서 〈사랑과 진실〉이라나 뭐라나를 헐 때는 약이 읗어 못 고치는 찔꺽눈이마냥 눈물을 달구 봐두, 즤 애비가 뼈에 맺힌 소리를 헐 적에는 저러구 비웃어가면서 귓등으루 듣는 늠이 바루 저늠이여"

하고 또 한바탕 닦아세우는 거였다.

"드라마는 드라마구유, 솔직히 붙들구 있으면 붙들구 있을수록 이 얇아지는 게 농지값이라구 허시면서두 실지루는 틀리니께 그러지유."

효근이가 뻗버듬하게 말대꾸를 하는 데에 놀라 봉출씨는 생기는 것도 없이 다시 말품을 팔았다.

"틀리는 게 아녀. 성님은 넘덜허구 닯어. 넘덜이 허구 사는 걸 보면 한눈에 알 텐디두 그러네 그려. 넘의 집덜 좀 가봐, 바람벽이구 워디구 죄 헐어서 흙뎅이가 우술우술 쏟어져두 세면가루 한줌 발러가며 사는 집이 있나. 저저끔 저 살려구 나가 사는 자식덜이 도루 들어와 농사 짓구 살 리는 만무허구, 천상 노인네덜이나 사는 날까장 살다가 가시면 바루 헐어번질 집인디 뭣 허러 둔을 바르구 살겄나. 집만 그렇간, 논두 그렇구 밭두 그려. 요새

논밭에다 두엄 내는 사람, 객토허는 사람 봤남, 못 봤을껴, 왜, 그런 거 허는 사람이 정신나간 사람이지 성헌 사람이간. 내년버터 묵힐지 내후년버터 묵힐지 모르는 땅에 뭣 때미 허리나 도지기 좋게 거름을 낸다나. 일허다가 허리 도져봐야 나만 죽겄구 나만 억울허거던. 안 그려? 나 죽구 나면 자식덜이 우 몰려와서 즤찌리 싸움싸움 해가며 가로 찢구 세로 찢구 숫자대루 찢어서 저저끔 팔어 가번질 텐디, 어채피 효도 보기 다 틀린 땅에 지랄 정쳤다구 일을 혁? 그러나 나는 안 그려. 넘덜은 포기해두 나는 절대루 안 그럴텨. 자식? 자식이 다 뭔디, 자식은 나서 질러서 가르쳐서 여워줬으면 그걸루 끝여. 즤덜이 되구 안 되구는 각자 즤덜 분수구, 즤덜이 살구 못 살구 허는 것두 다 즤덜 팔자여. 냄이 발거리 해서 넘어지면 넘어졌지 왜 부모 앞으루 엎으러지러 들어. 나는 자식덜헌티 물려주려구 안 먹구 안 입구 안 쓰구 안 놀구 허는 사람덜이 기중 측은허구 불쌍헌 사람덜인 중 아네. 인간이 인간답게 살자는 게 다 뭔디, 일헐 때 일했으면 쉴 때는 쉬어야 헌다 이거 아녀, 세상 떠나기 전에 놀 거 놀구, 즐길 거 즐기구, 누릴 거 누리구 보자, 내라 벌은 재산은 내라 깨깟이 쓰구 가자, 나는 늘 그 주장여. 논 스무 마지기 밭 한 이천 평 있는 거, 나 죽은 댐이 자식덜찌리 추저분허게 서루 으르렁거리라구 놔두구 죽어? 천만에. 농지매매증명제라는 걸 보면, 넘덜은 여름에 아라스까에 가서 피서를 허구, 크리스마쓰나 연말연시 같은 때는 하와이다 동남아다 허구 나가 놀다 오더래두, 너는 츰버터 농투산이루 살었으니께, 그저 두더지마냥 그러구 평생 땅이나 뒤적거리다가 죽어두 논두렁이나 비구 죽어라, 아마 그런 취지루다 그런 법을 맹글은 모양인디, 웃기는 늠덜, 나는 그렇게는 못 허겄어. 나는 헐값이면 헐값, 반값이면 반값이래두 흥정만 걸어오면 얼른 옛수 허구 넘겨줄텨. 나두 더 꼬부러지기 전에 백두산이래두 한번 올러 갔다 내려와야 헐 거 아녀. 그러나 성님은 넘덜허구 닮으셔. 성님은 넘덜허구 닮어서 아직두 지자제에 한 가닥 기대를 허시는 거여. 무슨 기대냐, 슨거 때는 으레 슨거 인심을 쓴다, 슨거가 끝나면 원제 그랬더냐 허구 도루 그 타령이 될망정, 슨거가 다가오면 농지 매매에 대한 통제를 워느 정도는 풀어서 반짝경기나마 농촌에두 경제적인 숨통을 쬐끔 터줄 것이다, 그러니 그때까장만 참구 전디어보자, 그것인겨. 알겄남? 그러니 당질두 그때까장만 참구 지달려봐. 개고기 시장은 전천후니께 걱정헐 것 읎어. 더구나 백화점이랑 수퍼에서두 팔게 간스메루 맹근다면서."

이야기를 너무 장황하게 늘어놓아 섞갈려서 그랬는지, 내용이 짐작했던 바와 동떨어지게 흐르는 데에 질려버려서 그랬는지, 지자제와 선거선심이란 말에 귀가 솔깃하여 정말 참고 기다려보기로 작정을 해서 그랬는지, 효근이는 더이상 어깃장을 놓으려고 하지 않았다.

"증말 고마웨."

아들네고 딸네고 모두 썰물 빠지듯이 돌아간 뒤에 기출씨가 한 말이었다.

"지가 뭐 어려운 말 했간유. 평소의 성님 생각을 술기운에 의지해서 대리루 옮겨본 것뿐이지유."

"어려운 말 허다마다. 이날 입때껏 안방으루 여기구 살어온 논밭을 미리 쪄개서 개장국 간쓰메 값으루 달라구 허니 오장이 뒤집혀서 부쩌지를 못 허겄던디, 그렇게 아우가 대신 나서서 퍼부어주니께는 그제서야 제우 숨이 쉬어지데 그려."

기출씨는 그러면서도 후텁지근한 방에 답답증이 덜 가셨는지 여름에나 맞바람이 치도록 터놓던 북창문을 열어젖히는 것이었다.

북창문을 여니 고욤나무가 보였다. 손을 안 타고 자라서 곁가지가 땅에 끌리도록 이리저리 늘어지고, 화라지를 쳐주지 않아서 절반은 삭정이로 묵어버린 볼품없는 나무였다.

기출씨는 북창문께로 다가앉아 담배연기를 길게 뿜으면서

"아까 아우가 큰늠 데리구 얘기헐 때 덕분에 나두 깨달은 게 있었느니. 첫째는 내 땅이 절대루 개장사 밑천이 돼서는 안 되겄다는 것이구, 또하나는 내 생전에 내 손으루 증리허지 못허구 워느 날 불쑥 쓰러졌다가는 자식들찌리 칼부림인들 마다허겄느냐 허는 것이구. 큰늠 입에서 사업자금 소리가 나오구버터 애덜이 울퉁불퉁허기 시작허는디, 메누리는 메누리덜대루 딸덜은 딸덜대루…… 애비가 죽으면 일대일씩 쩌개서 아파트두 늘리구 차두 바꾸구 허야 헐 텐디, 야중에 계산허기 복잡허게 니가 왜 먼저 물 말어노려구 수작을 부리느냐, 그래 그런겨."

"넘의 얘기가 우리 얘기긴 허지만 그래두 그렇지 설마 그러기야 헐라구유."

"설마라니?"

"그러먼유."

"글쎄……"

글쎄, 장차 자식들 사이에 의가 날 것을 걱정하던 이가 어떻게 스스로 생을 미리 마감할 수 있었을까.

아까 버스에서 오가던 말을 되새겨보면, 사람들은 이렇다할 사건도 없이 다만 사는 게 재미가 없다는 이유만으로 죽음을 앞당겼다는 사실에 한결 재미없어하고 있는 내색이 역연하였다.

그러나 봉출씨는 망인의 심정을 이해할 수가 있었다. 망인이 은근히 기다렸던 지자제 선거용에 대한 기대가 물거품이 되어버린 탓이란 것을.

그것이 농어촌대책이란 명색으로 전해진 것은 정월 스무사흘날이었다. 우량농지구역을 농업진흥지역으로 정하여 그 지역에서는 농지소유 상한선을 지금의 구천 평에서 만오천 평 내지 삼만 평 정도로 늘려주는 방안을 검토키로 하였다는 것, 그리고 농업진흥지역 이외의 농지는 공장부지나 주택지로 전용할 수 있게 규제를 완화하고, 그것도 어려운 농지는 농어촌진흥공사로 하여금 사들여서 개발한 뒤에 분양을 하겠다는 것으로, 역시 보통 농민들하고는 아무 상관 없는 것들이 대책이란 이름으로 보도되었던 것이다.

퉤. 재미없어서 죽었다는 말이 무슨 뜻인지도 모르고 재미없어하는 병신 같은 놈들. 봉출씨는 톱자루를 쥔 손에 침을 뱉었다. 그리고 고욤나무 밑동을 베기 시작하였다.

더더대를 찾아서

"누구를, 더더대를? 그이가 워서 살간 만나? 글쎄…… 살어나 있을라나……
살어 있으면 혹 까그매덜이 가 있는 디에 살어 있나두 모르기는 헌디……."
더더대는 어디에 있을까?
까마귀는 죄다 어디로들 갔을까?

까마귀는 죄다 어디로들 갔을까.

아니, 하고많은 일 다 놔두고 하필이면 까마귀부터 궁금해할 것은 또 무엇이란 말인가.

이립(李而立)은 스스로 생각해도 이상했지만 그러면 그럴수록 까마귀들만 자꾸 눈에 밟히니 더더욱 알 수 없는 일이었다.

무슨 까닭일까.

이리 내려오기 전까지만 해도 매양 봉우리와 숲과 골짜기와 바위가 있는 산이 더 보고 싶지 않았던가. 섬과 물너울과 섯과 개펄이 있는 바다가 더 보고 싶지 않았던가. 둑과 여울과 보와 소용돌이가 있는 내가 더 보고 싶지 않았던가. 도랑과 징검돌과 수멍과 복찻다리가 있는 들판이 더 보고 싶지 않았던가.

또 보고 싶은 것이 짐승들이었을 적에도 그렇지 않았던가. 혹 지금껏 남아 있는지 궁금히 여겼던 짐승도, 늘 새벽 댓바람에 일어나서 먼산으로 나무 하러 갈 채비를 서두르던 머슴이 집터서리에 흩어져 있는 발자국을 가리키며 간밤에 개호주가 다녀간 것이 틀림없다고 풍을 떨어대어 어린 마음에 겁이 더럭 나게 했던 여우나 이리나 늑대나 살쾡이나 너구리 같은 산짐승이었고, 근처에 그림자만 얼씬해도 집집마다 병아리를 불러들이게 했던 수리나 새매나 솔개나 부엉이같이 난데없이 나타나서 간데없이 사라지곤 했던 사나운 날짐승이었지, 한두 마리가 떠서 동네를 맴돌기만 해도 내남적없이 질색을 하며 먼저 본 사람부터 "위—, 위여위!" 하고 팔매질까지 곁들여서 쫓기에 바빴던 까마귀 따위는 아니지 않았던가.

"까그매는 뭣 먹구 산다?"

어려서 이립이 물으면

"뭣 먹구 살긴 뭣 먹구 살어, 송장 파먹구 살지."

언년이는 노상 같은 말을 하였다. 그리고 그 말을 하고 나면 꼭꼭 고개를 옆으로 돌리고 소리 없이 땅에다 침을 뱉곤 하였다.

"워서?"

"공동 모이서."

"공동 모이는 송장이 많여?"

"쌨더랴."

"누가?"

"용산아배랑 동술아배가 하냥 나무 가다가 봤다면."

"까그매가 모이를 다 판다는겨?"

"파기야 까그매가 파간, 여수가 파지."

"아녀."

"뭐가 아녀?"

"까그매는 과수원에 댕기면서 배나 능금 같은 거 파먹구 살어."

"얼라, 애 보랴. 겨울에도 배랑 능금이 열린댜."

"겨울은 보리밭이나 논배미 같은 디서 뭐 같은 거 줏어먹구 살구."

"그럼 까그매는 워서 살게?"

이립은 고개를 저었다. 어디서 사는지는 모르고 있었던 것이다.

"그럼 까그매 집은? 한 번이나 봤어 못 봤어? 한 번두 못 봤지?"

이립은 고개를 끄덕였다. 까치 둥지는 어느 동네나 다 있지만 까마귀 둥지는 어떻게 생겼는지 짐작도 가지 않았다. 언년이는 곤댓짓까지 보태면서 으스대고 말했다.

"그봐라, 못 봤지. 왠 중 알어?"

이립은 또 고개를 저었다.

"산이서 살어서 그려. 산이서 사닝께 안 뵈는겨."

언년이는 그렇게 장담하면서 이립의 다음 말을 기다렸다.

"왜?"

"왜는, 송장은 산이 가야 있으닝께 그렇지."

언년이는 또 고개를 옆으로 돌리면서 침을 뱉고 말했다.

"알어? 까그매가 지벙 위루다 빙빙 돌구 간 집은 얼마 안 있다가 꼭 우환이 생기구 초상이 나는 거. 사람덜이 왜 까그매를 보는 족족 쫓어쌓간, 송장만 파먹는 송장새라 그러는겨. 알어? 그렁께 되게 숭악헌 새지? 그지? 아이구 징상맞어. 나는야 워서 까옥 소리만 들려두 소름이 쭉 끼쳐야."

이립은 머리카락이 쭈뼛하고 곤두서는 느낌과 함께 오금이 부르르 떨렸다. 언년이의 수선에 말려 덩달아서 소름이 돋은 거였다.

까마귀는 자고 나면 아무 데서나 눈에 띄는 새였다. 여름에는 제비 다음으로 많고 겨울에는 참새 다음으로 많아서 사철 멧비둘기보다도 흔코 까치보다도 흔했다. 이립은 까마귀가 싫었다. 생김새도 보기 싫고 짖는 소리도 듣기 싫었다. 떼지어서 나는 꼴도 보기 싫었고 떼지어서 노는 꼴도 보기가 싫었다.

까마귀를 보면 어려서 싫어했던 것은 자라서도 싫어하게 마련인지 몰랐다. 이립이 생전 처음으로 굿을 구경한 것은 서울로 이사온 지 서너 해나 지나서 대학에 들어갔던 무렵이었다. 어렸을 때 굴뚝을 고쳤다가 탈이 난 집에 동티잡이로 판수가 와서 경문을 외우던 푸닥거리밖에 본 것이 없었기에, 이립은 동네에 굿이 나자 열일 제쳐놓고 찾아가서 담 너머로 고개를 잔뜩 젖힌 채 염치 불고하고 넘성거렸던 것이다. 하지만 이립은 다리품도 못다 하고 서둘러서 되돌아올 수밖에 없었다. 쌀함지와 시루를 얹어서 대청에다 차려놓은 상 옆에 까만 닭 한 마리가 묶여서 날갯죽지를 푸덕거리고 있었던 것이다. 이립은 그 까만 닭을 보자 얼핏 까마귀가 떠오르면서 다시금 머리칼이 쭈뼛하는 느낌과 함께 부르르 하고 오금이 떨렸다. 이윽고 이립은 자기도 모르게 고개를 외어 빼면서 "튜—" 하고 침을 뱉었다. 그러나 바로 침을 뱉었다고 해서 떨떠름한 기가 가신 것은 아니었다. 까만 닭이 자꾸만

흉물스럽게 보였다. 닭이 상다리 옆에서 진드근히 옹송그리고 있을 때는 혹 그 집의 환자가 어서 숨을 거두어 송장이 되기를 기다리는 까마귀가 아닌가 싶었고, 날갯죽지를 푸덕거리며 용을 쓸 때는 혹 그 집에 초상이 나는 것과 동시에 저도 놓여나 산으로 돌아가서 그 집의 송장이 산에 이르기를 기다리려는 송장새가 아닌가 싶었던 것이다.

새 중에서도 유독 밉보인 새는 옛날에도 없었던 것이 아닌 것 같았다. 예전에도 난새(鸞)니 붕새(鵬)니 봉새(鳳)니 하는 전설 속의 새를 비롯하여 오래 사는 두루미, 금슬 좋은 원앙, 절조 있는 기러기 등등 새의 무리는 무릇 상서롭게 여기되 전설 속에서 독한 새로 전해오는 짐새(鴆)를 예외로 하면, 울음을 울어도 귀신의 울음처럼 운다 하여 귀곡새라는 달갑지 않은 별명을 얻은 부엉이와, 부리서부터 발톱까지 온통 먹장인데다 울음소리가 듣기 싫고 죽은 동물을 잘 먹는다 하여 으레 흉조로 쳐온 까마귀야말로 애매하게 눈 밖에 나고 업신여김을 받아온 새의 전형이었던 것이다.

까마귀는 특히 곳곳에서 떼를 지어 노닐되 무리를 이끄는 우두머리가 없어 하잘것없이 흩어진다는 뜻의 오합지졸(烏合之卒)에다, 우연의 일치면서 억울한 혐의를 받는다는 뜻의 오비이락(烏飛梨落)이며, 그놈이 그놈 같아 옳고 그름을 가리기가 어렵다는 뜻의 오지자웅(烏之雌雄)하며, 까마귀 오자로서 말을 이룬 것은 일쑤 좋지 않게 쓰이는 문자의 장본이 되어온 탓에, 새끼가 늙은 어미에게 먹이를 물어다 주는 습성이 좋아 보여 반포지효(反哺之孝)의 어원이 된데다 효조(孝鳥)니 자오(慈烏)니 하는 점

많은 별명이 덤으로 전해져왔음에도, 과연 그럴까 싶은 의심에 덤하여 어느 놈 하나 미쁜 구석이 없었던 것이다.

이립이 『시튼 동물기』를 읽은 것은 직장에 다니면서 철이 들어 심심하던 시간을 독서에 쓰게 된 뒤의 일이었다. 이립은 시튼의 까마귀 이야기를 어느 짐승의 이야기보다도 정신을 차려서 읽었다. 그리고는 놀랐다. 시작은 까마귀가 서양에서도 흉조인가 하는 데에 있었으나, 정작은 까마귀가 어떤 새보다도 퍽 영리한 새로 그려졌다는 데에 놀란 것이었다. 시튼의 관찰에 의하면 까마귀는 기억력이 썩 좋을 뿐 아니라, 빛깔과 무늬가 있는 유리구슬이나 사금파리같이 모양이 나는 것을 보는 대로 물어들여서 저만 알게 호젓한 구석에 모아놓는 호사 취미까지도 있다는 것이었다.

이립은 시튼의 까마귀 이야기를 단숨에 읽었지만 어떻다고 할 만한 감동은 느끼지 않았다. 자기가 본 까마귀와 차이가 난 탓이 아니었다. 언년이가 했던 말이 되살아나서 시튼이 한 이야기를 덮어버린 까닭이었다.

"알어? 까그매는 배랑 능금이랑 맛난 것두 잘 먹지만 그버덤은 드럽구 징상맞은 걸 더 잘 먹는댜."

"워떤 거?"

"아이 징글어."

"버럭지?"

"아니."

"지렝이?"

"아니."

"그럼 워떤 거?"

"알어? 긔 죽은 거, 깨구락지 죽은 거, 배얌 죽은 거, 쥐 죽은 거, 괭이 죽은 거…… 그런 거 같은 거."

언년이는 숨도 안 쉬고 주워섬겨쌓더니 누가 알면 안 되는 것을 우리끼리만 알고 짬짜미를 할 때처럼, 갑자기 눈을 박아뜨면서 속껍질만 남긴 목소리로 다음 말을 하였다.

"그런디 너 까그매가 진짜루 좋아허는 게 뭔 중 알어?"

"아니."

"아이 징글어."

"뭔디? 뭐간 그려?"

이립은 그 나름으로 가늠을 하면서도 일부러 내숭을 떨었다. 언년이 역시 못 이기는 척하고 가만히

"알어? 송장여 송장."

하더니 이내 고개를 돌려서 침을 뱉었고, 또

"아이구 미서"

하고 어깨를 으쓱하면서 정말 무섬을 타는 시늉으로 진저리까지 쳤다. 이립은 송장을 본 일이 없었다. 물론 송장을 보면 여간만 무섭지 않으리라는 어림은 있었지만, 그러나 두고두고 들은귀로 자란 짐작에 지나지 않아 어디가 어떻게 생겨서 무서울 것이라는 것은 대중조차도 할 수가 없었다.

"뭐가 미서?"

이립은 송장이 어디가 무서운지 언년이더러 물었다. 언년이는 뭐든지 모르는 것이 없는 애였으니까.

"왜 안 미섭냐. 난 소리만 들어두 미섭더면."

"글쎄 무슨 소리가 미섭냐는겨?"

"얘 보랴. 연태 워디 갔다 왔간디 이런댜. 까그매 말여 까그매."

"까그매가 왜?"

"얘 보라먼. 너 까그매 까옥까옥 허는 소리가 무슨 소린 중 여적지 물렀어?"

"물러."

"알어? 까그매가 까옥까옥 허는 건 앓구 있는 사람버러 싸게 가자구 가오가오 허는 소리랴."

"누가 그러는디?"

"으른덜이."

"워떤 이가?"

"워떤 이나 다."

"월루 가자구?"

"저승이."

"왜?"

"송장이 되면 파먹을라구."

언년이는 고개를 돌려 침을 한 번 뱉고 나서

"알어? 까그매는 송장을 파먹을 때 눈깔버텀 파먹는댜"

하고 침을 거듭 뱉었다.

"아녀."

이립은 머리칼이 쭉 일어서고 오금팽이께가 쩌르르한 느낌이었지만 도리질을 하면서 힘지게 말했다.

"왜 아녀?"

"아녀."

"니가 워치게 아니야. 워치게 알어?"

언년이는 골이 났는지 턱을 바짝 쳐들고 부르대었다.

"아니랴. 까그매는 뒀다가 먹을라구 물어다 감춘 먹을 감두 워따 뒀나 잊어뻐려서 못 찾어먹는 멍텅구리랴."

"누가 그러데?"

"으른덜이."

"워떤 이가?"

"워떤 이나 다."

"아녀. 그건 그이덜이 물러서 그려. 까그매는 약어. 여간 안 약은 새여."

"아녀. 까그매는 둔허댜. 둔해서 잘 잊어뻐린댜. 그래서 정신읎어서 잘 잊어뻐리는 사람보구 까그매고이기 먹었다구 허는 거랴. 칫."

"얘 보랴. 둔헌 게 다 워딨어. 너 까그매가 파먹다 말은 배 안 먹어봤어? 까그매가 파먹다 말은 차무 안 먹어봤어? 너 까그매가 찍어논 배랑 차무가 월마나 맛있나 물러서 그려. 알어? 야, 배두 풋배는 쳐다두 안 보구 차무두 선차무는 근처에두 안 가는 게 까그매여야. 그런디 그게 둔혀? 그게 둔헌 거여? 칫."

"그럼 왜 정신읎는 사람버러 까그매고이기 먹었다구 놀려?"

"얘 보랴. 그건 그냥 말루 허는 소리지야. 알어? 까그매가 까옥까옥 울면 왜 초상이 나간. 까그매가 앓는 사람 정신을 데려가기 때미 나는 거랴. 그런디 까그매가 왜 정신이 읎냐. 넘의 정신할래 데려가는디 왜 정신이 읎어? 더 많지."

빛깔이나 무늬가 있는 유리구슬이며 사금파리를 좋아하는 시튼의 까마귀는, 왜가리가 먹다 버린 논두렁의 참게나, 아이들이 돌멩이로 죽인 뒤에 흙냄새를 맡고 살아서 원수를 갚으러 올까 봐 나뭇가지에 걸어놓은 뱀과, 덫으로 잡아서 거름이 되게 밭이랑에 던져둔 쥐와, 어느 집 개가 물었는지 몰라서 아무도 치우지 않는 산기슭의 도둑고양이 새끼나 바치고, 사람더러 어서 숨을 놓으라고 울부짖어 재촉하는 동네 까마귀의 껄쩍지근한 인상이 덧씌워서 여전히 추저분하고 흉물스러운 새일 뿐이었다.

히치콕의 영화 〈새〉를 본 것은 이립이 서울 사람이 된 지도 어언간 십여 년이 넘고 나이도 그럭저럭 서른이 다 된 뒤여서 까마귀는 말할 나위 없고, 눈만 뜨면 먹는 것밖에 몰랐던 어린 소견에도 들을 때는 그런가 보다 하고 돌아서면서 일변 긴가민가해 했던 까마귀 이야기와, 까마귀에 딸린 이야기라면 모르는 것이 없이 아는 소리를 해쌓던 한동네 계집애 언년이마저도 그야말로 까마귀고기를 먹은 사람처럼 까맣게 잊고 있던 무렵이었다.

이립은 〈새〉를 남다른 감회 속에서 보았다. 처음부터 스산하게 끄무러진 공기와 뚜렷하지 않은 이야기에 따라 자리에서 일어설 때까지 어깨가 뻐근하도록 긴장한 채 불안하고 끄느름한 마음으로 주눅이 들어 앉아 있었던 것은 다른 사람들하고 그리 다를 바가 없었을 거였다.

그러나 이립은 불현듯 어려서 뜨악하게 보았던 향리의 까마귀에 대한 검은 인상을 되살리고, 여남은 살밖에 안 됐어도 의붓아배보고 눈을 지릅뜰 때마다 이마에 주름살이 집으면 한 젓가락은 되게 잡히던 소꿉동무 언년이의 얼굴을 되살리고, 언년이가 말끝마다 침을 뱉어가면서 들려줬던 까마귀 이야기도 함께 되살릴 수가 있었다. 또 그것만도 아니었다. 조석으로 다니면서 물꼬를 봐도 드렁허리가 많아 실농하기 십상이라며 드렁허리만 잡으면 삽이나 살포로 찍어 두렁에다 버리는 철길 넘어 갯논에 가느라고 까마귀가 동네를 가로지르며 활갯짓을 할 때마다, 으레 신작로에 나가는 상여 위에서 상여꾼들의 걸음걸이대로 더펄거려 쌓던 검정 테두리의 앙장(仰帳)을 떠올렸던 일도 되살아나고, 까마귀가 상엿집이 건너다보이는 서낭 모퉁이께의 버드름하게 쏠린 꾸지나무에 앉아서 까옥까옥 하고 짖어댈 때마다, 혹 무슨 말 못 할 원을 품고 죽어서 갈 데로 못 가고 어리중천에 헤매는 원혼이 씌어, 그 한풀이 호소를 대신해주는 것이나 아닌가 싶었던 생각도 되살아났다.

그렇지만 그것도 그때뿐이었다. 먹고사느라고 허덕거리는 사이에 언년이의 까마귀뿐만 아니라 시튼의 까마귀와 히치콕의 까마귀도 다시금 까마득하게 사라져버리고 말았던 것이다.

이립은 벼르고 벼른 끝에 드디어 서울올림픽을 치르던 해 선달에 낙향을 하게 되었다. 삼십 년 동안이나 터전을 삼았던 서울을 하루아침에 등진다는 것은, 그 당사자인 이립의 마음 외에 누구도 이리왈 저리왈 하고 나서기가 우스운 매우 개성적인 일이었다. 그러나 이립은 어쩌다가 아는 사람이라도 만나면 저 먼저 자발없이 낙향의 변을 늘어놓았다. 낙향의 변은 한 가지뿐이었다.

"건강이 하도 안 좋아서 내려갔습니다. 구식으로 말하면 비접(避接) 나간 셈인데, 꼭 어디가 어때서보다 머리는 텅 비어도 남의 머리를 빌릴 수 있지만 건강은 남의 건강을 빌릴 수가 없다는 말이, 신식으로 말해서 가슴팍에 확 와 닿았던 거지요. 또 물이 약이라고 하니 자랄 때 먹었던 물을 다시 먹으면 어떨까 싶기도 하고……."

이립은 실제로 늘 피곤함을 느끼고 있었다. 이른바 침묵의 장기라고 하는 간장까지도 여러 해째나 내색을 하면서 병이 쇠어 가는 상태였다.

"간은 염이고 암이고 경화고 약이란 게 없어요. 술하고 담배부터 끊으시고, 보통사람들이 몸에 좋다고들 먹는 게 실은 과학적인 근거도 없거니와 오히려 해롭다는 걸 아셔야 해요. 운동은 등산 수영 조깅 낚시 기타 해서 피로한 것은 마시고, 그저 산책이 적당할 겁니다. 혹시 고스톱 좋아해요? 고스톱으로 밤샘 같은 거 말아야 해요. 그야말로 명 재촉하는 거니까. 특히 초상집 같은 데서 밤샘하시면 안 됩니다."

의사의 주의사항이었다.

"피곤하게 하는 거야 죽은 사람이 피곤하게 하는 건 아니잖습니까."

"그러니까 피하라는 거지요."

이립은 사람이 사람을 피해서 산다는 것은 일찍이 생각조차도 해본 일이 없었다. 사람 사는 세상에 사람이 사람을 피해야 낫는 병이 있다는 것을 한 번도 생각해본 적이 없었던 것처럼.

이립은 사람을 피하고 싶었다. 그것이 몸이나 마음이나 피로를 예방할 수 있는 가장 나은 방법일 것 같았기 때문이었다. 이립은 사람을 피해서 살 수 있는 방법을 궁리하였다. 수는 한 가지뿐일 것 같았다. 자기가 먼저 티없이 조용하게 소외되기를 꾀하는 일이었다. 소외되는 방법은 궁리하고 자시고 할 거리도 못 되는 것이었다. 닭이 우리에서 텃세로 내몰리면 한데에서 한둔하듯이 되도록 사람이 적게 사는 곳에 자기를 격리시킴으로써 자연스럽게 이룰 수 있는 일이었던 것이다. 자기가 스스로 격리되고 소외당하기를 도모한다는 것은 모험일 수도 있었다. 그러나 이립은 주저하지 않았다. 그것이 모험이라면 그런 모험도 지금이나 하니까 해볼 수 있으리라는 생각이었다.

이립은 실천을 늦추지 않았다. 물론 자랄 때 먹었던 물을 다시 먹어봤으면 했던 어수룩한 희망까지 실현할 수는 없었다. 나고 자란 동네가 시내나 진배없이 커지고 사람을 피해서 살겠다는 생각 자체가 가당찮게 시끄러운 동네로 변해 있었기 때문이었다.

그러고저러고 간에 사람이 사람을 피하여 산다는 것이 애시당초 있을 수가 있기나 한 일이었던가. 사람이 사람이기를 바라지 않은 다음에는 있을 수가 없는 일이었다. 그러므로 이립이 사람을 피해서 살았으면 했던 것은 곧 보고 싶지 않은 사람은 가급적 안 보고 살아봤으면 하는 것이었다.

이립은 보고 싶지 않은 사람이 많았다. 이립이 보고 싶지 않은 사람들은 자기나 그들이나 서로가 이 세상에 있어도 그만 없어도 그만으로, 생전 가야 득될 것도 없고 해될 것도 없이, 오로지 너는 너 나는 나로 피차간에 아무 상관 없이 살게 마련인 뭇사람이었다.

이립은 아무 주는 것 없이도 그냥 보고 싶지 않은 사람이 있다는 것이, 있어도 자못 적지 않게 있다는 것이 항상 마음에 걸리는 일의 하나였다. 그것은 사람이 사람을 옹호하지 않을 수 있는가 하는 자기 비판과 갈등의 빌미인 까닭에 문제도 보통 문젯거리가 아니었다. 그뿐만 아니라 자유기고가라는 자기의 직업부터 장차 스스로 위선을 하거나 부정을 하거나 반드시 어느 한쪽을 택하지 않을 수 없게 하는 일이기도 하였다.

무슨 글이 됐건 인간을 옹호하지 않는 글은 쓴 일도 없거니와 쓸 수도 없는 노릇이 아니던가.

그러나 이립은 그 문제로 하여 무엇이 걱정스럽거나 어디가 거북스러웠던 것은 아니었다. 피로를 저어하여 그 예방책으로 사람을 피하고 싶었던 것은, 그 동안 피로를 끼치지 않은 사람이 그토록 드물었던 탓이라고 간단하게 생각한 것이었다. 따라서 보고 싶지 않은 사람은 아니 보고 살았으면 했던 것도 그 동안 만나보고 싶었던 사람을 그만큼 못 만나본 탓이라고 결론하기에 이른 것이었다. 여년 묵은 체증에 단방약 한 첩도 연때만 맞으면 직방으로 뚫린다고들 하지 않았던가. 그 문제는 비록 보통 문제가 아니라고 해도 만나보고 싶었던 사람을 만나기만 하면 그 만나는 순간에 풀려버릴 수도 있다는 것이 이립의 생각이었던 것이다.

그렇다면 그 동안 만나보고 싶었던 사람은 누구일까. 만나서 피로를 느끼지 않을 사람은 누구일까. 이립은 통 알 수가 없었다. 곰곰이 따져도 생각나는 사람이 없었다. 어쩌면 한 번도 만나본 일이 없는 생판 모르는 사람인지도 몰랐다. 아니면 무엇에 씌어서 전생에 만난 사람을 막연히 그리워하고 있는 것이나 아닌지도 몰랐다.

이립은 낙향과 더불어서 여러 문제가 자연스럽게 풀릴 것으로 믿었다. 살다 보면 차차 자기도 모르는 사이에 시나브로 풀리게 되리라는 것이었다. 피하고 싶었던 사람과 보지 않고 싶었던 사람이 있을 까닭이 없으니 무슨 문제인들 풀리지 않을 터인가.
 그런데 그렇지가 않았다.
 그것을 이립은 이렇게 말했다.
 "사람 사는 게 다 이런 건지…… 안 울고는 살아도 안 웃고는 못 사는 종자가 인종 같으니 말여."
 "시방 누구 애기여?"
 중학교 때 한반이었던 노육손(魯六孫)이가 되물었다.
 "내가 나를 보면서 하는 소리여."
 "웃기는 놈 천지에 웃을 일이 없다면 자네한테 문제가 있다는 애긴디."
 "그러니 하는 애기지."
 "무슨 일인디 그려. 해결사는 아니지만 애기가 있어서 왔으면 해보라구."
 육손이는 섬의 생김새가 날개를 펼친 거위와 비슷하다 하여 거위의 이 고장 사투리 그대로 때꾸슴이니 땍슴이니 하고 부르는 아도(鵝島) 출신으로, 살기가 오죽이나 애달픈 섬이었으면 조부가 자손 가운데에 뭍으로 진출하는 자손이 나오기를 소원한 나머지, 그의 이름을 뭍에서 사는 손자(陸孫)로 지었다가 면서기의 손에서 손가락이 여섯 개 달린 손자가 되어 호적에 올라도 모르는 수모를 다 겪었을까마는, 그래도 육손이는 툭하면
 "뭍에 나와서 사업허는 슴사람치구 못사는 사람 봤담? 촌늠보다 뱃늠이 똘똘허구 뱃늠보다 슴늠이 똘똘허다는 걸 알으라구"
 하며 흰소리를 쳤고, 누가 지나가는 말로 혹 어디 노씨냐고 하면

주(周)의 시조 무왕의 아우인 주공(周公)의 후예라 본래는 희(姬) 씨인데, 아들이 노(魯)나라를 세워 곡부(曲阜)에 도읍한 이래 성이 곡부를 관향으로 하는 노씨가 되었고, 주공을 성인(聖人)으로 우러른 공씨(孔子) 문중하고 대대로 사돈을 하면서 살다가 한반도로 건너온 뼈대 있는 가문이라며, 장기판에서 차가 떨어지는지 포가 떨어지는지도 모르고 때아닌 족보 타령을 취미로 하였다.

"그러닝께 시방 오이갓집이 공씨라는겨 처갓집이 공씨라는겨?"

실없는 말을 건네더라도

"시방은 우리 메누리가 공씨데"

하면서 진지한 표정을 거두지 않았다.

"그럼 손님도 늘고 하게 간판을 아예 희공라사(姬孔羅紗)로 갈아버리지 그려."

"희공이라니, 그게 무슨 뜻인디?"

"모르면 말구."

육손이가 하는 양복점의 상호는 한국에서 제일간다는 뜻의 한일라사였으나 한국에서 제일가기는커녕 인구 오만 명 남짓한 읍내형의 소도시에서도 제일 허름한 양복점에 지나지 않았다.

이립은 볼일이 있어서 시내에 나올 때마다 정해놓고 이 한일라사에 들르는 것이 일과 중의 하나였다. 육손이는 걸핏하면 '해결사는 아니지만' 운운하면서 해결사의 사촌이라도 되는 것처럼 아무에게나 의논조로 나대기가 버릇이었지만, 됨됨이가 무름하고 무던하여 누구에게나 대놓고 바른말 한마디를 딱 부러지게 못하는 위인이라 따분한 일이 생겨도 머리를 빌릴 만한 대상은 아니었다.

　이립이 뻔질나게 드나든 것은 시내의 한복판에 있어서 정류장으로 삼기에 알맞기도 하려니와, 육손이의 두루춘풍에 뭇사람이 허물없이 드나들며 생긴 대로 노닥거리는 터라 어렸을 때의 동네 마을방이나 다름이 없었기 때문이었다. 사람을 피하고 싶어서 낙향을 서둘렀던 이립으로서는 누가 보더라도 앞뒷동이 두동지는 일로 비치기가 십상이기도 하였다. 그렇지만 직업이 직업이니 농어촌 지역의 살림살이 형편에 대하여 귀동냥하는 일마저 성가시고 피곤한 일이라고 모르쇠를 한다면, 그 또한 밥을 아니 먹고도 사는 재주가 있다고 하는 투나 다를 것이 없을 터이었다.

　이립은 오면가면 한일라사에 들를 적마다 안면이 있고 없는 이를 가리지 않고 눈치껏 귀를 기울였다. 대사를 앞두고 옷을 맞추러 오는 농업 청년이나 직업 환경에 의하여 몸에 밴 기질 하나만으로도 농업 청년보다 장가가기가 한결 수월하다는 어업 청년이 옷을 해 입으러 왔던 자리에서만 정신을 차려서 들은 것도 아니었다. 한일라사의 단골 마을꾼들이라 들르면 들를수록 안면이 늘어갈밖에 없는 시내 사람들에다, 시내를 둘러싼 군내의 열두 면과 열다섯 군데의 섬에서까지 오는 술꾼 춤꾼 계꾼에다 선거꾼 낚시꾼 거간꾼 노름꾼 개평꾼 난봉꾼 말썽꾼 도굴꾼 사냥꾼 빚쟁이 허풍쟁이 바람쟁이 들과 붓글씨를 씁네, 그림을 그립네, 사진을 찍읍네, 글을 씁네 하고 향토예술가를 자칭하며 껍죽거리고 다니는 사내들이 찧고 까부르며 시시덕거리는 이야기도 흘려들은 일이 없었다. 그네들의 관심사에 귀가 솔깃해서가 아니었다. 그네들이 주고받는 이야기 속에서도 무슨 단서를 잡을 수 있을는지 모른다는 한 가닥의 가냘픈 기대 때문이었다.
 이립은 그들의 이야기에도 일쑤 덩달아서 웃었다. 하지만 내켜서 웃은 적은 드물었다. 어이없는 소리에서 나온 실소나 헙헙하다 못해서 웃은 허드렛웃음은 웃음이 아니었다.
 이립은 육손이더러 말했다.
 "여기로 내려올 때는 꼭 만나고 싶은 이가 있었는데 영 만나지가 않네 그려. 놀음놀이에 끼어봐도 재밋성이 없고, 먹자판에 붙어봐도 마뜩치가 않고, 웃느라고 웃어도 웃고 나면 시들하고…… 이게 다 만날 사람을 못 만나 이런 것 같은데, 그것도 복인지 만나져야 말이지."
 "누군디 그려. 뭐 받을 거 있는 사람인감?"
 "이 사람아, 생전 쥐본 게 있어야 받을 것도 있지."
 "그럼 뭐여. 친구여 일갓사람여?"
 "그런 건 아니구…… 아마 모르는 사람인 것 같어."
 "모르는 사람이라니, 독자여?"
 "내게 무슨 독자가 있어."
 "그럼 만나서 취재헐 사람이구먼."
 "그것두 아니구."
 "누군지 생각이 영 안 나서 그러너먼?"
 "그거여. 영 안 나."
 "나야 해결사두 아니지만, 누군지 생각두 안 난다니 나는 어채피 심이 안 되겠구…… 잘 생각해봐. 그게 누군지."

 그 사람이 혹 그 사람은 아닐까 하고 한 사람에 대한 기억을 어루더듬게 된 것은 아주 우연한 계제에 비롯된 일이었다.

이립은 글을 실어주는 데가 서울에만 있어서 가끔씩 서울에 다녀오지 않을 수가 없었다.

한번은 원고관계로 여의도의 한 라디오 방송국에 가서 어떤 시사 프로의 구성작가를 만나볼 일이 있었다. 방송국은 어느 방송국이나 출입이 까다로워서 좀 번거롭더라도 현관의 안내원이 하라는 대로 신분증을 잡히고 방문증을 얻어서 드나드는 것이 원칙이었다. 이립은 그날도 그런 절차를 밟아서 볼일을 보았다. 이립이 방문증을 빠뜨리고 내려왔다는 것을 알게 된 것은 신분증을 찾으려고 방문증을 내줄 차례에 이르러서였다. 되짚어 올라가서 이리저리 기웃거려보았으나 오리무중일 뿐이었다. 안내원은 규정상 신분증을 내줄 수가 없다고 사뭇 딱딱거렸다. 촌티가 흘러서 더욱 그러는 모양이었다. 이립은 방송국 사람으로 보증인을 세우면 방문증을 분실한 것으로 간주하고 신분증을 내주겠다는 안내원의 차선책에 동의하여, 자기를 오게 한 구성작가를 보증인으로 불러내렸다. 안내원은 구성작가가 내려오자 방문증 분실 신고대장이라는 두툼한 서류철을 펼쳐놓으면서 분실 사유를 자세히 적으라고 하였다.

"어디서 어떻게 빠뜨렸는지도 모르는데 자세히 적으라니……."

이립은 따분한 표정으로 구성작가를 돌아보았다.

"남들은 뭐라고 적었나 보시고, 남들이 한 대로 하시죠 뭐."

이립은 구성작가의 말을 옳게 여겨 남들의 분실 사유를 뒤적거리다가 말고

"명답이네."

누가 듣거나 말거나 감탄부터 해놓고는
"분실 사유, 왔다갔다하다가 정신이 없어서"
하고 구성작가에게 읽어주었다.
"됐네요. 그렇게 쓰시죠 뭐."
"쓰다뇨, 이런 글은 인용을 해도 그대로 베껴서 인용해야 예의일 거요."
여자 안내원은 서식이 갖추어진 이립의 사유서를 훑어보고 바로 신분증을 내주면서
"까마귀고길 잡수셨나 봐. 웬 정신이 그렇게 없으세요."
장난기 어린 말씨로 군말을 하였다.
"까마귀? 어디 있어야 말이지요. 근래는 구경도 못 해요. 촌에서도."
이립은 별 생각 없이 말결에 나온 말을 했을 뿐인데도 말인바 참말이었다는 생각이 버스가 여의도를 벗어날 즈음부터 뇌리를 떠나지 않았다. 뿐만 아니라 까마귀에 대한 새삼스런 의문과 어려서의 아슴푸레한 기억도 새록새록 고이기 시작하는 것이었다.
까마귀는 죄다 어디로들 갔을까.
첫째로 그것이 의문이었다. 그런데 그 첫째 의문부터 답이 나오지 않았다. 하고많은 일 다 놔두고 하필이면 까마귀부터 궁금해할 것은 무엇인가 하는 그 다음 의문도, 그러면 까마귀가 보기 어려워진 까닭에 대해 지금껏 궁금하게 여긴 적이 한 번도 없었던 이유는 또 무엇인가 하는 다다음 의문도 답은 나오지 않았다. 오히려 까마귀가 드물어진 현상을 실지로 확인조차 해본 일이 없었다는 사실이나 비로소 깨달았을 뿐이었다.

이립은 까마귀에 대한 의문과 해답을 뒤로 미루었다. 현지에서 구하는 답이 정답일 터이기 때문이었다. 그리하여 까마귀의 처지를 되새기는 것으로 생각을 바꾸었다.

까마귀는 까치와 한가지로 사시장철 사람의 마을에서 사람을 보고 사는 텃새였다. 그런데도 사람들은 까마귀를 차별하였다. 까치는 익조에 길조라면서 추어주되 까마귀는 해조에 흉조라면서 싫어하고, 하다 못해 잘다라서 먹잘것 없는 속솔이감을 딸 때도, 까치가 와서 먹을 것은 남기고 따는 것이 인정이라면서 감나무마다 홍시 한두 개는 반드시 남기고 따되, 까마귀에게는 바람에 부대껴 진집 난 돌배 하나, 아무도 쳐다보지 않아 나무에 달린 채 소한 대한 추위에 얼어터진 고욤 하나를 아까워하여, 그 옆 나무나 옆옆 나무에 앉아 잠깐 쉬어만 가도 애나 어른이나 욕을 퍼대고 돌팔매질을 해싸면서, 무슨 원수라도 진 듯이 발악을 하기가 예사였던 것이다. 까마귀에게는 아무 잘못이 없었다. 다만 여느 새처럼 예쁘지가 않다고 하여 미운 털이 박힌 새로 사람들에게 돌림을 받아온 것이었다. 그렇지만 검은 깃털이 왜 미운 털이란 말인가. 또 짖는 소리가 좋지 않다고 하여 사람들의 눈 밖에 난 셈이라지만, 까마귀 소리가 왜 저승에 가자는 소리나 곡을 하는 소리와 비슷하단 말인가. 까마귀를 훌닦는 험구는 덧거리를 좋아하는 사람들의 터무니없는 오해에서 비롯된 것이었다. 한마을에 살면서도 서로가 뜨악하여 탐탁지 않게 보다 보니 조석으로 마주쳐도 으레 낯이 설 수밖에 없었고, 낯이 설다 보니 오해만 되풀이되게 마련이었을 거였다. 그리하여 까치는 사람들에게 국조(國鳥)로 추대되어 한창 대접을 받아가며 사는 동안 까마귀는 있는 것보다 없는 것이 더 나은 새나, 있어도 그만 없어도 그만인 새로 소외되어 외로움과 서러움을 도맡아서 살다가, 언젠가부터는 원래 없었던 새처럼 숫제 구경도 하기가 어렵도록 죄다 어디론가 사라져버린 것이었다.

이립이 까마귀를 까그매라고 불렀던 시절로 되돌아간 길에 가물거리는 기억 속에서 언뜻 언년이를 찾아낸 것은 퍽 다행스럽고도 당연한 일이었다. 이립은 언년이의 옛 모습이 의붓아비에게 눈을 지릅뜰 때마다 이마에 층층이 잡혀쌓던 주름살부터 나타나자, 언년이가 의붓아비의 눈칫밥과 있는 집 아이들이 따돌렸던 소외감으로 하여 까마귀와 한가지로 무척이나 서럽고 외롭게 자란 것이 아니었던가 싶었다. 아무리 생각해봐도 언년이가 누구누구하고 동무하며 자랐는지 그림이 떠오르지 않았다. 이립의 기억은 언년이의 소꿉동무가 고작해서 자기뿐이었다는 것이 전부인 것 같았다.

그것은 또 무슨 이유였을까. 이립은 곰곰 생각해봐도 이렇다 하게 짚이는 것이 없었다. 무엇보다도 사는 형편부터가 걸맞지 않았다. 이립은 태어나서부터 전깃불을 쓰면서 자랐다. 삼동네를 통틀어서 열에 일고여덟이 석유등잔밖에는 모르고 살던 시절이었다. 이립의 집에는 동네에서 유일하게 재봉틀이 있었다. 어머니가 '재봉침은 인장표(人章標)가 제일'이라고 칭찬하던 손재봉틀이었다.

집에는 라디오도 있었다. 동네에 있는 두 대 가운데의 하나였다. 괘종시계도 둘이나 있었다. 동네 사람들은 첫닭 우는 소리, 첫차 가는 소리, 오정 때 오포 울리는 소리, 학교 다니는 아이들이 집에 가는 소리로 하여 해가 가는 것을 대중하고, 수챗가에 심어 놓은 분꽃이 피거나 닭이 홰에 오르는 것에 맞추어서 저녁을 안 쳤으며, 별이 총총한 뒤에 지나가던 막차 소리로 하여 밤이 이슥해진 것을 가늠한다던 것이었다.

이립은 지금 생각해보아도 자기는 있는 집 아이가 아니었다. 집에 전기가 들어왔던 것은 동네가 읍내에서 멀지 않은 탓이었을 거였다. 라디오며 재봉틀이며 괘종시계며는 어머니가 시집오실 때 혼수로 해온 것들이었다. 집에서는 농사를 지었다. 따라서 광이고 시렁이고 헛간이고 처마 밑이고 간에 아무나 다룰 수 없는 세간과 농기구들로 여간만 어수선했던 것이 아니었다. 그렇지만 그런 세간이며 도구들도 골고루 구색을 갖춘 것은 아니었다. 이를테면 동네 사람들이 홀태라고 불렀던 벼훑이와, 호롱기라고 불렀던 탈곡기와, 바심한 곡식을 바람에 드릴 때 쓰는 풍구 등은 있어도, 갈고 써리고 나르는 쟁기와 써레와 달구지는 없었다. 목화씨를 빼는 씨아와 실을 잣는 물레와 지게 멍석 맷돌 고무래 같은 것은 있었지만, 무명이나 모시를 짜는 베틀, 참기름 들기름을 짜는 기름 챗날, 왕골과 부들로 자리를 짜는 자리틀이나 새끼를 꼬는 새끼틀 같은 것은 없었다. 중농은 어림도 없고 겨우 영세농이나 면했을 정도의 빈농에 불과했기 때문이었다. 그렇다면 자기가 꼭 없는 집 아이였기에 언년이의 동무가 되었던 것이었을까. 그것은 아니었다. 언년이가 의붓아비의 구박덩어리로 웃는 날보다는 우는 날이 더 많았던 탓이었을 거였다. 언년이는 툭하면 부지깽이나 빗자루로 얻어맞았고, 걸핏하면 끄덩이를 휘둘리며 내쫓겨서, 잘해야 아궁이 앞의 두트레방석에 옹송그리고 앉아 종구라기에 숭늉만 흥덩한 눌은밥으로 먹는지 마는지 하고 말던 저녁조차 거른 채, 회색 헝겊오라기로 누덕누덕 기운 검정 통치마에 소맷부리가 너덜거리는 회색 홑적삼으로 이웃집의 집터서리에 있는 섶나무 더미나 짚가리 틈같이, 땅거미만 져도 무섬증이 절로 나던 한데로만 찾아들어 남몰래 숨어 자고 다니기를 제집에서 먹고 자듯이 한다는 것이었다. 어른들은 언년이의 어미가 그 사내 못지 않게 모진 여편네라 사내가 의붓딸에게 더욱더 몹시하는 게 아니냐고 쑥덕거렸다. 이립은 언년이가 불쌍했다. 그러나 불쌍하다는 마음뿐이었다. 식구들 몰래 눈치껏 먹을 것을 여투었다가 주는 것도 한도가 있었기 때문이었다. 그러니까 불쌍한 언년이를 동정해주고 싶어도 먹는 것이나 입는 것으로는 그럴 수가 없으니, 기껏 소꿉동무로나 따라다녀서 서러움과 외로움을 덜어주고 싶었다는 것인가. 이립은 선뜻 그렇다고 할 수가 없었다. 또 그렇지 않았다고 하기에도 내키지가 않았다. 글쎄 어느 쪽이었을까. 아니 어느 쪽이나마나 그것을 이제 와서 어떻게 가릴 수가 있을 것인가.

이립은 언년이가 그 뒤로 어떻게 되었는지 궁금하였다. 지금은 어디서 어떻게 살고 있는지 만났으면 싶었다. 그뿐만 아니라 그 동안 보고 싶었던 사람, 보고 싶어도 만날 수가 없어서 그 대신에 보고 싶지 않은 사람이나 피하고 싶은 사람만 생기게 했는지도 몰랐던 장본인, 그러나 만나보기만 하면 모든 문제가 쉽사리 풀릴 성싶었던 사람, 하지만 그것이 누군지 영 생각이 안 나서 생판 모르는 사람인지도 모른다고까지 했었던 바로 그 인물은 아닐까 하는 생각이 들기도 하였다. 그렇다면 그 동안 단지 그 언년이가 생각나지 않아서, 언년이에 대한 단서 하나 바라보고, 하고한 날 시간 보낼 줄 모르는 건달들이 모여들어 시간이 안 간다고 지겨워하던 한일라사에 드나들며 귀동냥을 일삼았던가 하는 의문이 들었다. 이립은 가타부타하고 싶지가 않았다. 다만 언년이를 한번 만나보고 싶을 따름이었다. 물론 막연한 일이었다. 언년이라는 이름부터가 본이름이 아닐진대 이름도 성도 모르는 사람을, 그것도 초로에 들어선 여인네를 어떻게 찾을 수 있단 말인가.

이립은 뜻밖에도 힘 하나 안 들이고 언년이를 만났다. 방송국에서 구성작가를 만나고 내려온 지 이틀 만의 일이었다.
이립이 '오늘이야말로 언년이에 대한 단서 하나 바라보고 온다'고 입 속으로 중얼거리며 한일라사에 들어서니, 그날사말고 객꾼 하나가 없이 육손이 혼자서 신문을 보고 있었다.
"이냥 한갓진 날도 있을 때가 다 있구먼."
이립은 그러고 중얼거리면서 모처럼 널찍한 자리를 넓게 잡고 앉았다. 육손이는 언제나처럼 다방으로 차를 시켰다. 차를 가져온 여자는 육덕이 좋았다.
육손이는 차를 들면서 옆에 앉은 육덕 좋은 여자를 무슨 조사할 것이라도 있는 양 이리저리 살펴보더니
"참, 자네 팬 하나 잘 뒀데. 여자여. 여기 내려와 있다구 했더니 꼭 보구 싶댜. 아녀, 보구 싶은 정도가 아니라 꼭 봐야겄댜. 보통 팬은 안 같더라구."
눈을 이립에게 돌리며 곧이들리지 않는 소리를 늘어놓는 거였

다.
"팬은 무슨 후라이팬여. 내가 시인여 소설가여. 게다가 여자석이나?"

이립은 두말할 것도 없이 귓등으로 들었다. 있지도 않았고 있을 수도 없는 일이었으니까. 그러나 육손이는 농담으로 하는 말이 아닌 것 같았다.

"아녀. 자네를 꼭 봐야겄댜. 시내에 나오면 나버러 데려오라구까장 허던디. 자네 얘기를 했더니 그냥 반가워 죽더라닝께."

"어떻게 아는 인데?"

"워치게 알기는, 우덜이 장 댕기는 국수 장사 아줌만디 물러?"

"허구많은 사람 중에 해필이면 국수 장사가 왜 팬이라나?"

"젊어서 혼자 된 아줌만디, 나이는 우덜버덤 한 서너너덧 살 위구…… 어려서 자네랑 한동네서 살았다구 허는 것 같지 아마. 하여간 이따가 가보면 알껴. 그 집 국수 맛있다구. 암껏두 안 들어가구, 그냥 멜칫국물에다 말어주는 국순디 국수버덤 그 멀국이 아주 션허구 좋아. 즘신일랑 이따 그 집으루 가세. 간판두 없구, 값두 한 그릇에 천 원여. 너무 싸서 학생덜이 안 올 정돈디…… 요새는 학생덜 안 오는 집이 싸구 맛있는 집여."

이립은 육손이를 따라나섰다. 그러나 언년이를 만날지도 모른다는 기대보다는 육손이를 보아서 그저 에멜무지로 따라나섰을 뿐이었다. 행여 언년이를 만나더라도 어딘지 모르게 그렇듯 우연스럽고 싱겁게 만나질 리가 없을 것 같았기 때문이었다.

육손이는 잡화전에서 어물전께로 난 골목으로 들어서더니 전에 생물 장수들이 소금창고로 썼던 달개집 앞에 이르러 이립을 돌아보고 "이 집여" 하는 일변 달개집을 밀고 들어가면서 "나 왔 슈. 그 이립이도 오구유" 하였으나 이립의 귀에는 안에서 금방 무슨 일이 벌어진 것처럼 여자가 "얼라―, 얼랄랄라……" 하고 급해서 말이 안 나오는 소리만 비명처럼 들릴 뿐이었다. 이립은 그것이 자기가 왔다는 말에 언년이가 반갑다 못해 말을 잇지 못한 소리였다는 것을 뒤따라 들어가서야 알았다. 언년이는 물 묻은 손으로 이립의 손을 잡아 흔들며 놓을 줄을 몰랐다. 길에서 만나면 서로 소 닭 보듯 하기가 십상으로 언년이는 딴사람이 되어 있었다. 머리가 허연 것이 무엇보다도 낯설었다. 아니 이마에서 주름살이 보이지 않아 더 낯선 것인지도 몰랐다. 혈압이 어떤가 싶을 정도로 얼굴에 굶은 데가 없이 꽉 찬데다 몸매마저 보동되어, 한창 먹을 때 주려서 노랑물이 흐르는 얼굴에 주름살이 먼저 이마로 앞질러가던 언년이의 모습이라고는 조금도 남아 있지 않았다. 이립은 그렇게 변한 언년이가 여간 보기 좋지 않았다.

"죽잖구 살면 이냥 만날 수 있는 것을…… 그런디 원제 오셨댜?"

언년이는 서울에 다니러 갔다더니 언제 내려왔느냐고 묻는 모양이었다.

"벌써 오십사 년 됐수. 신사생, 뱀띠닝께."

"그려, 맞어. 나버덤 시 살 즉었어. 그런디 왜 인저서야 만난댜. 환고향해서 살걸랑 나 같은 사람두 점 찾어보구 허잖구서."

"언년이가 하나 둘이간디 찾어? 그 나이에 촌에서 언년이 아니었던 여자가 몇이나 된다구."

이립은 입술에 침도 안 바르고 거짓말을 하였다. 언년이가 서운해하지 않게 하자니 그렇게 둘러대는 수밖에 없었다. 그러자 언년이는 펄쩍 뛰었다.

"얼라, 내가 왜 언년이랴. 벌써 이름두 잊었뻐렸나베. 아 내 이름이 채송자(蔡松子)라 나만 보면 채송화야 채송화야 허구 놀려 쌓구서 그새 잊어뻐려? 허기사 그새가 다 뭐여, 벌써 몇십 년이 흘렀는디."

이립은 그제서야 그녀의 본명이 어렴풋이 떠올랐다. 그녀의 의붓아비가 하씨였기 때문에 더 그랬는지도 몰랐다. 그러나 언년이는 언제나 언년이였지 채송화 운운하고 꽃 이름으로 불러가면서 놀렸다는 이야기는 듣느니 처음이었다. 그래서 이립은 짐짓 어깃장을 질러보았다.

"그랬나? 나는 이 집 사장님이 어렸을 때, 동네 사람들이 이 집 사장님 보구 까그매가 보면 아줌니 아줌니 허겄다구 놀려댔던 것 같은디."

"얼라, 그건 내라 더더대더러 까그매가 보구 아저씨 아저씨 허겄다구 놀려댔던 말이었지. 안 그려? 왜, 더더대두 잊어뻐렸남? 더더대 말여."

"더더대?"

"왜 있었잖여. 누가 뭐라구 허면 더더더더 허구 쥉일 말만 더듬다가 판나던 으덩박시 말여."

이립은 더더대도 말더듬이 거지도 채송자나 채송화에 못지 않게 생소하였다.

"얼라, 어려서는 총기두 좋던 이가 왜 이냥 흐려졌댜. 아 왜 얻어를 먹으러 댕겨두 넘덜마냥 바가지나 깡통을 들구 댕기는 게 아니라 으레 자루에다 사금파리를 잔뜩 담어서 무거터지게 짊어지구 댕기면서 얻어먹어서, 얻를 먹으러 댕겨두 똑 빌어처먹게 허구 얻어먹으러 댕긴다구 사람덜이 숭봐쌓던 그 으덩박시두 생각이 안 난단 말여?"

"가만있어봐요. 그때 그런 일두 있었었나?"

이립은 까그매가 보면 아저씨 아저씨 하겠다고 언년이가 놀렸다던 더더대, 얻어먹으러 다녀도 빌어먹게 차리고 다닌다고 사람들이 웃었다는 더더대를 찾아서 생각에 생각을 거듭하며 담배를 피웠다. 그때만 해도 조석으로 동네에 드나든 비렁뱅이가 어디 하나 둘이었던가. 외톨이로 떠돌아다닌 사내, 동기간인지 남남인지 몰라도 쌍으로 다니면서 기웃거리던 사내, 서너너덧 명이 패를 지어 다니면서 시끌벅적하게 혼을 빼어 곡식을 받아도 됫박으로 받아서 동냥자루가 장정 짐으로 한 짐이 넘던 장타령꾼들, 여편네와 사내는 양지바른 우릿간 앞에 편히 앉아서 이나 잡고 어린것들만 웃말 아랫말로 때려서 내보내 밥을 달라 건건이를 달라 하고 떼를 쓰게 하던 떼거지, 겨울에도 뱀을 잡아서 모닥불에 구워 먹던 땅꾼, 날씨가 추워지면 이듬해 해토머리까지 일을 하지 않아 아무도 없는 소금가마나 옹기가마를 차지하고 겨울을 나면서 동네에서는 동냥도 다니지 않고 손을 타는 물건도 없이, 늘 식전에 나갔다가 저녁에 들어와서 잠만 자고 하여 여느 때는 눈에 띄지도 않았던 걸인들까지 하면 그 수가 얼마나 되는지 헤아릴 수도 없이 많지 않았던가. 그런데 그 가운데 더더대란 놀림을 받은 말더듬이 걸인도 있었던가.

있었다. 이립은 담배 한 대를 다 피운 뒤에야 비로소 더더대가 생각났다. 그것도 언년이가 놀려먹은 일보다 자기가 집에서 더더대의 말투를 흉내냈다가 어머니에게 혼이 났던 일로 말미암아 생각이 난 것이었다.

"그러면 못쓴다. 성헌 사람이 반실(半失)이 숭보면 죄루 가는 겨. 말두 너덜거리는 사람 말버덤 차라리 더덜거리는 사람 말이 더 낫은 벱이구."

이립은 성한 사람이 반실이를 흉보면 죄로 간다는 말에 더더대가 자기네 마당에서 사금파리 자루를 내려놓고 쉬어 가거나, 장터에 장이 파한 지가 한참 되어 촌에서 장을 봐가는 장꾼마저 뜸한 신작로로 붉덩물 빛깔의 저녁놀이 뒤덮인 낡은 사금파리 자루를 새끼줄로 멜빵 하여 지고 지나갈 적에도, 놀림감으로 알고 시시덕거리거나 만만하게 보고 성가시게 군 일이 없었다.

"생각나? 그럼 더더대가 집의 마당에 자루를 내려놓구 양지곁에 쓰러져서 졸을 때 내라 그 자루를 열어봤던 것두 생각나남?"

이립의 표정을 살펴가며 언년이가 물었다.

"나지. 채여사두 어려서는 엔간히 극성맞았어."

언년이는 더더대가 졸고 있는 틈에 자루를 끌렀다. 끄르기만 한 것도 아니었다.

"히힛, 이건 보새기 깨진 거, 이건 종재기 깨진 거, 사발 깨진 거, 대접 깨진 거, 접시 깨진 거…… 어라, 이건 또 뭐랴. 히, 뿌러진 사시(沙匙) 토막. 업세나, 이건 요강 깨진 거 아녀. 별거 다 있구먼. 도깨비 시간살이마냥 별거 다 있어. 이건 종발 깨진 거, 이건 바래기 깨진 거…… 그래두 막그릇 깨진 건 하나두 읎네."

자루 속의 사금파리를 집어들고 그렇게 일일이 주워섬기기도 하였다.

이립은 더더대가 무엇 때문에 사금파리를 그렇게도 한 자루씩 주워들이는지, 주워들여서 어디에 쌓아놓는지, 쌓아놓고 무엇에다 쓰는 것인지, 질그릇 깨어진 이징가미나 오지그릇 깨어진 부등가리 조각 같은 것은 쳐다도 안 보고 꼭꼭 사기그릇 조각만을 주워들이되, 무늬나 그림이 있는 것들로만 주워들이는 이유는 무엇인지가 궁금하지 않을 수 없었다. 이립은 또 더더대도 솜씨가 있어서 어떤 거지처럼 솔뿌리를 캐다가 가마솥이나 항아리를 가실 때 쓰는 솔이라도 매어서 팔고 다녔으면 싶었다. 장날마다 장돌뱅이 매장치듯이 한다고는 하지만 말도 제대로 못 하는데다 동냥질보다는 사금파리를 주워담는 데에 더 정신을 팔 것 같았던 것이다. 이립의 그런 걱정에 어머니는

"그런 사람이 무슨 정신으로 솔을 매어 돈 사겄어. 정신이 그러면 살어두 못 사는겨"

하였다. 그런가 하면 언년이는

"얘 보랴, 마당 터지는디 솔뿌래기 걱정헌다더니…… 알어? 동냥은 으덩박시 중이서 더더대가 젤루 낫더랴. 그건 왠 중?"

"물러."

"알어? 떡전이나 국수전이나 국밥전에 가서 더더더더 허구 말허면 입이서 자꾸 침이 텨나옹께, 침 튀는 게 싫어서 싸게싸게 줘 보내더랴. 알어? 그렁께 더더대는 동냥허는 게 훨씬 낫어."

언년이는 더더대가 동네에 오면 가만히 있지 않았다. 사금파리에 군데군데 미어진 자루를 한 번 더 끌러보고 싶어서 더더대를 맴돌며 눈치를 살피거나, 더더대가 볕 좋은 짚가리 앞에 앉아서

이라도 잡고 있으면

"더더대, 더더대, 각씨 있어? 장가갔냥께? 각씨 있어? 읎어? 있어?"

재우치고 다그치고 되곱치고 하며 사뭇 귀챦아서 못 살도록 굴었다.

"더 더더더……"

더더대의 대꾸는 한결같았다. 그래서 언년이 같은 야살쟁이도 무엇 한 가지 알아낸 것이 없었다.

"그런데 참 그 더더대는 그 뒤루 워치게 됐나?"

이립은 자기도 모르게 더더대에게 빠진 말투로 물었다.

"더더대?"

"죽었나 살었나, 죽은겨?"

"아니, 왜 나를 만나러 와서 더더대가 더 급허구 난리랴? 이 채송자버덤 더더대가 더 보구 싶었다 이거여?"

이립은 웃었다. 언년이의 말이 우스워서가 아니라 하마터면 그렇다고 대답할 뻔한 자기의 태도가 더 우스웠던 것이다.

"그 까그매 같었던 더더대는 왜 대이구 찾는댜. 만나서 글쓸 거 있남?"

언년이는 육손이가 가게를 더 비울 수 없다고 먼저 나가자 부리나케 상을 치우고 커피를 타서 마주 앉은 뒤에야 비로소 더더대를 다시 입에 올렸다.

"까그매 같다니, 근래엔 통 볼 수가 없다는 얘긴가베."

"집이 워디껜지두 모르구…… 굴에서 사는지 움에서 사는지 워치게 생긴 디서 사는지두 모르구…… 암두 없이 사는지 누구랑 하냥 사는지 그런 것두 모르구…… 누구 하나 동정해주길랑 사리 워쩌다 한 번이나 보면 우스갯가마리루 알구 놀려대지를 않나, 돌팍을 던지지 않나, 나무때기 같은 걸루 집적거리지를 않나…… 오나가나 머리가 호영토록 숫제 인간 품목에두 못 들던 이가 바루 그인디, 아 그런디 워느 날버터 느닷없이 찾아오는 이가 없나, 가만가만 뒤를 밟는 이가 없나, 질에서 만나 괜히 밥 사주구 술 사주는 이가 다 없나…… 그러다가 원제버터 워디룬가 사러지구 말었으니, 똑 까그매 짝 나구 말은 이가 더더대 아닌감."

"까그매야 지금두 찾어댕기는 인간이 있으니 더더대보다야 낫을 테지."

"까그매는 사람 배때기가 공동 모인디 뭘. 이전에는 까그매가 와서 시끄럽게 허면 초상이 난다구 했지만, 시방은 꺼꾸루 인간이 시끄러 까그매가 초상나는 시상 아닌감. 얼마 전까장은 마리당 삼십만 원씩 불렀다는디, 요새는 부르는 게 값이래두 없어서 못 처먹는 늠덜이 쌨을걸."

"전에는 보기만 해두 재수 없다구 고개를 돌렸는디, 이제는 거꾸로 재수 없는 일 있을 일 있는 놈이 그렇게 많아졌다는 얘긴 게지 뭐."

"몸에 좋다는 게 다 뭐랴. 까그매가 없으닝께 앞으루는 그런 것덜이 뻐드러져서 산으루 가져가두 파먹어줄 새두 없을 테구…… 문제지, 문제여."

"책에서 보니까 까그매두 그냥 두면 칠팔십 년은 너끈히 사는 모양이던디. 더더대두 한 칠십…… 아마 그렇게 됐을걸?"

"더더대두 그냥 뒀었어야 허는디…… 팔자가 모질면 목숨두 모진 법이닝께 죽잖었으면 워디 가서 숨어살든지, 그러겠지 뭐."
"왜?"
"그늠읫 사금파리 때미……."
언년이는 귀동냥으로 들었다는 이야기를 줄거리만 추려서 들려주었다.
더더대는 언제 보더라도 그전하고 달라진 것이 아무것도 없었다. 동냥질로 살면서도 들고 다니는 동냥자루보다 지고 다니는 사금파리 자루가 몇 배나 크고 무거워 보이던 것도 그전하고 그대로였다. 그런데 언제부터인가 이상한 소문이 돌아다니고 있었다. 더더대가 잡혀갔다고도 하고 풀려났다고도 하는 것이었다. 잡혀가고 풀려나고 간에 더더대에게는 있을 수가 없는 일이었다. 언년이는 물론 곧이듣지 않았다. 그러나 비록 뜬소문일망정 하도 남의 일 같지가 않아서 그 빌미를 캐는 일 하나는 미루적거리지를 않았다. 그러던 참에 실마리가 잡히기 시작했다. 자기네 가게로 국수를 먹으러 오는 이들 중에는 뱃사람과 섬사람이 많았다. 뱃사람이나 섬사람은 촌사람들보다 통도 크고 손도 크니 값이 헐해서 오는 것이 아니었다. 술을 마셔도 마셨다 하면 되게 마시는 통에 국숫국물로 속풀이를 하자고 오는 사람들이었다. 그들이 흘리는 말이삭을 주워서 꿰어보니 특히 때꺼섬에 살면서 머구리배를 부리거나 머구리로 일하는 사람들 가운데에 엉뚱한 일로 목돈을 쥐려는 이들이 있다는 것을 알았다. 때꺼섬 근처에 여가 있다는 것, 그들은 암초를 여라고 부른다는 것, 예전에 그 여를 들이받고 가라앉은 짐배가 있었는지, 지금도 잘만 하면 옛날의 그 백자항아리나 대접이나 접시 같은 것을 건져서 큰돈을 만질 수 있다는 것이었다.

언년이는 그 몇 년 전에도 그와 비슷한 이야기를 들은 적이 있었다. 대개는 그물에 걸려서 나오고 있으며, 나오는 대로 거두어가는 중간상인의 발걸음이 전복이나 새조개를 몰아가는 해산물 수집상의 발걸음에 비해 뒤지지 않는다는 것이었다. 그러다가 걸려들어서 감옥에 다녀온 사람도 있었다. 법을 지키느라고 군청에 가서 사실대로 신고하여 보상금을 탄 이도 있었다. 그렇지만 보상금을 타먹고 두고두고 후회하는 사람도 있었다. 공보실의 직원뿐 아니라 경찰관들이 수시로 찾아와서 탐문을 하려고 드는 탓이었다. 그후에 더 나온 것은 없는지, 누가 또 어떤 물건을 건져서 신고를 않고 있는지, 누가 누구하고 끈이 닿아 물건을 빼돌리는지, 누가 누구에게 뒷돈을 대면서 때를 기다리고 있는지 따위 알 수도 없고 할 수도 없는 대답이나 재촉하면서, 직업적인 도굴범이나 그와 비슷한 무리로 여기는 것 같아 불쾌하고 불안할 뿐 아니라, 아무 명색 없이 생업에도 큰 장애가 되어 귀찮고 성가시기가 보통이 아니었던 것이다. 그래서 그물이나 낚시에 문화재가 올라오면 슬며시 바다에 되돌려주는 어부도 있고 개중에는 너도 못 먹고 나도 못 먹자고 망치나 멍키스패너로 박살을 내어 내던지는 막된 어부도 있었다.

그렇지만 요행수로 한번 맛들인 사람은 후릿그물에 들어간 고기처럼 그물을 벗어나지 못하였다. 한배를 타는 어부끼리도 딴마음을 품게 마련이었고, 관청에 찌르는 사람, 찌른 것에 앙갚음하는 사람, 앙갚음에 되갚음하는 사람이 그치지 않아 관청의 단속망 또한 정치망에 버금갈 지경으로 빈틈없이 충실해졌다. 자연히 중간수집상들이 왕래를 삼가게 되었다. 그들은 섬 밖에서만 물건을 기다렸다. 건져낸 물건을 안전하게 섬 밖으로 내가는 일이 바닷속에서 물건을 건져내는 일보다 더 어려워졌다. 그와 함께 머구리라고 부르는 잠수부 하나가 단속망을 피하는 연구에 매달리기 시작했다. 해녀처럼 자맥질을 하면서 어패류를 훑다 보니 바다 밑 사정에도 누구보다 밝았을 것이었다.

그 머구리는 마침내 용한 꾀를 내기에 이르렀다. 말도 못 하는 데다 정신마저 들락날락하여 수십 년째 사금파리 자루나 짊어지고 다니면서 사금파리만을 주워들인다던 그 늙수그레한 비렁뱅이에게 눈길이 멈춘 것이었다. 머구리의 생각에 더더대는 그 어떤 조직원보다도 마음이 놓이는 비밀의 철옹성이었을 터였다. 세상에 어떤 시러베아들이 더더대의 사금파리 자루를 끌러보고 뒤적거려보고자 할 것인가.

더더대가 들어갈 때도 한짐 나올 때도 한짐으로 사금파리 자루를 지고 섬에 드나든다는 것은 아무가 보더라도 예삿일이 아니었다. 더욱이 때꼬섬은 멀기도 멀거니와 사는 것이 넉넉한 것도, 사금파리가 많이 나오는 도자기 공장이 있는 것도 아니었던 것이다. 더더대가 그 머구리의 심부름을 몇 행보나 해주었는지는 알 수가 없었다. 언년이의 뒤를 이어 더더대의 사금파리 자루를 궁금히 여기고 끌러본 사람은 어항의 초소에서 근무하고 있던 한 방위병이었다. 그 방위병은 나이가 어려서 더더대와 낯이 서먹했던 탓에 자루만 보고도 궁금증이 일었을 것이다. 자루 속을 뒤적거리는데 아무짝에 쓸데없는 사금파리 틈에서 목이 긴 술두

루미 하나가 그야말로 군계일학으로 눈에 띄었다. 따뜻한 밥과 안주 있는 술 한잔에 팔려서 하염없이 끌려다녔던 더더대가 비로소 머구리 일당에게서 장난처럼 놓여나는 순간이었다. 법은 정상을 참작하여 더더대에게 책임을 묻지 않았다. 더더대에게 심부름을 시킨 머구리와 더더대를 통하여 물건을 건네받은 중간상인도 제재를 받지 않았다. 그들이 노렸던 그대로 그들의 실체를 알릴 만한 능력이 더더대에게는 없었으니까.

더더대는 사는 것이 그전만 같지 못하였다. 걸핏하면 팔자에 없는 경호원이 따라붙은 탓이었다. 뒤를 밟고 다니는 사람을 남이 먼저 아는가 하면 더더대의 행동거지와 더더대를 대하는 사람의 태도를 먼발치에서 엿보는 눈길에 일쑤 간이 떨어지곤 하였다. 더더대를 악용한 머구리 일당의 신원이 밝혀지지 않은 탓이었고, 또다시 더더대를 악용하려는 손길이 미치지 않는다는 보장도 없어서, 놓여나기는 했지만 그렇게 장난처럼 놓여난 것이었다. 더더대만 나타나면 손이 후하던 먹는 장수들도 손이 시나브로 가늘어졌다. 철이 바뀔 때면 입지 않는 옷가지를 아끼지 않던 집들도 어디서 무슨 소리를 들어 그러는지 하던 적선까지 꺼려 하였다. 더더대를 감시하는 이들에게 쓸데없는 오해를 사지 않으려고 지레 겁내어 취했던 예방조치였다.

"그러다간 굶어 죽거나 얼어 죽을 판이었어. 그런디 그때쯤 해서버텀 더더대가 통 안 보이기 시작허는겨. 입때껏 워서 봤다는 사람 하나가 없이 말여……"

언년이는 이야기를 마치면서 헙헙하게 웃었다.

이립은 가슴이 횅한 것 같았다. 아니 머릿속에도 횅하게 빈자리가 생긴 것 같았다.

"안 되겠구먼. 만나봐야지."

이립은 혼잣말로 중얼거렸다.

"누구를, 더더대를? 그이가 워서 살간 만나? 글쎄…… 살어나 있을라나…… 살어 있으면 혹 까그매덜이 가 있는 디에 살어 있나두 모르기는 헌디……"

언년이도 심드렁하게 들어넘겼다.

"글쎄…… 그런데 거기가 어딜까."

이립은 혼잣말로 자꾸 묻고만 있었다.

더더대는 어디에 있을까?

까마귀는 죄다 어디로들 갔을까?

해설 | **서영채**(문학평론가, 한신대 교수)

충청도의 힘

이문구의 소설에서 무엇보다 두드러지는 것은 충청도 사투리로 구성되는 농투성이들의 마음의 풍경이다. 괴팍하고 뒤퉁맞으면서도 세상의 범사에 있어 자기 주견이 뚜렷한 사람들, 지식이 있는 것은 아니지만 세속의 경험을 통해 삶의 지혜를 체득한 사람들, 삶의 문리를 깨친 사람들, 이리저리 말휘갑을 치며 궁지를 빠져나가는 능청스런 사람들, 억압적이거나 허풍스런 관리들과 도시 사람들을 향해 혹은 그들의 논리에 대해 또박또박 이치를 따져 묻는, 겉으로는 헐렁해 보여도 속으로는 야무지기 이를 데 없는 고집스럽고 의뭉스러운 사람들.

1. 사투리의 수사학

이문구의 소설이 지니고 있는 매력이 그의 독특한 문체에 있다는 사실은 구태여 강조할 필요가 없다.『관촌수필』(1977)과『우리동네』(1981),『유자소전』(1993) 등을 통해 구현되어온 저 유려한 토박이말과 구어체의 세계는 이미, 이문구만이 그려낼 수 있는 우리 소설사의 한 진경으로 자리잡고 있다. 그 세계의 한가운데에 있는 것이 충청도 사투리거니와, 충청도 말이 얼마나 매력적인 언어인지를 보여준 것만으로도 그의 작가적 소임은 충분했다 할 만큼 그 세계는 매력적이다. 그것이 사투리나 혹은 충청도 방언 자체의 힘만이 아닌 것은 물론이다. 거기에는, 그 말을 쓰는 사람들이 보여주는 토박이스런 삶의 다양한 체취들과 농민적인 정서, 그리고 『관촌수필』에서 드러나는 사위어가는 것들 혹은 사라져버린 것들의 잔영이 주는 애가적인 분위기 등이 모두 함께 뒤섞여 있다. 그 모든 것이 곧 사투리이고, 충청도스러움이고 촌스러움이다. 저 도시적인 강퍅함에 비하면, 혹은 근대사의 공간을 이끌어온 모더니티의 저 거대한 힘에 비하면 지나치게 연약하여 이내 사라져버릴 것처럼 느껴지는, 인간적인 유대의 공간이자 전통적이고 공동체적인 분위기다.

이문구 소설의 핵심적인 수사학적 기제인 충청도 사투리는 이 모든 것들이다. 이문구가 즐겨 그려온 것이 농촌이라는 사실은 이런 견지에서 보자면 지극히 당연해 보인다. 이문구 소설의 저 촌스러움은 논리이기 이전에, 이미 그가 즐겨 구사하는 소설 언어 속에 깃들여 있는 것, 일종의 생리나 기질이라 해야 할 것이다. 그래서 그의 소설에서 충청도가 아닌 농촌이나 충청도 사투리를 쓰지 않는 농촌 사람들은 상상하기 어렵다. 농촌의 제반사에 대한 세세한 앎에 있어서도 그러하지만, 이문구의 소설에서 무엇보다 두드러지는 것은 충청도 사투리로 구성되는 농투성이들의 마음의 풍경이다. 괴팍하고 뒤퉁맞으면서도 세상의 범사에 있어 자기 주견이 뚜렷한 사람들, 지식이 있는 것은 아니지만 세속의 경험을 통해 삶의 지혜를 체득한 사람들, 삶의 문리를 깨친 사람들, 이러저리 말휘갑을 치며 궁지를 빠져나가는 능청스런 사람들, 억압적이거나 허풍스런 관리들과 도시 사람들을 향해 혹은 그들의 논리에 대해 또박또박 이치를 따져 묻는, 겉으로는 헐렁해 보여도 속으로는 야무지기 이를 데 없는 고집스럽고 의뭉스러운 사람들이 있다. 이문구의 세계에서 농촌은 바로 이런 사람들을 만들어내는 곳이다. 이들은 저마다 각양각색으로 다르지만 농사꾼 기질이라는 점에서는 일치하며, 수더분하면서도 고집스럽고, 학식은 짧지만 제반 일상사에서 경우 하나는 깍듯하게 바르다는 점에서, 자본제적 인간의 전형인 야멸차고 반지빠른 장사꾼 기질과 정반대되는 기질의 소유자들이다.

바로 이러한 사람들의 표정을, 농사꾼 기질을 내장하고 있는 공간으로서의 농촌을, 혹은 농촌적인 정서를 생생하게 포착해냈다는 것이야말로 이문구의 소설이 지니고 있는 의미라 해야 하지 않을까. 이에 비하면, 산업화 과정에서 소외된 지역으로서의 농촌이 지니고 있는 여러 모순과 실상을 그려냈다는 점은 오히려 부차적일 듯싶다. 충청도 사투리로 구성되는 그의 농촌은, 자본제적 시장 원리라는 시속의 주류 논리의 가장자리에 혹은 바깥에 존재하는, 일종의 타자의 공간으로 보인다. 그가 그려내고 있는 고집스런 농투성이들의 기질과 생리적이라 할 만한 '보수성'은 싸구려 개발 논리나 가짜 진보주의에 맞서는 삶의 진정성의 일단을 함축하고 있다. 그것은 무엇보다도 약삭빠르고 위선적인 인간들, 제 위세만 믿고 경우 없이 구는 사람들, 졸부근성을 지닌 속물들의 반대편에 놓여 있다. 물론 현실 세계 속에서 어떤 쪽이 우세한 힘을 가지고 있는지는 자명하다. 촌스런 농투성이들은 자본제적인 현실 속에서는 살아남기 어려운 존재들이고, 기껏해야 그 주류 논리의 그늘 속에서 근근이 도생할 뿐이다. 충청도 사투리와 구어체로 구성되는 저 풍요로운 풍유의 세계는 그러한 존재들을 조명해내는 수사학적 기제이다.

그러나 그 빛은 여명이라기보다는 황혼에 가깝고, 그런 점에서 소설보다는 시에 가깝다. 이문구가 단편에서 훨씬 더 뛰어난 문학적 성취를 이루고 있다는 점도 이런 맥락에서 이해된다. 더 이상이 가능할 수 있을까 싶을 정도로 능란한 구변의 소유자들에 의해 구연되는 소설 속의 대화들은 그의 단편들이 얼마나 정교한 수공예에 의해 이루어지는지를 짐작케 한다. 굼실굼실거리고 넘어가버리는 저 구어체의 수사학 앞에서는 그 어떤 대서사에의 요구도 무의미할 뿐이다. 일단 발동이 걸리면 거의 자동적으로 쏟아져나오는 듯한 느낌을 주는 이문구의 말잔치를 보자. 유희적 충동을 동력으로 하여 말놀이의 수사학을 향해 나아가는 단편적이고 에피소딕한 이야기들이, 거대한 역사나 정신의 구현물인 대서사에 맞서고 있는 형국이 아닌가. 이러한 것들을 가능케 하는 근본적인 힘이 그의 구어체의 수사학임은 말할 것도 없다. 그와 같은 구어체의 수사학은, 근대적인 사유를 수목(樹木) 모델에 기초한 것이라고 비판하면서 그 대안으로서 『천 개의 고원』의 저자들이 제시한 리좀rhizome 모델을 연상케 한다. 자유롭게 유동하는 구어체의 말놀이와 말잔치는 넝쿨 밑 땅속의 고구마나 감자들처럼 그 종횡을 헤아리기 어렵다. 이문구에 의해 체현되는 그러한 수사학적 장치야말로 이문구 문학의 본질적인 요소라 해야 하지 않을까.

   역사를 바라보는 시선은 언제나 나무의 뿌리와 줄기를 따라 진정한 친자관계filiation를 추적해간다. 누가 진짜 나의 아들이고 내 진짜 아버지는 누구인가. 족보나 가문이나 아버지가 문제가 되는 것이다. 유소년의 나이로 한국전쟁을 겪어야 했고 그럼으로써 분단의 역사를, 아버지나 그의 형제들이 연관되어 있는 가족

사적 체험으로 생생하게 받아들여야 했던 것이 이문구의 세대이다. 그런 한에서 그들은 이러한 역사의 요구와 역사에 대한 요구를 다른 세대보다 좀더 강렬하고 예민하게 감수해야 했으리라는 것은 구구한 설명 없이도 능히 짐작할 수 있다. 그러한 세대적 존재 조건이 이문구에게서는 『관촌수필』에서 아버지의 이야기로 표현되고 있다면, 그것의 궁극적인 소유권은 이문구 개인이 아니라 그의 세대에게로 돌려져야 할 것이다. 문제는 그것이 어떤 방식으로 표현되는가 하는 점인데, 작가의 개성이, 체질이나 세계관이 말을 하기 시작하는 것은 여기에서부터일 것이다. 사라져버린 고향의 기억들을 다룬 연작 『관촌수필』이 그의 세대의 존재 조건에 좀더 가까이 다가가 있다면, 70년대 농촌의 풍경을 그린 연작 『우리동네』는 그로부터 좀더 떨어져 있다.

저 능청스런 충청도 사투리의 수사학은 아버지의 그늘이 엷어지는 곳에서 본격적으로 작동하기 시작한다. 할아버지는 아버지와 경우가 다르다. 『관촌수필』에 나타나는 할아버지의 모습은 『우리동네』 사람들의 모습에는 물론이고 90년대의 나무 연작들에까지 투영되어 있다. 손자의 눈에 포착된 할아버지는, 보수적이고 복고적이기는 하지만 자애롭고 부드러운 모습이다. 이 점에서 할아버지는 두려움의 대상이었던 엄격한 아버지와 구분된다. 『관촌수필』에서 아버지는 표준어로 말을 하지만 할아버지는 자기만의 방언을 가지고 있으며 천자문 교육을 통해 그것을 일곱 살배기 손자에게 전수해준다. 이문구의 소설에서 충청도 사투리는 바로 그 할아버지의 방언의 자리에 놓여 있는 것으로 보인다. 그의 세계에서 할아버지는, 아버지가 상징하고 있는 엄격함이나 역사성, 정신성과는 다른 차원에 존재하는, 어떤 따뜻하고 부드러운 것, 여성적인 원리로 구현된다. 할아버지는 사투리가 결코 표준어의 세계를 이겨낼 수 없으리라는 것을 잘 알고 있다. 그러나 동시에 자신의 세계를 포기하고 싶어하지도 않는다. 작고 초라해 보이지만 그 어떤 자기 분열도 불행 의식도 없이 안온하고 조화로운 세계를 할아버지가 상징한다면, 그것은 『우리동네』의 농민들을 거쳐 90년대의 저 나무 연작으로 이어지고 있는 것으로 보인다. 그 매개가 충청도 사투리라는 이문구식 수사학인 것은 물론이다.

그러나 나무라 했는가. 그것은 촘스키의 변형생성문법과 진화론의 계통 발생의 지도가 상징하는 체계 지향적인 것, 표준어 지향적인 것이 아닌가. 곧 사투리의 반대말이 아닌가. 이 포스트모던한 시대에 왜 하필 나무인가.

2. 세 그루의 나무 : 이문구 소설의 원천에 대해

이문구의 세계에서 나무는 낯설지 않은 상징이다. 그의 문학의 원점 격인 『관촌수필』에 등장하는 세 그루의 나무를 보자. 그중 무엇보다 뚜렷한 것은 『관촌수필』의 첫머리에 나오는 왕소나무이다. 그 왕소나무는 할아버지의 상징이고, 또 할아버지는 고향이라는 말로 지칭할 수 있는 모든 것이다. 일찍 타계해버린 어른들 중에서 그리움의 대상이 되는 유일한 사람도, "진실로 육친이며 조상의 얼이란 느낌을 지워버릴 수 없"는 사람도, 아버지도 어머니도 아닌 오직 할아버지일 뿐이다. 그 할아버지가 일곱 살 난 손자에게 왕소나무의 유래를 설명해주는 장면이 「일락서산(日落西山)」의 첫머리에 놓여 있다. "이애야, 이 왕솔은 토정 할아버지께서 짚고 가시던 지팽이를 꽂아놓셨는디 이냥 자란 게란다. 그쩍에 그 할아버지 말씸은, 요 지팽이 앞으루 철마가 지나가거들랑 우리 한산 이씨 자손들은 이 고을에서 뜨야 허리라구 하셨다는 게여……"(『관촌수필』 3판, 문학과지성사, 2000, 11쪽)

 그러나 수령이 400년이나 된 그 전설의 왕소나무는 자취도 없이 사라져버렸다. 13년 만에 귀향하는 『관촌수필』의 화자에게 그것은 비로소 실감되는 실향의 경험이자 돌이킬 수 없는 실락원의 경험이다. 그것은 고향과의 작별이며 유년과의 작별이며 또한 "고색창연한 이조인(李朝人)이었던 할아버지"와의 진정한 작별이기도 하다. 그럼으로써 그는 비로소 고향 없는 존재가 되며 진정한 모더니티의 경험 속으로 들어오게 된다. 고향 상실성이란 말할 것도 없이 모더니티의 경험을 가리키는 특권적인 지표이기 때문이다.

 그러나 고향의 상실이 어떻게 경험되는가. 고향의 상실은 고향의 존재를 전제로 하는 것이 아닌가. 모더니티의 경험은 무엇보다도 시간성에 대한 경험, 무상성에 대한 경험, 변화에 대한 경험이다. 그것이 지속의 왕국이었던 전통사회의 경험과와 구분되는 요체이거니와, 개체의 발생과 성장에서 그 경험은 탈유년의 형식으로 반복적으로 추체험된다. 상급 학교로 진학하기 위해 고향을 떠나는 일, 아버지의 직장을 따라 타지로 이사가는 일, 아파트 평수를 늘리기 위해, 전세값의 변화에 따라, 살림살이의 형편에 의

해, 기타 등등 여러 가지 사정으로 나서 자란 동네로부터 떠나가는 일이 그것이다. 그 어느 날, 옛날에 살던 동네로 돌아가 작아져버린 길이나 변해버린 동네의 모습을 통해 시간성을 경험하는 일, 돌이킬 수 없는 유년의 기억을 반추하는 일이야말로 세대를 통해 반복되는 고향 상실성의 원형적인 경험이다. 아버지와 할아버지가 살던 마을에 태어나 아버지와 할아버지와 같은 교과서로, 같은 방식으로 공부를 하고 결혼을 하고 자식을 낳아 키우는 전통적인 세계 속에서는 있을 수 없는 경험, 곧 모더니티의 경험인 것이다.

왕소나무가 사라져버렸다는 것을 확인하는 것은 그러한 경험의 대표적인 예이다. 게다가 소나무는 대나무와 함께 선비정신의 전통적 상징이고, 할아버지가 바로 그 정신의 마지막 계승자였다. 『관촌수필』의 첫편 「일락서산」에 따르면, 할아버지는 사대부가의 후예라는 자부심으로 구십 평생을 망건과 탕건을 벗지 않고 살아왔으며, 일제의 갖은 핍박에 맞서 서원을 지켜냈던 사람이다. 또 아들과 큰손자를 앞세우고 세상을 떠나는 마지막 순간에도 족보를 부탁했던 사람이기도 했다. 아버지만 해도 할아버지와는 달랐다. 남로당의 지하 조직책이었고 염전과 어선을 경영하기도 했던 현대적인 아버지는 이미 할아버지와 다른 길을 걷고 있었다. 『관촌수필』의 화자가 고향으로 느끼는 것은 아버지가 아니라 할아버지임은 당연해 보인다. 아버지는 자신과 같은 세계에 속해 있지만 할아버지는 다른 세계의 사람이다. 할아버지의 세계는 사라져버린 낙원이고, 모든 것이 아늑하기만 했던 저 유년의 상징이며, 그것이 곧 왕소나무인 셈이다.

『관촌수필』에 등장하는 또하나의 나무는 어머니와 운명을 같이 하는 「일락서산」의 감나무이다. 6·25가 나던 해 집안은 쑥대밭이 되었다. 그해 겨울까지 한 해 동안 아버지와 형과 할아버지가 세상을 등졌다. 마지막 남은 어른인 어머니마저 반년 이상 천식으로 앓다가 종신을 한 것은, 「공산토월(空山吐月)」에 따르면 화자가 중학 2학년 때이다. 「일락서산」에 등장하는 할아버지의 죽음이 국민학교 2학년 때이니 그로부터 6년 만의 일이다. 삼일장으로 어머니의 초상을 치르고 났을 때 진기한 일이 일어났다. 며칠 전까지도 잎과 열매가 무성했던 울안의 감나무가 갑자기 죽어 있는 것이다. 푸른 잎새들이 그대로 말라 가랑잎이 되고 대추만큼 자란 어린 감들이 쪼글쪼글하게 말라붙어, 바람이 불 때마다 쏟아져내릴 지경이 되었다. 그렇게 말라버린 나무는 어머니의 대소상을 치를 때까지 되살아나지 않았고, 고아가 되어 고향을 떠나는 화자는 결국 그 고사목을 베어내 태워버린다. 그는 당시를 이렇게 간단하게 회고한다. "지금도 기억에 짙게 남아 있는 것은 그 벤 둥치와 가지를 장작개비로 패 쌓으면서 솟아나던 눈물을 걷잡지 못해 했던 일이다."(같은 책, 26쪽) 슬픔은 언제나 절정을 넘어서서야 터져나오는 법인가. 제 손으로 나무를 베어내는 것이 고향의 부재를 추인하는 것이며 그것이 곧 성인식의 순간임은 강조할 필요가 없다.

왕소나무와 감나무가 각각 할아버지와 어머니에 대한 상징으로서 『관촌수필』의 첫장인 「일락서산」에 나란히 등장하고 있는 것은 당연하고 자연스런 일이다. 두 나무의 최후에 대해 술회하고 있는 화자의 애틋한 태도는 구분 불가능할 정도로 동질적이다. 화자의 기억 속에서 할아버지와 어머니는 같은 층위에 놓여 있기 때문이라 해야 할 것이다. 우리는 앞에서 할아버지가 아버지에 대해 상대적으로 여성적인 원리로 존재하고 있음을 지적했거니와, 일곱 살배기 소년의 기억 속에 있는 자애로운 훈육자로서의 할아버지라면, 권위적이거나 억압적이지 않다는 점에서 어머니와 다를 바 없는 셈이다. 그러나 아버지의 경우는 유다르다.

「일락서산」에 등장하는 아버지는 이재에 어둡지 않은 현실주의자였을뿐더러, 할아버지가 의지하고 있던 사대부 의식에 대해 비판적인 사회주의자로 등장한다. 장날마다 한내천 모래사장의 강연회에서 무산자 대중을 향해 뜨거운 웅변을 토하던 정치가이자 세 고을의 지하당을 창설하고 이끌었던 조직가였다. 바깥에서 활동하는 그런 아버지에 대해, 화자는 공포에 가까운 경외감을 가지고 있었다고 술회하고 있지만, 아버지에 대한 화자의 기억들이 모두 열 살 이전의 것임을 고려한다면 이는 지극히 당연해 보인다. 그것을 화자는 "아버지에 대한 공포의식"이라 칭한다. 아버지 앞에서 붓글씨를 써야 했고, 떨리는 마음을 가누지 못해 세내로 획을 그을 수 없었으며 그로 인해 아버지의 입에서 조용히 흘러나오는 벼락과도 같은 소리를 들어야 했던 기억을 술회한다. 그때의 아버지의 말은 화자의 기억 속에서 이렇게 재현된다. "원, 아이 손마디가 이렇게 무뎌서야…… 천상 연장 들고 생일이나 헐 손이구나……." 그 한마디가 화자에게는 얼마나 대단한 충격이었는지 : "아, 그 아뜩하던 순간을 어찌 잊으랴. 아버지는 단 한 마디, 할아버지 귀에도 안 들렸을 만큼의 한탄 아닌 푸념을 했건만 나에게는 뇌성벽력이나 다름없은 거였다."(같은 책, 58쪽) 또 아버지가 한 달 동안 읍내 유치장에 구금되어 있었을 때 화자는 조석으로 사식 차입하는 일을 맡았었다. 유치장을 나오던 날 아버지의 첫마디 말을 화자는 이렇게 기억하고 있다. "그새 할아버지 말씀 잘 들었니?"(같은 책, 57쪽) 이 장면을 술회하면서 화자는, 애썼다는 말 한마디 없던 아버지의 냉정함에 대해, 그가 아버지에게 느꼈던 그 차가운 거리감에 대해 언급한다. 요컨대 화자의 기억 속에 있는 아버지는 할아버지나 어머니와는 달리 이방인인 것이다. 그래서 아버지의 말은, 그나마 앞에서 인용한 단 두 마디뿐이지만, 다른 사람들과는 달리 단정한 표준어로 기록되어 있다.

아버지와 연관하여 가장 이채로운 삽화는 『관촌수필』의 제5편 「공산토월」에 등장하는, 아버지가 춤을 추는 장면이다. 아마도 『관촌수필』 전체를 통틀어서 가장 이채로운 장면이라 해도 좋을 것이다. 그날은 「공산토월」의 주인공 신현석이, 화자의 놀이터이기도 했던 그의 집 마당에서 신부를 맞이하는 날이었다. 그 장면은 가을 아침의 자연 풍경을 묘사하는 도입부에서부터 늦은 밤의 혼인 잔치 풍경에 이르기까지 자연스럽고 아름다운 하나의 시퀀스를 이루고 있다. "그 무렵은 봄볕 든 양달보다도 더 눈부신 햇살이 온누리에 잦아드는 것처럼 산과 들에 그리고 개펄에 매일같이 내리쏟아지고 있었다"(같은 책, 198쪽)는 문장으로 시작하여, 아직 떠나지 못한 제비들, 가시덤불에 있는 붉은 까치밥과 눈부시게 흰 목화다래들, 탱자나무 울타리에 매달린 샛노란 빛의 탱자들과 산등성이의 보랏빛 들국화들로 이어지는 아름다운 자연에 대한 묘사가 첫머리에 있다. 그리고 새벽의 참게잡이며 신부 구경에 정신없어하는 마을 사람들과 아이들 그리고 뒤이어지는 오동나무의 달밤, 모닥불, 콩깍지와 참깻대가 타는 고소한 냄새, 기러기 소리, 마을 잔치의 풍경들. 아버지는 그 끝에 등장한다. 멀리서 들려오는 풍물 소리로, 노랫가락으로.

    누구 음성이었을까. 생전 처음 들어본 그 구성진 가락. 석탄 백탄이 타는데, 연기만 펑펑 나는데…… 이 내 가슴 타는데, 연기가 하나도 안 나는데…… 나는 키가 모자라 사람 다리만 빽빽한 쪽마루에 비비대고 올라가 넘어다보았다. 그리고 놀랐다. 놀라지 않을 수 없던 것이다. 한 손으로 주안상 가장자리를 두들겨가며 앉아서 노래하는 어른, 코와 눈이 그렇게 크고 음성 또한 굵직한 신사, 그이는 아버지였다. 나는 가슴이 벅차올라 숨조차 제대로 쉴 수가 없었다. 황홀하기도 하고 의심스럽기도 하여 얼마를 두고 뚫어지게 바라보았으나 분명 아버지였다. 당신으로서는 도저히 있을 수 없는 일에 도취된 모습이기도 했다. 우선 석공네 울안에 들어왔다는 사실이 현실 같지 않았고, 노래를 하는 것도 사실일 수가 없으련만, 모든 것은 눈에 보인 그대로였다. 아버지는 안팎 동네 어느 누구네 집도 울안은 들어가본 적이 없는 터였다. 일가간인 한산 이가네로서 노인을 모시는 집안이거나 당내간의 사랑이라면 더러 출입이 있었을 따름이요, 그것도 울안에 발을 들인 일이란 한 번도 없던 터였으니, 하물며 전에 일갓집 행랑살이를 했던 사람네 집이겠던가.(같은 책, 211~212쪽)

    화자에게 더욱 놀라웠던 것은 그 다음 장면이었다. 신현석(석공)의 아버지 신서방이 술잔을 바치고 노래를 부르자 이제는 아버지가 일어서서 어깨춤을 추기 시작한 것이다. 마당에 있던 다른 사람들까지 덩달아 어울려 춤을 추기 시작해 일약 달밤은 흥겨운 잔치판으로 변한다. 그러나 이 정도면 당연한 잔치 풍경일 수도 있다. 그런데도 경이로운 시선으로 아버지의 일거수 일투족을 지켜보는 저 어린 화자를 보자. 그에게 아버지는 할아버지의 훈육의 범위를 넘어서는, 누구에게나 선생님 대접을 받는 거인이다. 그런 점에서 아버지는 할아버지나 어머니와 구분된다. 그리고 아버지가 그런 모습으로 존재한다는 것이 아들에게는 여간한 부담이 아닐 수 없다. 할아버지나 어머니는 친구일 수 있어도, 저 거인 같은 아버지는 외계인이며 그런 아버지의 모습은 참을 수 없는 긴장과 억압의 원천이다. 긍정적이고 소망스런 아버지의 모습이 어린 아들에게 가장 직접적인 자아 이상ego-ideal으로 투영되는 것은 당연한 일이기 때문이다. 동네 잡인들의 잔치판에 저토록 스스럼없이 어울려주고 그럼으로써 동네 사람들의 우러름은 물론이고 사랑의 대상으로까지 될 수 있는 아버지의 저 거인스러움은, 상것들과 어울리지 말라는 할아버지의 엄격한 훈육을 받은 일곱 살 난 아들에게는 너무나 경이로워서 쉽게 수용이 되지 않는 것이다. 이 장면의 마지막 문장은 이렇게 끝난다. "이튿날 잠에서 깨어났을 때는 요 위가 질펀하니 한강이었었고 아랫도리가 걸레처럼 척척했으나 부끄러워 일어날 수도 없었다."(같은 책, 213쪽) 아마도 이는, 자아 이상의 광휘가 발하는 저 엄청난 긴장을 참아내지 못했던 탓이라 해야 할 것이다.

그러나 아버지가 발하는 저 빛은 짧고 순간적인 섬광과도 같아서 흡사 환상처럼 보인다. 이에 비하면 할아버지에 대한 기억은 훨씬 더 구체적이고 물질적이다. 아버지의 언어인 단정한 표준어의 기억과 대비되는, 유장한 충청도 방언의 기억들이다. 화자는 그 할아버지에게서 말과 글과 셈과 삶의 제반 법도를 배웠다. 푸성귀는 반드시 겨자와 생강이 들어간 것을 먹어야 한다고, 또 "생치(生雉)는 양반 반찬이구 비닭이는 상것들이나 입에 대는 벱이니라"(같은 책, 24쪽)고 했던 것도 할아버지다. 할아버지는 그렇게 일상의 구체적인 사물과 감각으로 기억된다. 독특했던 한자 발음으로, 벽장 속에 있던 각종 군입거리들, 갱엿, 꿀, 홍시, 대추, 인절미, 그리고 화자가 아침마다 청소해야 했던 타구와 요강으로, 체취로 기억된다. 어머니에 대한 기억도 감각적이라는 점에서 마찬가지다. 할아버지와 어머니는 그렇게 감각으로, 후각으로 기억되는 고향이다. "싱금싱금한 청포묵 앗는 냄새는 그리 자주 맡은 게 아니었지만, 간수를 칠 때마다 부얼부얼 엉기던 순두부 솥의 구수한 내음이며, 엿밥을 애잇 짜내고 조청으로 졸일 때 밥맛까지 잃도록 달착지근하게 풍기던 엿 고는 냄새만은 다시 한 번 실컷 맛보고 싶은, 뼈끝에 매듭진 추억이었다."(같은 책, 35쪽)

요컨대 아버지의 기억이 정신의 차원에 있는 것이라면, 할아버지와 어머니의 기억은 육체와 감각 속에 혹은 영혼 속에 스며들어 있다. 할아버지의 훈육은 이미 그에게는 제2의 자연이, 몸의 기억이 되어 있는 것이다. 그런 점에서 아버지는 아버지일 뿐이지만, 할아버지는 할아버지이면서 동시에 어머니이고 옹점이고 대복이다. 아버지는 진정한 친자관계를 심문하는 침묵하는 시선의 소유자이지만, 할아버지는 어린 손자에게 친구와 같은 연대감

alliance으로 다가올 수 있다. 아버지는 잠시 빛이 나왔다가 다시 사라져버린 검은 구멍처럼 고립되어 있지만, 할아버지와 어머니와 친구들은 모두 고향이라는 하나의 이미지로 이어져 있다. 『관촌수필』에 등장하는 세번째 나무는 이같은 할아버지 모습의 연장으로 등장한다. 「관산추정(關山芻丁)」의 주인공 유복산이가 세번째 나무이다.

「관산추정」의 주인공은 화자의 친구 유복산과 그의 아버지 유천만이다. 아버지 유씨는 왜정 때 징용에 끌려갔다 병을 얻어 돌아온 후 일도 못 하고 빈둥거리기만 하여 사람 취급을 못 받는 처지다. 그런데도 어린 시절의 화자만은 그에게 호감을 느꼈다. 심지어는 어린아이들이나 동네 개들까지도 그를 보면 피하고, 어른들 중에도 그런 사람이 여럿이었지만 유독 그만은 유씨를 좋아했던 것이다. 그 이유에 대해 그는 이렇게 말한다. "그것은 복산이가 내 소꿉동무래서 그런 것 같지도 않았고, 그가 나를 받아주려고 해서 그리 보인 것도 아니었다. 그를 보면 그의 몸에서 무슨 구뜰한 냄새가 나기 때문이라고 해야 내 말이 될 터였다. 그러나 그것은 아무도 곧이듣지 않을 말이었다. 그는 사철 구수한 맛과는 거리가 먼 일만을 도맡아 하며 살았으니까."(같은 책, 271쪽) 요컨대 구수한 체취 때문이라는 것인데 그것은 곧 어머니와 할아버지의 세계에서 나던 냄새, 곧 고향의 냄새라 해야 할 것이며, 더 정확하게는 유씨가 지니고 있었던 마음 씀씀이었다고 해야 할 것이다. 그것은 또한, 그가 『관촌수필』 연작을 통해 기리고 그리워하는 사람들, 옹점이나 대복이 신현석 등이 공통적으로 지니고 있는 것이라 해도 좋을 것이다.

이제 유씨는 죽었지만 그의 아들 유복산이 고향 마을을 지키고 있다. 그의 아버지가 그랬듯이 복산이도, "동네 들무새로 남의 뒷수쇄로, 남 못 할 힘드는 일만 골라 자청해서 치다꺼리해주기 바쁘던 것"(같은 책, 314쪽)이라 표현되던, 아버지와 똑같은 모습을 보여주고 있다. 그 모습에서 화자는 아직 남아 있는 고향의 유일한 흔적을 발견한다. 다음 인용문을 보자.

관촌부락도 어디 못지않게 변했다. 뭉개진 뷩재에는 여자중고등학교가 보다 높은 봉우리로 솟아 있었으며, 여우가 길을 잃어 우짖었던 개펄은 사철 봇물이 넘실대는 수로를 가운데로 하고 농로와 논두렁이 바둑판으로 그어졌다. 상여가 돌아가던 서낭당터는 라디오 가게가 차지했고, 수백 년을 버티며 견딘 왕소나무 자리에는 2층으로 올린 붉은 벽돌 위에 슬라브 지붕을 인 농지개량 조합 청사가 풀색 새마을 깃발을 드높이 치켜들고 있었다. 서예당터에는 교회 십자가가 우뚝하고, 엉겅퀴와 패랭이꽃이 우북하던 버덩에는 담장에 가시철망이 돌아간 똑같은 모양의 집장수 집이 대여섯 채도 넘게 들어서 있었으니, 산과 바다가 사람보다도 더 못미더운 동네로 변해버린 거였다. 그러나 유복산이는 거연(居然)했다. 오직 하나 변치 않은 것이 그였다. 뷩재가 변하고 바다가 변했음에도 그 한 사람만은 아직 다치지 않고 남겨두고 있었다.(같은 책, 295쪽)

화자에게 유복산은 그곳이 고향임을 알려주는 유일한 징표이다. 그를 일러 관산추정(關山芻丁), 고향에서 꼴 베는 농부라 했다. 그가 고향을 지키고 있어 마음 든든하다는 화자의 말에, 유복산은 "꾸부러진 나무 선산 지킨다더니 내가 바루 그 짝이지"(같은 책, 297쪽)라고 받는다. 왕소나무도 감나무도 사라져버린 고향을 구부러진 나무가 지키고 있는 것이다. 이 선산지기 굽은 나무는 다시 자라난 왕소나무이자 감나무일 것이다. 그러나 복산이만이 그 나무일 것인가. 경우 바르고 남 위하는 마음을 가진 따뜻한 사람들이라면 누구나 복산이일 수 있고 또 그 나무일 수 있을 것이다. 그런 뜻에서 「관산추정」은 『관촌수필』의 에필로그이자 동시에, 바로 뒤이어지는 『우리동네』 이야기의 프롤로그이기도 하다. 아버지 유씨는 관촌 사람이지만 아들 유씨는 '우리동네' 사람에 훨씬 가깝다.

이제 고향은 관촌에 있는 것이 아니라 유복산과 같은 사람들이 사는 곳이면 어디나 고향이 된다. 그들의 모습으로 저 할아버지의 왕소나무는 다시 태어난다. 『우리동네』의 충청도 촌사람들은 물론이고, 「유자소전」이나 「변사또의 약력」 그리고 「강동만필」에 등장하는 사람들을 거쳐 최근까지 이어지고 있는 나무 연작의 주인공들이 바로 그들이 아니겠는가. 90년대 들어 이문구는 그들에게 갖은 나무들의 이름을 붙여주었다. 내용을 들여다보지 않더라도 그 나무들이 어떤 의미를 가지고 있는지는 어렵지 않게 짐작할 수 있다. 그들 모두 고향을 지키는 구부러진 나무들, 무용지용(無用之用)의 넉넉함으로 우리들에게 고향을 상기시켜주는, 저 장자의 나무들일 것임은 자명해 보이기 때문이다.

3. 풍속과 이념, 나무의 의미, 사투리의 힘

1990년대에 들어 시작된 나무 연작은 이문구식의 소설쓰기가 어떻게 자기 이념성을 향해 나아가고 있는지를 보여준다. 소설가 이문구가 선택한 것은 표준어가 아니라 사투리였다. 정신의 언어에 맞서는 것으로서의 언어의 정신이라 할 수 있을까. 충청도 사투리와 토속어로 이루어진 저 놀라운 풍유의 세계는 이제 제 스스로 굴러가고 있는 것처럼 보인다. 한 시대 농촌의 풍속화라는 점에서 나무 연작들은 일차적으로 『우리동네』의 연장에 있다. 둘을 나란히 놓음으로써 이문구 소설의 행로에 대해, 그의 문체의 의미에 대해, 나무의 의미에 대해 이야기해보자.

『관촌수필』이 사라져버린 고향에 관한 이야기였다면 『우리동네』는 새로 찾아야 할 고향에 대한 이야기였다. 『우리동네』는 유복산과 같이 말 그대로 농촌에 사는 장삼이사들의 세계, 70년대식 개발 논리에 의해 세계의 주변으로 밀려나가고 있음을 느끼고 그에 대해 분노하는 농민들의 심성과 그런 농촌의 실상이, 충청도 사투리를 통해 표현되는 해학과 풍자의 능청스러움으로 감싸여 있는 세계였다. 그래서 『우리동네』를 지배하고 있는 분위기는 묘하게 역설적이다. 농촌의 현실에 대한 분노와, 촌스러운 사람들이 보여주는 그 어떤 흥겨움이 동시에 존재하고 있는 것이다. 때는 산업화의 논리가 주도하던 70년대이다. 서민 생활 안정이라는 명목 아래 행해진 저곡가 정책과 농산물 수입 정책 등으로 전통적인 농촌의 경제적 판도가 재편되기에 이르렀고, 재래의 방식으로는 품값은 물론이고 생산비조차 안 나올 정도로 농사는 비경제적인 것이 되어버렸다. 게다가 농협이나 농정 관료들은 제 잇속 챙기기에 바빠 농민들을 분노케 한다. 농촌의 이런 현실이 『우리동네』의 밑그림이다. 그런데도 『우리동네』를 지배하고 있는 것은 그 어떤 홍겨움과 생동감이다. 절망적인 분위기가 아니라는 것이다.

물론 일차적인 이유는, 문제가 되는 것이 생존을 위협할 만큼의 절대 빈곤이 아니라 농민들이 느끼는 상대적인 결핍감이기 때문일 터이다. 그만큼 절박함이 덜한 것이다. 그러나 이것만으로는 부족하다. 무엇보다 이문구식의 문체와 수사학을 들어야 할 것이다. 『우리동네』 사람들이 느끼는 소외감은 일종의 복합심리의 공간이어서, 그 속에는, 촌사람들은 어쩔 수 없다는 식의 자조와, 세상을 이끌어가는 저 장사꾼들의 논리에 줏대 없이 휘둘리지는 않겠다는 고집이 양극단을 이루고 있다. 이문구식의 문체가 위력을 발휘하는 것은 바로 이러한 대목에서이다. 충청도 사투리로 표현되는 그의 수사학은 풍자와 해학이 난무하는 어깃장이나 대거리 등의 대화적 상황에서 가장 빛난다. 힘은 없지만 지적이나 도덕적으로는 우위에 있는 사람의 언어가 풍자라면 어깃장과 대거리도 마찬가지다. 그로부터 공격성이 사라졌을 때, 혹은 그 공격성이 자기 자신을 향할 때는 해학이 된다. 『우리동네』 사람들이 벌이는 저 입씨름판을 보자. 아내와 남편 사이에서 벌어지는 질펀한 육담이 있고, 약삭빠르고 경우 없는 이웃을 둘러싸고 벌어지는 가시 돋친 대거리 판이 있고, 또 민방위 교육장이나 공판장의 관료들을 향해 쏟아지는 어깃장들이 있다. 해학에서 풍자에 이르기까지 이들이 뱉어내는 질박하면서도 기지에 넘치는 어깃장과 대거리들은 그 자체로 하나의 정신이 된다. 복부인 노릇으로 돈을 번 도시에서 온 딸에게 들려주는 친정어머니의 충고는 이렇다. "이런 디서 살어두 짐작이 천리구 생각이 두 바퀴란다. 말 안 허면 속두 읎는 중 아네. 촌것이라구 업신여기다가는 불개미에 빤스 벗을 중 알어라. 위에서 시키는 것두 반은 빌구 반은 눌러도 들을지 말지 헌 게 촌사람들이여."(『우리동네』, 솔출판사, 2000, 254쪽)

대거리나 어깃장을 통해 벌어지는 입씨름판은 언제나 결정적인 파국은 피해간다. 씨름판이 아니라 입씨름판이기 때문이다. 우리 동네 사람들 중 가장 성격이 괄괄한 강씨의 경우조차도 마찬가지다. 그것은 입씨름의 문체라는 형식 자체가 지니고 있는 성격을 드러내보여준다. 자기 자리를 지키려 한다는 점에서는 고집스럽지만 행동은 소극적이고 그런 점에서 일종의 체념이 포함되어 있다. 그래서 여기에서는 드라마틱한 갈등과 대단원을 향해 나아가는 서사적 방향성보다는, 말이 오고가면서 형성되는 정서와 긴장의 리듬을 포착해내는 일이 더 중요하다. 대거리나 어깃장이나 모두, 상대에 대한 전면 부정이라기보다는, 몰리던 끝에 슬쩍 대들어보는 것이며 혹은 뒤를 터주고 몰아대는 것이다. 강씨가 몰아대자 면장은 도망가버리고, 김씨가 국어 사용 운운하며 부면장에게 어깃장을 놓고 다른 사람들의 호응이 이어지자 기세등등하던 민방위 교육장의 부면장도 슬그머니 꼬리를 내려버린다. 『우리동네』의 주인공들의 입장도 마찬가지다. 농촌보다 도시가 우선시되는 세상의 흐름 자체를 통째로 부정할 수는 없다. 어느 정도 참아줄 수는 있지만 그렇다고 통째로 순순하게 받아들

일 수는 없다는 것이다. 어깃장과 대거리는 이런 정서의 표현일 것이다. 말하자면 이는 사회적 소수자minority의 언어이며, 궁극적으로는 풍자적 정신에서 정점에 이르게 된다. 그런 뜻에서,『우리동네』사람들이 보여주는 휘황할 정도로 푸짐한 말잔치 입씨름판을, 연작이라는 하나의 틀로 엮어줄 수 있었던 것은 마이너리티의 정신이고, 소수자의 언어로서 풍자가 지니고 있는 도덕적 정당성이었다고 할 수 있을 것이다.

이문구는 이와 같은 언어적 공간을 확보함으로써 비로소 저 『우리동네』사람들의 다양한 표정을 채록해낼 수 있었다. 물론 이러한 언어라면 이미『관촌수필』에서도 모습을 보였던 것이다. 아닌 밤중에 가택 수색을 나오곤 했던 순경들에게 옹점이가 내뱉던 입담 좋은 대거리와, 대복이를 잡으러 온 순사에게 대복어미가 쏟아내던 이악스런 말들이 대표적인 예이다. 그런 언어가, 세상의 흐름과 변화와 조류에 대해 투덜거리는 사람들의 입을 통해 본격적으로 발화된 것이『우리동네』이다. 그것은 촌사람들과 사투리를 통해 사회적 소수자의 마음을 포착해낸 풍속화이다. 물꼬 싸움에서부터, 모내기 풍경, 방앗간 모습, 보리 수매의 현장, 통일주체국민회의 대의원 선거의 모습, 운동회 풍경, 부동산 바람에 이르기까지, 농촌 사람들의 언어와 현실에 대한 묘사를 통해, 이문구는 소설이 디테일의 예술이라는 사실을 유감없이 확인시켜준다.

따라서 그들이 사용하는 사투리의 세계 속에서는, 힘이 없을수록 말발이 세어지는 것은 이치로 보아 당연하다. 그래서 가장 말발이 센 사람은 우리 동네 장씨의 부인처럼 소처럼 일해온 여자들이다. 그러므로 여기에는 아버지를 위한 그 어떤 자리도 있을 수 없으며, 이것이야말로 이문구다움이라 할 수 있는 것이다. 물론 「공산토월」에서 보이듯이, 그에게도 보름달처럼 환하게 빛나던 기억 속의 아버지가 있었다. 아버지는 할아버지가 존숭했던 세계를 부정하고 새로운 세계를 만들기 위해 역사 속으로 뛰어들었고 사라져갔다. 그러나 이문구의 소설 속에서 아버지는 그것으로 끝이다. 그 이상의 어떤 흔적도 남기지 않는다. 비슷한 처지였던 김원일이나 이문열의 경우에 비하면 이례적인 일이 아닐 수 없다.

요컨대 소설가 이문구에게 아버지는 영웅도 반영웅도 아니다. 경이로웠던 기억의 편린으로 저장되어 있을 뿐이다. 이러한 태도는 무엇보다도 가족 로망스에 대한 부정으로 읽힌다. 할아버지에 대한 것이건 어머니에 대한 것이건 마찬가지다. 아버지가 영웅이 아니니 어머니도 할아버지도 영웅일 수 없음은 당연한 것이다. 이러한 태도가 곧 역사의 낭만화에 대한 부정이라는 것은 이해하기 어렵지 않다. 이는 또한 그 어떤 거대한 것들, 거인적인 것들, 총체화하는 것들, 체계를 만드는 것들에 대한 부정으로 이해될 수 있지 않을까. 그 대신 그가 꺼내든 것은 저 촌뜨기와 무지렁이들의 사투리이며 그들의 언어 속에 배어 있는 여유와 슬기이다. 그것이 곧 이문구의 문체이자 수사학임은 두말할 나위가 없다. 충청도 사투리가 주인인 곳에 아버지를 위한 자리는 없는 것이다.

물론 그렇다고 하여 사투리가 이문구의 수사학의 전부라 할 수는 없다. 그에게는 그 밖에도 할아버지로부터 배운 한문의 수사학이 있거니와 이는 무엇보다도 장엄하고 위엄 있는 대구법이나 문어체의 세계로 드러난다. 행장의 형식으로 씌어진 「유자소전」의 도입부가 대표적인 예이다. 이를테면 "그는 어려서부터 타고난 총기와 숫기로 또래에서 별쭝맞고 무리에서 두드러진 바가 있어, 비색한 가운과 불우한 환경 속에서도 여러 모로 일찍 터득하고 앞서 나아감에 따라 소년 시절은 장히 숙성하고, 청년 시절은 자못 노련하고, 장년에 들어서서는 속절없이 노성하였으니, 무릇 이것이 그가 보통 사람 가운데서도 항상 깨어 있는 삶을 살게 된 바탕이었다"(『유자소전』, 벽호, 1993, 19쪽)와 같은 대목들이다. 이 뻣뻣하고 위압적인 대구법에 비하면 유자의 행적에 대한 구체적인 묘사나 또 대화에 나오는, 넉살 좋은 사투리와 촌티 나는 삽화들은 얼마나 유연하고 경쾌하고 활발한가.

충청도 사투리가 없는 『우리동네』를 상상하기 어렵듯이 사투리를 쓰지 않는 유자도 역시 그러하다. 그런 뜻에서 『우리동네』의 촌사람들은, 그들의 해학과 능청과 풍자는 모두 충청도 사투리가 만들어냈다고 할 수 있다. 사투리는 무엇보다도 대화적 상황에서만, 구어체 속에서만 등장할 수 있으며, 그럼으로써 지식인을 배제하고, 계보학으로서의 역사를 배제하고, 총체성과 중심화된 사유, 화용론이 아닌 의미론, 고정된 원근법 들을 배제한다. 사투리가 배제하는 이 모든 것들은 오이디푸스 내러티브의 정점에 있는 아버지의 다른 이름들이다. 요컨대 그런 사투리의 힘이 할아버지와 아버지에 관한 이야기를 가족 로망스라는 함정으로부터 구해냈다고 할 수 있을 것이다.

대화적 상황 속에서는 그 어떤 영웅도 만들어질 수 없다. 영웅은 목숨을 담보로 한 싸움 속에서만, 그와 같은 방향을 보며 그의 뒤를 따르는 사람들에 의해서만 성립될 수 있다. 하지만 대화는, 대거리건 어깃장이건 간에 사람을 마주 보게 만든다. 그런 상황에서도 영웅이 있을 수 있다면 그것은 오로지 그런 상황을 가능케 한 주체로서의 이문구의 수사학일 것이다. 그런 의미에서 『우리동네』의 진정한 주인공은 바로 그 충청도 사투리라고 해야 할 것이며, 이문구 소설의 궁극적 주체도 그렇다고 해야 할 것이다. 그 사투리의 수사학이 포착해내는 풍속도는 이념과 일종의 옵션 관계에 놓여 있다. 이념을 포기했을 때만이, 아버지를 위해 비워둔 의자를 치우고 난 이후에야 포착 가능한 것이 풍속이기 때문이다. 그런 점에서 『우리동네』는 풍속을 포착하는 것이 이념과 등가일 수 있음을 보여주고 있었다. 90년대의 나무 연작은 바로 그 연장에 놓여 있다.

90년대의 나무 연작은 1991년 발표된 「장곡리 고욤나무」를 필두로 하여 나무 이름을 제목으로 달고 나온 일곱 편의 단편을 일컫는 말이다. 연작이라 했지만 이는 우리가 그렇게 지칭하는 것일 뿐, 작가 스스로가 연작이라고 불렀던 『관촌수필』이나 『우리동네』와는 경우가 다르다. 그런 만큼 각 편들 사이에 등장인물이나 서사 공간 등의 직접적인 연계성은 없지만, 그러나 모두가 나란히 나무의 이름을 제목으로 달고 있으며 또 그 나무들이 하나같이 작고 볼품없는 것들, 이를테면 고욤나무나 으름나무, 싸리나무, 개암나무, 소태나무, 화살나무, 찔레나무 들이다. 이 나무들은 소설의 내용에 따라 두 가지 상이한 비유적 의미를 지닌다. 하나는 주인공의 처지나 위상, 심성 등을 상징하는 경우이고, 다른 하나는 찔레나무나 소태나무처럼 부정적 인물이나 세태에 대한 비유로 쓰이는 경우이다.

그러나 이러한 차이에도 불구하고 이 세계에서 가장 중심적인 것은, 유실수도 아니고 관상수도 아닌, 으름나무나 개암나무 같은 비경제적이고 쓸모 없는 나무들이 지니고 있는 이미지이다. 그 의미는 선명하다. 자본주의 세계를 움직여가는 주류 논리로서의 유용성이나 환금성의 원리와 정반대편에 있는 것, 그 세계로부터 추방당한 혹은 스스로를 유폐시켜버린 것들을 상징하고 있다. 그렇다면 그들은 곧 「관산추정」의 굽은 나무와 같은 차원에, 왕소나무와 감나무가 사라져버린 곳을 지키고 있는 『우리동네』 촌사람들과 같은 차원에 놓여 있는 것일 터이다.

이런 뜻에서 나무 연작은 일차적으로, 『우리동네』와 마찬가지로 못생긴 나무들의 생김생김과 살림살이에 대한 풍속화로 존재한다. 여기에서 지배적인 것은 이문구식의 풍속화가 지니고 있는 명랑성과 경쾌함이지만, 그러나 『우리동네』와는 달리 고립과 격절의 이미지가 배면에 깔려 있는 작품들도 있어 이채롭다. 또한 시속에 저항하면서 자기만의 방식을 고집하는 농투성이들도 더욱더 고집스럽게 내면화되어 있다. 이러한 차이는 『우리동네』가 지니고 있었던 활발했던 기운과 공동체적인 유대감, 정치적인 풍자성이 엷어진 것과 동시적인 것으로 보인다. 이런 점에서 나무 연작의 첫편인 「장곡리 고욤나무」는 하나의 문지방 노릇을 하고 있다.

72세의 늙은 농부가 목매어 자살을 했다. 이농을 결심했으나 농지 매매를 제한하는 정부의 정책 탓으로 농지값은 바닥이 되고 그나마 원매자도 없는 상황이었다. 게다가 아들은 사업 자금 타령으로 늙은 농부의 심사를 흔들어놓고 마지막 기대를 걸었던 선거 국면마저도 별 소득 없이 끝나버렸다. 사는 일이 재미없어져버렸던 것이다. 이 사건을 중심으로 한 장곡리 풍경의 주조는 침울함이다. 청장년들이 이끌어가던 『우리동네』의 분위기와는 사뭇 다른 것이다. 물론 이런 분위기는, 바로 뒤이어지는 「인생은 즐겁게」라든지 「더더대를 찾아서」, 「장척리 으름나무」 등을 통해 어느 정도는 반전이 되며, 또 고욤나무 이야기 자체도 기본적으로는 풍속화가 지니는 기본적인 유쾌함을 견지하고 있기는 하다. 그러나 분명한 것은 이제는 『우리동네』와 같은 청장년들이 함께 어울려 주도해가는 힘차고 발발한 분위기는 없다는 것이다.

이를테면 면사무소 직원들과 대거리를 하고 또 고리대금업자 황씨를 닦아세우던 청장년 농부들은 다섯 명이었지만, 「장이리 개암나무」에서 말도 안 되는 기우제 건을 놓고, 고3 아들을 둔 전풍식은 혼자서 네 명을 상대로 말씨름을 벌여야 한다. 『우리동네』의 농부들은 같은 청장년 또래 집단에서 형성되는 형제애와 같은 유대감을 향유하고 있었지만, 장씨 돌림의 이름을 가진 나무 연작의 농촌에서는 그런 젊은 유대감은 찾아보기 어렵다. 또 『우리동네』 청장년들의 유대감은, 면사무소와 농협으로 대표되는 관료 조직의 권위주의와 기만성에 대한 반발, 그리고 유신정권의 독재로 대표되는 정치적 상황에 대한 비판의식 등을 기저에 깔고 있었다. 그러나 나무 연작에서는 세태에 대한 가벼운 풍자의식이 저러한 정치적 감각을 대신하고 있다. 당연한 노릇이다. 벌써 그 사이엔 20년 가까운 시간의 격차가 있고 정치적 상황도

달라졌다.

　나무들은 그러한 풍속화의 한가운데 자리를 잡고 있다. 물론 못생기고 쓸모 없는 나무들이다. 「장척리 으름나무」나 「장이리 개암나무」 등에서처럼 그 나무들은 스스로를 고립시킨다. 으름나무 이상만 옹은, 농민운동을 한다며 농사를 접고 선거운동원 노릇이나 하는 사위가 못마땅하기 짝이 없다. 개암나무 전풍식도 마찬가지다. 실세 이장이나 부녀회장은 물론이고, 지방의원인 매제, 그리고 친동생하고도 기우제를 놓고 의견이 갈려 그 넷과 대거리를 해야 할 판이다. 이상만 옹도 전풍식도 그런 돼먹지 않은 인간들이 판을 치는 세상이 보기 싫다. 이상만 옹은, 김일성의 죽음이나 서울 불바다 사건 등의 시사문제를 가지고서 되지도 않는 말을 늘어놓는 사람들에게 면박을 주고, 전풍식도 경우 찾고 입바른말 하기로는 둘째가라면 서러워할 위인이다. 그렇게 주변으로부터 스스로를 고립시켜버린 그들에게는 나무나 까치 같은 자연이 위안이다. 이상만 옹은 집터 주변에 자리잡고 있는 수많은 나무들 속에서 기쁨을 느끼고, 전풍식도 개암나무를 흐뭇하게 바라본다. 키가 다 커봐야 사람 키를 넘지 못하고 개암은 과일 축에도 끼지 못하는 터라 아무짝에도 쓸모 없는 나무가 개암나무다. 그런데도, 아내의 지청구까지 들어가면서 개암나무를 가꾸게 된 사연은 이러하다.

　전은 개암나무를 가을에 한 축씩 쏨쏨이를 보태주는 은행나무나 호두나무나 감나무보다도 한결 깊이가 있는 눈으로 쳐다본 지가 오래였다. 어느 해 시월이었던가, 종산(宗山)의 시향(時享)에 갔다가 푸네기 중에서도 유독 저 잘난 체가 심하던 꼴같잖은 이와 마주 보게 된 것이 마뜩찮아 뒷전으로 뒷걸음질을 치다가 개암나무 가지에 걸렸는데, 그것이 밭둑에 개암나무를 기르게 된 장본이었다. 그는 그 개암나무 밑에서 잘 여문 개암을 한 옴큼이나 주웠다. 그는 어렸을 때 누구에겐가 한두 개 얻어먹어본 기억밖에 없는 추억 속의 개암이 생각잖게 생기자 그 꼴같잖은 이로 하여 상했던 비위까지 대번에 고칠 수가 있었다. 개암은 열세 톨이었다. 여섯 톨은 아이들에게 주고 일곱 톨은 밭둑에 묻어두었다. 이듬해 봄에 보니 그 일곱 톨 가운데서 싹이 난 것은 하나뿐이었다. 그는 공을 들여서 가꾸었다.(본문, 101쪽)

요컨대 개암나무는 상한 비위를 고치는 데 소용이 된다는 것이다. 더 정확하게 말하자면 상한 비위를 고친 것은 개암나무가 아니라 개암이 상기시켜준 추억이며, 그 추억에 내장되어 있는 유년의 분위기라 해야 할 것이다. 곧 전씨가 공들여 가꾼 것은 개암나무가 아니라 추억이고 유년의 기억들이며, 유년이라는 말로 통칭할 수 있는 그 어떤 조화롭고 평화롭고 아늑한 세계, 힘을 앞세워 경우 없는 짓을 하는 "꼴같잖은 이"들이 없는 세계일 것이다. 그래서 전씨는 누가 뭐라건 간에 밭두둑에서 자라나는 개암나무가 소중하다. 게다가 세상이 바뀌어 아무런 쓸모가 없어져버리고 아무도 돌보지 않아 동네 사람들도 몰라볼 만큼 희귀한 나무가 되어버린 것이 개암나무다. 말하자면 전씨에게 개암나무 키우기는 시속의 흐름에 역행하는 것이며 거기에 맞서는 것이며, 그 변화의 흐름으로부터 스스로를 격리시키는 것이다. 누가 알아주건 말건 제 혼자 스스로 기꺼운 것이다.

이러한 점은 「장동리 싸리나무」에서 더욱 두드러진다. 주인공은 하석귀라는 이름의 퇴직 공무원이고 세상이 못마땅해 낙향했다. 자식들은 모두 분가해 자립했고 아내도 자식들을 찾아 다니느라 자주 집을 비운다. 저수지가 내려다보이는 고향 집에 홀로 남은 하석귀는 아름다운 달밤의 풍광에 잠 못 이룬다. 고립과 격절 속에서 저 혼자 여유롭고 저 혼자 아름답다. 주인공의 직업도 그렇고 소설의 분위기도 나무 연작에는 어울리지 않는다. 이것은 오히려 「더더대를 찾아서」와 마찬가지로, 낙향한 소설가 이문구의 직접적인 심경의 고백으로 보인다. 그런 사정이야 어떻든 간에 여기에서 돋보이는 것은 호반의 풍경과 숨막히는 듯한 일체감을 보여주고 있는 저 놀라운 자연주의이다. "해가 있는 날은 으레 점심나절이 기울어질 만해서부터 바람결과 함께 물이 설레게 마련이었다. 그리고 그에 따라 수채(水彩)가 되살아나고 뒤미쳐서 파란이 일기 시작하면, 물결마다 타는 듯이 이글대며 반짝이는 서슬에 누구도 저 먼저 실눈을 뜨지 않고는 물녘을 바라다볼 수가 없었다"(본문, 157쪽)라는 섬세한 묘사로 소설은 시작된다. 물론 그의 다른 소설과 마찬가지로 사투리의 해학이 없는 것은 아니지만 전체적으로 소설을 압도하고 있는 것은, 고적한 물가의 풍경과 그것을 바라보고 있는 사람의 내면이며 섬세하게 묘사되는 물빛의 황홀한 아름다움이다. 예를 들자면,

바람은 점심나절이 거울러질 만해서부터 일었다. 언제나 수심의 수채가 수갈색(水褐色)을 띠면서부터 수문(水紋)과 함께 일었다. 수

갈색은 차츰 물가를 찾아서 수묵색으로 일었다. 수문도 파란으로 바뀌고 물은 물위에서 타는 듯이 빛났다. 물이 물 같지 않게 황홀해지는 것이었다. 만약에 꽃밭이 그렇게 아름다운 꽃밭이 있을 수 있다면 그 꽃밭을 가꾼 사람은 끝내 실성을 하고 말 수밖에 없을 것처럼. 만약에 옷이 그렇게 아름다운 옷이 있을 수 있다면 그 옷을 입은 사람은 결국 이 세상 사람이 아닐 수밖에 없을 것처럼.(본문, 191~192쪽)

과 같은 대목이 대표적이다. 아름다운 자연 풍광에서 느끼는 저러한 황홀경은 다른 도취의 경험과는 다르게, 망아나 몰아라기보다는 삶에 대한 관조와 달관의 분위기와 함께 있다. 또한 한밤중에 잠이 깨어 보았던 달밤의 풍경이 있다. 봄밤의 아름다운 달빛에서 시작하여, 그 빛을 받아 한 폭의 수묵화처럼 마룻바닥에 드리워진 춘란의 그림자, 그리고 창 밖으로는 달빛이 어려 있는 수면과 희미한 윤곽으로만 보이는 산의 능선들에 대한 아름다운 묘사가 이어진다. 이와 같은 풍경에 대한 묘사의 궁극적인 지향점은 자기 자신의 내면일 수밖에 없다. 풍경의 아름다움이란 그것을 발견할 수 있는 눈에 의해서만 포착되는 것이고, 그 눈을 만들어내는 것은 내면이다. 풍경과 내면은 서로가 서로의 타자이다. 자연을 단순한 배경background이 아닌 풍경landscape으로 만들어내는 것은 고립된 주체의 내면이다. 풍경을 바라보는 하석귀가 궁극적으로 도달하게 되는 지점이 자기 인식임은 이런 뜻에서 당연하게 보인다. "나 역시 저냥 저랬던겨. 저냥 물에 뜨는 물마냥 살아온겨. 못나게. 지지리도 못나게."(본문, 157쪽)

삶에 대한 깨달음이나 지혜가 항용 그러하듯이, 여기에도 일종의 체념과 허무주의가 섞여 있다. 자신의 삶에 대한 성찰은 궁극적으로 저러한 체념 섞인 자기 긍정에 도달할 수밖에 없는 것이 아닐까. 그것은 성숙함이고 어른스러움이며, 그 어른스러움이란 유한성과 허무주의의 한가운데 있는 자기 자신의 모습을 인식하는 것이며 또한 동시에 그 가운데에서도 새로운 자기 지양을 향해 나아가는 것이다. 자기 긍정이란 이러한 자기 인식과 자기 지양에서 비롯되는 것일 터이다. 저와 같은 화룡점정의 언어도 이 문구는 사투리로 기록해놓고 있다. 얼마나 대단한 고집인가.

이런 점에서 보면 「장동리 싸리나무」가 나무 연작의 한가운데 놓여 있는 모습은 낯설기는 하되 이상할 것은 없다. 풍속에 대한 묘사를 통해 능청스러운 해학과 풍자들을 건져올리는 것, 키 작고 못생긴 나무들을 그려내는 것, 줏대와 주견을 가지고 살아가는 갑남을녀들의 모습을 포착하는 일이 모두 저러한 자기 긍정의 실천일 것이기 때문이다. 이문구의 소설에 있어 세태와 풍속은 그 자체가 자족적인 풍경인 셈이다. 그래서 「장동리 싸리나무」는 흡사 나무 연작들의 존재 근거를 만들어주고 이들을 하나의 그물로 엮어주는 벼리의 구실을 하는 것처럼 보인다. 『우리동네』 연작에서 그 벼리 구실을 했던 것이 풍자의 정신이었다면, 여기에서는 고립을 실천하는 주체의 자기 긍정이라 할 수 있지 않을까. 고립을 향해 나아가는 것이 긍정일 수 있는 것은 세계가 그만큼 속되고 천해졌다는 말과 통한다. 「장평리 찔레나무」의 부녀회 김회장은 말한다. "그래라. 누가 말려. 너는 상행선 나는 하행선, 좋다 이거여."(본문, 11쪽) 자발없고 뻔뻔스런 시동생을 향해 내뱉는 말이기도 하고, 매춘 광고지 따위를 집으로 들고 들어오는 보기 싫은 남편에게 하는 말이기도 하지만, 무엇보다 저들의 태도가 승리하는 약삭빠른 세상을 향해 던지는 말이다.

이문구의, 나무 같지도 않은 나무들은 바로 이런 자리에 서 있다. 으름나무 같은 덩굴도 있으니 그냥 자리를 차지하고 있다고 해야 할지도 모르겠다. 그 나무들은 물론, 나무의 전통적인 형상, 우뚝한 수직성이나 굵은 줄기의 안정감이나 깊은 뿌리의 역사성 등과는 아무런 상관이 없다. 전통적인 수목 모델은 체계 지향성과 초월성, 중심화된 사유, 정신성 등을 통해 재생산된다. 뿌리와 줄기를 나누고 줄기와 가지를 나누고 가지와 잎사귀를 나눈다. 또 뿌리는 뿌리대로, 줄기는 줄기대로 중심과 주변이 구분된다. 또 모든 가지들의 분기는 이분법적이다. 이문구의 충청도 사투리와 풍요로운 풍유는, 대거리와 어깃장의 수사학은 높은 나무들이 우뚝 솟아 있는 저 엄숙주의의 숲을 이리저리 굼실거리며 돌아다닌다. 이문구가 엄숙주의와 가족 로망스의 함정에 빠지지 않을 수 있었다면 그것 역시 그가 소설 언어로 선택한 사투리의 힘일 것이다. 또한 그 사투리가 그를 풍속화의 화가로 만들었고, 농촌을 선택하게 했고, 저 엄숙주의의 숲 바깥에서 나무 아닌 나무들을 발견하게 했다. 천한 세상에 대해 고립을 실천하는 저 고집스런 나무들은 그렇게, 미친 모더니티의 타자로 우리 앞에 있다. 우리는 그것을 촌스럽고 우직스런 충청도의 힘이라 부르고 싶다.

문학동네 소설집
내 몸은 너무 오래 서 있거나 걸어왔다
ⓒ 이문구 2000

1판 1쇄	2000년 6월 15일
1판 6쇄	2000년 10월 16일

지은이	이문구
책임편집	신선영 박규정
펴낸이	강병선
펴낸곳	(주)문학동네
출판등록	1993년 10월 22일 제22-188호

주 소	136-034 서울시 성북구 동소문동 4가 260번지 동소문빌딩 6층
전자우편	editor@munhak.com
	하이텔 : podo1
	천리안 : greenpen
전화번호	927-6790~5, 927-6751~2
팩 스	927-6753

ISBN 89-8281-295-4 03810
* 잘못된 책은 바꿔드립니다.

www.munhak.com